巨輪

The Wheel

In

Traditional Chinese

李國澤

Raymond K. Li

巨輪

ISBN Number: 9798987450376

目錄

巨輪

序

　　本書描述一連串相互交織的短編故事。故事穿梭一百三十年歷史，從公元前約 210 年的中國秦朝到公元前約 81 年的漢朝早期。本書故事深入探討了人生經驗、道德、生命意義、喜悅與悲傷、命運、愛與恨、浪漫、野心、忠心與背叛、戰爭與和平、貪腐、政治思想、經濟理論以及哲學等問題。每一則短編故事都蘊藏著激發讀者思考的強烈含意。

　　雖然這部虛構作品中的主要事件與《史記》、《漢書》、《資治通鑑》等史書所記載的史實大致吻合，但它並非記錄歷史事件的編年史書。反之，本作品創造了人物的行動、對話、思想、情感、性格、心靈、以及場景、佈置、佈局和附帶故事，使人物與事件栩栩如生。內容雖虛構，但不脫離歷史背景，同時也將每個角色描寫為活生生的人而不僅是歷史人物，並把每個事件呈現得彷彿正在當下發生。

　　書名《巨輪》經深思熟慮而選定。正如人生之旅程，書中每個故事都隱藏著同一命題，即「輪」字的含意。讀完整本書後，讀者便會深刻體會這個命題。

李國澤

巨輪

前言

第一回：秦始皇駕崩

公元前 221 年，中國戰國時期，秦國嬴政統一了諸侯國，並自封為「秦始皇帝」，象徵著他成為統一中國的第一位皇帝。此後十年，在丞相李斯的協助下，他廢除了封建制度，並將國家重組為一個系統性行政架構。這一體系包括數十個大郡（郡）、郡下有眾多縣份（縣）、縣內有城（市）、鄉鎮（鄉）內有村落（村）以及城、城和村落內有許多鄰里單位（亭），最後是鄰里單位內的細分區域（里）。

嬴政也推行了一系列標準化改革，他統一了各地不同的度量衡，發行了半盎司銅幣，取代了各國的各種貨幣。更為重要的是，他統一了漢字，為中國創造了一種通用文字。

然而，在這個變革的時代，思想自由受到了壓制。嬴政取締了戰國時期盛行的百家學說，僅推崇法家為唯一的官方意識形態。面

對北方匈奴的威脅，他下令修築長城，動員了數十萬勞役民眾和奴隸參與工程。

儘管嬴政取得了諸多成就並推行了廣泛的改革，但他的統治方式卻讓人民感到壓迫。在他的統治下，民間不滿情緒日漸高漲，抗議活動也日益增加。為了鞏固權力，嬴政實行鐵腕政策，制定了苛刻的法律，並殘酷鎮壓成千上萬異己。因此，國家雖然表面上看似安定有序，但實際上卻因缺乏民意支持而處於崩潰的邊緣。

公元前 210 年，秦始皇嬴政巡遊全國，領略遼闊大地的壯麗山河。不幸的是，此行中他突然病倒。在他面臨死亡時，他下令迅速返京，並加緊修建自己的陵墓。然而，這個命令卻被他的心腹太監趙高秘密截獲。

七月中旬，皇帝在旅途中駕崩，這一消息僅為趙高、丞相李斯和與秦始皇同行的次子胡亥所知。

李斯擔心，若在距離京城數百里的沙丘宣布皇帝駕崩，可能會引發子嗣爭奪皇位的血腥鬥爭。於是，他將皇帝的遺體藏於一輛特製的大型馬車內, 作為移動房間，並垂下窗簾，對外宣稱皇帝重病，不願見人。

隨著隊伍向京城進發，移動房間內開始散發出腐爛屍體的惡臭。為了掩蓋氣味，李斯巧妙地將裝滿魚和鮑魚的盒子放在房間內，並向眾人解釋刺鼻的氣味來自魚和鮑魚。

趙高抓住這次事件，視為奪取權力、報復敵人的絕佳機會。他對皇帝長子，皇太子嬴扶蘇，懷有深仇大恨，並且與知名將軍蒙恬為敵。蒙恬也是皇太子的守護者。嬴扶蘇和蒙恬被派往邊疆與匈奴作戰，卻節節敗退。

趙高與嬴胡亥密謀，偽造了一份皇帝遺囑和一道聖旨，並由此剝奪了皇太子的繼承權，將嬴胡亥立為新皇帝。詔書以嬴扶蘇和蒙恬未能有效防守邊疆為由，下令將二人處死。由於趙高在旅途中代管皇帝的玉璽，他立即在偽造文件上蓋上了玉璽，以使其顯得更加真實。趙高後來找到李斯，威脅要揭露他是陰謀的共犯，迫使李斯無奈答應，並誓言保守秘密。

待隊伍終於抵達京城，李斯和趙高宣布了嬴政皇帝駕崩以及他留下的遺囑和遺詔。嬴胡亥登基，成為秦朝第二位皇帝，李斯繼續留任丞相，而趙高則成為嬴胡亥的導師兼密友。嬴扶蘇和蒙恬被迫自殺。由於是趙高通過陰謀把嬴胡亥推上皇位，因此嬴胡亥實際上成了趙高的傀儡。

次年夏天，胡亥對趙高說：「現在我是國裡最有權勢的人。我要盡情享受生活，做我喜歡的事。在時間流逝前，我要聽最美的樂曲，欣賞最佳的景色，擁有美麗的妻妾，還有無盡的財富。這不是很美妙嗎？」

趙高回答道：「陛下，您的理想還未到時候，有些不切實際。您還記得我們在沙丘中的秘密計劃嗎？儘管我們嚴守秘密，但其他王公大臣卻開始懷疑廢除皇太子，把王位傳給了您這個次子的因由。大部分大臣都是您的父皇任命的，他們中仍有許多人忠於前太子。顯然，他們並不忠於您。如果他們叛變，說不定就會將您處決。」趙語氣中充滿了陰謀和恐嚇。

胡亥急切地問：「那我們該怎麼辦？」

趙高建議說：「我建議您實行恐怖統治，鎮壓反對者，實施極其嚴厲的法律和殘酷的懲罰。通過迫使囚犯揭露他的所有同謀和盟友，您便可以像剝洋蔥一樣，層層逮捕並處決更多叛亂分子。若任何官員被判定有叛國罪，您可以將其整個家族（三代人）全部處決。您還可以殺死他的所有老師、學生和同僚，即使他們是無辜的，也要將他們定調為共犯。這樣，舊政權的任何官員都不敢反抗您。另一方面，您應該提拔自己的親信，並向平民宣布大赦，以贏得民眾支持。這樣，您的地位將穩如磐石。」

第二回：胡亥暴政

本回人物介紹

嬴胡亥	秦始皇次子，秦朝第二位皇帝

趙高	秦朝太監

本回地點介紹

沙丘	河北省

　　隨後，國家展開了一場恐怖統治。在法律的偽裝下，屠殺浪潮席捲全國，其中京城遭受的打擊尤為嚴重。數百名官員、王子、公主及其家屬因輕微罪行而受到迫害。被捕的人慘遭非人折磨，直到他們屈服。所有酷刑中最為殘忍的處決方式之一是五馬分屍。與其相比，在公共廣場上被斬首的人則似乎是一死了之，逃過非人折磨。每月數千名無辜者被處死。許多無辜疑犯因害怕殘酷審訊和酷刑而自殺，更有甚者在被捕前就將自己的孩子殺死，以免他們在死前還要受皮肉之苦。

　　在這種恐怖環境下，政府官員斬的疑犯越多，就表示他們對胡亥越忠誠。結果，京城街道到處都是無頭屍體，引起民眾恐慌，大批民眾逃離京城和主要城鎮。

　　在朝廷中，趙高雖然沒有任何官職，卻是最有權力的人。許多官員都被迫在胡亥面前效法他阿諛奉承的做法。

　　在一次朝會上，趙高帶著一頭鹿走進議事廳，獻給胡亥，並大聲宣布：「陛下，臣將這匹稀有名貴的馬獻給您。」

　　胡亥顯然很困惑，回答說：「趙高，您弄錯了。這是一頭鹿，不是馬。」

　　「不，這的確是一匹馬。」趙高反駁道，翻了個白眼，睫毛飛快地顫抖著，暗中向胡亥發出狡猾的信號。

　　胡亥識破了趙高的陰謀後，驚呼道：「哦，是的，這的確是一匹馬。」

　　趙高接著轉向在場的群臣問道：「皇帝說這是一匹馬。你們同意這是一匹馬嗎？如果您認為這是一匹馬，請站到右邊。否則，請站到左邊。」

　　大部分官員出於對趙高的畏懼和諂媚，站在了右邊，其餘的則

站在了左邊。趙高隨後記下了左邊官員的名字。幾天後，所有站在左邊的人連同他們的三代家眷都被殘酷處決了。

第三回：陳勝、吳廣起義

	本回人物介紹
陳勝	首位起義領袖
吳廣	陳勝的副將
張耳	陳勝的謀士
陳餘	陳勝的謀士
	本回地點介紹
陽城	河南省
陽夏	河南省
陳丘	河南省

同年秋天，秦朝派遣一支由奴隸和強迫勞役組成的部隊到黃河以北抵禦匈奴部落。來自陽城的陳勝和陽夏的吳廣是這支部隊的隊長。在途中，一場嚴重的暴雷雨摧毀了橋樑，並導致河流泛濫。結果，部隊的行程比原定計劃延遲了。根據法律，軍隊遲到目的地將被處以死刑。陳勝和吳廣認為他們別無選擇，只能起義。

陳勝召集了數百名奴隸，宣稱：「我們已經錯過了最後期限，將面臨死刑。與其無謂地死去，不如為人民而戰，反對殘暴政府。我們要起義，掌握自己的命運。如果我們成功了，我們將成為侯王。如果我們失敗，我們仍然是英雄。」

眾人報以雷鳴般的歡呼聲，並推舉陳勝為領袖兼統帥，吳廣為副將。

起義軍隨後攻佔了多個縣和城。由於這些城的官員腐敗、懶散且無能，他們幾乎沒有遇到任何阻力。革命黨像滾雪球般迅速壯

大，很快就成為一支擁有數萬步兵、數百騎兵和數百輛戰車的正規軍隊。基於起義軍所征服的領土是戰國時期舊楚國的一部分，因此陳勝在陳丘城自稱「楚王」。

陳勝在陳丘安頓下來後不久，有幸認識了兩位賢人兼謀士，張耳和陳餘。在戰國時期，這兩位賢人在魏國非常有名。秦始皇滅魏後，張耳和陳餘均淪為逃亡者。他們聽聞陳勝崛起，便逃往陳丘。陳勝非常器重二人，並任命他們為謀士和將軍。

當陳勝發動革命的消息不脛而走時，許多州郡的官員都對朝廷的暴政感到恐懼和不滿，也紛紛起來反抗，加入了陳勝領導的革命黨。

第一章：劉邦之崛起

第一回：「鴻運居」敍會

本回人物介紹

劉邦	本回主角
盧綰	劉邦舊友
周勃	劉邦舊友
陳勝	起義抗秦領袖
武臣	陳勝部下將領
周文	陳勝部下將領
趙王	武臣封號
張耳	陳勝的謀士
項梁	另一位起義領袖
項羽	項梁之姪
趙高	秦朝太監
李斯	秦朝丞相
呂文	富紳
樊噲	劉邦舊友
曹娟	劉邦的情婦

本回地點介紹

沛縣	江蘇省
泗水郡	江蘇省
陳丘	河南省

函谷關	河南省
魏國	戰國時代的一個諸侯國
楚國	戰國時代的一個諸侯國
咸陽	陝西省, 秦朝京城
泗水郡	江蘇省
會稽郡	江蘇省

位於泗水郡內的沛縣，有一家名叫「鴻運居」的別緻小食店。小食店設於一間舒適小屋內，山脊草屋頂設計，小屋入口兩側各有兩扇窗戶，實木框架，並安裝了木製百葉窗。窗戶內側掛有白色布幔，以減少風吹並保持私隱。店名寫在一面幡幟上，飄揚在店外的高桿上。屋內有一小廳，裡面設了幾張矮桌，地上鋪著簟子。幾盞油燈掛在樑上或放在銅樑上，照亮了房間。廳後方擺放著裝滿各式酒水的陶甕。雖然房間裝飾簡樸，但氣氛卻十分溫馨舒適。從餐館穿過一條短走廊，便是一個小廚房，裡面有爐灶和一些簡單的炊具。廚房的盡頭掛著一幅帷幕，後面就是餐館老闆的私人房間和起居區。

一個涼爽的深秋夜晚，五位賓客來到餐館用餐。領頭的是位常客，他步伐威嚴，自在地坐在中央桌下的簟子上，彷彿這裡就是他的家。其餘四人亦隨後迅速入座。

領頭的是一位三十多歲的男子。他五官非凡：額頭寬而圓潤，顴骨和下巴微微突出，下顎寬闊，鼻樑高挺，目光銳利而透徹，似乎能洞悉他人心思，眉毛末端向上彎曲，長長的睫毛，緊實豐厚的大嘴唇，還有一雙耳垂厚實的大耳朵。他的臉上留著兩撮長鬢角，兩條長鬍子垂自上唇，下巴上也留著一條長鬍子。因長時間在戶外活動，他的膚色已自然地曬成古銅色。他的頭髮梳理整齊，巧妙地在頭頂紮成一個髮髻。

「劉兄，我們敬愛的大哥。感謝您邀請我們共進晚飯。請問有何特別的事情嗎？」其中一位跟隨者盧綰問道。

這位領袖名叫劉邦，他低沉洪亮地回答道：「你們都是跨越大

江南北剛剛歸來。我很想聽聽你們的經歷，以及旅途中收集到的見聞。最新的消息是什麼？今晚飯館只有我們，請放心暢談吧。」

「讓我先說吧，」其中一位追隨者周勃開口：「我去了陳丘，那裡現在已被陳勝領導的革命軍佔領了。我的聯絡人告訴了我那邊的情況。陳勝野心太大、缺乏耐心，不聽勸誠。他想在軍隊準備好之前就征服大片領地。他的軍隊缺乏人才，而他只信任他的兩位將軍：武臣和周文。武臣是他的舊友，而周文則缺乏作戰經驗。幸運的是，武臣有兩位出色的謀士，張耳和陳餘。由於周文的狂妄，他在函谷關之戰中被秦軍擊敗。軍隊撤回陳丘後，陳勝將他處死。當武臣聽到周文被處決的消息，頓時驚慌失措，意識到自己的上司喜歡聽信讒言，胡亂懲罰部下。在謀士建議下，武臣決定離開陳勝，自立為趙王。結果，陳勝陣營無才俊可用。」

聽到張耳的名字，劉邦插話道：「我很了解張耳。在魏國時，在他的封地裡培養了一群有才華的門客，有謀士，有武士。我曾是他的門下之一，並與他旅行數月。秦滅魏後，我就離開了。」

會議中的第三位追隨者說：「我剛從會稽郡回來，聽說那裡又出現了一支叛軍。為首的是楚國一位大將的兒子，名叫項梁。他在東南地區很有名氣，與許多勇士有聯繫。他有一個二十四歲姪子，名叫項羽，身形魁梧，戰鬥力強悍。相傳他曾徒手分解一頭牛，並能舉起幾百石重的鼎。這對叔姪刺殺了會稽太守，控制了當地的政府和軍隊。隨後，他們宣布反抗秦朝。鄰近縣城的年輕人也紛紛加入。現在，他們已經組建了一支約八千人的精銳部隊。」

第四位追隨者，一副文弱書生的模樣，說道：「我來自京城咸陽，是個占卜師，知道很多各階層人士的私事，其中有王公貴族、大臣等。他們說咸陽已經變成地獄了，皇帝瘋狂失控，只是一個傀儡，而幕後操控大局的正是趙高。我預測趙高不久將殺害丞相李斯。每天都有無數官員被處決，市集上滿是屍體，景象令人無法忍受。由於我知道太多上層人士的私事，總有一天會惹上麻煩。因此，我決定離開京城，另謀出路。」

他接著說道：「在離開的路上，我遇到了一位名叫呂文的商人，他也是位占卜高手，經常替人看面相，能夠準確預測未來，因此

很有名氣，而且積累了大量的財富。他告訴我，他和這個縣的縣令是好朋友，所以才搬到這裡。他向我透露，他有兩個兒子和三個女兒。兩個兒子都是武藝高手，兩個小女兒尚未婚配。」

「既然您是占卜師，我想問您一個好奇的問題，」劉邦插話說：「我想讓您看看我的左腿上有七十二個痣。一些年長的鄰居告訴我，這是吉祥之徵兆。是真的嗎？」他接著捲起外衣，露出了自己的腿。

「哇，太神奇了！！我從未見過這麼多的吉兆。我沒有能力給您任何準確的預測或評論，」占卜師回答說：「但我有個建議。幾天後，呂文將會舉辦一個壽宴。您可以去那裡作客，問問他這些痣的含義。」

餐館門突然被推開，一位二十多歲的高個子青年踏著沉重的腳步闖了進來，帶動木地板一陣震動。他有著戰士的步態，給人一種急躁雷霆般的氣質。他身高超過七尺，肩膀寬闊，體格健壯，肌肉發達，臉上蓄著黑而濃密的鬍鬚，眉毛粗短，眼神如烈焰，膚色黝黑。

劉邦自然地呼喚他：「樊噲，過來，坐下，認識一下我們的新朋友。」

樊噲以一種虎嘯般的聲音回答：「抱歉，我來晚了。」
劉邦回應道：「沒關係。」隨即轉向其他與會者，繼續說：「讓我給你們介紹一下樊噲。他是我多年的好友，現在是我們縣兵的大隊長。」

劉邦接著說：「感謝您推薦我擔任泗水郡內亭長(即警長)。多年前，當我剛入職時，我從未想過自己能夠擔任這個職位。」

「您當之無愧。郡守找不到第二個像您這樣的亭長，您對村裡的騙子、小偷和幫派份子瞭如指掌，同時又能讓他們敬畏、尊重您。您能掌控社區秩序。跟您在一起，我也學到了很多，」樊噲說：「對了，我現在真的又渴又餓，咱們能先吃點東西，喝點酒水嗎？」

「我們太專注於政治話題，竟然忘了點酒菜。」劉邦說著，便站起身來，走向廚房。

片刻，一位年輕女子從廚房走出，她優雅地將包子、肉和酒放在桌子上。這名女子約十幾歲到二十歲左右，渾身散發著青春的活力。她身材豐滿，曲線玲瓏，臉上卻透著一股天真爛漫的童趣，黑色的大眼睛閃爍著迷人的光芒，為她增添了青春的魅力。她的嘴唇豐滿。微曬黑的肌膚顯然是長期從事戶外活動而留下的痕跡。

雖然她樣貌平凡，卻能引起人們的注意。她的一舉一動，無論是臀部的輕微擺動，還是輕柔的手勢，似乎都自然而然地吸睛。她叫曹娟，是這家小店的唯一老闆兼主管。自從兩年前父親不幸去世後，她就接管了這家餐館。從那時起，她就成為了餐館的核心和靈魂，獨自一人經營著。

她的客戶主要是男性，因此也塑造了她的行為舉止。與村裡許多更為保守的處女不同，曹娟在男性面前既不害羞也不矜持。她掌握了友善和熱情待人接物的藝術，她的微笑和手勢友好，但又小心翼翼地保持克制，以免散放勾引的訊息。

她為周勃斟酒時，周勃不正當地觸摸了她的手。樊噲坐在周勃身旁，見狀立刻推開周勃的手，溫和地警告說：「請別騷擾我們兄長的女人。」隨即轉向劉邦，劉邦笑著回應：「別擔心，我們都是兄弟。」

晚飯結束，眾人飲了很多瓶酒後，除劉邦外，其他人都相繼離開了餐館。他走進廚房，看著曹娟清洗碗盤。突然，他從後面摟住了她的腰，親了親她的臉頰，說：「今晚我們一起共度良宵吧。」

「不，今晚不行。我有件重要的事要告訴您，我懷孕了。我很擔心。」她大聲說，試圖把他推開。

「恭喜！妳為什麼擔心？是誰的孩子？」劉邦開玩笑地問。

「除了您的，還能是誰的？！」

「我只是開個玩笑，對不起。妳放心，我一定會照顧好您和孩子的。今晚妳不讓我留下嗎？」

「不，我累了，走開。」

「別說謊了。我知道妳需要我。我是公豬，妳快成母豬了。我們都是喜歡在泥巴裡玩耍的豬。」

他隨後把她抱了起來，放到了床上。

第二回：壽宴

本回人物介紹	
劉邦	本回主角
呂文	富紳
蕭何	沛縣政務官
李斯	秦朝丞相
趙高	秦朝的太監
陳勝	起義抗秦領袖
周文	陳勝部下將領
張耳	陳勝的謀士
陳餘	陳勝的謀士
項梁	另一位起義領袖
項羽	項梁之姪
呂雉	呂文二女
呂嬃	呂文三女

　　兩天後，劉邦來到著名富紳、占卜師呂文的宅邸，參加他的壽宴。宅邸是一座大四合院，四周高牆圍繞，呈長方形，周圍有房間，中央是一個寬敞的庭院。朝南的紅色大門高十尺，寬六尺。進門後，宅邸內部景觀被一座二十丈高、面向大門的人造假山擋住。這種建築設計保護了宅內居民的私隱。想要進入宅邸內部，必須繞過這座假山。大門對面，北面是一個大餐廳，位置居中，右側依次是客廳、正房和書房，左側是廚房。宅邸的東西兩側各有幾間供家人使用的廂房。僕人則住在南側的幾間小房間裡。

　　庭院內有池塘、樹木、花卉和蜿蜒小徑，足以容納幾百名客人。餐廳面積寬敞，可容納數百人用餐。這棟宏偉宅邸的主人一定是位百萬富翁。

當劉邦抵達大門時，接待員告訴他，他並未在邀請名單上。

「我是這個村子鄰里的亭長，縣令不能來，我就代表他前來參加壽宴。」劉邦邊說邊出示自己的身份證件。

接待員聽完這番介紹，就讓劉邦進入，並將他引導到低等賓客座位。

劉邦問：「我可以坐貴賓席嗎？」

「不行，這些座位是留給送上千錢禮物的客人的。」接待員回答。

劉邦謊稱：「我的禮物超過一萬錢，你們很快就會收到的。」

「我不相信您。」

「您只需帶我見您的主人，我會向他解釋的，」劉邦提高了嗓音。

當兩個人激烈的爭論傳進大廳時，呂文走了過來。他五十多歲，身材苗條、高大且健康。他的眼睛如同鷹眼般銳利。他舉止溫文爾雅，學問淵博而和藹。他看到了劉邦威嚴的樣子。再仔細一看，立即對劉邦的面相感到驚訝。他替人占卜幾十年，但從未遇到過如此獨特而吉祥的面相。他立刻迎接劉邦，並將他安排到靠近主桌的座位。

沮喪的接待員想起縣政府的行政主任蕭何剛剛參加宴會。接待員走向蕭何，問他是否認識劉邦，以及劉邦是否代表縣令。

蕭何道：「是的，我認識他。他就是個騙子。」

席間，呂文對待劉邦如貴賓，常與他聊天。

宴會結束後，呂文邀請劉邦留下來，並在書房裡繼續與他交談。

呂文說：「能遇見您我很幸運。如果您不介意，我想更進一步地了解您。」

劉邦回答：「哦，這是我的榮幸。您想知道些什麼？」

「我知道您是這個村莊的亭長。您為什麼要接這份工作？是您想要，還是別無選擇？」呂文禮貌地問，擔心這個問題可能太過於冒昧。

劉邦回答說：「要回答您的問題，我需要告訴您我的背景和這

幾十年的經歷。

家父是一名農民，擁有二十幾畝土地，並僱了兩名農工。他現在年事已高，無法親自下田耕作，於是我的哥哥接手了他的工作。這些多年來，我家的農田已經縮小了許多。以前有數十畝地，還僱用了許多工人。農民的生活非常艱難。春天，他們需要在黎明前起床，牽著牛去犁地、播種、灑水。夏天，他們會被太陽曬傷。秋天，稅後的收成十分微薄。遇到洪水、旱災或蝗災時，他們無能為力。然後政府官員來了，征召他的年輕兒子去參加毫無意義的戰爭，或者去挖礦、掘壕，直到筋疲力盡。有時，敵兵或強盜也會掠奪村莊，焚燒土地。

家父常勸我繼承他的事業，但我一再拒絕。於是他讓我上了幾年學，希望我有朝一日能做官。我在學校裡學了一些基本的經典，但我感到沮喪至極。這些學者只是空談濶論哲學和倫理，而不知道它們是否有效，也不知道如何在現實世界中實踐。千百萬人民飽受飢餓、天災、流行病、政局動盪之苦，精英學者和官員們則無休止地爭論、互相誹謗，為權力而鬥爭，將國家推向崩潰邊緣。他們從書中學到了什麼？他們拯救了天下嗎？沒有，歷史的現實恰恰相反。

後來，家父勸我學一門手藝。於是我在各處學了一些技術，卻發現光靠手藝掙錢只能勉強維持自己和家庭的生計。那麼，外面那數百萬人呢？我想做一些更大的事業。

在當前的環境下，靠著攀登官僚階梯、一路卑躬屈膝，希望最終獲得足夠的權力來推動根本性的變革，是不可能消除暴政、根除腐敗、讓民眾擺脫苦難的。我們已經看到了當今最聰明的官僚李斯的例子，他仍受制於趙高的奸詐。要推翻腐敗制度，根除所有不良因素，必須進行武裝革命。

年輕時，我希望有朝一日能參與一場偉大的革命。然後我想學習武術，為從軍鋪路。後來我意識到，僅僅成為一名無敵的戰士是不夠的。武林高手在戰鬥中最多只能殺死幾百敵人，或者幾千名士兵。他無法打敗擁有百萬士兵的敵人。即使他能運用蠻力壓倒強大的敵人，但如果沒有良好的領導、戰略和政治手腕，最終也會失

敗。

但這些能力不能單靠閱讀書籍或向專家學習來掌握，要深入生活，親身體會人民的生活狀況、願望、訴求、困難，了解他們解決問題的方法。只有通過親身經歷，才能獲得更深層次的洞察力和更正確的視角。

因此，過去二十年我走了萬里路，遊歷無數國家。一方面，我結交了許多智者和賢能之士，並向他們學習；另一方面，我還與基層社會各界人士建立了深厚的連結。有些親戚批評我浪費青春，認為我雖博學卻無專長。我對此看法不同。我深信古語所言：讀萬卷書，不如行萬里路。如今，我自信能成為一名出色的領袖，贏得人心，並具備挑選合適人才的能力。這才是最重要的。我無需成為任何特定領域的專家。我可以找到適合的人才，贏得他們的信任與忠誠，並在需要時領導他們。

一年前，我認為自己需要一份入門工作，以施展我所學的技能。我選擇做一個小村莊的亭長，因為這個崗位能讓我接觸到形形色色的罪犯、惡棍、黑幫和土匪，並能引導他們改邪歸正。此外，這份工作也讓我親眼目睹了當前政府的腐敗及它造成的毀滅性後果，這為我提供了寶貴的教訓，避免今後重蹈覆轍。」

呂文詢問：「但是以您目前的職位，您是否擔憂自己必須效忠現任政府？而這可能與您的宏大目標相抵觸？」

劉邦回答道：「忠心這詞本身就充滿了謎惑。首先，偽忠在當今政府和歷史上屢見不鮮。官員們在君王面前戴上忠心的假面具，卻暗中規劃篡權。一旦時機成熟，他們便會毫不猶豫地推翻政府。再者是盲目忠心。有些道德家將其視為一種崇高的品德，我卻認為這種忠心不是罕見就是可笑。如果政府行為殘暴，盲目忠心就會使人違背天道。以我目前的處境，我不支持政府的暴行。我有自己的底線。幸運的是，斧頭尚未落在我的脖子上。然而，我知道終有一天我會被迫反抗或起義。到那時，您會支持我嗎？」

呂文驚訝地回應：「謝謝您這麼坦誠地與我分享您的想法。」他接著說：「我當然會支持您。您可能已經知道，我最近從京城搬遷至此，皆因我無法忍受朝廷的暴行。曾有卜文告訴我，這政府將很

快垮台。即使沒有卜文，從它失去民心和各地起義的情況來看，我也能預見秦朝的終結。」

劉邦深有感觸地說：「我們再談談忠心這個話題。領導者必須提防假忠心。他不能讓阿諛奉承者、偽君子、巧言令色者和偽裝忠誠的人圍繞在自己身旁。否則，他就如同站在浮沙上。他也不能依靠盲目忠心者。如果他確實擁有這樣的忠心，那無疑是極為幸運的。但實際上，當部下面臨重大抉擇時，他們很可能會拋棄忠心。此外，忠心不是強求的，而贏得的。胡亥和他的心腹趙高試圖通過處死所有懷疑不忠的人來索取忠心。但當所有人都厭惡您、只是被迫或被威脅臣服於您時，您就不可能靠殺人來維持權力。明智的領導者會確保他的使命應和天道，他的價值觀和目標應與追隨者產生共鳴，他值得信賴，決策堅定，他關心並忠誠於他的追隨者，從而贏得追隨者的忠心。」

「關於起義，您是否擔心陳勝的軍隊不久將攻打我們縣城？我們的郡守是否已經做好了應對這種襲擊的準備？」呂文詢問。

「對我們來說，陳勝根本不是威脅。我聽說，由於他不信任賢才，其陣營缺乏實力。一旦在戰場上遭受小失敗，或對將領有所不滿，他便會毫不猶豫地處決他們，他最近就處決了周文。他原本有兩位頂尖策士，張耳和陳餘。由於他不聽忠告，兩人都已離他而去。我預測，在他們抵達本郡之前，秦軍很快就能粉碎他的革命。」劉邦回答道。他接著說：「還有一支更強大的叛軍，由楚國大將項梁領導。他在東南地區有著廣泛的人脈和威望，麾下有不少武將。他有一個二十四歲的姪子，名叫項羽，是一位勇猛無敵的戰士。目前，很難預測他們的戰役能否能成功。一場革命的成功，不僅取決於強勇的戰士、聰明的策士或軍備精良的大軍，更重要的是人民的支持和運氣。我不想顯得迷信，但歷史告訴我們，政權更迭往往與命運之輪有關。它可能壓垮您，也可能會帶您走向遙遠的未來。」劉邦說道。

「我是一位占卜師，我非常贊同您的觀點！」呂文驚訝地表示，點頭附和。

「說到占卜，我想請您幫我解讀一個長期困擾我的徵兆。實際

上，這也是我參加您壽宴的原因。」劉邦說著，拉起外衣露出左腿，繼續說道：「您能告訴我這些痣代表什麼徵兆嗎？」

呂文看到那七十二個痣後，驚訝得張大了嘴巴。

「這些痣意味著什麼？」劉邦問道。

「哇，我以前從未見過這樣的情況。根據占卜書籍，腿上的每一個痣都可能代表一支軍隊、一個領土、一個州、一個重要目標、一群人、一代人等等，都在您的指揮、控制或影響之下。您竟然有七十二個！實在是驚人。一般來說，我不喜歡奉承我的客戶，您也不例外。但我敢說，您將來會是一位非常顯赫的人物，或許會成為一位皇帝，甚至是一個朝代的開創者。您所帶來的改變，將會影響很多子孫後代。」呂文說完，向劉邦行禮，表達了深深的敬意。

呂文立即叫來一名婢女，吩咐道：「請夫人和小姐們來這裡，為我們尊貴的客人奉茶。」

不久，兩位年輕女子走進書房。年長的女孩約十八歲，身高中等，身材苗條健康。她臉型像梨，略長於常人，膚色白皙，目光如鷹般銳利深邃。小嘴巴，薄唇緊閉，眉毛彎如新月，沉思時常常皺起眉頭。她的頭髮梳得整整齊齊，在頭頂盤成髻，髮髻上插著一根繫有珍珠墜子的髮簪。她身穿粉紅色縫邊長袍，走路敏捷、堅定而優雅。她的面部表情給人一種善於分析、精明、情緒冷靜的印象。她的名字是呂雉（雉字意指「雞」）。

跟在她身後的是她的妹妹，呂嬃，十六歲左右。她比呂雉稍矮，看起來較為纖弱。她的臉也是梨形，但更圓潤一些。膚色同樣白皙，略顯蒼白。眼睛黑而亮，但沒有姐姐那般銳利。小嘴巴，嘴唇稍厚，眉毛較粗，也呈新月形。烏黑亮麗的頭髮也盤成髻，髮髻上同樣插著一根繫有珍珠墜子的髮簪。她穿著淺藍色長袍，走路帶有孩童般的輕盈滑行感。從其舉止可以看出，她的性格與姐姐截然相反。

「家母因腿腳不便，無法前來與貴賓見面。她讓我代為向您表達歉意，」呂雉以柔和且高亢的聲音說道，聲音宛如悅耳的鳥鳴。兩位女孩恭敬地捧著一個放著茶杯和茶壺的托盤。她們小心翼翼地為賓客劉邦斟茶，遵循著與陌生人交往的傳統禮儀，她們一直低著

頭，不敢與他對視。茶水奉完後，她們便迅速退到旁邊的房間。

「我可以問您一個私人問題嗎？」呂文提出。

「當然可以，請問。」

「您成家了嗎？有家室了嗎？」

「不，我尚未娶妻，」劉邦答道。

「您覺得我的女兒們怎麼樣？」呂文突然問道。

「當然，她們非常美麗、優雅、可人，」劉邦迅速回答。

「您介意我把她們許配給您作妻室嗎？」呂文出人意料地問道。

「我一介平民怎有資格成為您的女婿，娶您這兩位漂亮的女兒？」劉邦驚喜又疑惑地回答。

「有一個卜文曾經告訴我，我的女兒們注定會成為皇后。為了尋找未來的王或皇帝，我已經等待多時，拒絕了無數前來提親的權貴富商，只為等待合適的人選。而您正是我尋找已久的人，」呂文坦誠地說。

「能得到您這樣的提議，我感到無比榮幸和激動，無言感激。但您是否需要先與您的夫人和女兒們商量一下呢？」劉邦問。

兩位姑娘在隔壁房間偷聽到這番談話，她們感到極度震驚。

呂雉站在那兒，一動不動，面無表情，一言不發。她深深皺起眉頭，心裡思索著：「父親怎麼可以這樣魯莽、衝動？這個男人只是個陌生人，我們的未來可能就此被葬送。但是，父親的判斷和預測向來極其準確。他一定有他的道理。現在我還看不透這一切。那就先不要急著下結論，明天再論吧。」

呂嬃則被情緒沖擊所籠罩，頓時淚流滿面，身體不由自主地顫抖起來，帶著孩子般的委屈，焦急地跺著腳。她在心裡思忖：「這個男人至少比我大二十歲。我怎麼可能和他一起生活，並得到幸福呢？父親背叛了我和姐姐，把我們許配給了一個微不足道的人。」她被無法控制的悲痛和天塌下來般的煩惱淹沒，急忙跑進自己的房間內，用枕頭蒙住頭，抽泣不已，情緒極其激動。

第三回： 賭博游戲

本回人物介紹

呂夫人	呂文的妻子
呂雉	呂文的二女
呂嬃	呂文的小女
呂文	富紳
劉邦	本回主角

隔天一早，呂夫人怒氣沖沖地質問呂文：「您這是在害您的女兒們啊！呂嬃把自己反鎖在房間裡，連早飯都不出來吃。呂雉已經離家出走，我擔心她可能私奔了。」

呂夫人接著說：「您這想法太荒謬了。那麼多名門望族向您的女兒提親，您卻統統婉言拒絕。她們很快就成老姑娘了。現在，您竟然想把她們嫁給一個窮光蛋，簡直荒謬！」

「冷靜點。我這是為她們好，她們遲早會明白的。現在最重要的是盯緊呂嬃，別讓她做傻事。我們還得派人去找呂雉，她或許只是出去透透氣而已。」呂文平靜地回應。

其實，呂雉並非打算私奔。她想調查劉邦到底是誰。她需要收集關於這個陌生人的更多客觀消息。父親對他的判斷可能僅是一種直覺。

於是，她天不亮就起床了，換上男裝，把頭髮綁成髻，用一塊黑布蓋住，再用一枚簡單的髮釵固定。她還在臉上化了棕色的妝，讓自己看起來更加男性化。

她悄悄地離家，開始在城裡的繁忙地段閒逛，希望能碰到劉邦或者認識他的人。她驚訝地發現，村裡許多人都認識並尊敬劉邦。最後，在一個市集上，有人告訴她，劉邦經常在鴻運居餐館吃午飯，並為她指路。

當她到達「鴻運居」時，她不敢進去，擔心被識破身份。所

以，她從小屋右側的百葉窗縫隙向內偷看。

她看到四個男人在白天圍著一張桌子賭博。面對她的那個人確實是劉邦。其他三人分別坐在方桌的其它三邊，呂雉看不清他們的臉。

他們正玩一種流行的骰子賭博。每顆骰子六面，上面標有一至六的數字。將三顆骰子放入罐內，並蓋上蓋子。玩家搖動罐子幾次，待骰子停下後，便計算出骰子上面的數字之和，從三到十八不等。獲得比其他玩家高點數的玩家會贏得該局。

四人遊戲的規則如下：每一局分一名莊家和三名閒家。每位參與者輪流擔任莊家三局。每一局中，每位閒家可向莊家下任意金額的賭注。如果莊家的點數高於閒家的點數，則莊家贏，否則就輸。如果點數相同，莊家依然贏。這樣，莊家每一局對三位閒家依次賭三次，而每位閒家僅有一次機會。此外，莊家還有一個優勢：若莊家在任何一輪中得到十八點，則莊家通殺，三名閒家全輸。

前九局，劉邦不是莊家，且幾乎每局都輸。他的錢袋已空空如也。當輪到他當莊家時，他只好解下繫在腰間的玉佩，並對其他三位閒家說：「現在輪到我坐莊了。這玉佩價值過萬錢，你們可以加大賭注。」

見劉邦屢遭不利，其他閒家便快速加大賭注。出乎他們意料的是，劉邦坐莊連贏三局，贏走了他們所有錢。

其中一位閒家疑惑又無奈地問劉邦：「您為什麼經常能在賭局中大獲全勝？您有何秘訣，還是僅憑運氣？」

劉邦解釋道：「說實話，運氣的確非常重要。但賭博實有兩大贏錢策略。首先，想贏得巨額，就不能怕輸。其次，如果賠率對您有利，就大膽下注；反之，則應退出或只下小注。」他繼續說道：「在骰子遊戲中，莊家通常占優。所以前九輪我只是輸了一點兒小錢。等輪到我坐莊時，形勢對我有利。我便鼓勵你們下大注，自己也冒了大風險。平均而言，該策略是行之有效的。」

「我知道你們輸光了錢回家肯定心情不好，妻子也可能會因為你們賭博輸錢而責怪你們。因此，你們可以從這裡隨意拿些銀兩，以回家交代。我沒有妻室，亦不需這麼多錢。」劉邦提議道。

「您所講認真？」其中一位聽到這不可思議的提議，不禁地驚訝問道。

「當然，我賭只為尋求樂趣和刺激，錢對我來說是次要的。」劉邦輕描淡寫地說。

這時，一名神情緊張的年輕人走進店內，打斷了他們的對話。年輕人見到劉邦，連忙跪下磕頭數個。

「我的朋友們要我來找您幫忙，」年輕人結巴巴地說。

劉邦溫和地問：「兄弟，我能幫您什麼忙？」

「我……我的弟弟在鄰村偷了隻雞，被抓了。巡捕當場把他逮捕了。如果被判有罪，他的手可能會被……被砍掉！」年輕人語氣顫抖地說。

劉邦回答道：「那我能怎麼幫您？我不能干預鄰村的事情。」

「那邊的亭長說，如果我給他一千文錢，他就放了我弟弟。」

「什麼？一千文錢可以買一百隻雞！」另一人插嘴道。

劉邦說：「他們確實是貪污腐化，但我不能把這事上報給那亭長的上司，那樣做只會讓您弟弟受更大的苦。不如從桌上拿些錢去給亭長如何？」說著，他指向桌上的錢並數出五百文錢，然後說：「這些，您拿去吧。」接著，他轉向其他人：「你們剛從這裡拿到的錢，能各出一部分嗎？」

年輕人拿著了一千文錢，連連磕頭謝恩，問道：「我該什麼時候還您這筆錢？」

「別擔心還錢的事。您弟弟的性命比一千文錢重要多了。能幫助一位兄弟，是我們的榮幸。」劉邦安慰道。

觀察了幾個時辰後，呂雉暗想：「他果然是個男子漢！」

隨後，她悄悄地跟著那位年輕人，在離食店幾百丈遠的地方，她追上了那位年輕人。

「您認識劉邦嗎？」呂雉問。

「不認識，我只是從朋友那裡聽說他的名字，他提議讓我來……來這裡的。這裡的人都知道劉邦喜歡盡其所能地幫助人。如果他做不到，他就會找別人來幫忙。」

「那您現在覺得自己虧欠他嗎？」呂雉問。

「不止虧欠。他救了我兄弟的性命。我一貧如洗，這輩子都無法報答他的恩惠。但我會支持他的事業，我會響應他的號召。」

呂雉自言自語：「劉邦確實了不起，他將來會是一位偉人。父親是對的。遇到這個人是您的運氣或命運。哦，不。這個人喜歡賭博，他喜歡下大注。這是個嚴重的問題。如果他輸了呢？您也會跟著垮台。但人生猶如一場賭博，不是嗎？確實是。妳所做的一切都涉及賭博。妳從小就認為自己比鄰里所有其他女孩都聰明、都優秀，甚至可能比全世界女孩優秀。妳想成為所有人中的佼佼者。這個男人可能是妳最好的夥伴。冷靜下來，好好想想。」

在回家的路上，她不停地與自己辯論。最後，她告訴自己：「夠了，現在讓我下注吧。好吧，我選擇他。」

在呂家上下都在焦急地等候著呂雉的消息。這時，一名僕人急忽忽地進來，語氣慌張地報告：「到處都找不到呂雉的蹤影。她可能已經離開村子了，甚至可能跳河了。」

這消息讓屋裡的所有人都陷入了悲傷之中，就在此時，呂雉宛如幽靈般出現在走廊裡。所有人都不敢相信自己的眼睛，紛紛衝過去，試圖確認真的是她，他們抓住她的雙手。確實，這是真正的呂雉！

呂雉慢條斯理，平靜地說道：「爸媽，抱歉讓你們擔心了。我只是在村中散步，偶然發現了一些關於劉邦的重要消息。」

隨後，她轉向父親呂文說：「爸，我想嫁給劉邦。他真的是個了不起的人。」

聽到這話，父親喜悅得無言。

呂雉又說：「爸，請您放過我的妹妹吧。對劉邦而言，只需要一個妻子就夠了。」

此時，呂文點了點頭，表示同意，確認了這個決定。

第四回：婚禮

本回人物介紹

呂雉	呂文二女
呂文	富紳
呂夫人	呂文的妻子
呂澤	呂文的長子
呂釋之	呂文的二子
呂長姁	呂文的長女
呂嬃	呂文的小女
劉邦	本回主角
劉執嘉	劉邦父親

呂雉婚禮的前一天，父親在書房與她私話。

「今天我心情複雜。一方面，看著妳從嬰兒長大成人，我對妳即將離家感到難過。另一方面，想到妳將擁有新家庭和美好未來，我又感到無比興奮。妳的前路或許會崎嶇坎坷，但我相信，妳是一個聰明堅強的女孩，妳定能克服困難，」呂文說著，眼中滑落了一滴淚水。

「我想在死後給妳留一大筆財產，盡可能地保護您。然而，按照傳統，出嫁的女兒無權承繼父母的遺產。妳的兄弟將會繼承我的財產。為了給妳以後的生活提供一些保障，我現在只能給妳一份豐厚的嫁妝。這裡有一箱金元寶和珠寶。妳帶著它，並將它藏好。也不要告知劉邦。只有在危機時刻，妳才可以變賣這些財寶，以自救或支持他的革命事業。這些財寶或許足以支持和養活幾千士兵數月，」呂文繼續說道。

「謝謝您，爸爸！請受女兒跪拜，以謝您的養育之恩。感謝您這些年來無條件給予我的關愛和照顧。我會想念您和所有家人，」呂雉跪下，一再磕頭，眼中含著淚說道。

次日清晨，婚禮的第一部分，新娘送別喜宴在新娘家中舉行。呂文、呂夫人、大哥呂澤、二哥呂釋之、已出嫁的大姐呂長姁、小妹呂嬃，以及家族的數百位親友，齊聚在寬敞廳裡見證這一儀式。

呂雉從閨房走到大廳，一襲艷麗的鳳冠霞帔，小冠上閃爍著珍

珠，從頭頂髮髻上的三根金髮簪垂下。她穿著一條鮮紅色絲裙。一件外層絲質長袍從左肩和手臂繞到右側，垂至膝下。長袍左側與右側在腰間用一條紅色絲帶綁在一起，形成一個 V 字形的領口。長袍底色為黑色，邊緣飾有紅色寬幅及其他彩色刺繡圖案。

隨著音樂奏響，歌聲飄揚，聚集的親友們朗誦了《詩經》中的兩首詩句。第一首詩句是：

桃之夭夭，灼灼其華。之子于歸，宜其室家。
桃之夭夭，有蕡其實。之子于歸，宜其家室。
桃之夭夭，其葉蓁蓁。之子于歸，宜其家人。

第二首詩句是：

維鵲有巢，維鳩居之。之子于歸，百兩御之。
維鵲有巢，維鳩方之。之子于歸，百兩將之。
維鵲有巢，維鳩盈之。之子于歸，百兩成之。

完畢，呂雉在父母面前跪下，低下頭來。這時，母親開始詳盡訓話，深情提醒女兒出嫁後應遵守的行為準則。

她溫柔地對呂雉說：「妳曾是年幼女兒，對父母的責任是聽話和孝順。如今，您即將為人妻，身份亦隨之變遷。首先，妳要做一名賢妻，為妻者要對丈夫忠誠、篤信且順從。謹遵操守，無論順境或逆境都應支持妳的夫婿，為他營造溫馨家庭。其次，妳要做一名良母。為母者應撫養教育子女，待子女長大成人後，則應支持他們的事業。

此外，妳需謹遵四德。第一，端正品行。孝敬尊重公婆及夫家列祖列宗，與夫家親戚和睦相處。不可嫉妒妾室，努力促進家庭和諧。第二，慎言。避免爭吵、誹謗、嘮叨、撒謊、閒話及詛咒。不得多言。對丈夫和子女說話應親切、溫和且鼓勵。第三，成為家庭積極一員。身為家庭主婦，妳應承擔所有家務，如烹飪、編織、縫紉、管理僕人、持家、生育、照顧和撫養子女以及記帳等，不可懶

惰。當家庭財務吃緊，要積極出力支持。第四，保持儀表儀容，行為端莊。」

訓話後，呂雉向父母三拜，以感謝他們的養育之恩。然後，她在所有的人歡呼中起身站立。父母隨即用面紗覆蓋了她的臉，並引領她上了婚車。婚車裝飾著五彩綢帶和花朵。上車後，一隊樂手引路，送親隊伍一路敲鼓打鈸，吹著喇叭和蘆管去往新郎家。

新郎劉邦在家門口等待送親隊伍。隊伍到達後，劉邦扶著呂雉下了車，牽著她的手，領著她進入父親家中。數十名親屬和嘉賓出席了喜宴。父親劉執嘉坐在廳中央，劉邦夫妻二人在父親前跪下。先拜天地，後拜高堂，最後夫妻對拜。接著，親戚們向這對新人贈送了一塊絲布，上面寫著婚姻聲明，他們各自在布上按了指印，表示同意結為夫妻。在場的所有賓客歡呼雀躍，唱歌敬酒，然後新娘被領進了新房內。隨後新郎主持了一頓簡單的宴會。

宴會結束後，夜色已深。劉邦走進新房，與呂雉坐下，輕輕揭開她的面紗，在她的額頭上親了一下，溫柔地說：「能娶到妳，我感到非常幸福。」依照傳統，他們接著共飲一杯交杯酒，象徵著願意同甘共苦。然後，夫妻各剪下一縷頭髮，並將這兩縷綁在一起，收藏於一個小盒中，以此象徵他們是結髮夫妻。

完成這些儀式後，他們吹熄了房內的蠟燭，共度良宵。

第五回： 家庭常飯

本回人物介紹	
劉執嘉	劉邦的父親
劉伯	劉邦長兄
劉邦	本回主角
劉喜	劉邦的二兄
劉交	劉邦的弟弟
劉宣	劉邦長姐
呂雉	劉邦的妻子

曹娟	劉邦的情婦
劉肥	劉邦和曹娟的兒子

劉邦的父親，劉執嘉，今年已六十有餘。他有四子一女：長子劉伯英年早逝，次子劉喜，三子劉邦，小兒子劉交，以及早夭的大女兒劉宣。劉執嘉的第一任妻，也是三個兒子和女兒的母親，早年去世。他的第二任妻子，即劉交的母親，後來也過世了。劉執嘉是個農夫，擁有二十幾畝地，年輕時曾親自下田務農。幾年前，因關節炎退休。劉喜非常孝順，接手了父親的工作。劉邦不喜歡務農，一直飄泊不定，直到兩年前參加亭長招考，成功被錄取。劉交則是一位儒家學者，在外縣生活、講學。

劉執嘉擁有一小屋，內設三個房子、一間飯廳、客廳和廚房。右側是劉執嘉住的正房。左側的兩間廂房分別是劉喜和劉邦的房間。婚禮前一個月，劉喜在外縣開設了一家小型織布廠並搬了過去。農田空置了一個月，直到呂雉嫁入劉家。自此，她便接管了劉喜的工作。那時小屋只有劉執嘉、劉邦和呂雉居住。後院有兩間相鄰的棚屋，住了兩名僱工。棚屋旁邊是一個穀倉，穀倉內飼養兩頭牛和一頭驢，並儲存了一些乾草、穀物和農具。

呂雉成為劉家主婦和農田新任主管後，每天都忙著處理日常事務。天還沒亮，她就起床穿好衣服，細心梳理，盤起頭髮，為全家人，包括僱工，準備早飯，還會為公公泡一壺茶。這些都是她每天早上千篇一律的事情。她每天忙於各式各樣的家務，包括澆灌作物、餵養雞隻和家犬、田間除草以及將農產品運往市場。她還精心管理著家庭帳目，一有空閒就會坐在織布機前織布。每晚天黑之前，她就會為家人煮好晚飯。

四個月後，她發覺的身體負擔逐漸變得重，肌肉疼痛，關節酸楚，手指上也磨出出了厚厚的繭子。尤其是在戶外陽光暴曬下勞作，對她的皮膚造成了嚴重的傷害。一日，她在銅鏡中瞥見自己的臉，驚訝地發現臉上佈滿了汗漬和雀斑。她試圖用化妝品掩蓋瑕疵，但無濟於事。她心中掠過一絲自省，夾雜著自憐的情緒：「我

是多麼的愚蠢啊？在父親家中，我過著公主般的生活。所有瑣事都由僕人打理，我的手仍是那麼柔嫩細膩，皮膚也像白色花瓣一樣白皙無瑕。現在，我選擇了平凡的農婦生活，嫁給了一個我母親不認同，但父親卻很欽佩的人。這一切是為了什麼？只因為我希望他未來能成就非凡。我真的愛他嗎？我不確定，但我的確被他的品格、魅力和領導才能所吸引。

他愛我嗎？我不確定。自從我們成婚以來，他仍然和朋友們出去醉酒，每天晚上夜不歸宿。他在外面有情婦嗎？我也不確定。如果有，我會十分在意的，但母親教導我不得嫉妒丈夫妾室。這個社會的古老規範對女性很不公平。男人可以妻妾成群，而女人則必須從一而終。為什麼男人要支配女人？我比大多數男人都聰明，卻仍要順從一個可能不值得我對其忠誠的男人。

他是好人嗎？值得嗎？我不太確定。不過，有兩件事讓我感到十分欣慰。當我在鎮上走動時，每個人都認識我，向我鞠躬，並稱呼我為劉夫人，因為劉邦在社區很受歡迎且受人尊敬。其次，與許多其他官員相比，即使他薪水微薄，幾乎不足以養家糊口，但他從不收賄。這些都證實了我婚前對他的看法。我相信他會有一個偉大的未來，我可以將我的一生託付給他。但婚後再想，我現在不太確定了。我感覺不到他對我在情感上的依戀和奉獻。他只視我為夥伴而已。」

呂雉接著自言自語道：「那麼，這是妳想要的嗎？妳想成為偉大的人。和他做伴侶有什麼不對？是的，忘掉所有浪漫的想法吧。那些只適合沒頭腦的女孩子。妳希望他成功，這樣妳就可以分享他的成功。所以，妳應該繼續支持他。」她從白日夢中醒來，在空中揮了一拳並說道：「現在該做家務了。」這些想法讓她如往常一樣過著自己的日子。

做完一天家務，當太陽即將落山之時，呂雉勤懇地為家人飯。這一天是個難得的日子，劉邦提前回家吃晚飯。

圍坐在餐桌旁，劉執嘉對著呂雉點頭，以慣常的感激之情開始說：「我的好媳婦，謝謝您今天的辛勤工作。」

劉執嘉轉向劉邦，詢問道：「今天府衙裡有何大事嗎？」

　　劉邦有些漫不經心地回應：「沒什麼特別的，和往常一樣，爹爹。」

　　他們的談話突然被敲門聲打斷。「請進，門沒鎖，」劉執嘉高聲回應。

　　一位年輕、高挑、性感的女人進入，懷裡抱著一個嬰兒。

　　劉執嘉保持著主人的禮貌，有禮地詢問：「這位大姐，需要我們幫忙嗎？」

　　那個女人叫曹娟，她直指劉邦：「您應該問他。」

　　劉邦驚慌失措，結結巴巴地說：「娟，您為什麼來這裡？」

　　曹娟無奈地說：「我是來提醒您的，這是您的兒子，您不應該放棄認他、照顧他的誓言。」

　　這突如其來的揭露讓劉執嘉驚訝不已，有些措手不及。他激動且興奮地轉向劉邦，追問道：「這孩子真的是您的嗎？」

　　劉邦被迫承認，嘴角帶著苦笑：「是的，」聲音小的幾乎聽不見。

　　出乎所有人意料的是，劉執嘉突然放聲大笑，雀躍不已。他渴望多年的孫子終於降臨了，他的夢想終於實現了。這個壯健的嬰兒是他的孫子，這讓他將劉邦有私生子和情婦的不當行為拋諸腦後。

　　此時，呂雉靜靜地坐著，內心的怒火爆發了。她的心跳得如此劇烈，彷彿想要從胸膛衝出來。她的臉漲得通紅，流露出憤怒和內心的不安。她無言以對，眼神清楚地透露心中的憤怒。

　　「他幾歲了？」劉執嘉興奮地問道。

　　「快滿一個月了。」曹娟回答。

　　「叫什麼名字？」

　　「還沒有名字。」曹娟回答。

　　劉執嘉於是站起來，把嬰兒抱在懷裡，親切地吻了他的臉頰，說：「這個小胖子真可愛！」然後他轉向劉邦說：「看看他。他的鼻子和眉毛都很像您。感謝上天，我們家終於有後了！」

　　「既然他還沒有名字，那我就叫他劉肥（因為他是個胖子），」劉執嘉說。

　　他又轉向曹娟，問道：「這個孩子您打算怎麼辦？您是把他交

給我們照顧，還是留下來和我們一起照顧？」

曹娟回答道：「我真的不在乎你們是否允許我留在您家，只要你們能找到一位養母或其他人來照顧他就行了。我很痛心要離開我的兒子，但我別無選擇，我要經營餐館，根本沒有時間照顧孩子，更別說以後撫養他成人。」

「將嬰兒與母親分開是不人道的。您何不留下來，關閉您的餐館呢？雖然我們的房子不大，但我們容您一人還是綽綽有餘的。歡迎您加入我們的家庭，」劉執嘉說。他接著轉向劉邦：「說吧，您希望她留下。」

「是的，請留下，」劉邦矛盾地說，同時把目光投向仍然坐在那裡的呂雉。

「太好了，您現在是我第二個媳婦了，」劉執嘉對曹娟說：「我們來辦個簡單婚禮，您來給我磕三個頭，叫我一聲爹就夠了。從現在起您就是我家中一員。」

劉邦走過去牽起曹娟的手，和她一起跪在他父親面前磕了三個頭。這個簡單的儀式就將他們的非婚關係正式化了。

劉執嘉接著告訴曹娟：「以後您就住在呂雉和劉邦房間旁邊的那間。那間房間原本是二兒子劉喜的，自從他搬到外縣後，這房間已經空了好幾個月。您儘快關閉並賣掉您的餐館。」

「是，爹爹。」曹娟回答。

眾人沒有心情繼續吃飯。

呂雉退到屋內，再也無法壓抑心中憤怒。她激動的聲音在房間裡回蕩：「您欺騙了我。您就是個騙子！」

「噓，小點聲，咱們別吵架，別讓父親不安，」劉邦低聲懇求，隨後為自己辯解：「我沒有欺騙您。」

「您怎麼能這麼說？在我父親壽宴那晚，問您是否已成家，您說沒有。」呂雉反駁道。

「我說的是實話。我與曹娟從未正式成婚。我說我未婚，是指從法律上來說我沒有妻室。她只是我的女友，或者隨便您怎麼稱呼。我跟她的關係雖然已經很久了，但從未正式確定。我承認，我在認識您之前就認識她了，並且欠她很多，」劉邦試圖解釋。

呂雉淚流滿面地繼續說:「母親教導我不要嫉妒丈夫的妾室。這是個荒謬的傳統,但我是孝女,我尊重母親的教導。我會試著接受您的妾室、情婦或者隨便您怎麼稱呼她。但她為您生下長子這一事實讓讓我很不安,將我現在肚子的孩子陷入於不利地位。這對我和孩子都不公平,」她一邊說,一邊本能地將手放在腹部。

「呂雉,不要擔心。劉肥是非婚生子。他對我的財產或封銜沒有任何法律權利。而且,真的嗎?您懷孕了?這真是好消息!我深愛的妻子,我向您保證,如果他日我為王,您就是我的皇后。如果我們的孩子是男孩,他就是太子,我的繼承人。如果是女孩,她就是我們心愛的公主。」

「您必須遵守這個承諾,」呂雉堅定地堅持。

「我發誓,我會的。順便說一下,請您善待曹娟,就像對待您的妹妹一樣。她是個好女人。她是無辜的,都是我的錯。」

「我不理會她無辜與否。如果您真的後悔了,您就得彌補。您每月只能與她共度兩晚,」呂雉為將來劃出了明確的界限。

第六回: 送別

本回人物介紹	
曹娟	劉邦的妾室
呂雉	劉邦的妻子
劉邦	本回主角
本回地點介紹	
驪山	陝西省

曹娟很快賣掉了她的餐館,但她並不後悔,因為客人稀少,她也無法靠餐館維持生計。她是個窮女孩,沒有親戚,沒受過多少教育,也沒有什麼技能,但她明白,自己的生計將依賴於劉家。她深

感劉邦不會拋棄她，因為他們不只是多年的玩伴。他們就像同一豬圈裡的豬，玩鬧、自由自在、有趣，甚至有時也很骯髒。十四歲那年，父親過世後不久，她就認識了劉邦。她崇拜劉邦，被他的男子氣概、幽默感和積極的人生觀所吸引。她常對自己說：「我是誰？我誰也不是。我生命中唯一重要的人是劉邦。」現在她已為他生下一子，這個兒子比她自己更重要。

為了兒子、為了讓劉邦安心、以及家庭的和諧氛圍，她願意在家庭中扮演一個卑微的角色，服從於呂雉。她總是避免與呂雉爭吵。為了為家中做些貢獻，她總是主動幫助呂雉做一些瑣碎的、辛苦的事。她稱呼呂雉為「大姐」。因此，她的家公很滿意她的行為、順從、勤勉、合作態度和和藹的舉止。

接下來的兩個月，家裡的生活平靜無事，直到一場潛在的危機出現。

夏末的某一天，劉邦被召到沛縣縣令府衙。

縣令對劉邦說：「朝廷需要很多工人參與驪山的建設和採礦工程。我已經登記了三百名工人，他們是從本縣的囚犯和奴隸中選出。我現在命令您護送這群人去那座山。您可以帶十名守衛。步行過去大約需要四十天，您必須在四十三天內到達。如果錯過了期限，您將被解僱。更重要的是，如如果有囚犯逃跑的話，您就會被判處死刑，明白嗎？」

「是，大人，」劉邦回答道。

這確實是一項艱鉅的任務，因為通往驪山的道路狹窄、曲折崎嶇，而且途中還有土匪。

他回家後，向家人講述了這項任務，並表示如果一切順利，他將離家三個月左右。

隔日一早，劉執嘉、呂雉和曹娟齊聚，向劉邦告別。父親遞給他一包吉利紅包，一個小小的舉動，卻蘊含深厚的意義。呂雉溫柔地擁抱丈夫，手輕輕揮動著依依不捨的告別。曹娟默默無聲、含淚站著，眼睛跟隨著劉邦的每一步。她的情緒突然湧現，她衝上前，從後面緊緊擁抱劉邦。他轉過身來，給她一個深情的擁抱，並在臉頰上印下一個溫暖的吻。他們的反應是那麼自然、自發、且極具衝

動。

呂雉看著他們，一股嫉妒的情緒刺痛了她的心。儘管她知道並接受他們的關係，她還能忍受著丈夫偶爾留宿曹娟臥室內這個事實。她不在乎眼看不見的事。然而，目睹丈夫公開、深情地擁抱另一個女人，對她來說是無法忍受的。她想著：「當劉邦擁抱我時，我感受不到他對我有如此溫馨和深情。」她逐漸意識到：「他對她的感情一定更深，只是一直瞞著我。」

接下來的兩天裡，劉邦和曹娟相擁一幕繼續困擾著她的思潮，無情地折磨著她的心。

第二天早晨吃早飯時，呂雉隨口向曹娟抱怨道：「您的孩子整夜哭鬧，把我吵醒了，真煩人。您能管管嗎？」

「對不起，大姐，」曹娟回答說：「孩子半夜餓了就會哭，讓我餵奶。我也不知道該如何是好。」

「那您住在離我遠一點的另一間屋子吧？或者選個僕人房？」呂雉建議道。

劉執嘉聽到這個建議，心中很不高興。但他不想激怒呂雉，引起爭吵。他溫和地說：「這對孩子不好。冬天快到了。」

「沒問題，我可以在僕人房住幾個月，直到孩子不再夜醒。我可以多帶幾層棉被過去保暖，」曹娟溫和地說。

第七回： 押送奴隸之旅

	本回人物介紹
劉邦	本回主角
	本回地點介紹
驪山	陝西省
沛縣	江蘇省
碭山	河南省和江蘇省之間

劉邦的旅程艱辛異常，途經驪山時更是如此。深秋的寒氣逼人，道路崎嶇，穿行於深谷與陡坡之間。對於那些手鐐著的囚犯來說，這段路程更加艱難，腳步難以保持平衡，從而使得進行速度大大減慢。但對劉邦來說，這還不是最糟的。

一天夜裡，當他正要在帳篷裡休息時，一名守衛跪進來，聲音顫抖地報告道：「剛才點名時發現有幾名囚犯失蹤了，我不知道他們去哪了。他們很可能已經逃跑了！」

第二天早上，另一名守衛又來報告說又有囚犯逃跑了。

劉邦開始慌了。他心想：「路程還不走到一半。以這種速度，最終他們都會逃之夭夭。我怎麼空手匯報？這肯定會讓我面臨死刑。」

「繼續上路，我必將命喪黃泉。但如果我起義，至少還有一線生機。我別無選擇，只能起義。」

他隨即召集所有剩餘的囚犯，並向他們宣布：「我現在釋放你們。快跑吧！我也將逃命，加入起義軍。」

聽到劉邦的驚人命令後，一些囚犯立即逃之夭夭。而一些強壯的年輕人則選擇留下，他們圍繞在劉邦身邊，士氣高昂地喊著：「打倒秦朝！打倒秦朝！劉大人，請做我們的領袖，一同為自由而戰！」

劉邦命令衛兵給所有人分酒，一齊分享同志間的情宜。他們聚集在一起，舉杯暢飲，直到天亮。

次日清晨，這支不足百人的起義軍返回沛縣。在一個午後，他們在路上驚駭地發現一條白蟒橫躺在路上。劉邦果斷拔劍，將蛇劈成兩半。夜間，在白蟒被殺的地方發生了一件神祕的事件。一名老婦人現身，哭泣悲嘆：「我兒是天庭白神的後裔，白蟒是他的化身。可惡，他被紅神化身所殺。」說罷，她便消失無蹤。這一事件令眾人心生寒意，紛紛解讀為天意。認為劉邦是神明在人間的化身，注定滅亡秦朝。眾人認為劉邦是國家的救世主，這個信念和謠傳迅速在人們心中紮根。

起義軍在沛縣附近的碭山找到了一個洞穴，作為藏身之地，並在那裡建了山寨。部分隊員悄然回到縣城，講述白蟒之死的經歷，

並傳播著劉邦是天神化身來拯救國家的的消息。這個故事深深感動了人們，吸引了縣裡無數年輕信徒。就連劉邦的一些老友也被這股熱潮所感染，紛紛加入這個日益壯大的起義軍。不久，這個群體迅速擴大到數百人，他們因相信領袖的神聖使命而團結一心。

第八回： 山寨

本回人物介紹	
劉邦	本回主角
呂雉	劉邦的妻子
本回地點介紹	
驪山	陝西省

劉邦離家兩個多月了，劉家仍沒有任何有關他的消息。他們聽說劉邦組建了一支起義軍隊，但心存疑慮。一天早上，一名信差出現在門口，要求見呂雉。簡短介紹後，他遞交一個密封盒子，聲稱是劉邦寄來的。

呂雉打開盒子後，看到一封寫在長布上的信：

「吾妻，

這封信並不是我親筆寫的，因為我沒有足夠的詞語來表達我目前的處境。我請一位隨從代筆，我口述寫下了這封信。您可以對比封末和我們成婚證書上的指紋，以驗證此信真偽。

長話短說，我現在處於緊急狀況。無奈之下，我決定組織一支個起義軍隊。在前往驪山的途中，部分囚犯逃跑了，而我也因此犯下了滿門抄斬的重罪。因此，我決定冒險一搏，力求突圍。我深感遺憾的是，這次不幸的事件將給您、父親和家中其他人帶來災難。

我現在和我的軍隊藏匿在附近的山中。我已聚集了數百名願意與我並肩作戰的年輕追隨者。然而，要向如此多的人提供食物和其

他物資非常困難。此外，軍隊還需要製造武器和箭矢。我不想搶劫無辜家庭或過路商人。我試圖從有限的支持者那裡籌集資金。

因此，我希望您能幫助我和我的軍隊渡過這個暫時的危機。如果我們能盡快征服一些領土，我預計情況會有所改善。

我希望您能從您父親和兄弟那裡籌集一些資金，以購買糧食和其他必需品，並運送到我的基地。我迫切需要您的幫助，否則我將面臨滅亡。

準備好後，您可以跟隨信差來到我的藏身之處。

以我指紋簽名。」

讀完信後，呂雉震驚不已。她雙手顫抖，額頭上滿是汗水。她想道：「我該抗爭還是逃跑？如果我不幫他，他就會被殺，此外，他所有的親戚，包括我、我的父母、兄弟姐妹，也會被處死。對於我和劉邦來說，只有一條無路可退的狹窄道路，那就是戰鬥到底，直到推翻秦朝。父親對今天的事件有預見。當我決定嫁給劉邦時，我欣賞他的氣度。我是不是太天真了？我只考慮了他的好處，忽略了他的壞處。劉邦這樣的人終有一天會成為叛徒，給我和我的家庭帶來災難。我害怕嗎？不，我不應該是個懦夫。我曾想過要成為偉大的人，他將是我最好的夥伴。我曾發誓要支持他，仍然相信他會成功。我現在必須幫助他。」

隨後，呂雉從嫁妝箱中取出兩塊金磚，這是她父親在婚禮前一天給她的。她用這些金磚買了許多袋糧食、五頭豬、新鮮和醃製的蔬菜、金屬工具、布卷、針線和其他必需品。然後，她將這些貨物裝載到五輛馬車上，其中四輛是向鄰居借來的，一輛是她家的。她還借來了十匹騾子拉車，每輛車綁了兩匹騾子。

她原本想將貨物託付給外面的保鏢，但仔細一想，她改變了主意。她想：「保鏢可能會侵吞貨物，或者途中有強盜搶劫。最糟的是，保鏢會知道劉邦藏身之處。此外，我還想親自帶兩塊金磚給他。但現在我懷孕了，路上會很危險，誰能保護我？」她想到了她的兩個兄弟，他們都是武藝高強、劍術嫻熟的人。於是她請他們擔任她的護衛。

　　五輛騾車：哥哥在前面，接著是她僱用的一名農夫，呂雉自己和另一名農夫，弟弟則在最面。為了避免被政府發現，幾人半夜便開始進山。第二天黎明前，隊伍就到達了劉邦的藏身處。

　　山寨位於山中一個大洞穴內，入口處有石頭和樹幹築成的屏障。進入洞穴後，呂雉對洞內井然有序的組織驚訝不已。每一個角落都被分配得井井有條：軍事訓練、武術訓練、熔煉鐵銅、將熔化的金屬鑄造成武器和頭盔、烹飪、用餐等等。每個人都在忙於履行自己的職責。這是呂雉第一次目睹劉邦的領導能力。

　　劉邦的帳篷位於洞穴深處。帳篷裡面席地擺著一張簡陋的乾草床，劉邦正忙著指揮他的隊伍。他態度認真殷勤地迎接呂雉及其兄弟。他的話語簡短達意，足以看出他所承受的巨大壓力。

　　劉邦溫柔地擁抱呂雉，說道：「非常感謝您過來，並帶來了我急需的物資。」看到她隆起的小腹，他輕輕摸了摸她，問道：「預產期是什麼時候？」

　　「我不確定，可能還有兩個月吧。」呂雉回答。

　　「這是好消息。但我可能無法看見孩子出生。如果是男孩，就給他取名為劉盈（意為豐盛）。如果是女孩，就叫她劉魯。」劉邦說。

　　「我很想您。我可以在這裡陪您幾天嗎？」呂雉問。

　　「當然，如果您不介意睡地上的乾草，吃難以入口的食物。」

　　「我不介意。」呂雉回答。

　　「一定不要傷害到孩子。」

　　「我會照顧好自己的。」呂雉說。

　　下午時分，消息迅速在隊伍中傳開，劉邦的妻子呂雉來到了山寨，並為他們帶來了急需的物資。當她走到洞穴的中央時一股敬意和感激之情油然而生。隊員們齊刷刷地站起來，有的拍手，有的抱拳，大家一起激昂地歡呼起來：「劉夫人萬歲！」呂雉被這樣熱烈的團結氛圍所感動，眼淚湧上心頭。這一刻更加堅定了她的信念，她的丈夫確實贏得了追隨者的心，確實是一位偉大的領導者。

　　逗留期間，呂雉積極參與隊伍的活動，幫忙製作鎧甲。她小心翼翼地將小而薄的金屬縫製在布料底上，製成了用來保護士兵軀幹

的防護背心。她還以類似的方式製作了肩甲和臂甲。在完成了幾套盔甲後，她還花時間將自己的知識和技能傳授給其他隊員，教他們如何自製盔甲。

回顧在山寨的時光，呂雉感到一種深切的成就感和使命感。這次訪問是如此的有益且有影響力，以至她決定在下個月分娩前再次前往山寨。

第九回： 分娩

本回人物介紹	
呂雉	劉邦的妻子
曹娟	劉邦的妾室
劉執嘉	劉邦的父親

接下來的一個月，呂雉又去了山寨三趟。每次都很順利，直到第四次返回途中。

一支由五頭騾子組成的隊伍，趕騾子人仍是那幾位。下午返回途中開始飄雪花，不到一個時辰，就下起了大雪。天色暗了下來，路上很快就覆蓋了一層厚厚的積雪。這時，呂雉感到裙子有些濕了。起初，她以為是融雪滲入了外裙，但她很快意識到外裙是乾的，這些水是從她的身體流出來的。

呂雉意識到自己即將臨盆，她開始恐慌，催促騾子加快步伐，但積雪、濕滑的道路阻礙了他們的進程。本應只需兩個時辰路，卻似乎無休無止地延伸著，裙子上的濕漬每一分鐘都在擴大。

午夜時分，他們終於到了呂雉的家。原本平靜的天空變成了暴風雪，狂風在夜裡呼嘯著。

曹娟在門口迎接呂雉，立即意識到情況緊急。她急忙將呂雉帶入房中，輕輕地扶她躺在床上。曹娟的思緒急轉：「她隨時都可能分娩。我們需要一名接生婦，但在這暴風雪中，我要去哪裡找接生

婦呢？我就是這裡唯一能幫助她的女性，但我對接生知識了解有限。自己分娩時，接生婦所做一切也只是模糊記憶。如果我做錯了怎麼辦？我可能會危及她和胎兒的安全。無論如何我都得嘗試一下。我必須保持冷靜和專注。」

面對這艱巨的挑戰，曹娟鼓起勇氣，決心盡她所能幫助呂雉渡過迫在眉睫的難關。

曹娟迅速指示呂雉的哥哥趕緊準備一把剪刀、一大盆熱水、許多毛巾和一個裝滿燃燒木炭的火爐。幾分鐘內，呂雉的痛苦叫聲充滿了整個房間，每一波痛楚都比上一波更加劇烈。當她的尖叫聲達到極點，就像屠宰場的豬一樣時，曹娟大聲鼓勵：「抬高您的腿！用力推。再用力一點。再用力……。」

當曹娟看到胎兒的頭皮時，她意識到胎兒太大，不易順利生產。她不得不採取一些非常規和緊急的措施，最終幫助呂雉順利生下了孩子。孩子的哭聲響亮而清晰，皮膚逐漸變成健康的粉紅色。曹娟深深吸了一口氣，小心翼翼地用溫水清洗嬰兒，然後用毛巾將其裹住。她鬆了口氣，抱著嬰兒走向呂雉。然而她卻發現，呂雉因產痛而暫時昏迷了過去。

曹娟抱著嬰兒走出房間，給房間外焦急等待的家公和伯伯們看。

「是男孩還是女孩？」劉執嘉問道。

「她是個女孩，」曹娟回答。

「嗯！」劉執嘉失望地發出聲音，他本來渴望再多一個孫子。

此時，他們聽到臥室內呂雉的呻吟聲，呂雉已醒。曹娟立刻回到臥室內，擦拭呂雉臉上和手臂上的汗水，將嬰兒放入呂雉的懷中，嬰兒立刻停止哭泣。

呂雉溫柔地對曹娟說：「謝謝您。今晚如果沒有您的幫助，我可能早已不在人世。」

第十回：獄室與暴動

本回人物介紹

蕭何	沛縣行政官
曹參	沛縣監獄首長
劉邦	本回主角
陳勝	首位起義的領導人
樊噲	沛縣軍官兼劉邦舊友
呂雉	劉邦的妻子
曹娟	劉邦的妾室
劉執嘉	劉邦的父親

　　一個月後，沛縣縣令衙門召開了一次重要會議。出席的有縣內首席行政官蕭何，以及縣巡捕與監獄部門的負責人曹參。

　　蕭何約三十五歲，目光銳利，有學者氣質。他的舉止總是沉著克制，話語雖少，但每一個字都意味深長。他深思熟慮、一絲不苟的工作作風贏得了上司的器重。

　　曹參也是三十五歲左右，不僅武藝高強，對秦朝法律也有著深刻的理解。正是這兩項技能讓他升至現今職位。像蕭何一樣，縣令也認為曹參思維能力深厚，專業知識精通。

　　會議開始時，縣令告訴他的兩名部下，他已知道山中叛軍領袖的身份，就是劉邦，他曾是沛縣一個亭長，現已成為政府叛逆。

　　會議中他問部下：「我想派一個營去消滅他們。你們怎麼看？」

　　蕭何回答道：「消滅這支起義軍是不明智的。您以前告訴我們，您也打算加入陳勝的革命軍。因此，劉邦和您是同一陣線的。如果您消滅了他的起義軍，實際上是削弱了整個革命運動的力量。您應該邀請他加入您，這樣您就可以在加入陳勝之前增強您的軍隊力量。」

　　「這個想法有道理。我們可以派誰去跟劉邦談判？」縣令問道。

　　「我建議派我的軍隊的中士樊噲去，」曹參提議。

　　「那就按計劃行事吧，」縣令下令。

第二天一早，樊噲去山上執行任務前，路過縣令的府衙。他偷聽到縣令與另一位謀士對話：「邀請劉邦加入您，猶如招狼入室，蕭何和曹參可能是劉邦的同謀。他們會反叛，並且殺死您。因此，您應該先除掉蕭何和曹參，接管曹參的軍隊，然後俘虜劉邦的家人作人質。」縣令聽了這些話，改變了主意，策劃突襲並逮捕蕭何和曹參。

聽到這番對話，樊噲立刻告訴蕭何和曹參，提醒他們即將到來的危機。蕭何和曹參毫不猶豫地翻過縣城圍牆，逃離了縣城。二人隨後加入了劉邦的起義軍。

此時，一群士兵去了劉執嘉家，逮捕了全家人，並將他們關進骯髒的監獄。呂雉和曹娟與他們的孩子被關在同一牢房中。劉執嘉被關在另一間牢房。

隔天早晨，呂雉給剛出生的孩子餵奶時，發生了一件令人不安的事。一名獄卒走過牢房，正好看到呂雉裸露的肩膀。他突然被原始衝動所驅使，失去了控制，闖入了牢房。他一手粗暴地將呂雉推倒在地，另一手試圖脫掉她的衣服。正當呂雉奮力反抗時，曹娟迅速爬了過去，站起來，猛力踢向獄卒的大腿。

「別碰她！」曹娟怒吼一聲，眼中噴出怒火：「您得先過我這一關！」她使出渾身的力氣，連續踢了好幾腳。獄卒先是一愣，隨即回過神來，試圖制服曹娟。她像一隻野蠻的母老虎般激烈反抗，試圖咬住他的手和手臂。經過一兩分鐘激烈的搏鬥，獄卒終於從腰間拔出一把匕首，並將匕首抵在曹娟的喉嚨上，要求她立即投降。

關鍵時刻，一道高大身影闖入了牢房。他用力擊中了獄卒的頭部，將他撞到了幾尺外的牆上。頑強的獄卒重新爬起來，抓住巨人的腿。巨人毫不動搖，用腳踩碎了獄卒的手，大聲咆哮道：「您不過是隻讓我隨意宰殺的畜生。您認得我嗎？我曾是聞名遐邇的屠夫！」他迅速拔出劍，直刺獄卒的心臟。

曹娟目瞪口呆地認出了他，驚呼道：「您是樊噲，劉邦的好友！」

樊噲宣布道：「是的，別害怕。我來救你們了。劉邦的大軍馬上就要到達。我們出去迎接他們。跟我來。」他迅速解開了呂雉和

曹娟的枷鎖，帶領他們穿過昏暗的監獄走廊。

當他們經過關押劉執嘉的牢房時，樊噲用力踹開了門，將他釋放。

樊噲提醒眾人：「我們不能從正門出去，那裡有很多守衛。我知道一條通往外面的隱蔽通道。跟我來，但要小心腳下地面很不平坦。」

他們小心翼翼地摸索著穿過黑暗的隧道。在隧道出口處，樊噲遇到了兩名守衛。他迅速拔出劍，精準地將他們擊倒。當他們走進鄰近縣衙的廣場時，看到一片混亂的景象。一大群暴動的民眾——農民、勞工、奴隸、男人和男孩——匯集在此，揮舞著各種武器：刀、叉、斧、鍬、矛、劍和棍棒。暴動者和官兵正在激烈地戰鬥。

經過一個時辰的激烈戰鬥，暴動者終於突破了縣城的城牆，讓劉邦率領的裝備精良的軍隊瞬間湧入，迅速制服了官兵，果斷擊敗了他們。

樊噲看到劉邦，大聲喊道：「劉邦，您的家人在這裡！」

劉邦帶著一隊士兵趕來。他指示樊噲和一些士兵將他的家人護送到縣城外的安全地區。

劉邦在縣衙內看到縣令，瞬間斬下了他的頭顱，並向暴動者展示，作為他們勝利的象徵。他宣布：「腐敗政權的捍衛者們，投降吧！你們的時代已經結束。我們已經勝利。要麼加入我們，要麼面對憤怒的人民。」

戰敗的官兵放下武器投降。數萬人歡呼雀躍，高呼：「打倒秦朝政府！」婦女和老人也加入其中，他們的聲音與解放的歡呼交織在一起。

突然，有人大聲喊道：「劉邦萬歲！」很快，眾人紛紛附和了這句話。廣場上掀起了一陣讚美之聲；有的甚至跪下向劉邦磕頭，懇求道：「請您做我們的領袖，我們的主人。救救我們吧。」

在這股熱情過後，蕭何提議給劉邦一個新稱號—沛公，並作為沛縣的領袖和縣令。劉邦自豪地接受了。

這標誌著劉邦革命征程的第一次勝利。

第十一回： 和解

本回人物介紹

呂雉	劉邦的妻子
曹娟	劉邦的妾室

劉邦一家離開了老宅，搬進了縣令府。這座府邸的建築風格與呂文的相似，只是略大一些。呂雉和曹娟不再需要到田間耕作，於是便把農田租了出去，微薄的租金收入貼補了劉邦做縣令的豐厚俸祿。

數月分離後，劉邦終於能與家人享受平靜的時光。一切都安頓好了，唯獨呂雉被嚇成精神病患。白天，她顯得呆滯、疲憊、神志恍惚和沮喪。她經常做惡夢，夢見牢房裡的可怕場景。在夢中，她時常看到怪物試圖攻擊並殺死她，而她掙扎並反擊，她總是能用劍斬斷怪物的頭部，從而消滅它們。之後她就醒來，無法再入睡，怕做同樣的惡夢。在另一種惡夢中，她看到一位身穿白袍的天使拯救她逃離怪物。

家公找到了一位巫婆，巫婆聲稱呂雉被惡魔附身，必須驅魔。於是他們便請巫婆做了幾場神秘法事。然而，幾天過去，惡魔並未離開。

大約一個月左右，呂雉對那場可怕事件的記憶逐漸淡忘，精神病患也逐漸康復。頭腦清醒時，她常試圖分析惡夢的含義，以及夢中的天使是何人。她想：「那天使一定是殺死獄卒的樊噲。不，那天使看起來像個女人。或許，曹娟就是那個天使。對了，我記得她在我分娩時也救了我的命。事實上，她已經救了我兩次。」

呂雉深思熟慮後道：「她可能是我生命中注定的守護者。我以前對她態度惡劣。哦，我很抱歉。我必須找個機會向她道歉。我應該和她交好。」

一個早晨，呂雉在庭院看到曹娟正在餵鳥。呂雉走過去對她說：「我可以和您一起餵鳥嗎？看著它們飛來飛去尋找食物，真有

趣。」

「不僅是尋找食物，還包括尋找交配伴侶。看，那隻雄鳥正在試圖吸引那隻雌鳥，」曹娟回答。

「鳥兒和人類一樣嗎？一生只有一個交配伴侶，還是有多個伴侶？」呂雉問。

「有些鳥一生只有一個伴侶。比如鴛鴦，」曹娟回答。

「如果一生只有一個對您忠誠且關愛您的伴侶，那該有多好、多浪漫啊？」呂雉問。

「嗯，鳥是鳥，人是人。我們的本性不同，」曹娟說：「男人天生是獵人，他們的本能是狩獵、征服和繁衍，以便在惡劣環境中生存。」

「所以，您不在意丈夫有或想要多位妻妾，與您競爭？」呂雉詢問。

「我為什麼要在意？」曹娟平靜地回答。「我認為這就是大自然的規律。自然界經常淘汰那些無法追求和贏得女人的男人。我對那些過度依賴母親或妻子的男人不削一顧。這樣的男人如何能夠面對逆境，保護他們的家庭？我更喜歡有激情、有能力取得偉大成就的男人，而非軟弱且優柔寡斷之人，」她自信地說。

「但您不擔心，與其他妻子相比，您會受到不公平待遇，或者她們剝奪您應得的東西嗎？」呂雉追問道。

「我對男女關係的看法並非基於給予和接受的交易平衡，」曹娟解釋道。「例如，我對劉邦的愛是本能的。只要看到他，我的心就會溫暖，我的日子也會變得明亮。我不向他要求任何東西。知道他正在蓬勃發展對我來說就已足夠。能在他身邊我就知足了；他是我的一切。這就是為什麼我從未向他催婚。我為什麼要對他主張所有權？為什麼要跟他妻妾為一些小權利爭論呢？」。

她繼續說：「我認為，通過婚姻的約束來確保男人的愛與真愛的本質相悖。古代哲學家談論真愛，然而他們又支持限制性的婚姻制度，我認為這損害了愛情的自然基礎。想想鴛鴦，它們不需要儀式或誓言。此外，婚姻概念導致了壓迫性規範，例如女子的順從、複雜的繼承法律，以及將無子妾室與已故丈夫一同活埋等駭人聽聞

的習俗。人為規則不可避免地會導致有害後果。歷史充斥著妻妾、王子和兄弟之間的貪婪和權力鬥爭，導致戰爭和無數無辜者受難的故事。」

「我現在明白您為什麼一直未與劉邦成婚，」呂雉說：「其實您比我更早成為他的女人，但您從未嫉妒我。這一點，我應該向您道歉，因為我誤會並嫉妒您。您反而在兩次危機中救了我的命。我非常感謝您。」

「您不必謝我。我只是一個簡單且未受過教育的女人。我沒有讀多少書，對正義、忠誠等抽象概念並不太了解。我只是聽從內心的聲音。輪到我的時候，我會盡我所能迎接挑戰。我不會權衡風險和回報，不會事先談條件，也不會事後索取任何回報。我甚至不期望任何回報，這樣我就不會失望。所以，請您不要覺得欠我什麼，」曹娟說。

「您確實是一位偉大的老師。今天我在您身上學到了很多東西，」呂雉說。

「不，您比我更有教養，也更聰明。我一直把您當作姐姐，」曹娟說。

談話過後，呂雉心裡踏實了，相信曹娟會原諒她過去的不當行為。

第十二回： 攻下豐邑

本回人物介紹

曹參	劉邦部下將軍
蕭何	劉邦的謀士
樊噲	劉邦好友兼部下將軍
雍齒	劉邦部下的叛將,向魏國投降

本回地點介紹

沛縣	江蘇省

泗水郡	江蘇省
豐邑	江蘇省

自從曹參將約兩千名舊縣府衙士兵調入新建立的部隊後，劉邦的軍隊已擴大至約三千名士兵，並得到了縣庫和糧倉中豐富的金錢和糧食的支持。

在一次官方會議上，蕭何建議將軍事基地搬到距離沛縣一百里的豐邑城。他說：「沛縣地處平原，防守困難。相反，豐邑城位於陡峭山頂，敵人必須攀爬陡坡並克服城牆。由於我軍規模較小，我們的首要任務是防守而不是進攻。我們需要在豐邑建立一個強大的基地。」

劉邦接受了蕭何的建議，下令將軍事基地遷至豐邑。他派樊噲帶領一千名士兵駐守沛縣，家人亦留在沛縣，而自己則駐留於新軍事基地。軍隊進駐豐邑後，便開始挖掘深壕、在城牆周圍豎立路障，並在城內挖了一條隱蔽隧道，直通山下出口，以加固防守。

泗水郡郡守聽到劉邦起義的消息後，決定要及早剷除劉邦。他派遣郡將軍率領五千人營兵圍攻豐邑。

官兵在山下扎營，等待攻擊叛軍的良機。天氣涼爽、多風且乾燥。劉邦、蕭何和曹參在城內耐心、冷靜地等待與敵人正面交鋒。

強風從城中吹向官兵營地，劉邦的士兵從城牆上扔下了木桶。有些桶子裝滿了易燃油料，有些則裝滿了從酒中蒸餾出的濃酒精。士兵點燃了附在桶上的引信，然後將桶子扔下。數百個燃燒的桶子滾向官兵營地，瞬間經過的樹木、乾草和灌木也相繼著火。不久，整個營地都燃起了火焰。此時，劉邦揮舞著武器，率領數百名騎兵和數千名步兵向敵軍衝去。剛才還在睡夢中的官兵紛紛狼狽而逃。同時，曹參帶領數百名士兵穿過隱蔽隧道來到官軍後方，封鎖了逃兵的退路。劉邦策馬朝政府軍的指揮中心走去，指揮官仍在急忙穿戴鎧甲，在他尚未找到劍前，劉邦便已衝進帳篷，將他殺死。黎明前，官兵已被殲過半。剩餘的繳械投降，被鎖上鐵鍊帶入城中。

劉邦凱旋回歸，他的追隨者和豐邑百姓早已在城內排起長隊，

沿街為他歡呼。戰俘們被帶到城中廣場，人群高喊：「殺了他們，殺了他們！」劉邦來到廣場，下馬，親自給一些俘虜解開鎖鏈和手銬，並向俘虜和圍觀群眾大聲宣布：「你們身為士兵，必須服從命令。我不會因你們對抗我們而怪罪於你們。那不是你們的錯。但現在，你們應該加入我們，共同對抗腐敗政府。只要加入我們，你們就會獲得自由，以及相應的獎勵。」於是，所有戰俘紛紛舉手，表示願意加入劉邦的起義軍。隨後，他們受到了人道對待，為所有人提供了食物和水，傷口也得到了妥善處理。

經過此戰，劉邦軍中士兵人數增加了兩千人，達到約五千人。官兵戰敗消息迅速在泗水郡傳開。郡守得知此事，驚慌失措，一日之內，大軍被殺，剩下的士兵也紛紛逃走。

劉邦決定乘勝追擊，率領蕭何、曹參等大軍北上，直抵泗水郡的首府。泗水郡郡守在逃亡途中被劉邦軍隊殺死。劉邦命令雍齒留守豐邑，確保城池安全。自起義以來，雍齒是一直是劉邦可信賴的助手。

隨後，劉邦輕鬆攻克了泗水郡的許多城池。在此過程中，他的軍隊規模和戰爭資金不斷增長。

然而，劉邦因一連串的小勝利而得意忘形、過於自信，將豐邑城軍事基地的弱點拋諸腦後。該基地由雍齒指揮的少量部隊守衛。魏國對豐邑城覬覦已久，察覺到豐邑防守薄弱，便派出大軍圍攻。面對強敵，看似忠臣的雍齒決定投降。魏國賜予雍齒重金、豐邑太守之職，以及數千士兵。

雍齒投降之事令劉邦萬分沮喪，他心想：「這都是我的疏忽，錯信了雍齒，失去了軍事基地。我由此得到了一個很好的教訓。今後，在授與部下兵權時，一定要慎重。將軍可以為我取勝，但如果他背叛了我，他也能毀滅我。魏國暗箭傷我，實不可原諒，雍齒背叛我，亦不可饒恕。此仇必報。」

第十三回： 攻略

本回人物介紹

蕭何	劉邦的謀士
曹參	劉邦部下將軍
劉邦	本回主角
章邯	秦朝將軍
陳勝	抗秦起義首領
吳廣	陳勝的副手
張耳	陳勝的謀士
陳餘	陳勝的謀士
景駒	陳勝死後的楚王
武臣	陳勝部下將軍，後來投奔到趙國
李良	趙國將軍，後來刺殺武臣
趙歇	張耳和陳餘推舉的趙王
韓廣	趙國將軍，後來建立燕國
田儋	齊王
魏咎	魏王
項梁	另一位起義領袖
項羽	項梁之姪

在一次與蕭何、曹參的戰略會議中，劉邦告訴他們：「我要向雍齒報仇，奪回豐邑城，然後再進軍，征服整個泗水郡。你們怎麼看？」

思考周密且睿智的蕭何溫和地說：「在您下這個結論之前，讓我們先回顧一下當前的天下形勢，了解我們的長處和短處。」

他繼續說：「首先，秦朝仍有一支強大的軍隊，有數十萬士兵和一名不敗將軍章邯。聽說他最近在多次戰役中擊敗了楚軍。楚國的革命軍是最大的一支起義軍，擁有二十多萬士兵，為陳勝與吳廣所建，分別自封為楚王和楚副王。他們的勢力一開始迅速增長。然而，陳勝是個軟弱的領導者，吳廣無能且不得人心。吳廣在內鬥中被殺，導致眾多功臣將領對陳勝失望至極，紛紛離開。例如，陳勝的得力將軍之一武臣，已離開並建立了趙國，自稱趙王。他帶走了

陳勝的兩位優秀戰略謀士張耳和陳餘。由於陳勝幕僚乃無能之輩，他屢戰屢敗，後來被秦朝不敗將軍章邯擊敗。在他去世後，景駒繼任為楚王。雖然楚國革命軍依然強大，但缺乏領導，內力薄弱。景駒需要招攬更多有才華的人以增強他的軍隊。

趙國軍隊初期曾多次取得勝利。然而，軍隊首領李良不久就發動叛亂，刺殺了武臣。隨後，武臣的兩位忠臣，張耳和陳餘擊敗李良，他於是逃亡並向秦朝政府投降。後來張耳、陳餘擁立趙歇為趙王。雖然趙國屬反秦陣營，但為了自己的利益，他們並非革命運動的真正支持者。

燕國是趙國的分支，由趙國將軍韓廣建立。他佔領了戰國時期舊燕國的領土。他對推翻秦朝不感興趣，而更專注於鞏固自己的燕國領土。

舊齊國王室後裔田儋，現佔領了舊齊國的一部分領土。他一心希望恢復舊齊國的輝煌，脫離秦朝獨立。因此，與革命運動相比，他更傾心於掠奪土地。

你應該警惕魏國，它由魏咎領導，他已經吞併了豐邑城，且坐擁大軍，與他作戰猶如雞蛋撞石頭。」

蕭何停頓了一下，接著進入會議的主題。他很有說服力地說：「與秦朝以及所有潛在的對手或盟友相比，我們的軍隊規模和實力都很小。幸運的是，秦朝現在忙於諸多內部問題和叛軍。我們最近的侵略行為可能已經引起了秦政府的注意。如果真是這樣，章邯可以輕而易舉地消滅我們。

況且，以小軍攻魏，我們無法再承受大敗。因此，我建議您投靠一支可靠的革命軍，以獲得庇護。有兩個盟友可能有興趣收容我們。第一個是新繼楚王景駒。他可能給您一些支持或將您的軍隊納入他的軍隊，因為他迫切需要增強軍隊的實力。

另一個潛在盟友是項梁，他是舊楚國的忠誠將軍。兩年來，他建立了一支革命軍隊，並取得了重大進展。他不僅是一位偉大的戰士，還是一位能力高超的軍事領袖。他的姪子項羽也是一位令人畏懼和勇敢的戰士。由於現在項梁的軍隊相對較小，我不確定他是否

願意收容或支持您。」

聽了蕭何的長篇大論後，劉邦站起來說：「我知道了。讓我考慮一下。」

第十四回： 張良

本回人物介紹

劉邦	本回主角
景駒	陳勝死後的楚王
張良	革命家和逃犯
張耳	初期是陳勝的謀士，後來投奔趙，成為趙國大臣
姜子牙	周朝開國元勳
蕭何	劉邦的謀士
曹參	劉邦部下將軍

本回地點介紹

博浪沙	河南省

幾日後，劉邦決心尋求新楚王景駒的支持。

一天清晨，劉邦在去楚國的路上被護衛叫醒，告訴他有一小隊逃亡者希望能見他一面。當他走出帳篷時，他看見一名三十來歲、衣衫襤褸、但不失風度的男子。這位男子相貌年輕，但帶稍許女人氣質，其眼神銳利，流露出非凡的智慧和視察力。他身形纖細、動作敏捷且優雅。他的舉止自信、從容不迫。

劉邦好奇地走向陌生人，禮貌地問道：「有什麼可以幫您的嗎？」

對方回答道：「我是張良。您大名如雷貫耳，我認為我們志同道合，希望能與您結交，不知可否借一步交談？」

劉邦被張良的沉穩和氣質所吸引，熱情地邀請他進入自己臨時搭建的府衙。坐下後，張良開口說道：「讓我正式向您介紹一下自己。我來自韓國，現在正在躲避秦朝的追捕，他們指控我企圖暗殺秦始皇帝。過去兩年，我一直在逃亡，不停地轉移和隱匿。」

劉邦插話問道：「您能告訴我原因嗎？」

張良說道：「說來話長，讓我先講一下我的背景吧。我生於韓國一個望族，祖父和父親都曾是韓國的丞相。秦國吞併韓國後，我的家被毀，眾多親人和族人均慘遭殺害。因此，我決心報仇，策劃暗殺秦始皇。我變賣了家中所有財產，並用這筆錢僱了一位壯漢，以刺殺秦皇。我們製造了一把巨型鐵錘，重一百十二石，在秦始皇隊伍經過博浪沙時伏擊了他們。壯漢將鐵錘丟向秦始皇的馬車。可惜錘子誤擊了另一輛馬車，未能擊中目標。結果，我就成了秦朝追捕的頭號罪犯。這兩年，我一直在尋找一位可信賴，並會支持和庇護我的友人。」

劉邦回應道：「您的英雄事跡真是令人敬佩。我也是無意中加入了革命大軍。既然走上了這條路，就沒有回頭路了，您我搭的是同一艘船。」

張良接著說：「沒錯，我們都渴望推翻這個殘暴腐敗的政府。當前民眾憤怒，各地都湧現出革命軍，秦朝滅亡在即。」

張良接著闡述道：「《太公兵法》強調，治理國家的關鍵在於君主對人民的愛。君主不得阻礙人民的生產力，不得懲罰無辜者，不得徵收過重的稅賦，不得強迫勞動建造華麗的宮殿，壓迫人民。明君應愛護他的子民，如同愛護自己的子女、兄弟姊妹一般。秦朝卻截然相反。」

劉邦聽到《太公兵法》這本書名字時，他想到：「在我作張耳的食客時，他也曾提及這本書。這本書是征服國家、成為偉大帝王的關鍵。但秦政府將它視為威脅國家安全的禁書，沒收並焚燒了此書。我要問一下這位年輕人手中是否有一本？」

於是劉邦問道：「您能詳細講一下這本書嗎？」

張良回答：「此書是一千多年前輔佐周文王、周武王建立周朝的著名丞相兼將軍姜子牙所著。這不僅是一本兵書，也涉及治國之

道。此書共有六章。第一章論述如何使國家繁榮興盛，提高人民的道德水平；第二章論述軍事策略；第三章論述領軍之術；第四章論述戰爭中的地理與環境因素；第五章論述戰術問題；第六章論述士兵的訓練、士氣、獎勵與懲罰。」

「您讀過這本書嗎？」劉邦詢問。

「當然，我不僅讀過，而且還深入研究多年，」張良回答。

「這麼說來，您有一本，對吧？」劉邦問道：「您知道這是一本禁書嗎？您是如何得到的？」

張良點了點頭，回應道：「我確實有一本。多年前，我在家鄉遊歷時，在橋邊遇到一位老人。他故意地將鞋子踢進河中，然後對我大喊：『年輕人，把我的鞋子撿回來。』起初，他那粗魯的態度讓我很惱火，但他虛弱的身體激起了我的同情心，於是我便跳進河中撈他的鞋。我剛把鞋遞給他，他又粗魯地說：『現在，幫我把鞋穿上，行嗎？』這個無禮的要求使我非常不快，但猶豫片刻後，我還是抑制住了自己的惱怒，跪下幫他穿鞋。他起身，一言不發，就走開了。

出於好奇，我就在後面跟著他。走了幾步後，他轉身說道：『年輕人，您有潛力成為我的門徒。明天早上回到這裡。我將賜給您一本寶貴的書和一堂課。』他可能是位高人，我也想抓住這個拜他為師的機會。所以第二天黎明時分，我就如期來到了同一地方，卻發現他不在。稍等片刻後，那位老人走過來並責備我：『您來晚了！我已經等了好幾個時辰。授課時辰已過。您五天後再來，不要遲到。』

我五天后，黎明前一個時辰，我再次來到橋上，但他卻不見蹤影。一個時辰後，他悠然而至，並再次責備我：『您又遲到了。我今天太累了，無法授課。您五天後再來，而且要更早。我不能一直等您。』他看似反復無常的行為令我沮喪，但我決定再給他一次機會。於是我在第四天晚上就到了橋上，並在在橋上過了一晚。在第五天黎明破曉時分，我終於看到他走過來。『您證明自己配得上做我的弟子，』他說道：『拜我三拜，稱我為師。』他隨後交給我一本厚重的書，勸告我：『這是我送給您的禮物。認真研讀，十年

後，您將成為一位偉大的領袖。十三年後，我們將在谷城的黃石重逢。』我就是這樣得到了《太公兵法》。我對老師的真名一無所知，只是簡單地稱他為黃石老師。」

張良講話時，劉邦心想：「他是個值得結交的人，忠誠、勇敢、正直、謙遜、智慧、博學。他信任我，才向我透露了一個可能會讓他掉腦袋的秘密。那本書是一顆瑰寶。我應該拿到它嗎？為何？或許不必。以我的資質，我可能無法閱讀並理解這樣的經典。我也沒有時間和耐心閱讀。如果無法正確理解並應用這本書，那麼它就只是一堆文字。我應該招募他加入我的陣營，讓他向我解釋這本書的概念，並應用它們來指導我。」

劉邦接著問道：「您想去哪裡？您想加入誰的陣營？」

張良回答說：「我打算加入楚國。那是唯一值得加入的陣營。」

劉邦說：「真是巧合？我也正朝那個方向走的。不過，我建議您為我做事，這樣您可以加入我的陣營，我們一齊加入楚國，好嗎？」

張良脫口而出地回答：「好的，我願意。」

劉邦想：「我應該給他什麼職位呢？他體力太弱，無法在前線作戰，但他可以成為一名優秀的謀士，不過在此之前，我需要更好地了解他。」

劉邦又問道：「您做我的馬廄官怎麼樣？同時，您可以向我、蕭何和曹參解釋那本書的內容。」

接下來的日子裡，張良每天花幾個時辰講授《太公兵法》。劉邦像海綿一樣吸收這些內容和概念，並提出了許多關鍵性的問題。另一方面，這些概念對蕭何和曹參來說太深了。張良曾私下告訴蕭何：「這些概念很難理解。很少有人能參透。劉邦真是個天才。」

第十五回： 楚國景駒

本回人物介紹

劉邦	本回主角
張良	劉邦的謀士
景駒	陳勝死後的楚王
雍齒	劉邦部下叛將，後向魏國投降
項梁	另一位起義領袖

本回地點介紹

豐邑	江蘇省

劉邦一行人加入楚國後，很快就發現，景駒雖為人善良，樂於助人，但實際上能力平庸。當劉邦向景駒求援，希望收復豐邑時，景駒毫不猶豫地給予劉邦足夠的兵力。

當劉邦準備攻打豐邑時，張良勸阻說：「豐邑地勢險要，易守難攻。您曾有擊敗秦軍的經驗，當時您是守軍。現在您的角色互換了。雖然您的兵力可能比雍齒更強大，但支持雍齒的魏軍會從後方攻擊您，屆時您就會陷入被兩面夾擊的困境。此外，現在不是攻打豐邑的適宜季節，天氣太乾燥，根據您的經驗，敵人可以用火攻。我們應該等到雨季。」

於是，劉邦放棄了收復豐邑的念頭，轉而攻打並成功征服了豐邑附近的兩座城。結果，他的軍隊增長到了一萬名士兵。

此時，舊楚國前忠誠將領項梁，集結了一支約七萬士兵的龐大革命軍。他不滿景駒自封為楚王，對同僚說：「景駒曾是陳勝的追隨者。在陳勝失蹤，死訊未明之際，景駒立即自封為陳勝的繼承人，對上司不忠。此外，景駒與舊楚國皇室無血緣。因此，楚國人民不尊重，也不支持他。景駒應立即退位。」

忠於陳勝的其他將領聯合項梁，發動戰爭反抗景駒。一番交鋒後，項梁擊敗了景駒，景駒隨後逃亡到魏國，並死在魏國。

項梁成功奪權後，成為楚國軍隊唯一的強者兼領袖。他接管了超過二十萬士兵的大軍，其中包括劉邦麾下的軍隊。

項梁為劉邦增兵五千。加上這些援軍,劉邦的軍隊擁有超過一萬名士兵。到了次年春天多雨之季,劉邦乘機進攻豐邑,成功奪回城池。一年前背叛劉邦的豐邑太守雍齒逃往魏國。

第十六回: 項梁陣營

本回人物介紹

劉邦	本回主角
英布	一位戰士,他後來投靠了項梁
項梁	另一位起義領袖
項羽	項梁之姪
范增	項梁和項羽的首席謀士
陳勝	已經過世的革命軍領袖
景駒	被項梁刺殺的楚王
章邯	秦朝的長勝將軍
秦始皇帝	秦朝始創人
嬴胡亥	秦朝二世皇帝
羋心	被項梁樹立的傀儡楚王
韓成	被張良樹立的韓王

本回地點介紹

驪山	陝西省
襄城	河南省

劉邦在項梁營地遇見了幾位非常特別的人物。其中之一就是英布,一位勇猛而殘酷的將軍。他臭名昭著,因犯下重罪而受到毀面、監禁和驪山苦役之刑罰。驪山住著成千上萬名勞工,其中有囚犯也有奴隸。英布後來成為這些囚犯中的一名頭目,帶領他們發動暴動,逃往山中,成為一夥盜賊。後來,他的夥伙成功抵抗了秦軍的一個軍營。由此,他也意識到自己不能永遠當強盜,於是決定加

入項梁的革命大軍。由於他的勇猛無比，屢戰屢勝，因此項梁非常敬重他。

項梁營中第二位，也是最傑出的人物是項樑的姪子項羽，一位二十多歲的年輕人。項羽身材魁梧，是一位凶猛的戰士，能在一場戰鬥中單槍匹馬擊敗數百敵人。相傳他曾徒手分解一頭牛，並能舉起百石重的鼎。他的眼神讓人生畏，嗓音沙啞，舉止自負。由於他性情急躁，衝動，常常魯莽行事。他性格中最糟糕的一面是熱愛殘暴。在襄城的戰役中，他將整個城燒毀，屠殺了所有守城的士兵和平民。由於他的兇悍，敵人都懼怕他。在楚軍中，除了叔父和被他視為義父的老賢人范增外，項羽對任何人都不敬。

第三位人物是范增，他加入項梁軍隊時已年逾七旬。在他的村莊裡，范增以其古怪卻又睿智著稱。儘管他過著隱士般的生活，但他對政治局勢卻有著敏銳的洞察力。在一次軍事集會上，他大聲地用嘲笑和挑釁的歌聲打斷了項梁。他所唱的歌句直截了當：「狼吞兔，虎食狼，人獵虎。」這番狂妄的舉動導致憤怒的項梁將他逮捕。

「您是一隻虎，但您的厄運是不可避免的，」范增一見到項梁便大聲疾呼。

被侮辱和憤怒的項梁質問：「您為什麼噴出如此刻薄的話？」

范增毫不退縮地回答：「您指揮龐大的軍隊，但缺少民心。您正在重蹈陳勝的覆轍。他自認為是虎，實則不過是隻兔。他的團隊不穩定且四分五裂。由於他不是舊楚王室後裔，未能贏得楚國百姓的支持。他的得力幕僚都離他而去，他也難以在楚國招募到足夠的愛國者。因此，秦國的章邯輕易就擊敗了他。景駒也犯了相同的錯誤，從而為您的崛起鋪了道路。但要當心，您最近的成功讓您判斷模糊，讓您認為自己是一隻虎，準備擊敗章邯。但您應該更深入思考。您的政治基礎非常脆弱。雖然您曾經是舊楚名將，但您非王室正統，楚國的志士並不支持您。您龐大軍隊魚龍混雜，殘次不齊。更糟的是，在最近幾場戰役中，您的軍隊劫掠城鎮、屠殺平民，並犯下天下人不可忍之暴行。許多國家都流傳著這樣的謠言，說您比秦始皇和胡亥皇帝還要殘暴。哪有國家會支持您？」

聽到如此尖銳而又合理的批評後，項梁想：「他說的有幾分道理。我的軍隊是由項羽和英布這些殘酷無情的將軍指揮的。我無法控制他們的行為，因為將軍在戰場上應該擁有絕對的權力。殲滅和殺戮是他們的工作。他們殘暴的行為可能已經損害了我的政治支持。但也罷，我還能做些什麼來改善我的處境呢？」

「那我該怎麼做呢？」項梁問。

「首先，您不應該自封為楚王。您應該找到一個舊楚王室的後裔，立他為王。然後您就自稱為相國護國公。這樣，您就可以贏得楚國人民的擁護。」

在上述對話之後，范增成為楚軍的首席戰略謀士。項梁遵循范增的建議，找到了舊楚王室的後裔。他的名字叫做羋心。秦始皇吞併楚國之前，羋心的祖父羋槐是楚國舊王的遠親。他逃到山中，以牧羊為生。項梁隨後立羋心為楚懷王，自封為楚國相國。實際上，羋心是項梁的傀儡。

張良是舊韓國的愛國者，他將此事件視為復興祖國的好機會。他對項梁建議說：「您復興楚國的氣度和仁義之舉，舉國皆稱道。您忘記了舊韓國。如果我們支持韓國復興，我們就又多了一個重要的盟友。」

項梁記得范增早先的建議，深信不疑。他需要一個仁慈的幌子來獲得其他國家更多的支持和尊重。因此，項梁命令張良尋找舊韓王室的後裔，然後將後裔立為新的韓王。此外，項梁還給了張良一些士兵，以便復興韓國。

張良最終找到了一位名叫韓成的舊韓王室後裔，並將他加冕為新韓王。張良隨後成為韓國的丞相。由於他們沒有固定的領土，他們和追隨者成為了游牧民和游擊隊。

羋心深知自己處境岌岌可危。他心想：「一切都在項梁的掌控之中。我隨時都可能被廢。更讓人擔憂的是，項梁殘暴的姪子項羽控制著大批軍隊。項羽隨時都有可能發動政變，將我置於死地。我得找一位正直的將軍支持我，來平衡項梁和項羽的勢力。英布？不行，他太難以控制。也許劉邦才是合適的人選。但問題是，項羽的軍力遠超過劉邦。我得保護他，避免他被項羽打敗。如果我能促使

他們建立兄弟關係，劉邦就有更多的生存空間和成長的機會。這樣的兄弟情誼對國家來說無疑是有益的。」

於是，芈心召見劉邦和項羽。他指著項羽說：「您憑著您的力量和勇氣，贏得了無數勝利。劉邦的智慧和策略可以與您完美互補。」

然後他轉向劉邦，說：「您以巧妙的謀略和嚴明的軍隊紀律，取得了許多勝利，項羽的勢不可擋，正是您所需要的。」

接著，芈心對二人說：「結為生死兄弟，對國家、對自己來說，都是一件幸事。」

劉邦當即接受了這個提議。項羽起初有些猶豫，但為了不讓芈心難堪，最終還是答應了。

於是芈心讓兩人跪下，發誓終生互相尊重、愛護、守護，直到生命盡頭。

第十七回： 先入關中者為王

本回人物介紹

項梁	楚國的強人
項羽	項梁之姪
劉邦	本回主角
宋義	前楚國丞相, 芈心委任的楚軍總司令
芈心	被項梁樹立的傀儡楚王
范增	項梁和項羽的首席謀士

本回地點介紹

碭郡	河南省和江蘇省交界
彭城	楚國首都在江蘇省
關中	陝西省南面和四川省北面
沛縣	江蘇省

在項梁、項羽和劉邦的領導下，楚軍在接下來的兩個月裡運氣不錯。他們連續擊敗秦軍，攻陷了數座城池。一連串的勝利讓項梁變得驕傲且輕浮，軍隊也因此變得懈怠，對接下來的挑戰毫無準備。前楚國丞相宋義擔憂項梁的鬆懈態度，曾勸告他軍隊可能遭受秦軍的反擊。但項梁無視他的忠告，並將宋義派往齊國。在去齊國的路上，他遇到了齊國的使者，並勸告使者不要繼續前往楚國，因為項梁很快就會失敗。

第二年夏天，下了一場大雨。項樑的軍隊紮營在低地，對大雨引發的洪水毫無防備，許多士兵因此溺水而亡。秦軍的長勝將軍章邯乘機出擊，消滅了項梁的軍隊。同時，項羽和劉邦在另一個縣作戰，無法及時救援項梁。項梁隨後在戰鬥中被殺。

接著，項羽和劉邦安全護送羋心到彭城，並將它定為楚國的首都。

項梁之死對羋心而言是個好消息，他因此獲得了更多的權力。為了表彰宋義的智慧，並抓取更多的軍事權力，羋心任命他為軍隊的統帥，並將項羽和范增置於宋義之下。此外，他任命劉邦為碭郡太守，封他為武安侯。他還封項羽為長安侯。

為了激勵麾下將領推翻秦政府，信心十足的楚懷王羋心召集了他的將領們，宣布了一場競賽。他告訴他們：「關中是秦朝的心臟地帶，也是政治、經濟中心，第一個進入並征服關中的將軍，將被封關中之地，並被封為關中王。」

許多將軍因為畏懼章邯的強大軍隊，不敢接受挑戰。項羽為了報秦朝殺害他叔父的仇恨，站了出來說：「我願意與劉邦聯手征服關中。」

會後，多位高級大臣和將軍私下與羋心會面。他們告訴他：項羽雖然是個猛將，但生性殘暴，喜歡用蠻力。在襄城之戰中，他燒毀了整座城，屠殺了城中所有的守軍和平民，那是一個臭名昭著的行為。他征服的每一座城都被他燒毀和摧毀。我們會因為他的暴行而失去民心，最終像我們的前輩陳勝一樣失敗。另一方面，劉邦是

一個更仁慈的人。他懂得如何拉攏民心。他征服了許多縣，不是靠蠻力，而是因為他們投降。他在執行任務上會更成功。」

芈心隨後派遣項羽北上助陣抵禦趙國，又派劉邦西進關中。

第十八回： 家書

本回人物介紹

樊噲	劉邦的好友和部下將軍
蕭何	劉邦的謀士
劉魯	劉邦和呂雉的長女
呂雉	劉邦的妻子
曹娟	劉邦的妾室
劉肥	劉邦和曹娟的兒子
楚懷王	即芈心
劉盈	劉邦和呂雉的兒子
審食其	劉邦部下將軍
呂嬃	呂雉的妹妹
呂澤	呂雉的長兄
呂釋之	呂雉的二哥

本回地點介紹

關中	陝西省和四川省

時至今日，沛縣依然風平浪靜。劉邦一家在縣令府住了兩年左右。劉邦已經離家約十五個月了。樊噲和他的部隊繼續保護這個縣，他特別確保劉家的安全。呂雉的長女劉魯和曹娟的兒子劉肥都還是幼兒，兩個孩子都非常可愛。大約九個月前，呂雉順產了一個男嬰，名劉盈，是劉邦兩年前在山洞中見到呂雉時取名的。呂雉和曹娟相處融洽，就像姊妹一樣。劉邦年邁的父親因腿部關節炎的緣

故，行動越來越不便，他和兩位媳婦住在一起。

一天早上，一名信差送來一封密封的盒子，裡面是寫給呂雉的信，上面寫道：

「吾妻，

很慚愧未能早些寫信於您。離家十幾月，每天經歷生死攸關，沒無餘時寫信。您知，我不擅長寫字，此信由蕭何代筆，我口述。信尾的指紋以保此信真偽。

望家中一切安好。我都沒有忘記您、父親和家中每一個人。我長時間離家，一次又一次的戰鬥，讓我很痛苦。我樂觀地認為我的革命即將結束，希望很快就能與您相聚，永遠與您享受平靜時光。

在過去的兩年中，我的事業取得了相當的進展，對此我感到非常自豪。這兩年來，我經歷了起伏，但總體來說，我成功地克服了危機，現在比以往任何時候都更加強大。我現在隸屬楚懷王的軍隊，統帥萬餘人。我已升任碭郡郡守，距我家以西約三百里。此外，我還被封為武安侯。

楚懷王命我進軍關中，那裡是秦朝的腹地。這個任務將是一個巨大的挑戰。在開始這項任務之前，我寫信給您，告訴您我的下一步行動。請不要為我擔心。

請您回信，告知家中近況。

順便說一下，我需要重新安排樊噲。我需要他擔任下一個任務。因此，他將不再保衛沛縣。我已命另一位將軍審食其接替他，並派遣增兵保護縣城。

劉邦的指紋簽名。」

呂雉閱讀完信件後，心中涌起溫暖的感覺。她輕輕舒了一口氣，感慨劉邦並未將她遺忘。信中的溫馨語句，反映出劉邦對她深切的情感。這幾年的苦楚、艱難和孤單，終於有了值得的回報。她仍是劉邦心中的女人。而且有趣的是，信裡對於曹娟竟然一字未提，這無疑讓她整天覺得暢快。

呂雉隨即迫不及待地回信，內容如下：

「吾夫，

多月來，我每天都渴望收到您的來信。知道您很安全並且取得了巨大的進步，我心中充滿喜悅。您真是我心目中的好丈夫。

家中一切安好，請放心。

您一定會喜歡這個消息：我生了一個男孩，按您意願，我將他命名為劉盈。這次分娩非常順利，和上次大相逕庭。我們的小女兒快兩歲了，現在活潑可愛，像小貓一樣四處奔跑。

至於樊噲，我對他必須離開沛縣感到些惋惜。他一直細心照顧著家中的每一位成員，真是個好人。另外，您可能會感到驚訝，他與我的妹妹呂嬃結了婚。她現在情感上成熟了很多，不再是愛哭的小女孩了。父親非常喜歡樊噲，當他提出婚事，父親和呂嬃都欣然接受了。

不過，我還有一些不太好的消息要告訴您。父親、母親去年辭世。我的兩位兄長呂澤和呂釋之，最近把家業出售了，並決定加入您的大軍。要知道，他們都是武功高超，學識淵博，希望您能給他們找到合適的職位。

呂雉蓋章簽名。」

第十九回： 李斯之死

本回人物介紹

趙高	秦朝太監
嬴胡亥	秦朝二世皇帝
李斯	秦朝首位丞相

本回地點介紹

沙丘	河北省

在秦朝廷中，太監趙高是胡亥皇帝的密友親信。多年來，他一

直利用與皇帝的親近關係，暗中迫害及殺害他的對手。他設計了一個狡詐的方法來掩蓋他的邪惡和殘暴行為。他對胡亥皇帝說：「您知道許多大臣輕視您嗎？他們用瑣碎而荒謬的奏章困擾您，目的是要使您疲憊或羞辱您。如果您回答得不對，他們就會在背後嘲笑您，說您無能。處理他們的最佳方式是不親自回應任何奏章。您應該將這些瑣事交給一位可信賴的代表來處理。如果您保持高傲和神秘，您就會像神一樣受人崇敬。神越是隱形，人們就越是敬畏祂。因此，您應該廢除與大臣的所有朝會。一切治國之事應由您的代理人處理。」愚蠢的胡亥皇帝同意了這個建議。隨後取消了與大臣的所有朝會。他不再與他們的會面。一切政務都委派給了趙高。所有奏章均由趙高審閱並答覆。趙高成為了實權在握的"皇帝"，而胡亥在宮中沉迷於酒色之中。

趙高意識到丞相李斯的不滿，決定用設陷阱剷除李斯。趙高來到李斯面前，說：「全國充斥著叛亂和盜匪。然而，皇帝對國家的衰落漠不關心。由於我只是一個太監，無法警告他。您能否勸告一下？」

李斯回答說：「我的確有責任提示皇帝。然而，他如今不願召見任何人，整天都待在宮殿的深處。我沒有機會見到他。」

趙高說：「放心吧，如果您肯勸諭，我可以安排您去見他。」

一天下午，胡亥正與美女淫樂時，趙高告訴李斯去他的私人房間見胡亥。李斯不知胡亥在房間內做什麼，就闖入房間，激怒了胡亥。

第二天早上，趙高對胡亥說：「您應該記得李斯是沙丘之變的共謀者。他可以利用那件事勒索您。他昨天的蓄意行為已經顯露出他的隱藏動機。順便說一下，我聽說他的兒子與一個叛軍有聯繫。因為沒有足夠的證據，所以我之前沒敢告訴您。您或許應該調查他的兒子。」

當李斯得知調查時，他寫了一奏章給皇帝，指控趙高誹謗他。這份奏章被趙高截獲，他進而對調查員施加更大壓力。當調查報告顯示李斯和他的兒子是無辜時，趙高偽造了一份虛假報告，顛覆了原來的調查結果。他隨後將這份偽造的報告展示給胡亥，胡亥對李

斯被指控的重大叛國罪感到震驚，隨即下命囚禁李斯，並任命趙高為檢察官兼判官。

　　趙高對李斯進行了多次酷刑，直到李斯屈打成招。愚蠢的胡亥不知道自己被騙，將李斯處死，他的家族三代亦被殘忍斬首。

第二章：秦朝滅亡

第一回： 宋義被殺

本回人物介紹

宋義	羋心委任的楚軍總司令
項羽	楚軍的猛將
羋心	被項梁樹立的傀儡楚王

　　楚國新任的大將軍宋義，應趙國的邀請共同對抗秦軍。然而，在他的遠征途中，在半途停下，駐紮了四十六天。

　　項羽對此舉動極為不滿，他原本應該服從宋義的指揮，憤怒地對宋義指責：「秦軍正圍攻趙國，如果我們不及時援助，趙國必將陷落。我們應立即北上支援趙國，並從後方攻擊秦軍。那樣，秦軍將會被我們與趙國夾擊。您現在選擇原地安兵不動，實在是太荒唐了。」

　　宋義憤怒地回應：「我不同意您的看法。殺死血蟲容易，但摧毀其卵則不然。秦軍實力遠超我們，我們應等待秦軍在趙國的抵抗中逐漸耗弱。屆時，我們再出擊，定能取勝。您只擅長武力，卻看不透戰略。作為統帥，我有權判處任何反對者死刑。」

　　隨後的幾天裡，宋義為即將出使齊國的兒子舉行了一場盛大的歡送宴會。宴會上，宋義和許多將領酒酣耳熱。

　　項羽目睹了宋義的劣跡，決定發動兵變。他對部下說：「許多地區都出現了歉收，軍中糧食短缺，嚴冬時節，士兵饑寒交迫，而宋義和他的親信此時卻大吃大喝，宴飲作樂，不顧我們和盟友趙國正面臨的重大危機。我們必須除掉他。」

次日一早，項羽闖入宋義的帳篷，將他殺死。他斬下宋義的頭顱，在將領和士兵面前展示，宣布：「宋義是個叛徒，他理應受到死刑。」

其他將領都被項羽果斷的舉動所震驚，無人敢反抗。楚懷王軟弱無能，被迫任命項羽為新的大將軍，取代宋義。

第二回： 鉅鹿之戰

本回人物介紹	
章邯	秦朝的長勝將軍
王離	章邯部下的將軍
項羽	楚軍的猛將
張耳	曾經是陳勝的謀士，後來逃到趙國做了它的丞相
陳餘	曾經是陳勝的謀士，也是張耳的老友

本回地點介紹	
鉅鹿	河北省

同時，秦軍名將章邯率兵渡過黃河支流，直奔趙國京城鉅鹿而去。他下令修建一條連接河的口岸與軍營的大道，便於運送糧食和軍事物資。王離是秦軍的前線指揮官，有充足的後勤支援和強大的軍隊，為長期圍困鉅鹿做足了準備。

趙王和他的丞相張耳在城內被困達兩個月之久。城中局勢極為緊迫，市民和士兵在無援之際飽受饑餓之苦。張耳向他的老友、駐守在另一城的陳餘求援。但陳餘畏懼秦軍，對張耳的求援未予理會，反而回信道：「與秦軍作戰，猶如自送虎口。如果我試圖救您，我們兩個都會被消滅。為了趙國的利益，最好是保存我的軍隊，以便將來復仇。」

項羽被任命為楚軍領袖後，率軍直取鉅鹿。他的軍隊渡過黃河

的一條支流後，成功破壞並封鎖了章邯為運送軍事物資而修建的公路。結果，王離的補給線被切斷。

項羽決心在敵人重建另一條補給路線之前贏得一場短暫的勝利。他的軍隊登陸河的對岸後，他命令部隊沉船和砸鍋，只帶三天份的乾糧。他對他們說：「不要回頭。我們不能返回。我們只有三天時間來消滅敵人。我們必須戰鬥，否則我們都會死。」

項羽的士兵們接著像成千上萬隻饑餓的狼一般戰鬥。每一個士兵都擊倒、制服並殺死了數百名秦軍士兵。面對洶湧而來的兇猛敵人，殘存的秦軍士兵根本無法逃脫，不少人被踩死。垂死士兵的尖叫聲直沖雲霄。不到三天，王離麾下的軍隊就被徹底消滅，而王離自殺身亡。

戰鼓沉寂後，陳餘率領的大軍及盟軍將領也相繼抵達。他們對項羽軍隊的驚人速度和兇猛深感敬畏。當他們在軍營聚集，為項羽的勝利歡呼時，腿腳發抖。沒有人敢抬頭直視項羽的霸氣姿態。他們深信他確實是他們的領袖。

趙王和張耳從城中出來，迎接並感謝他們的救援者。

張耳對陳餘大喊：「人們說，患難見真情，我和趙王都快要死在城裡了，您卻不肯救我們，您不再是我的朋友了！」

陳餘憤怒地反駁：「您要我做什麼？和你們一起死在這裡嗎？我盡力保全趙軍的生存。如果您對我的表現不滿意，那就收回我的軍璽吧。」他隨即拿出他的將軍軍璽，遞給張耳，後者突然一把抓過。

心懷不滿的陳餘立刻離開趙國，成為游擊隊首領。

第三回： 彭越與酈食其

本回人物介紹	
彭越	游擊隊的領袖,後來加盟劉邦
劉邦	本回主角
酈食其	年老的智者, 後來加盟劉邦

秦始皇帝	秦朝始創人
	本回地點介紹
高陽	河南省
昌邑	山東省
陳留	河南省

　　在另一個遙遠的戰場上，劉邦穩步向西方關中地區進軍。途中，他連續攻克了四座小城。當他攻打位於西南的昌邑城時，碰上和接收了彭越率領的一千名游擊隊員，彭越曾是昌邑的漁民。由於昌邑城防禦堅固，劉邦未能迅速攻下。於是他決定繞過昌邑，繼續前行。

　　當劉邦路經鄰近的高陽城時，幸運地遇見了當地賢者酈食其。酈食其是位學識淵博的窮書生，動亂時期難以找到一份像樣的工作，只能靠當門衛維生。酈食其有位在劉邦軍中擔任騎士的朋友。他請求朋友介紹他給劉邦，但朋友卻告訴他：「劉邦不喜歡學者。曾有位戴儒帽的學者拜訪劉邦，結果劉邦不僅摘下他的帽子，還當面小便射向帽子。他經常貶低學者。」

　　即使如此，酈食其仍堅持請朋友引薦，並說：「如果有機會，請告訴他我是個高個子老頭，有些古怪，雖然被人視為怪人，但事實並非如此。」

　　朋友遂將此事轉告劉邦。出於好奇，劉邦召見酈食其。

　　酈食其進入劉邦下榻的旅店房間時，發現劉邦正被幾位美艷侍女圍繞，躺在地上讓她們洗腳和按摩。酈食其鞠躬致意後，提高聲音問道：「您是在為革命事業服務，還是在為秦朝政府效力？」

　　劉邦對這唐突無禮的問題感到不悅，反問：「您這話是什麼意思？國內任何明智之人都想推翻這腐敗政府。您怎麼會問這麼愚蠢的問題？」

　　酈食其回答說：「您若真想滅秦，不可對長輩不敬。」

　　劉邦意識到自己失態，立刻起身，換上正裝，向酈食其道歉。

隨後，酈食其向劉邦詳細分析了戰國時期秦始皇如何統一六國，以及為何當下的秦朝將會迅速崩潰。酈食其的政治見解給劉邦留下了深刻的印象，於是邀請酈食其共進晚飯，繼續深入討論。

酈食其接著說：「您目前只有約兩萬士兵，想以此對抗擁有數十萬大軍的秦軍，無異於以卵擊石。另外，如果您像項羽那樣征服、劫掠、滅絕各城，市民必定拼死抵抗，每一次攻擊都將越發艱難。您前往關中的進程也會因此受阻。我建議您尋求目標地區的縣令投降，並向他們承諾，將來會得到封地或升遷。如此一來，既可避免血腥，又不會耽誤您的行程。您可以先在陳留縣試試這個策略，我願意協助您說服當地大人。」

劉邦聽信了這個計策，便派酈食其出使陳留。陳留的縣令對秦朝已心灰意冷，迅速投降並加入劉邦的軍隊。投降的消息傳遍全國，不少縣令也紛紛加入了劉邦的陣營。在這過程中，劉邦未撤換這些官員，同時嚴禁軍隊劫掠和侵犯任何城縣。投降城的居民紛紛出來迎接劉邦的軍隊。

第四回： 章邯投降

本回人物介紹	
章邯	秦朝的長勝將軍
趙高	秦朝當權的太監
嬴胡亥	秦始皇次子,秦朝二任皇帝
司馬欣	章邯的謀士
項羽	楚軍的猛將

在鉅鹿之戰後，秦軍統帥章邯不再所向披靡。部分原因是命運輪轉的結果。更重要的是，趙高的貪污親信挪用了款項和物資，朝廷對章邯的財政支持和軍事補給已經減少到了極點。在章邯的軍隊相繼潰敗後，趙高以胡亥皇帝的名義，派遣使者責備並監視章邯。

由於害怕朝廷的迫害，章邯派他的助手司馬欣前往京城，報告軍隊的困境並尋求更多支援。當助手到達趙高的衙門前等候時，三天都未能見到趙高。他無意中聽到門內有關陷害和懲罰章邯的陰謀。這位驚恐的助手悄悄逃離並向章邯報告了他聽到的一切。

司馬欣勸章邯說：「全國各地爆發了許多叛亂，我們不可能壓制住它們。如果您失敗，趙高會試圖怪罪於您，置您於死地。即使您成功，他還是會殺您，因為他也會因您的功績蓋過他而將您除去。到那時，不僅您會被殺，您的妻兒和所有親屬也會被殘忍地處死。您應該重新考慮對秦朝的忠誠是否值得。如果是我，我會考慮投降楚軍。」

章邯猶豫了幾天，在接下來的幾場戰鬥中，繼續被項羽擊敗。無奈之下，他派秘密特工向項羽提出休戰或投降的建議。項羽最初拒絕了章邯的提議，但當項羽得知自己的軍隊糧食短缺後，他接受了章邯的投降。

在投降儀式上，章邯放聲痛哭，重申秦政府對他的卑鄙行為。根據休戰約定，項羽將保留章邯將領一職。

項羽原本想將章邯的軍隊與自己的軍隊合併。然而，楚秦軍士兵之間的關係日益緊張。前者對秦軍士兵因過去戰鬥中的殘暴行為懷有怨恨。後者則因章邯的背叛和自覺地位低於楚軍而感到被背叛。此外，秦軍士兵不願在未來的戰鬥中對抗同胞，並被秦政府視為叛徒。他們還擔心，如果秦政府知道他們叛變，他們的妻子和父母會被秦政府殺害。當項羽注意到這種微妙的情況時，他諮詢了他的將領。一位部下指出危險並說：「如果我們與秦軍交戰時，秦軍叛變，我們可能會兩面夾擊，麻煩就大了。」另一位部下建議釋放秦軍，而第三位則建議殺死所有投降的秦軍。項羽同意，這個建議是最安全的選擇。一天夜裡，在章邯和司馬欣離開營地後，項羽出其不意地襲擊了二十萬秦軍，將他們活埋。後來，這一惡行天下皆知。

第五回： 胡亥和趙高之死

本回人物介紹

劉邦	本回主角
趙高	秦朝當權的太監
嬴胡亥	秦始皇次子, 秦朝二任皇帝
嬴嬰	秦朝三世皇帝

此時，劉邦的軍隊已抵達關中邊緣，準備深入秦朝的核心地區。聽聞劉邦軍隊的進犯，趙高因懼怕胡亥的斥責和懲罰，便閉門不出，拒見胡亥。

巧合，胡亥夢見一隻白虎試圖咬死他馬車的左側馬匹。醒後，他諮詢了一位巫師，巫師說那虎是河中惡魔的化身。為了淨化身心，胡亥進行了數日的禁食，然後舉行了一個儀式，向惡魔獻祭。他將四匹白馬投入河中作為祭品。儀式結束後，他路過趙高的家，詢問叛亂的情況。

趙高無法應對胡亥可能的質問，於是決定暗殺胡亥。他與自己的兄弟，京城太守(即京城長)，以及宮殿安全部門的主管共謀發動政變。太守帶領一隊士兵闖入宮殿內部，殺死抵抗的衛兵和太監，並尋找胡亥。胡亥逃進自己的臥室。他問在場的太監：「您為什麼不事先警告我？」太監回答說：「因為我從未警告過您，我才能活到今天。如果我警告過您，您早就殺了我。」

不久太守趕到，宣布了胡亥的所有罪行：「您是一位暴君。許多無辜之人被您所殺。您毀了國家。您的罪行不可饒恕。天命我將您送入地獄。」

「能讓我見一見丞相，解釋一下嗎？」胡亥乞求道。

「不行，」太守回答。

「那您能否給我一個郡守的職位？」

「不行，」太守再次回答。

「我不介意做一個平民。請饒了我吧，」胡亥再度乞求。

太守冷冷地回答：「不行。」然後他轉向他的衛兵喊道：「別浪費時間了。讓我們除掉這個惡魔。」

於是, 胡亥引劍自殺身亡。

次日清晨, 趙高召集所有大臣開會, 宣布胡亥之死。他對他們說:「胡亥是國家一切罪惡的根源, 理應被處死。我已選擇了一位更仁慈的皇帝, 他是秦始皇帝太子之子, 名叫嬴嬰。」

登基典禮當天, 嬴嬰假裝生病, 未出席儀式。心神不安的趙高等不耐煩, 便前往嬴嬰的臥室, 查看嬴嬰是否真的生病。趙高一踏入房間, 嬴嬰的衛兵便衝進來, 關上門, 圍住了趙高。趙高猝不及防, 瞬間, 衛兵拔劍斬下了趙高的頭顱。

事後, 嬴嬰告訴他的支持者:「我們已經消滅了一個惡魔。他理應被處死。種瓜得瓜, 種豆得豆。」

皇室內頓時爆發了一場可怕的風暴。趙高的親屬、同夥和朋黨或被處決或被撤職。政府職位發生了大規模重組。

第六回： 嬴嬰投降

本回人物介紹

劉邦	本回主角
嬴嬰	秦朝三世皇帝

本回地點介紹

咸陽	陝西省

公元前 206 年冬天, 劉邦大軍抵達距京城城咸陽僅二十里的霸上城。新登基的皇帝嬴嬰面對他的軍隊和政權不可避免的崩潰, 他決定投降。他乘著插著白旗的馬車, 隨身攜帶著所有皇帝印璽。當劉邦接近京城門時, 嬴嬰下車, 跪在路邊, 將印璽交給劉邦, 求饒。

劉邦的隨從中, 有人主張就地處決嬴嬰。劉邦告訴他們:「楚王因我慈悲為懷而選我執行此任務。處死投降者, 並非吉兆。」隨後, 劉邦將嬴嬰交由楚國的軍庭監管。

第三章：楚漢相爭

第一回： 咸陽宮

本回人物介紹

劉邦	本回主角
嬴嬰	已經投降的三世秦王
陳文	秦朝的太監
張濤	秦朝的太監

本回地點介紹

咸陽	陝西省
渭水	陝西省
涇水	陝西省

咸陽，昔日秦朝的京城（今咸陽與西安合併），地處中國中西部，地理位置優越。這裡不只是政治中心，也是繁榮的商業和製造業樞紐。咸陽位於渭水與涇水的交匯處，兩條河流都是黃河的支流，地理位置顯著。渭水自東北向西南蜿蜒流淌，而涇水則從西北向東南流淌，兩水交叉點自然形成「X」形，咸陽恰好位於這個交叉點的西北方。

劉邦騎馬領軍，從渭水南岸向城內進發。他們跨越一座三十尺寬的橋梁，抵達城門。這時，劉邦驚訝地發現看不到城牆（傳統的主要防禦設施）。河岸上熙熙攘攘，停泊著船隻，滿載貨物的倉庫沿河岸排列。起初，劉邦對這種無牆的設防方式感到困惑，心想：「這樣一座沒有城牆的城如何防衛呢？」

然而，當他仔細環顧四周時，他敏銳的戰略眼光很快看見到城

左側的一座山以及北方一座更高的山峰。他逐漸意識到，咸陽有的是大自然天工神斧的防衛。西邊和北邊的山脈為咸陽形成了天然屏障，而南邊和東邊的渭水、涇水則為咸陽形成了護城河。劉邦明白這一點後，很欣賞秦朝祖先選擇這裡作為京城的遠見。他感到慶幸，因為嬴嬰皇帝已經投降，他心想：「這座城堪比堡壘，易守難攻，幸好嬴嬰皇帝選擇投降，否則，要攻下這座城，我的軍隊必將付出巨大代價。」

當劉邦和他的軍隊沿著寬闊的街道遊行穿過城時，他們遇了一幕令人震撼的景象。數千市民聚集在街道兩旁，歡呼聲迴盪在空氣中，解放的氣氛十分濃厚。他們齊聲高呼：「劉邦，解放我們！」而且熱情揮舞雙手。有些市民甚至向士兵們獻上水和食物，以表達他們的感激和敬意。

這條寬闊的大道從城的南門向北延伸，一直延伸城中心的壯觀的宮殿建築群。抵達咸陽宮大門後，劉邦被其雄偉的城牆所震撼。城牆高約三十尺，厚二十尺，極為壯觀。城牆的中心和角落間隔地設有瞭望塔，衛兵在城牆上盡職巡邏。

劉邦下馬後，一位恭敬的太監深深鞠了一躬，說道：「主人，歡迎您。我是陳文，負責大殿的禮儀事宜。請允許我為您引路。」

他們一同穿過大門，沿著一條寬闊道路的由南向北通往大殿。大殿是一座建築奇蹟，坐落在一個面積相當於兩個足球場的矩形平台上。這個台分為三個層，每層高度十至十五尺不等，高台總高度達三十至四十尺。寬達兩百級的宏偉樓梯從地面通往平台頂部。

劉邦隨著太監逐步攀升階級，他留意到在第一和第二層露台的邊緣排列著若干小房與陽台，便好奇地詢問：「這些小房間是用來做甚麼的？」陳文立刻回答：「這些是侍衛的住所。」

劉邦一踏上露台頂層，就看到一座極為壯觀的建築。它高約四十尺，佔地面積堪比一個足球場。大樓正門朝南。當他踏入內部，眼前的宏偉景象令他目瞪口呆：數以十計的巨大圓柱和堅固的橫梁牢牢支撐著屋頂。柱子粗大到雙臂無法圍繞。殿北側中央的高台上放置著皇帝的桌子和簾墊。這座高台下，整齊地擺放著數百個簾子，供出席朝會的大臣和將軍們使用。劉邦被這座大殿的雄偉之姿

深深驚嘆，心想：「我從未見過這樣宏偉的大殿！」

出了大廳，又一名太監迎了劉邦來。他自我介紹道：「本官張濤，負責皇帝寢宮。請讓我為您引路。」隨後，張濤引導劉邦來到了位於宮殿建築群中心的另一座更為壯觀的建築。這座建築比前的更高，也坐落在一個四十尺高的露台上，雖然略顯小一些，但它同樣有著三層結構，第一和第二層周圍是房間和陽台。當劉邦登上石階時，各層陽台上都有侍衛向他致敬。

露台上矗立著一座宏偉的建築，它的面積廣闊，足以媲美一個足球場，共有三層，高達五十五尺。劉邦進入一樓後，見到了一群身穿華麗長袍的美麗女子，她們的出現讓他感到好奇。他轉向張濤詢問：「這些女子是誰？」張濤答道：「她們是侍奉皇帝的宮女、歌女、舞女及低位嬪妃，住在這一層的小房間內。」

當劉邦沿著樓梯登上二樓時，他來到了一個廣闊的大廳，大概有半個足球場那麼大。這裡有一戲台，下方擺設著眾多的簾子和矮桌，顯然是為了宴會和歌舞等各種娛樂表演而設的。隨後，張濤引領他參觀了大廳兩旁的房間。右側是皇帝的寢室、書房和賓客房，而左側則是一間寬敞的浴室。

他們繼續探索三樓，裡面有一個寬敞的私人客廳，皇帝每天都在這裡與家人相聚。這間起居室連接一個環繞四周的陽台，從這裡可以俯瞰整個宮殿群的全景。站在那裡，劉邦仿佛覺得自己站在世界之頂，從宮殿中最高的建築上俯瞰著下方。在他眼前，超過兩百座宏偉的建築錯落有致地分佈在花園、池塘和小徑之間。劉邦好奇之下問道：「那些建築都是做什麼用的？怎麼會有這麼多？」張濤解釋說：「我們右邊的那座宏偉的建築是皇后的宮殿。周圍那些較小的則是皇帝的妃嬪、親王和公主們的住所。遠在北邊的那座是供奉皇帝祖廟。其他的則包括了廚房、倉庫、寶庫、藏經閣和檔案館、馬廄、車間，以及低位嬪妃、宮女、太監和守衛們的住所。僅這一宮殿群就擁有二百七十多座建築。而且這還只是一角，渭水河對岸那個仍在建設中的阿房宮，它的規模是這裡十倍。而且圍繞咸陽有眾多皇家別墅，綿延五十多里。」

劉邦凝視著這番奢華，心中自語：「一個人的生活竟然可以如

此奢華！我在沛縣當縣吏時，一間小茅屋就夠我一家人住了。要成為皇帝，享受這樣的奢華……我應該嗎？太奢侈了，但人生苦短。經過這麼艱苦的奮鬥才成為皇帝，何不好好享受呢？然而，我不能忽視那些建造這雄偉建築的奴隸和強迫勞工所遭受的苦。他們多年的辛勤勞作，他們的汗水和血液…我非常了解他們的痛苦，因為我曾領導過這樣的群體。他們所受到的待遇比禽獸不如，太不公平了。這位皇帝的過度奢侈，正是人民憤怒的原因。我曾是憤怒人羣之一。所以，秦朝僅存活了十四年，就滅亡了。」

第二回： 約法三章

本回人物介紹	
劉邦	本回主角
樊噲	劉邦的好友和部下將軍
張良	從韓國來而投靠劉邦的謀士
蕭何	劉邦的謀士，行政官，和忠誠的追隨者
項羽	楚軍的猛將和劉邦的競敵
楚王	芈心, 被項梁樹立的傀儡楚王
本回地點介紹	
關中	陝西省南面和四川省北面

肉慾的誘惑往往比良心的聲音更強烈，這是人性之通病，劉邦也不能倖免。接下來的幾天，他沉迷於酒、色、美食。迷人的景色，優雅的舞蹈，悅耳的音樂交織著美女的嬉笑，柔軟的胸脯與纖細的腰肢，臉頰上的輕柔之吻，香水酒香，美食的味道讓他如此陶醉，以至於忘卻了初衷。經歷過無數生死存亡的劉邦覺得，自己理應享受這皇家奢華。

然而，他的戰友卻對劉邦的墮落感到擔憂與失望。一天，樊噲憤怒地來到劉邦的宴會廳。當時劉邦已酒意朦朧。他指著劉邦怒

道：「您在這裡做什麼？像個暴發戶一樣浪費生命？看看您現在的樣子，一個醉酒敗類，難道您忘了自己是為了成為國家的領袖、解放人民而奮鬥的嗎？多少戰友為您犧牲，他們相信您能成為偉大的領導者、人民的救世主。秦帝的奢侈與荒淫是秦朝崩塌的根本原因。醒醒吧！起來！我們得收拾行囊，回覇上軍營。」劉邦大怒，二話不說，將樊噲趕出了房間。

第二天早晨，張良找到已經清醒些的劉邦，語重心長地說：「您之所以能取得如今的成就，全因秦帝的暴虐奢侈。您難道想步他們的後塵嗎？我們之所以號召天下推翻秦朝，正是因為厭惡他們的暴政與奢華。您現在被誘惑所困，日漸成為與其相同的暴君。良藥苦口，忠言逆耳。您一定要聽從樊噲的話，撤回覇上。否則，項羽一來，就會把您如豬般宰殺。」

劉邦終於接受了這番忠告，下令軍隊撤回覇上。

臨行前，劉邦吩咐手下將秦帝的所有財寶鎖好。同時，蕭何進入了官府，花了幾天時間收集、整理、並編目所有書籍、歷史和政府文件、地圖、人口普查記錄以及秦朝建築設計圖。

劉邦臨行前一天，召集全城鄉紳、長老開會。他在會上說：「楚王曾宣布，第一個進入關中的將軍將成為關中王。既然我是第一個，我很快就會成為你們的王。我知道你們在秦朝的暴政和嚴苛法律下遭受了極大的痛苦。我要讓你們從這個地獄中解脫出來。我現在廢除過去所有嚴苛的法律。我只想宣布三條簡單的法律，這將是我對你們的承諾。這些法律將管轄你們所有人和我的隨從。第一，殺人者必處以死刑。第二，傷害他人者將根據犯罪嚴重程度受到處罰。第三，搶劫和偷竊者也將根據犯罪嚴重程度受到處罰。所有官員和政府代理人將繼續留在他們現有的職位上。我的使命是解放人民脫離暴政。我無意傷害你們。我已嚴令禁止我的士兵搶劫、掠奪和強姦。不要害怕。我現在離開去我的軍營，但我會回來。」隨後，他派使者到關中各地宣揚新律法。

出城途中，數千名咸陽市民在路邊排隊，有的向部隊下跪、磕頭、求留，有的揮手、流淚，有的向士兵們獻上食物。劉邦對捐糧的民眾說：「請不要浪費食物。自己留著吧。我的軍隊有充足的糧

食供應。」

第三回： 鴻門宴

本回人物介紹

章邯	舊秦朝將軍，已向項羽投降
項羽	楚軍的猛將和劉邦的競敵
劉邦	本回主角
曹無傷	劉邦部下將軍
范增	項羽的首席謀士
項伯	項羽的叔父, 張良的好友
張良	從韓國來而投靠劉邦的謀士
秦始皇帝	秦朝始創人
樊噲	劉邦的好友和部下將軍
項莊	項羽的另一位叔父

本回地點介紹

咸陽	陝西省
鴻門板	陝西省
霸上	陝西省
關中	陝西省南面和四川省北面

　　章邯投降後，項羽率軍向西南進發，向咸陽進發。他在鴻門板駐紮，距霸上約四十里。當項羽聽說劉邦已經進入咸陽時，他勃然大怒。劉邦的一位將軍曹無傷背叛了劉邦，派遣人去見項羽，誹謗劉邦，告訴項羽：「劉邦將秦朝的財寶據為己有，他很快就準備反叛您了。」這消息令項羽火上澆油。

　　同時，項羽麾下最受尊敬的謀士范增也說：「劉邦貪酒色財。他能夠克制自己，遠離惡習，這表明他有更大的野心。我們應該現在就消滅他。否則，我們養虎為患，將來必定被虎吞噬。」

　　項羽的另一位叔父項伯，是張良的好友，因為多年前張良曾救過他的命。項伯無意中聽到了范增與項羽的談話，擔心項羽的安危，便趁夜悄悄策馬來到劉邦的營寨，會見了張良，並勸他盡快逃走。張良說：「我現在不能離開劉邦。韓王命我輔佐劉邦。身為君子，關鍵時刻不能離開他。」

　　張良將這個消息告訴了劉邦，劉邦頓時驚慌失措。

　　張良問道：「您能抵抗項羽的大軍嗎？」

　　劉邦沉思片刻後回答：「不行。我只有大約十萬士兵，而他有四十萬。」

　　張良建議說：「您應立刻見項伯，請他轉告項羽，您不想反抗他。」

　　劉邦問：「您是怎麼成為項伯的好朋友的？」

　　張良回答：「在秦始皇時期，他犯了殺人罪，被判了死刑。我把他從監獄裡救了出來。」

　　「他多大年紀了？」劉邦問。

　　「他比我大很多。」

　　「請邀請他來見我。我會尊敬他，就像尊敬我的哥哥一樣。」劉邦說。

　　項伯起初拒絕見劉邦，但在張良反覆勸說後終於同意了。

　　當項伯進來時，劉邦恭敬地鞠躬，然後用營中最好的酒款待項伯。

　　劉邦說：「進入咸陽後，我不敢私吞秦朝的任何財寶，只是登記並安全地儲存在庫房。等待項羽到來，以便把這些財寶交給他。我不想反抗項羽。您能向他轉達我的忠誠嗎？」

　　隔天，項伯將劉邦的話轉達給項羽，說：「如果不是劉邦打敗了秦軍，為您鋪平道路，您怎麼可能這麼輕鬆地來到這裡？他對您的戰役貢獻良多。懲罰一位成功的部下是不公義的。您應該獎賞他。」

　　於是，項羽同意邀請劉邦參加在鴻門坂他的營地舉行的宴會。

　　第二天日落之前，劉邦就到了項羽的營隊。他帶了張良、樊噲、另外兩名將領，以及一百名士兵作為護衛。

到了營門口，項羽禮貌地迎了上去。劉邦回禮道：「在您的指揮下，我向關中進發。我很幸運，在途中遇到的抵抗很少。因此，我比您早幾天到達咸陽。這超出了我的預期。我一直在等待您的到來，好將這片土地交給您。可惜，有人誹謗我，引起您的誤解。」

項羽說：「您的副將曹無傷誹謗您。否則，我是不會懷疑您的。」

隨後，劉邦和張良被引領進宴會廳，樊噲等將士則留在外面。

宴會上，范增秘密地眨了幾次眼睛，示意項羽逮捕劉邦。但項羽無視這些暗示，繼續投入宴會，盡情地吃喝。范增越想越急，就從腰帶上取下玉佩，高高舉起，伸出食指和中指，作剪刀狀，示意項羽割斷劉邦的喉嚨。然而，項羽似乎仍然毫無察覺。沮喪的范增借故退到後面的一間房間，項羽的另一個叔父項莊就在那裡。

范增低聲地吐露：「項羽心腸太軟，不忍殺劉邦。這重任就落在您身上了。您進入宴會廳，先敬酒，然後提議表演劍舞娛賓。舞劍之時，找機會刺向劉邦的喉嚨。他的死對我們至關重要；若讓他活著，他將成為我們的大威脅。」

項莊接受任務後，走進餐廳，向主賓恭敬行禮，並宣布：「我們軍營缺乏好的娛樂。我想借此歡樂時刻表演一場劍舞。」

項羽欣然同意：「好主意！」

項莊以輕盈優雅的姿態開始了迷人的劍舞。他的劍如閃電般在空中舞動，好幾次險些擦過劉邦的臉，看似不經意。劉邦警覺敏捷，巧妙地避開了威脅的劍刃。

項伯看出了項莊的不懷好意，插話道：「一個人表演好像有點單調，我和項莊來一場雙人舞怎麼樣？」

項羽對這個建議非常滿意，說道：「太好了！請開始吧。」

項伯隨即加入舞蹈，在項莊每次將劍危險地指向劉邦時，巧妙地將自己置於劍與劉邦之間。

張良在宴會上坐在劉邦身旁，很快就察覺到項莊的詭計。他悄悄離開宴會廳，匆匆趕到營門，遇見了樊噲。

樊噲焦急地詢問：「裡面發生什麼事了？」

「劉邦的性命危在旦夕。項莊的劍舞是暗殺的幌子，」張良急

切地低語。

「不能再耽擱了。我必須進去不惜一切代價保護他，」樊噲堅決宣布。

樊噲隨後迅速踏入宴會廳。他用盾牌撞倒了大廳入口的兩名守衛。進入大廳後，他站在中央，火烈地瞪著項羽。

項羽大吃一驚。突然站起來，手持劍，喝道：「此人是誰？」

「他是劉邦的護衛，」張良解釋。

項羽欣賞樊噲的勇氣，說道：「他是真正的戰士！」他轉向侍者而命令：「給他一壺酒。」

樊噲感激地接過酒，迅速地喝了下去。

項羽接著建議：「現在給他一塊燒豬肩如何？」

樊噲接過肉，放下盾牌，拔出劍，將肉切開，並迅速吃掉。

「英雄！能再喝幾壺酒嗎？」項羽問。

樊噲豪爽地答道：「我不怕死，何必怕酒呢？讓我直說吧。我們齊心協力，推翻秦國暴政。楚懷王承諾，誰先進入咸陽，就封他為關中王。劉邦是第一個，但他克制自己沒有奪取任何財寶，而是等著您。您應該表揚他，不應誤信謠言而迫害他。我懇求您，做出公正的決定。」

項羽沒有回答，只對樊噲說：「請坐。」

樊噲坐在張良旁，過了一會兒，張良側頭對劉邦小聲說：「您裝作去廁所，到那兒等樊噲，然後你們一起逃到營門。」

「但不告而別，會不會太失禮？」劉邦低聲反問。

樊噲輕聲回答：「我們都快被殺了，還管什麼禮不禮儀！」

劉邦按計劃悄悄前往廁所，不久樊噲也趕到。他們迅速前往營門，那裡有劉邦的手下等著。

劉邦策馬馳騁，樊噲等將領緊跟其後。

大約一個時辰後，張良來到項羽身邊，對他說：「劉邦喝多了，身感不適，沒來得及辭行，就提前離開了。他讓我送您一件扇形玉佩，並送給您的亞父范增一個玉杯。」項羽看到珍貴的玉石很是高興。他問道：「劉邦現在哪兒？」

「他現在在霸上營地。」張良回答。

　　范增因劉邦逃脫感到不快，他拿起玉杯，一怒之下摔到地上，拔劍劈成碎片。他嘆了口氣，自言自語道：「項羽真是個笨蛋，我們完了！我們要成為劉邦的俘虜了！」

　　劉邦安全抵達霸上後，便下令處決了曹無傷。

第四回： 西楚霸王

本回人物介紹

項羽	楚軍的猛將和劉邦的競敵
劉邦	本回主角
張良	從韓國來而投靠劉邦的謀士
芈心	被項梁樹立的傀儡楚王
嬴嬰	已經投降的三世秦王
西楚霸王	項羽
蕭何	劉邦的謀士，行政官，忠誠的追隨者
章邯	前秦朝的將軍，投降了楚國
司馬欣	章邯的謀士

本回地點介紹

咸陽	陝西省
關中	陝西省南面和四川省北面
彭城	楚國首都在江蘇省
巴蜀	四川省
陳倉	四川省

　　幾天後，項羽進入咸陽，劫掠、屠殺當地人民。他還處決了一個月前投降的秦朝最後一位皇帝嬴嬰，放火燒毀了咸陽宮，火勢延燒三個月才徹底燒毀了咸陽宮。

　　項羽隨後要求楚懷王芈心撤銷先前的宣言，聲稱誰先進入關中便封他為關中王。芈心拒絕後，項羽決定推翻芈心。項羽心想：

「芈心不過是我與叔父先前任命的傀儡。我才是真正的掌權者。我為什麼必聽從他？」項羽接著迫使芈心離開彭城南遷。一個月後，項羽僱刺客暗殺芈心。

項羽接著成為楚國之王。他自稱為西楚霸王。他選擇彭城作為楚國的新京城。他通過吞併魏國擴張了楚國的領土，任命魏豹為魏王。

范增建議他部分兌現封劉邦為關中王的承諾。由於巴蜀（今四川）是關中的一部分，項羽封巴蜀給劉邦，稱之為漢國。因此，劉邦被封為漢王。

巴蜀位於國家西部，是一個偏遠、未開化且不發達的地區。而且，由於四周高山峻嶺，與國家的核心部分相隔甚遠，交通不便。將劉邦分封至此，等同於將他放逐。這將確保劉邦無法回來反擊。項羽想確保劉邦絕無反擊之力，將巴蜀鄰近的郡縣陳倉封給章邯，又將另一鄰近的郡縣封給司馬欣。由於章邯和司馬欣都是已垮台的秦政府前官員，他們與劉邦關係不佳。這些郡縣將成為隔絕巴蜀與國家中心的緩衝區。

當劉邦得知項羽封巴蜀給他，將被派往蠻夷之地時，他非常憤怒。他召集追隨者開會，表示要立即與項羽作戰。

蕭何說：「當漢王總比死好。」

「您為什麼這麼說？」劉邦問。

「您不去巴蜀，就得面對項羽。他的軍隊比您的多，您會被他打敗。您的死是必然的。我認為您應該先向他屈服。去巴蜀，發展那裡，爭取民心，建立您的軍隊，然後再反擊。記住，舊秦地的人民支持您。到那時您準備好了，可以征服大片土地，」蕭何解釋道。

劉邦接受了蕭何的建議，任命他為漢國丞相。

劉邦還賞給張良二千四百両黃金和一些珠寶。張良反過來將這份禮物送給項伯，以答謝他在鴻門宴事件中的幫助。

劉邦隨即率領十萬大軍前往巴蜀。張良陪同劉邦一直到巴蜀邊境。張良需要返回韓國。臨行前，張良提醒劉邦：「您看到那條沿著懸崖壁建造的狹窄木板路。這是繞過山脈到巴蜀的唯一捷徑。您

通過後應該將它燒毀。」

劉邦問：「為什麼？一旦燒毀，我就再也不能回來。燒掉它豈不愚蠢？」

張良回答：「這正是您需要向項羽展示的。您向他展示您永不回頭的決心，他就會放棄攻擊您的念頭。況且，一旦燒毀，任何人都無法輕易攻擊您。這將為你贏得時間，為將來更大的反擊做準備。」

劉邦於是採納了他的巧妙建議。

第五回： 韓信

本回人物介紹	
劉邦	本回主角
蕭何	劉邦的謀士，行政官，忠誠的追隨者
韓信	軍事天才
項羽	楚國猛將，西楚霸王，劉邦的競敵
夏侯嬰	劉邦部下將軍
章邯	前秦朝的將軍，投降了楚國
本回地點介紹	
巴蜀	四川省
關中	陝西省南面和四川省北面

劉邦進駐巴蜀後，他在蕭何的協助下全力發展這塊土地。他不斷招兵買馬，希望有一天能夠打敗項羽。在此之前，他一直處於弱勢，但自從年輕的軍事奇才韓信加入他的軍隊後，他的命運開始逆轉。

韓信出身貧苦，少年時期無職業，只能依賴哥哥生活。他被嫂嫂趕出家門，流落街頭，唯一的財產是一把劍和幾本兵書。他整天只是閱讀、乞討和在河邊釣魚。他認識了一位經常在河邊洗衣的老

婦人，她同情他，偶爾給他午餐。一天，老婦人對他說：「年輕人，站起來吧。為了您的將來，去做一些有意義的事情，別再這裡無所事事。」

一次，韓信背著劍走在街上，遇到一幫惡霸，其中一個是屠宰店的學徒。這個屠夫小子挑釁他：「拿出您的劍！如果您敢，就殺了我。不然，除非您從我腿間爬過去，否則我不會放過您。」韓信不接受挑戰，強忍怒火，選擇從惡霸雙腿之間爬過。屠夫小子和他的同夥嘲笑他：「看吧，您就是個膽小鬼！」韓信默默地離開。

幾天後，韓信加入了項梁的軍隊，成為一名步兵。項梁去世後，韓信被調到項羽的營地，後來被提拔為侍衛隊隊長。在這個職位上，韓信有機會向項羽提出建議，但項羽總是斷然拒絕韓信的好建議。

韓信意識到在項羽營中無前途，便投奔到劉邦的軍隊。他起初擔任倉庫管理員。有一次，韓信犯了錯誤，被判斬首。當他前面的十三個囚犯相繼被斬首後，韓信大聲向劊子手喊道：「既然我們的主公想要征服天下，就不應該處決真正的人才。」恰好站在旁邊觀看的將領夏侯嬰聽到了這番話。他看到了聰明的韓信，便中止了處決。夏侯嬰隨後與韓信長談數個時辰，對韓信的才華和能力深信不疑。夏侯嬰於是向劉邦推薦了韓信，劉邦任命韓信為軍隊的糧倉管理員。在這個角色中，韓信有機會遇見並與劉邦的丞相兼主管蕭何成為朋友。雖然蕭何對韓信評價很高並多次向劉邦推薦韓信，但韓信仍舊困於自己的職位。

韓信失望而辭。蕭何聽說韓信走了，急忙騎馬追趕韓信。蕭何的僕人不知道蕭何的動機，將蕭何離開的事告訴了劉邦。劉邦感到非常不安。兩天後蕭何回來，劉邦方才鬆了一口氣。

「您為什麼逃跑？」劉邦問。

「您在開玩笑嗎？成百上千的士兵和許多官員都逃走了，您卻沒有追。您卻去追一個無名小卒韓信！您這做法講不通啊，」劉邦抱怨道。

「我確實關心其他官員，但我更看重韓信這個天才。如果您想一輩子困在巴蜀，您可以放他走。但如果您想征服整天下，除了韓

信，沒有人能幫您，」蕭何堅定地說。

「當然，我不想困在這裡，」劉邦說。

「那您就必須給他一個有意義的職位。」

「我可以讓他做將軍，」劉邦回答。

「不，那還不夠好，」蕭何回應。

「什麼？讓他做總司令？」劉邦問。

「是的，您必須認真對待他。您不能隨便任命他。我建議您舉行一個隆重的儀式，正式任命他為軍隊統帥，」蕭何建議。

當眾將領聽到任命三軍統帥的消息後，紛紛猜測會選誰。典禮當天，劉邦將韓信領上台，向他三拜。所有人都震驚了。一個沒有任何戰績、大多數人都不認識的小卒怎麼可能成為他們的老大？

在儀式結束後，劉邦私下與韓信坐下。他打破沉默，問道：「我們的丞相蕭何對您評價很高。您能告訴我們，我們該怎麼做才能離開巴蜀嗎？」

「項羽是您的敵人嗎？」韓信問。

「是的，」劉邦回答。

「您比他強嗎？」韓信問。

「我不確定。他比我更勇敢。他也是更好的戰士，」劉邦說。

「我同意，但我不認為他在許多其他重要方面比您強。我曾是他的幕僚，很了解他。他可以用威嚇讓人們屈服，但他不信任也留不住有功勳的部下。他以蠻力作戰，雖然他有時表現出女性特有的溫文舉止，但實際上卻殘忍無情。他的軍隊劫掠並燒毀了所有征服的地方，屠殺當地居民，強姦婦女。因此，人們憎恨他，沒有民眾支持他，所以他非常脆弱。他活埋了章邯軍隊投降的二十萬俘虜。那些士兵是秦國人，所以他們的父母、兄弟姐妹和宗族都痛恨他。當您在咸陽時，您宣布了三條盟約，實質上解放了當地人民。關中的所有人都在等待您的到來。他們希望您成為他們的王。因此，您應該考慮立即離開巴蜀，重新進入關中，然後向東進發。一旦您宣布回歸，關中的許多郡縣和城將會投降。有些甚至會熱情歡迎您。」

劉邦對韓信的分析印象深刻。他與韓信相逢恨晚。然後他開始

動員軍隊，計劃從巴蜀出發。他讓蕭何留下來管理巴蜀政府，徵收賦稅，為前線部隊提供糧食和戰備。

第六回： 攻下彭城

本回人物介紹

劉邦	本回主角
項羽	楚軍的猛將和劉邦的競敵
章邯	前秦朝的將軍，投降了楚國
司馬欣	章邯的謀士
韓信	軍事天才
張耳	曾經是陳勝的謀士, 後來逃到趙國做了它的丞相
陳餘	曾經是張耳的老友, 但後來變仇人
張良	從韓國來而投靠劉邦的謀士
魏王豹	他被項羽打敗而加盟楚國，但後來卻投靠劉邦
司馬卬	朝歌郡守
陳平	劉邦的卓越謀士
彭越	游擊隊領袖，後來加盟劉邦

本回地點介紹

彭城	楚國首都在江蘇省
陳倉	四川省
巴蜀	四川省
廢丘	陝西省
鉅鹿	河北省
朝歌	河南省
外黃	江蘇省

　　劉邦從一條古道離開巴蜀，這條古道比一年前進入巴蜀時燒毀的棧道還要長。這條古道已荒廢很久，因此被茂密的森林所覆蓋。因此，劉邦的軍隊行動並不引人注目。當他們到達東邊通往陳倉的道路盡頭時，先前投降項羽並被封為陳倉君的當地守將章邯完全沒有防備。章邯輕易潰敗，逃往陳倉以北的廢丘。

　　劉邦繼續前進，輕鬆攻克了更多城池，以及司馬欣管轄的郡縣。司馬欣投降，加入了劉邦的軍隊。

　　韓信預測精確。劉邦東徵期間，幾乎沒有遇到任何阻力。劉邦的好名聲加上運氣，助他的軍隊取得了巨大進展。

　　鉅鹿之戰後，趙國丞相陳餘成為張耳的敵人。陳餘逃到山中，集結了一支游擊隊。後來他以這支隊伍打敗並驅逐張耳，張耳亦隨後加入了劉邦的大軍。

　　此時，韓王表弟叛亂篡位。時任丞相張良逃亡，投奔劉邦。劉邦派出一支營兵前往韓國，擊敗篡位者，恢復了韓國最後一位王的統治。最終，韓國與劉邦結盟。

　　一年前，劉邦軍隊抵達魏國附近時，魏王豹反叛楚國，投靠了劉邦，項羽順利吞併魏國，使其成為楚國最大的一片領土。

　　朝歌郡郡守司馬卬被劉邦軍圍困數日後，很快投降。

　　楚國衛軍首領陳平是司馬卬的衷心支持者，陳平擔心受到項羽的懲罰，於是也反抗項羽，逃往劉邦。劉邦第一次見面就體認到了陳平的才能，並任命他為都尉和軍法監察官。

　　劉邦到了彭城以西約三百里的外黃城時，遇見了老相熟彭越。彭越率領附近的遊擊隊，帶了三萬名士兵加盟劉邦。

　　此時，劉邦及其盟友的軍隊已經發展到五十六萬士兵。

　　同時，東北的齊國對楚國的怨恨根深蒂固。兩國多年來一直有小規模衝突。項羽不顧劉邦軍隊的實力，決定在對付劉邦之前先平定齊國。當劉邦正在逼近彭城時，項羽正在齊國邊境，距離彭城北部數百里之遙，與齊國軍隊交戰。

　　項羽的疏忽，為劉邦提供了一個襲擊彭城的機會。於是，劉邦及其盟友的軍隊很快就攻下了楚國都城彭城和項羽的大本營。

第七回： 彭城之災

在進入彭城之前，劉邦讓韓信留在西邊已經征服的領土上，以防止可能發生的叛亂和攻擊。劉邦與樊噲和其他幾位盟國將領一起進入了彭城。因東徵齊國，項羽的兵力比劉邦聯軍少，但劉邦還是低估了建立堅固防禦的必要性，只留下了二十萬精兵守城。然後又

因項羽的軍隊遠駐在東部而命樊噲在彭城的東部和東北部設置布防，卻忽略了在城西建立堅固防禦的必要性。

劉邦入京後，便進住了項羽的宏偉宮殿。雖然比不上浩瀚的咸陽宮，但它的壯觀超出了劉邦的預期。劉邦進入這宏偉的建築時，感到驕傲且自大。他自言自語地沉思著：「這座宮殿現在是我的了。命運將我提升到了難以想象的高峰。我一生都很幸運。就在幾年前，我還住在父親簡陋的農村小屋內，現在，這宏偉的宮殿是我的家。我將帶父親來這裡，證明我不是一個胡混的人。」

劉邦一進宮，就遇到了數百名美女跪拜在他面前。一陣狂喜湧上心頭，他想：「很快，這些女人將成為我的妃嬪，我的玩伴！」

當他發現政府金庫裡堆滿了金條和珠寶時，他的興奮達到了頂峰。他毫不猶豫地指示手下盤點這些寶物，打算據為己有。

劉邦的功成名就、權力財富、美女無數，讓他產生了縱欲享樂的慾望，就像之前在咸陽宮一樣。「這次不同，」他想。「我的掙扎已經結束。現在是享樂的時候了。樊噲不會在這裡責備我的。」

在接下來的日子裡，劉邦沉迷於無休止的宴飲、歌唱、跳舞和與美女們肉慾享受。為了慶祝他的勝利，他甚至宣布給部隊放假，讓士兵們以不受限制地享用幾天盛宴。

項羽徵戰齊國時，聽到了劉邦攻陷都城彭城的可怕消息。彭城是他的根據地，自己的一切被連根拔起。他知道自己處於絕境，知道別無選擇，只能為了生存而一戰。有一個奸細告訴他，劉邦的軍隊有一個防禦上的弱點：彭城的西邊防守薄弱。他也知道自己必須迅速行動，確保劉邦的軍隊沒有時間調整。於是他命令他的將軍們繼續在齊國作戰，但他自己帶領三萬精銳騎兵向西疾馳到彭城。他的騎兵沒有正面對抗樊噲的防線，而是自北面的曲阜繞過。然後轉西南至胡陵，再向南至蕭縣，距彭城以西僅三十里。整個旅程花了幾天時間，繞過了劉邦軍隊的所有防線。到達蕭縣後，便就地休息了一夜。

次日黎明，項羽的騎兵突然襲擊西門，劉邦的士兵措手不及。許多人仍在睡夢中，其他人則因前一夜過度飲酒而頭昏腦脹。此時，項羽正向宮殿進發，在那裡，劉邦自己也因過度飲酒而宿醉，

陷入一片慌亂之中。倉皇慌亂中，他忽忙地騎上馬，帶著將軍夏侯嬰和少數護衛，逃離了宮殿，出了彭城。

劉邦的軍隊措不及防，面對兇猛的騎兵入侵者毫無準備，於是紛紛潰逃。由於他們的主帥不在，無處可見，一片混亂和恐慌蔓延。許多士兵在試圖逃出城，被瘋狂踩踏死。其他士兵被項羽的騎兵無情追趕，如同受驚的羊群。數以萬計的士兵被驅趕到泗水河，命喪其中。還有無數人在瘋狂試圖逃生中，如同野獸逃離肆虐的森林大火或雪崩，最終被馬蹄踐踏或在另一條河中溺亡。他們的慘叫聲響徹天空，如雷霆般迴響，營造出一幅血腥和恐怖的噩夢般場景。屠殺規模之大，屍體阻塞了睢水河的河流，河水氾濫，場面更加慘烈。

數千騎兵繼續追擊劉邦。每當他回頭望去，都能看到數里之外馬蹄揚起的塵土，沖天而起。西行途中，經過沛縣，他擔心家人會已被項羽抓殺，急忙趕到家人居住的郡守府邸，吩咐他們趕緊收拾行囊，並命審食其護送父親、呂雉、曹娟及其兒子劉肥，以及夏侯嬰護送女兒劉魯和幼子劉盈。隨後一行人逃往西南下邑，在那裡駐紮著呂雉兄弟的軍隊。

天色已晚，因馬匹疲憊不堪，劉邦便另換馬車，帶領家眷穿過泥濘、曲折並有許多交叉口的小路。夏侯嬰在幾百碼遠的地方跟隨，位於中間位置，審食其則在後方。審食其無法緊隨，因為載著老爺、呂雉、曹娟及其兒子劉肥的馬車跑得不夠快。不久後，劉邦就失去了夏侯嬰和審食其的蹤影，他們在某個交叉口處走入不同的道路。

劉邦隨即掉頭回去尋找，追擊騎兵的馬蹄聲越來越近，他沒有時間思考，憑本能選擇了一條回程的路徑，並幸運地找到了夏侯嬰和劉魯、劉盈。

劉邦大喊：「審食其在哪裡？您知道他們走的是哪條路嗎？」

「我不知道。我們已經失去了他們的蹤影，」夏侯嬰回答說。

「把兩個孩子放到我的馬車上。我的馬車上還有空間，」劉邦吩咐道道。

隨著追追擊騎兵越來越接近，劉邦急忙猛打馬匹，向前突進，

夏侯嬰緊隨其後。

　　當追趕的騎兵越來越近，劉邦越來越猛烈地打馬。馬匹開始因疲憊拖著腿走。載著三人的馬車對馬來說太重了。劉邦毫不猶豫，本能地將兩個孩子扔在路上。夏侯嬰看到自家老大瘋狂的舉動，急忙衝上前去，一邊撿起孩子，一邊對劉邦喊道：「您瘋了嗎？連自己的孩子都不在乎了嗎？」在餘下的逃亡過程中，夏侯嬰一直帶著孩子，因此落後了。

　　逃跑是劉邦心中唯一的念頭。他不在乎其他家庭成員現在去了哪裡。敵人距離不到一里遠，他的馬正流著汗，喘著粗氣，減慢了步伐。猛打它已經沒有什麼效果了。

　　唉，馬兒拒絕前進，倒在地上，連車帶人都翻了。劉邦從破碎的馬車裡爬出來，決定徒步逃跑。敵人越來越近，他能聽到馬蹄的隆隆聲。劉邦拉著馬和破碎的馬車走到路邊，用灌木覆蓋，然後爬上崎嶇的地形。

　　此時已是夜晚，他只能看到天空中的新月和星星。在坡底，他來到一個有幾間房屋的小村莊。他不敢敲任何一家的門，生怕被識別。他想：「我能躲在哪裡？」他看到一口乾井，井口被層層蜘蛛網覆蓋。他想：「跳進井裡很危險，如果有水流進來，我可能會溺死。不過，我必須冒險。在目前的情況下，最危險的地方可能就是最安全的地方。」

　　於是他跳進井裡，用相同的蜘蛛網覆蓋井口。

　　審食其迷失走錯了路，被項羽的軍隊攔截。劉邦的父親、呂雉、曹娟和她的兒子劉肥被捕，被帶到彭城的監獄。夏侯嬰幸運地走對了路，安全到達下邑。由於項羽的騎兵專注於追捕劉邦，他們忽略了夏侯嬰而放過了他和兩個孩子。

第八回：　戚姬

本回人物介紹

劉邦	本回主角

戚里	前秦國已退休的將軍，戚姬的父親
戚姬	年青貌美少女
呂雉	劉邦的妻子

本回地點介紹

下邑	江蘇省

劉邦在井底躲了一夜。井又寬又乾，裡面有老鼠、蟑螂和蜘蛛，幾乎無法入睡，需要隨時留意周圍的腳步聲。黎明前幾個時辰，他聽到有節奏的馬蹄聲，伴隨著兩名騎士下馬的聲音。其中一人在井邊停下來，問道：「他會躲在這井裡嗎？」另一人看著未被破壞的蜘蛛網，回答說：「不太可能，井太深，跳下去是不可能活命的。我們應該去別處找。」劉邦聽著他們的腳步聲漸行漸遠，他們騎上馬，然後離開。劉邦鬆了一口氣，慶幸自己未被發現。

早上，他聽到一男一女的聲音靠近井邊。他於是大聲呼救。在他們發現劉邦在井底後，他們找到一根繩子，一端綁在樹上，另一端扔進井裡。他們讓劉邦把繩子繞在腰間，然後費力地將他拉上來。

劉邦出了井，他因為超過兩天沒有休息和進食，加上嘴唇因脫水而裂開，便昏倒過去。

那男子從劉邦的服裝判斷，猜想劉邦一定是在逃避敵人的大將軍。他對那女孩說：「讓我們把他藏在我們家裡，好好照顧他。他是個重要的人物。」

隔天早上，劉邦被柔軟的纖纖玉手輕觸他赤裸的肩膀和前臂，輕輕地從睡夢中喚醒。當他張開眼睛，一位迷人的少女出現在他床邊，細心地為他處理傷口。

「別動，我在處理您跌進井時擦傷的地方，」她用一種柔和且像小貓般的聲音說。她繼續說道：「您需要休息幾天。您似乎也發燒了，可能是昨晚著涼了。」

劉邦摸了摸額頭，注意到上面放著一塊冰涼濕濕的毛巾。他也

感到頭很沉重。

他目光專注地看著女孩，女孩的臉頰上浮現出羞澀的紅暈。她的臉龐宛如春天盛開的花朵，她露出了一個既害羞又含蓄的微笑。她的眼睛閃爍著年輕的活力，睫毛優雅地顫動著。

劉邦被她的純真和仙女般的美麗深深吸引。他一生中遇見過許多美女，但她卻獨具魅力。

劉邦整天都躺在床上休養，女孩給他送來食物、水和藥水。在將煮沸的藥水送到他嘴邊之前，她會先對著藥水吹氣讓它冷卻。

隔天，劉邦退燒，頭痛也消失了，又能走路了。他向那位女孩詢問：「救我的那位是誰？」

「他是我父親。」 女孩回答。

「我得立刻去感謝他。」 劉邦說。

接著他見到了那位年過六旬的男士。劉邦深深鞠了三躬，表達他的感激。他自我介紹，講述了這幾天發生的事情，以及他是如何逃離敵人。

男子聽到劉邦的名字後，立即跪下，對著劉邦磕頭，激動地說：「這一帶的每個人都知道您的大名。您是我們的英雄，我們的救世主。」

男子隨後自我介紹說：「我叫戚里。我的祖先是周朝開國元勳的後代。我的祖父和父親曾在周朝中擔任要職。在秦始皇登基之前，我也是秦國的一名將軍。後因政府內部鬥爭失敗，我選擇了退隱，過程中我的妻子和大女兒不幸遇害。自那以後，我就一直隱居於這個偏僻無名的村莊。戚姬是我的小女兒，是我的掌上明珠。我將我所知的一切都教給了她，因為她是我的唯一希望。她精通經典、舞蹈、歌唱、繪畫和武術。她現在已經十八歲了，正待字閨中。但迄今為止，我還未能為她找到理想的丈夫。」

聽完戚里的背景後，劉邦覺得可以安全地與他討論政治事務。他們在天黑之前聊了好幾個時辰。劉邦離開房間，回到自己的臥室後，戚里經過戚姬身邊，打趣地說：「姬，您的好機會來了，好好把握吧。」

第二天早上，劉邦醒來時聽到了悅耳的音樂聲，認出那是一首

流行的楚樂，也是他最喜歡的。他起身，走到客廳，看到戚姬正在彈奏古箏。劉邦靜靜地站在那裡，直到她彈奏完畢，然後鼓掌。劉邦說：「我喜歡楚樂，能唱很多楚歌，楚歌非常浪漫。」

「您會唱哪首？我可以為您伴奏。」戚姬回答。

劉邦便提高聲音，唱起了一首關於垂死士兵希望回家見妻子和父母的歌。歌曲結束時，淚珠從他眼角滴落。

戚姬說：「這首歌太悲傷了。我們一起唱一首快樂的歌吧。」戚姬建議。

於是，他們一起唱起了一首活潑的歌曲，描述一位新郎急切地迎接新娘到來。

「我喜歡這首歌的節奏。它可以伴隨著優雅的舞蹈。讓我給您表演一下。您繼續唱歌，拍手，我來跳舞。」戚姬建議。

她輕快地走到大廳中央，開始跳舞。她的動作流暢而優雅，細腰如微風中的柳條般彎曲。她的手臂優美地揮動，讓人聯想到微風中搖曳的狐尾草。她的舞蹈是完美藝術的展現，與歌曲節奏同步。當她在房間中躍動和滑行時，她輕盈如同一隻從一個角落飛到另一個角落的蝴蝶。

不久，他們彷彿成為了音樂舞蹈團的合作夥伴。在這些時刻中，劉邦從近日的悲劇中找到了一點歡樂的喘息。

次日早晨，戚姬對劉邦說：「父親說您有許多英勇的經歷。您能給我講一些嗎？」

劉邦於是坐下來與她談論了許久，談及了沛縣的革命、豐邑之戰、鉅鹿之戰、征服咸陽、咸陽宮、三章之約、鴻門宴、攻下彭城，最後是在彭城的敗退。

戚姬如同聽童話故事的小孩一樣聚精會神地聽著。同時，她帶著敬畏和欽佩地看著劉邦。她心想：「他確實是個英雄。他比父親更偉大。」

在故事的最後，劉邦談到自己的失敗和最近的災難時，低著頭，聲音顫抖，雙手摀著臉頰。他用憂鬱的聲音承認：「我為我的錯誤感到抱歉。我沒有聽樊噲的話。我太淫亂、頹廢和傲慢了。由於我的錯誤，成千上萬的士兵喪生。我的軍隊基本上被摧毀了。我

跌入了深淵，不知道該如何走出來。」

他過去不曾流淚，但這次卻流淚了。

戚姬輕觸他的前額，搖了搖他的頭，試圖安慰他。她大聲而堅定地說：「讓我給您唱一首楚歌，歌詞是屈原的一首詩。」然後她唱起了這首歌，歌詞是：

亦余心之所善兮
雖九死而猶未悔
路漫漫其修遠兮
吾將上下而求索

她接著說：「振作起來！您一次都沒有死過，因此，您還能夠恢復。」她接著開始她的說教，說道：「老子曾說：『大樹從細小的種子開始生長。九層之台，起於累土；千里之行，始於足下。』荀子也說：『不斷斧斤，腐木不折；不輟錘砧，堅金可鑄。』孟子也說：『天將降大任於斯人也，必先苦其心志，勞其筋骨，餓其體膚，空乏其身，行拂亂其所為，所以動心忍性，增益其所不能。』」

雖然劉邦不太熟悉經典，但她鼓勵的話就像舒緩的音樂，緩解了他內心的痛苦。他真誠和感激地看著她的眼睛。後來當他觸摸她的手時，她感覺仿佛有電流穿過她的身體。她隨後溫柔地吻了他的前額，而劉邦則緊緊握住了她的手。那天晚上，她與他共度了一宵。

一日，劉邦走過戚姬身旁，看到了她的畫，便好奇地問：「"您在畫什麼？可以讓我看看嗎？」戚姬將畫展示給他，問道：「這個人像不像您？」

「真的很像，」劉邦點頭回答。他又問：「旁邊的女人是誰？」

「那是我，」戚姬答道。她指著畫中女人懷裡未完成的嬰兒草圖，說：「這是我們未來的兒子。我希望他能成為像您一樣的英勇、強壯、充滿智慧。」

　　幾天後，有人敲門，戚里不確定來者是誰，便讓劉邦藏了起來。原來，敲門者是呂雉兄弟的軍隊的一團士兵，他們是從下邑派來，奉命尋找劉邦，並護送他到下邑。

　　劉邦跟戚姬度過了一段難忘的時光後，不得不與她告別。離開時，齊姬將自己完成的畫作遞給劉邦，緊緊地擁抱著他，淚流滿面。劉邦溫柔地安慰她：「待我在下邑安定下來，就會馬上回來。您等我。這是我的玉佩，上面刻有我的名字，它代表我的身份。當您把它展示給我的部下時，他們就會向您鞠躬，不會傷害您。」

第九回：呂雉被洗腦

本回人物介紹

項羽	楚國猛將，西楚霸王，劉邦的競敵
呂雉	劉邦的妻子
曹娟	劉邦的妾室
劉肥	劉邦和曹娟的兒子
項伯	項羽的叔父, 張良的好友
范增	項羽的首席謀士
夏桀帝	夏朝最後的皇帝
有施氏	夏朝時的一個部落
妺喜	夏桀的寵后
商湯	商朝的始創人
商紂王	商朝最後的皇帝
妲己	商朝紂王的妖后
周武王	周朝的始創人
越王勾踐	戰國時代的越王
西施	戰國時代吳王的寵后
吳王夫差	戰國時代的吳王
劉邦	本回主角

本回地點介紹

彭城　　　　　　　　　　　楚國首都在江蘇省

項羽俘虜了劉邦的父親、呂雉、曹娟及其子劉肥，將他們囚禁在彭城。項羽原本打算將他們作為人質和談判籌碼，迫使劉邦投降。項羽寫信給劉邦：「您若不投降，我就殺了您的父親，肢解燉湯，讓我的士兵折磨您的妻子，直到她氣絕身亡。」

劉邦知道，即使投降，項羽仍不會放過他的家人。他認為項羽的威脅只是虛張聲勢。於是他回信道：「我們既然結拜是兄弟，我的父親也是您的父親。如果您能毫無愧疚地殺了他，並用他的屍體熬湯，我也樂意嚐嚐。此外，我有很多女人，呂雉只是其中之一。如果您喜歡，她就是您的，隨您處置。」

這番話令項羽感到挫敗並大怒，便想殺死劉邦的父親和呂雉，因為他們已經沒有任何利用價值。然而，項伯勸阻項羽：「如果您想成為能征服整個天下的偉大領袖，您應該擁有宏大的視野。殺害敵人的家屬是歷史上偉大領袖所不為的卑鄙行為。殺一個老人和無助的女人對您的事業毫無助益。我們應該盡可能長時間地將他們作為人質。」

項羽的機智謀士范增冷靜地諷刺道：「讓我告訴您歷史上的三個故事。夏朝時代，夏桀帝征服有施氏部落，俘虜了美女妹喜作為征服的戰利品。他被她的美貌和魅力迷住後，立她為后。妹喜故意過著奢侈淫逸的生活，以報復夏桀征服她的祖國。夏桀為取悅她，沉溺於奢華和殘暴之中。最終，夏桀失去了他的天下，被商湯所滅。第二個故事是關於商紂王，商朝的末代帝王。他的愛妻妲己是一個惡毒的女人，她引導他走上殘暴、淫逸和奢華的道路來毀滅他。最終，商朝被周武王所滅。在春秋時期，越王勾踐發現了美女西施，將她送到敵人吳王夫差那裡，作為迷惑敵人和奸細的工具。最終，越國征服了吳國。

我們因此應該洗腦呂雉，使她成為一個惡魔。既然她是劉邦的妻子，無論劉邦能否戰勝我們，她都會毀滅劉邦、他的家族、他的

盟友以及後代。我們應該巧妙地、不引人注目地進行這項工作，甚至不讓她察覺。我們應該改變她的性格，而不是對她進行身體上的折磨。為此，我們必須讓她吃得好、穿得好，保持身體健康。在我們將她交還給劉邦後，他將無法察覺到她身上的任何異常，直到一切都太遲了。」

項羽同意了范增的陰謀。隨後，他將呂雉等因犯從監獄中釋放出來，安置在舒適的小屋裡，並將他們軟禁起來。他下令採取嚴格的安全措施，保護他們免受人身攻擊並防止他們自殺。他還為他們提供了美味的食物和溫暖的衣服。

洗腦計劃的目的是將呂雉變成一個冷酷、殘忍和嗜血的惡魔。該項目逐漸實施，以下是一些例子：

起初，下人中盛傳項羽打算在呂雉一家的飲食中下毒。呂雉聽到這個謠言後，每當她進食時都會感到恐慌，並因此食不下咽。當她聞到食物的異常味道時，她會避免進食。曹娟勇敢地對她說：「讓我先吃這些食物來試毒，我寧願為您而死。」呂雉回答：「即使您死了，我還是得吃飯。餓死比中毒死還要糟糕。」曹娟接著回答：「如果項羽想殺我們，他早就動手了。他何必費事下毒呢？所以，我們就忘記這個下毒的謠言吧。」

接下來，項羽的人偷偷在呂雉家附近安置了許多蟻丘和黃蜂窩。呂雉隨後養成了踩死螞蟻和擊碎侵入房屋附近的黃蜂的習慣。她逐漸從殺死昆蟲中體會到成就感和快樂。

其後，項羽的人在她的房屋牆壁上鑽孔，讓老鼠侵入。呂雉起初害怕老鼠。後來她對於晚上老鼠在屋內跑來跑去感到極其煩躁，決定用棍棒殺死它們。她後來甚至為自己捕殺和擊碎老鼠的能力勝過貓而感到自豪。

她後來被指派餵養一群野狗和狼，以活兔和雞作為食物。起初，她對無助的兔子和雞被兇猛的狗和狼撕咬和啃食的血腥場景感到噁心。過了一段時間，她習慣了這個場景。後來她相信，弱肉強食是天理。在她的世界和經歷中，她屢次見證了這一現象。她想：「我需要強大。為了生存，我需要消滅任何試圖傷害我的人。成為狼比成為兔子要好。我需要成為一隻狼。」

隨後，她被帶到了一個處決場地，觀看俘虜被斬首。起初，一看到這一幕，她感到喉嚨裡有嘔吐的感覺。過了一段時間，她已經習慣了血腥場面，以至於這種恐怖對她來說毫無意義。

後來，她被要求折磨俘虜，並將匕首刺入他們的心臟。如果她拒絕這樣做，項羽的人會毀掉她的臉。她想，殺人總比毀容好，於是不情願地遵從了命令。當她發現有些俘虜是站在劉邦一邊的同胞時，她的內疚感極強，導致她夜不能寐。過了一段時間，她為了生存而克服了內疚感。她後來想：「這個世界上的每個人都為了自己的生存和榮耀而殺戮。劉邦這樣做，項羽也這樣做。我為什麼要有所不同呢？」

有一次，她看到鬼魂的魅影在她家窗外飄過。她大喊：「你們這些該死的鬼魂想來糾纏我？我要殺了你們！」她拿著一根大棍子衝出去，追趕那些「鬼魂」。她設法打中了一個「鬼魂」的頭部，發現那不是鬼，而是一個假扮成鬼的人。她為自己的勇敢感到自豪，告訴自己：「世上沒有鬼。那些都是幻想。沒有鬼神。它們只存在於童話故事中。」

導致她性格崩潰的最後一根稻草，是劉邦給項羽的一封信，信中寫道：「此外，我有很多女人，呂雉只是其中之一。如果您喜歡，她就是您的，隨您處置。」當項羽將這封信展示給呂雉看時，她感到極度震驚，幾乎暈倒。她將一生奉獻給劉邦，為他犧牲了一切，從一開始就支持他的事業，並為他承受了巨大的痛苦。然而，他卻不在乎，像丟棄破舊的鞋子一樣丟棄了她。她曾想著將自己的未來託付給他，憧憬著美好的未來。她意識到，她不能信任任何人，包括她「深愛」的丈夫。世界是殘酷的。當生存岌岌可危時，每個人都只顧自己。

第十回：戚姬失蹤了

本回人物介紹

戚姬	劉邦遇到的年青貌美少女

呂雉	劉邦的妻子
呂澤	呂雉的長兄
劉邦	本回主角

本回地點介紹

下邑	江蘇省
彭城	楚國首都在江蘇省
滎陽	河南省
沛縣	江蘇省

劉邦終於抵達西北下邑，呂雉兄弟呂澤的軍隊駐紮在此。他安頓下來後，召集了從彭城逃散的殘兵，從鄰近城招募了新兵，並在呂澤的領導下重組了擴大的軍隊。經過兩個月的準備後，過兩個月的準備，他決定撤退到西邊兩百里的一座更堅固的城—滎陽。

在前往滎陽之前，他重訪了沛縣附近的村莊，也就是他首次遇見戚姬的地方。自從分離後，他曾許諾回來接她的念頭每天都在他的腦海裡縈繞。

當他抵達村莊後，被眼前的毀滅景象所震撼。整個村莊變成了廢墟；房屋已燒成灰燼，空氣中彌漫著燒焦木材和樹葉的刺鼻氣味。通往戚姬家的小路上鋪滿了燒焦的樹葉。涼爽的秋風從西邊吹來，搖晃著枯樹的枝條，揚起一團黃色的塵埃和黑色的灰燼。天空中，烏鴉悲鳴著，在樹梢上盤旋，尋找悲劇留下來的遺骸。

當劉邦接近戚姬住處時，他瞥見了倚在窗框上的似乎是她的身影，但只是殘酷的海市蜃樓景象。房內空蕩蕩，牆壁燒焦，屋頂也被燒毀。又老又乾的井，勾起了他與戚姬首次初遇的回憶。院子裡的柳樹，曾讓人聯想到戚姬優雅的舞姿，現在卻像是悲傷少女低垂的頭髮，樹的枯枝在風中搖曳，彷彿哀傷的髮絲。

屋內沒有找到任何遺骸。散亂的家庭用品與客廳裡未被觸動的古箏形成鮮明對比。被煙熏和燒焦的戚姬衣物與書籍，顯示了她曾忽忙逃離的跡象。「他們去了哪裡？還活著嗎？」他心中疑惑。

　　劉邦心中充滿了焦慮、悔恨和深深的失落感，心痛不已。「我應該早點回來。我祈禱他們還活著。不管他們是死是活，我必須找到他們。」他堅定地想。

　　他仔細搜尋了院子和周圍，卻沒有找到他們離開的任何痕跡。他指揮士兵挖掘附近的土丘，希望在絕望中能找到屍體或骸骨，但卻一無所獲。

　　經過一番徒勞無功的搜索後，他最終離開了。回頭望去，房子在煙霧的籠罩下顯得模糊，慢慢消失，就像一場褪色的夢。戚姬的形象在他腦海中揮之不去：燦爛的笑容、悅耳的聲音、優雅的動作和溫柔的擁抱。他仰望天空，彷彿看見她在雲端之上向他揮手告別。「不要離開我，回來吧！」他對著風嘆了口氣。

第十一回：攻下魏國

本回人物介紹	
章邯	前秦朝的將軍，投降了楚國
劉邦	本回主角
韓信	軍事天才
魏王豹	他被項羽打敗而加盟楚國，但後來卻投靠劉邦
酈食其	年老的智者，後來加盟劉邦
灌嬰	劉邦部下將軍
曹參	劉邦部下將軍，早期追隨者
柏直	魏王豹部下將軍
馮敬	魏王豹部下將軍
項它	魏王豹部下將軍
薄姬	魏王豹妃子
魏媼	薄姬的母親
許負	聞名的占卜和占卜師
管夫人	魏王豹妃子，薄姬好友

趙子兒	魏王豹妃子，薄姬好友
	本回地點介紹
滎陽	河南省
廢丘	陝西省
蒲坂	山西省
蒲津渡	山西省
夏陽渡	山西省
安邑	山西省
敖倉	河南省

　　滎陽位於黃河南岸，中國中部，是東西方的主要門戶。除了被章邯佔領的廢丘和由魏王豹治理的魏國外，黃河以南的西部地區均由劉邦的軍隊控制。黃河以北的西部地區則由韓信的軍隊控制，因此間接受劉邦的管轄。劉邦在滎陽安頓一段時間後，下令修建一條通往河岸的大道，以便於從位於黃河北岸、糧食倉庫和倉儲中心的敖倉運送糧食。項羽的軍隊曾試圖攻打滎陽，但因滎陽堅固的防禦而被劉邦的軍隊成功擊退。

　　為了全面控制西部地區，劉邦需要攻克位於秦代腹地、靠近咸陽的廢丘。廢丘是封給投降項羽的前秦將領章邯的郡縣首府。韓信曾圍困廢丘數月，但因章邯堅固地加固了城而未能攻克。冬季期間，韓信命令在通往廢丘的黃河支流上游地點修建一座水壩。到了當年六月份，暴雨導致水壩溢流。韓信隨後命令破壞水壩。結果，廢丘被洪水淹沒，城中大多數士兵和居民都被淹死。洪水退去後，韓信的軍隊幾乎無阻力地進入了城。章邯戰敗後自殺。

　　魏王豹在劉邦和項羽之間搖擺不定。就在劉邦到達滎陽的前一個月，他變成了劉邦的叛逆者。當劉邦派酈食其去說服魏王豹重新考慮他的聯盟時，魏王豹告訴酈食其：「劉邦傲慢，常以粗俗低劣的語言侮辱他人。他對待同盟者如奴隸。我無法忍受他。」因此，憤怒的劉邦決定攻打魏國。他命令韓信、灌嬰、曹參領軍進攻。

「魏國的主帥是誰？」劉邦問道。

「柏直，」酈食其回答。

「他是個小孩，不是韓信的對手，」劉邦嘲笑道。他又問：「他們的騎兵指揮官是誰？」

「馮敬，」酈食其回答。

「他不是灌嬰的對手，」劉邦說。

「步兵指揮官是誰？」劉邦問。

「項它，」酈食其回答。

「他不是曹參的對手，」劉邦說。

「他們會指派其他人作為主帥來代替柏直嗎？」韓信問。

「不會，」酈食其回答。

「那我就放心了。對我來說，柏直就是個小孩，」韓信大聲說。

劉邦的軍隊在韓信的率領下，從黃河西側進軍向蒲坂，這是通往魏國的關鍵渡口。魏國的主帥柏直在河的東側部署了他的軍隊。韓信大軍抵達位於河西側，與蒲坂相望的蒲津渡。蒲津渡是最重要的河流渡口。韓信的情報告訴他，許多魏軍士兵已在蒲坂附近的河東岸佈陣。然而，在夏陽渡口附近，位於蒲坂以北不到一百里處，魏兵寥寥無幾。

韓信決定在夏陽渡口渡河。在他北上之前，他命令曹參在蒲津渡西側駐軍，並佈置許多戰船準備過河，假裝攻擊。另一邊，韓信和灌嬰悄悄地帶領精銳前鋒營和騎兵北上至夏陽。他們只帶了幾艘船。當他們到達夏陽渡口時，他們需要想辦法過河。

韓信有一個巧妙的主意。他命令士兵砍下樹枝，用樹枝製作木筏。他的士兵還從鄰近的村莊獲得了成千上萬的陶罐。為了讓木筏在湍急的水中保持浮力，封閉的陶罐被綁在筏的格子和底部。陶罐裡的空氣保持了筏的浮力。幾天後，製作了數千個筏子後，韓信的營隊登上筏子，在夏陽渡口過河。他們在渡口對岸遭遇的魏軍抵抗很少，因為那裡駐守的魏軍很少。韓信的營隊立即向魏國首都安邑發起攻擊，並輕易攻下了它。安邑被攻陷後，韓信營隊返回蒲坂，從後方攻擊魏軍。

此時，曹參在蒲津渡西側的河邊部署了一百艘戰船，假裝攻擊陣型。魏軍的指揮官柏直，等待多日的攻擊，對於曹參為何久久不動感到困惑。不久，他驚訝地得知情報稱魏國首都安邑已經淪陷，而他的軍隊後方遭到韓信營隊的攻擊。那時，曹參的軍隊過河並攻擊了魏陣地。魏軍聽聞他們的軍隊前後受攻，首都已失守，士兵絕望逃竄。在韓信摧毀了魏軍後，他再次向北進軍，並俘虜了魏王豹。

魏王豹的所有財寶都被沒收，妃嬪都被關押，帶回劉邦的漢國首都滎陽。

在魏王豹的數十位妃嬪中，一位十九歲女子脫穎而出，名叫薄姬。兩年前，她成為魏王豹的妃嬪。她的母親魏媼是舊魏國的貴族女士，因一段私情生下了薄姬。多年前，她的母親曾諮詢過著名的占卜師許負，他預言薄姬將會誕下一位皇帝。於是，母親將薄姬送入魏王豹的宮中，魏王豹欣然將她納為妃嬪。然而，兩年無所出，魏王豹便開始寵愛另外兩位美艷的妃嬪，管夫人和趙子兒。薄姬由於年輕時做過多年苦力，身材比同齡的女孩更高、更壯。她面容不艷麗，舉止保守、低調、溫順，缺乏媚態。雖然管夫人和趙子兒搶走了她的風采，薄姬仍然視她們為密友。在魏國動亂之際，三位少女共同發誓，順境時共享榮華富貴，逆境時互相扶持。

第十二章： 重逢戚姬

本回人物介紹

劉邦	本回主角
戚姬	年青貌美少女
劉如意	劉邦和戚姬的兒子

滅魏後，又發生了一件幸事。一天早上，一名守衛緊張地走進劉邦的府衙，向他展示了一塊玉佩。劉邦認出這玉佩正是幾個月前送給戚姬的，他既困惑又興奮。

「您是怎麼得到這塊玉佩的？」劉邦問道。

「這是營口一位懷孕的少婦給我的，讓我呈現給漢王。」

「她在哪裡？快帶她進來！」劉邦激動地大喊，耳邊響起了心跳聲。

不一會兒，守衛帶進來一位面容憔悴、衣衫襤褸的女孩。當這名女子看到劉邦，她倒在地，緊抓劉邦的大腿。劉邦將她扶起後，她緊緊擁抱著他，頭靠在他的肩膀上，不停地啜泣。

通過她的身材、聲音和手的觸感，劉邦本能地認出這女孩就是戚姬。真是天賜禮物！幾個月來，他一直盼望著再見她。

劉邦輕輕地拍著她的背，安慰道：「這幾個月來，我一直在祈禱能再次見到您。我以為您已經死了。」

她抬頭，看到他眼中的熱情溫暖。

「告訴我，發生什麼事了？」劉邦問道。

她聽到這話又開始抽泣。

「別哭。冷靜下來。您在這裡是安全的，」劉邦柔聲說，再次輕拍她的背。

漸漸地，她的神情又恢復了平靜。她開始認真地敘述：「自從您離開我的家後，項羽的部隊便蜂擁而至我們村子尋找您。我父親和我聽說他們打算屠殺所有人，並將我們的村子夷為平地。因此，我們匆忙在那些兇惡的士兵到來的前一天，帶著馬和車逃離了。我們帶著一些食物、衣物、水、少量物品和錢，準備了長途向西、前往您的首都。

在途中，我看到戰爭的恐怖。到處都是散落的屍體，受傷的士兵在烈日下呻吟著乞討水。我見到緊抱著嬰兒的夫婦，拼命地乞求食物。許多年輕男子，依靠著臨時的義肢艱難地逃離戰亂。我看到年輕女子勇敢地抵抗試圖侵犯她們的士兵。在這個生死存亡的瘋狂掙扎中，每個人都只關注自己的生命，對周圍受苦的人漠不關心。弱小的孩童和女子無情地被踩在腳下，被丟棄在路邊無人照料。火災和煙霧籠罩了許多地區，使空氣幾乎無法呼吸。

旅程中，父親揮舞著劍保護我免受傷害。然而，一日，一群無法無天的人伏擊了我們的車輛，搶走了所有財物。我父親盡力保護

我而不是財物。結果，我們被迫徒步前行。經過數百里艱難跋涉後，父親最終因疾病和營養不良而去世。我已經忘記了我將他埋葬在哪裡。

一個月後，我發現自己懷孕。我一直很餓，但苦於沒有食物。並已經花光了所有的錢。很多天來，我不得不沿街乞討食物和水。我堅持下去，因為我決心要再見到您。」

說著，淚水順著臉頰流了下來，洗掉了她瘦削的臉上的污垢，露出了白皙的肌膚。劉邦拿了一條濕毛巾，輕輕地幫她擦臉。

「您的臉為什麼這麼髒，滿是泥土？您是摔倒在地上了嗎？」劉邦問。

「不，我是故意用泥土遮住臉的，這樣惡人就不會注意到我的美貌，來攻擊我，」戚姬回答道。

「對不起，這麼久沒有回來找您。幾個月前，我回過您的村子找您，但您已經不在了。我以為再也見不到您了。每當我想到這些，我的心就痛不欲生，」劉邦說著，緊緊地抱著她坐在他的腿上，撫摸著她的頭髮和臉。他又問道，「孩子什麼時候出生？」

「很快，」她回答。

劉邦摸著她的肚子，把耳朵貼近肚子，喜悅地說，「我能聽到它的心跳。」

幾個月後，戚姬生下一名男嬰。晚上分娩時，劉邦整夜都在室外等候，渴望聽到孩子的第一聲啼哭。當接生婆把新生兒抱給他時，他熱情地擁抱了孩子，告訴在場的接生婆：「他真的很像我！看看他的下巴、眉毛和耳朵，都和我一模一樣。」

劉邦在首都時，接下來的一個月裡每天都去看戚姬。戚姬產後情緒多變，經常感到疲倦。

「我希望看到您臉上有歡樂的笑容。您應該為有了一個新生兒而感到很高興，」劉邦說。

「不，我感到很累，」戚姬回答。

「您不需要夜裡起來哺乳寶寶。我可以找一個奶媽來幫忙，」劉邦建議道。

「不，我不需要奶媽。他是我們的兒子。我想給他最好的照

顧。對了，您為他選好名字了嗎？」

「既然他長得和我一模一樣，我就叫他劉如意吧（後兩個字在中文是『完美』的意思），」劉邦說。

「他是您的兒子，他一定很完美，」戚姬妙語如珠。

下一刻，她皺起眉頭，哭了起來。

「怎麼了？」劉邦問。

戚姬知道男人用劍征服世界，而女人用淚水征服男人，她嘆息著，可憐地說：「我擔心他。他的人生並不那麼完美。我們正處在戰爭中，他隨時都可能被殺。即使您最終勝利成為皇帝，您對他的愛也未必能永遠持續。他是您的第三個兒子。當他的哥哥成為您的繼承人時，劉如意可能會受欺負，甚至被殺。」

「您擔心得太多，想得太遠了。我會盡我所能保護您和他，」劉邦承諾。

為了表達對戚姬的愛與支持，劉邦隔天將她晉升為夫人，地位僅次於皇后。

第十三回： 薄姬產子

本回人物介紹	
劉邦	本回主角
薄姬	曾經是魏王豹的妃子，後來是劉邦的妃子
管夫人	曾經是魏王豹妃子，薄姬好友
趙子兒	曾經是魏王豹妃子，薄姬好友
劉恆	劉邦和薄姬的兒子
項羽	楚國猛將，西楚霸王，劉邦的競敵

加入劉邦陣營後，薄姬被分配到最低等的妃嬪和侍婢行列，工作是織絲。她已經好幾個月沒有機會見到劉邦了。她不夠漂亮，缺乏魅力。她從不刻意用美麗的笑容來吸引人。所以，沒有人會注意

到她這個織房侍女。

而她的好友管夫人和趙子兒卻幸運多了，她們有機會與漢王劉邦共度了幾個夜晚。

某個下午，薄姬與管夫人和趙子兒閒聊，她們驕傲地談論著自己被漢王寵幸。

管夫人提醒說：「在宮裡，如果一個妃子沒有生王子，她的命運就注定慘淡了。等她年老色衰，就會被像垃圾一樣丟棄。」

「哼，我不在意。我接受我的命運。對了，我昨晚做了個奇怪的夢，夢見一條龍爬進我的肚子裡。」薄姬辯駁道。

她的兩位朋友聽了，忍不住嘲笑起來。

「別傻了，您已經獨守空閨好幾個月了，怎麼可能懷孕呢？」趙子兒笑著說。

「您一定是太久沒有性生活了，所以才會做這種幻想的夢。」管夫人輕蔑地說。

幾天後，管夫人和趙子兒與劉邦共進晚飯時，她們開玩笑地提到薄姬妄想有龍入懷的事情。意外的是，劉邦對這件事顯得很認真，他說：「我想見見她。」於是劉邦在第二天晚上召見了薄姬，讓她講述了自己的夢境。

劉邦對她說：「這是個好兆頭。讓我們一起將您的幻想變為現實。」

第二天她就懷孕了。兩個月後，當她告訴劉邦自己的懷孕消息時，他冷淡且乾脆地說：「您注意保胎。」

隨後，她被免去了織布的工作，並被提供了更好的住所。但她拒絕搬進豪華的房子，以免引起同儕的嫉妒。她為了安全理由而保持低調。

幾週後，薄姬路過織布工坊，聽到了可憐的啜泣聲。她走進工坊，看到一位年輕同僚跪在太監面前乞求寬恕。薄姬上前詢問發生了什麼事。

「她不小心將一塊絲綢剪成兩半，破壞了它上面的圖案。更糟糕的是，圖中的龍頭被剪掉了。這對漢王來說是個不祥之兆。如果她是故意為之，以詛咒漢王，就該砍斷她的手指。」太監大聲說。

「不，我不是故意的。這是一個意外，」那女孩辯解道。

「我們能織一塊新的布嗎？」薄姬問。

「不行，我們只剩下兩天了。我們的時間非常緊迫。織一塊新布需要四天，」太監說。

「如果這樣，懲罰她只會讓事情變得更糟。她會變成殘疾，無法再工作。到時候工坊就會缺少工人。既然我擅長織布，我可以幫忙。讓我和她一起工作，兩天內完成一塊新布。我保證按時交貨，」薄姬建議。

薄姬卷起袖子，坐到織機上，連續兩天不間斷地快速織布。她最終織出了一塊質量更好的新布。那女孩感激不已，告訴薄姬：「我欠您一條命。」

幾個月後，公元前 204 年的春天，她生下了一個男孩，名叫劉恆，成為劉邦的第四個兒子。薄姬母憑子貴，立刻晉升為薄夫人，地位僅次於皇后。

兒子出生時，劉邦正在戰場上，忙著與項羽激戰，沒有太多關注薄姬和劉恆。回家後，只是短暫地拜訪了薄姬的房間幾次。薄姬對於宮中其他婦人的嫉妒心存戒心。劉邦的冷漠並沒有讓她煩惱。她記得一句古老的諺語：「在一群飛行的鳥兒中，前面第一隻鳥通常是第一個被射殺的。」

第十四回： 攻下趙國

本回人物介紹

陳餘	曾經是陳勝謀士，張耳的好友， 後來成為仇人，和趙國的丞相
韓信	軍事天才和劉邦的大將軍
張耳	曾經是陳勝的謀士，後來投靠趙國， 然後再投靠劉邦
李左車	陳餘的謀士

本回地點介紹

彭城	楚國首都在江蘇省
井陘口	河北省
太行山	河北省

六個月前，劉邦在彭城戰敗後，趙王與其丞相陳餘轉而與項羽結盟。劉邦打敗魏國後，決定攻擊位於黃河以北的趙國。於是，他令韓信北上攻打趙國，再攻打東北的齊國。他還派遣張耳(陳餘的敵人) 陪同韓信執行此次任務。

公元前 204 年秋，韓信和張耳率領約兩萬士兵，向趙國進發。陳餘集結了二十萬士兵，在太行山的一個關鍵隘口，井陘口，設置了堅固的防禦陣地。這個隘口易守難攻。

陳餘的軍事策士李左車建議說：「一個月前，韓信、張耳出征，與魏軍交戰。他們的軍隊必定疲憊。何況，他們要從千里之外供應糧食，也不容易。他們的士兵沿途砍樹，以作柴火用。這意味著他們不會儲存超過一天的食物。井陘口隘口狹窄，只能容一匹馬通過。他們的糧食供應必須放在後方。我可以率領一支部隊切斷他們的後方補給線。您可以避免與他們正面交鋒。半個月後，他們的士兵就會被餓死。」

以深諳軍法為榮的陳餘不以為然，說道：「我們的軍隊比他強大十倍，加上他的軍隊長期徵戰，疲憊不堪，我們在戰略上也處於堅不可摧的位置。按照兵法，我們應該立即出擊，消滅他的軍隊。」

當韓信抵達戰場附近時，他意識到自己的軍隊處於嚴重劣勢。正面戰鬥陳餘的軍隊是不可能的。當韓信聽到情報報告說陳餘無視李左車的建議時，韓信感到欣喜。他將自己的軍隊駐紮在井陘口三十里外。一夜之間，他組建了一支由兩千名騎兵組成的輕騎兵隊。每位騎士都携帶一面劉邦漢國的大紅旗。這支部隊悄悄穿過山間的狹窄小徑，於陳餘軍營的後方佔據了隱蔽位置。韓信指示騎兵：「我率一營攻擊他們，然後佯裝撤退。陳餘的軍隊隨後將蜂擁而出追擊我。當您看到他們空出營地時，你們應迅速突入，拔除他們的

旗幟並換上我們的旗。」

隔天早晨，韓信率領其餘軍隊沿河前進，向陳餘軍營進發。當他們抵達井陘口附近時，韓信安排了他的軍隊陣型，背靠河流。陳餘聽聞韓信軍隊的動向後，他和他的將軍們笑說：「韓信真是愚蠢。根據兵書，背河佈軍是一個致命的錯誤，會導致軍隊徹底殲滅。」

早飯，韓信對士兵們說：「別吃太多。待今天打贏，我們就可以大吃一頓了。」士兵們摸不著頭腦，不知原因何在。

韓信和張耳隨後率領兩千精銳前鋒騎兵，向陳餘軍營前進，佯裝進攻。陳餘認為韓信用一小部隊進攻很愚蠢，這是殺死韓信和張耳的絕佳機會。短暫交戰後，韓信部隊佯裝敗退，折返。陳餘立刻率領部眾前去追捕韓信。當韓信抵達河邊的基地時，他的精銳前鋒又重新加入了同伴。由於韓信的軍隊被困死地，前有敵人，後有河流，士兵們別無選擇，只能奮力戰鬥。激烈的戰鬥一直持續到中午。此時，當陳餘的軍隊為追趕韓信而撤離營地後，隱藏在陳餘軍營後方的兩千騎兵突入佔領了營地。他們在那裡豎起了成千上萬面漢軍的紅旗。陳餘一方的士兵和指揮官在河邊作戰時，注意到自己營地上飄揚著漢軍的旗幟。他們以為自己軍隊的後方已被擊潰，趙王被俘。陳餘立即下令撤退，他的士兵們絕望地向各個方向逃竄。混亂中，陳餘與幾位將軍一同被殺。他的二十萬大軍，一日之內就被消滅。趙國被滅，趙王被俘。

這場勝利之後，韓信的將領們對他一心崇拜，如同神明一般。他們問他：「您將軍隊安置在河邊的策略違反了軍事原則。您怎麼會認為我們可以贏？您甚至告訴我們早飯少吃點。您怎麼能預知我們能在午餐前獲勝？」

韓信回答：「兵書確實建議不要在河邊駐軍。但還有另一個道理：置身絕境，總會找到生存之道。如果您將士兵置於無路可逃的境地，他們寧願死也不願意戰敗。如果他們不怕死，還有何做不到的？我們的軍隊來自各行各業的士兵組成，他們並沒有受過嚴格訓練。如果他們置於開闊戰場，有許多逃跑路線，許多人在小敗後就會立即逃亡。」

　　李左車被生擒並帶去審問。韓信沒有殺死李左車，反而親自解開他的綁縛，待他如貴賓。

　　「我打算北上，攻打燕國，然後攻打齊國，但如何才能成功呢？」韓信問。

　　「我只是個俘虜，沒有資格給您建議，」李左車說。

　　「如果陳餘聽從了您的建議，我現在會是您的俘虜。我真誠地希望聽聽您的建議，」韓信說。

　　「您最近的戰績眾所周知，備受推崇。您是軍事天才。這是您的優勢。然而，您的軍隊經歷了這麼多戰鬥，已經疲憊不堪。您不容易輕易克服燕國的堅固防禦，更不用說齊國了。一旦您的攻勢拖延，您將會處於弱勢。發動攻擊時依靠的是您的優勢，而不是弱點，」李左車說。

　　「我該怎麼做？」

　　「如果我是您，我會就地休整，給軍隊時間休息。我會善待趙國人民。當燕國人民看到您的仁慈，他們會更願意投降。恩威並施有時比武力更有效。您應該派遣使者勸服燕國投降。一旦在北方站穩腳跟，您就更容易向東北進軍，攻打齊國了。」李左車建議。

　　韓信聽從了李左車的建議。正如他所料，燕國在入侵威脅下迅速投降。

第十五回：范增之死

本回人物介紹

劉邦	本回主角
項羽	楚國猛將，西楚霸王，劉邦的競敵
陳平	劉邦的卓越謀士
范增	項羽的首席謀士
鍾離昧	項羽的謀士
龍且	項羽的謀士和猛將

本回地點介紹

滎陽　　　　　　　　河南省

攻克彭城前，靠劉邦的陳平勸劉邦說：「項羽重臣中，唯有范增、鍾離眛、龍且是能幹、忠誠、值得信賴的助手，可以花幾千兩金來挑撥他們之間的關係。項羽多疑，好諫言。我們可以利用他的弱點，挑起他們內部的紛爭。」

劉邦同意了這個計謀，並賜給陳平四萬兩黃金來製造針對項羽骨幹的謠言。結果，項羽開始懷疑鍾離眛的忠誠，並與他保持距離。

項羽曾派遣使者與劉邦會面，商議休戰。使者抵達滎陽時，陳平以最高禮遇接待了他，邀請他參加豪華宴會，並在宴會上展示了一頭金牛犢。宴會剛開始，陳平突然對使者驚呼：「我以為您是范增派來的，而不是項羽。」陳平立即下令將豪華菜餚和金牛犢撤掉，換上普通菜餚。使者狼狽回來後，把這件事報告給項羽。項羽開始懷疑范增的忠誠，多次無視范增的建議。范增辭去職務，灰心喪志地回鄉，並在回鄉途中去世。范增的去世對項羽打擊重大，因為范增是他唯一的優秀謀士。

第十六回： 奪取敖倉糧庫

本回人物介紹

劉邦	本回主角
項羽	楚國猛將，西楚霸王，劉邦的競敵
紀信	劉邦部下將軍
陳平	劉邦的卓越謀士
韓信	軍事天才和劉邦的大將軍
張耳	曾經是陳勝的謀士，後來投靠趙國，然後再投靠劉邦
曹咎	項羽部下將軍，駐守成皋

酈食其	年老的智者，後來加盟劉邦

本回地點介紹

滎陽	河南省
成皋	河南省
敖倉	河南省

隔月，項羽大軍猛攻劉邦大軍重鎮滎陽。滎陽即將失陷前，劉邦的將軍紀信告訴劉邦逃跑。午夜時分，陳平召集了兩千名衣著性感的美女，組成了一個營隊。他們走在一輛掛著黃色盾牌、懸掛著漢王旗幟的馬車前面。紀信假扮成劉邦，坐在馬車裡。隊伍從滎陽的東門出發，朝著項羽的軍隊前進。項羽的士兵隨即匯聚到隊伍周圍，而紀信大聲喊道：「我是漢王劉邦。請讓路。我要向你們投降。」當成千上萬的士兵靠近隊伍時，他們的目光都被遊行的女子所吸引。多麼壯觀又誘人的一幕！此時，劉邦帶著幾十名騎兵從滎陽的西門逃脫。

劉邦隨後撤退到附近的一個城，成皋，但又被項羽攻佔。劉邦於是逃到北方，與韓信和張耳會合。劉邦收復韓信軍，命其南下與項羽對峙。

項羽想要奪回一些已落入劉邦手中的魏國城。項羽命令將軍曹咎堅守成皋，直到項羽從北方回來。項羽告訴曹咎避免正面與劉邦的軍隊對抗，並擺設堅固的防禦。

劉邦本想要直接面對項羽的軍隊。然而，酈食其勸他說：「敖倉是項羽軍隊的糧食儲存和補給中心，是項羽的命脈。攻克了它，他們就要挨餓。敖倉既然離成皋很近，就應該想辦法奪回成皋。攻下成皋就等於攻下了敖倉。項羽把成皋留給曹咎守衛，這是個大錯誤，因為曹咎是個愚蠢的將軍。您應該忘記魏國的那幾座城，而專注於切斷項羽的命脈。不要錯過這個絕佳的機會。」

劉邦聽從了他的建議。他選擇了一條迂迴路線來避開項羽的軍隊，前往成皋。當他的軍隊到達成皋時，他派士兵在成皋城牆下大

聲辱罵項羽和曹咎。曹咎一開始還想不理睬這些辱罵，但隨著辱罵持續數天，越來越難以忍受，再也無法控制自己的怒火。他忘了項羽的提醒，打開城門，派兵追擊劉邦一方的叫罵士兵。劉邦的士兵立即退到河岸，登船過河。曹咎遂率眾軍渡河。當一半軍隊到達對岸時，劉邦的軍隊已經嚴陣以待，兩面夾擊，準備屠殺敵人。曹咎的士兵對劉邦軍隊的突襲毫無準備，許多人撤退到河裡淹死。另一半尚未渡河的大軍陷入混亂，四散奔逃。這時，劉邦的士兵乘坐數百艘船過河，追擊逃跑的曹咎一方士兵。曹咎全軍一日覆滅，曹咎戰死。

攻克成皋城後，劉邦向敖倉進軍，輕鬆攻克敖倉。他取得了敖倉儲存的所有財寶和糧食。此外，他還在城周圍設置了許多路障，永久切斷了項羽的補給路線。攻克敖倉，成為劉邦與項羽鬥爭的轉捩點。

第十七回： 劉邦受傷

	本回人物介紹
劉邦	本回主角
項羽	楚國猛將，西楚霸王，劉邦的競敵
楚王	羋心
	本回地點介紹
敖倉	河南省
廣武澗	河南省
淮河	河南省
成皋	河南省

敖倉失陷後，項羽擔心自己的軍隊因糧食和補給倉庫被攻佔而脆弱。他提議與劉邦面談，並派遣使者帶話：「決鬥定勝負。」劉

邦回信說：「我們打仗是靠智慧，不靠蠻力。」經過幾輪談判，劉邦終於同意在淮河支流廣武澗會面。

劉邦和他的士兵站在溪流的西邊，而項羽則站在東邊。溪水很深，雙方都無法渡河攻擊對方。項羽再次提出與劉邦以決鬥定勝負，但被劉邦斷然拒絕。過了一會兒，劉邦向項羽大喊，指責項羽應該因其殘暴、無德以及暗殺楚王芈心而受到懲罰。劉邦最後說道：「我率領正義之軍，順應天意消滅邪惡。」

憤怒的項羽立即拔箭射向劉邦。箭射中了劉邦的胸膛，將他擊落馬下。幸運的是，箭並未深入。劉邦站起來大喊：「他射中了我的腳趾。」

劉邦立即退回營中包紮傷口。由於連續幾天無法起床，他的軍隊士氣下降。為了恢復士氣，劉邦繼續日常巡營，假裝自己身體並無大礙。結果，傷勢加重。因此，他撤退到了成皋的主營地。

第十八回： 攻克齊國

本回人物介紹	
酈食其	年老的智者, 後來加盟劉邦, 卓越的使節
劉邦	本回主角
齊王田廣	齊王
項羽	楚國猛將，西楚霸王，劉邦的競敵
楚王	芈心
范增	項羽的首席謀士
章邯	曾經是秦朝猛將，後來投靠項羽，隨後被韓信打敗而自殺身亡
蒯徹	韓信的謀士
韓信	軍事天才和劉邦的大將軍
龍且	項羽的謀士和猛將
陳平	劉邦的卓越謀士

張良	從韓國來而投靠劉邦的謀士
灌嬰	劉邦部下將軍
張耳	曾經是陳勝的謀士，後來投靠趙國，然後再投靠劉邦

本回地點介紹

巴蜀	四川省
敖倉	河南省

　　酈食其勸劉邦：「我們已經征服了燕國、魏國和趙國。齊國是唯一尚未受我們控制的大國。它有自然屏障保護，如西北的泰山、南邊的黃河、東邊的黃海。由於齊國的南部鄰國和盟友是楚國，我們即使動員數以萬計的大軍，短時間內也無法征服齊國。我建議派我作為使者去游說他們成為我們的盟友。」劉邦同意了這個建議，派酈食其去見齊王。

　　酈食其抵達齊國後，問齊王田廣：「您知道誰將成為這個天下的皇帝嗎？」

　　「我不知道。您認為會是誰？」田廣問道。

　　「我認為是劉邦。」酈食其回答。

　　「為什麼？」田廣問。

　　「漢王劉邦心胸寬廣，起兵推翻了邪惡的秦朝。然而，他並未因此功績自居，反而將功勞讓給項羽，退居巴蜀，成為漢王。他從巴蜀出發，率領一支正義的軍隊來對抗惡毒的項羽。所有向劉邦投降的諸侯和郡守都被封回他們原先的領土。任何幫助劉邦的人都被豐厚獎賞。因此，國內許多有權勢的領袖都樂意投靠劉邦。相反地，項羽則做了相反的事。他背棄與劉邦的盟約，篡位並殺害了楚國的最後一位王羋心。他不獎賞跟隨者的功績，只記住他們的錯誤。他不聽取部屬的良好建議。他殘忍地掠奪所有征服的地方，屠殺那裡的人民。他將投降的秦朝將領章邯手下的二十萬士兵活埋。他的跟隨者害怕他，但不忠於他。他失去了許多有才華的工作人員

和謀士，包括范增。他不知道自己正在被逐漸孤立。另一方面，漢王最近征服了燕國、魏國和趙國。更重要的是，他攻克了項羽軍的糧食補給中心敖倉城。也切斷了項羽軍的補給路線。儘管項羽的軍隊仍然是一支強大的軍隊，且規模大於劉邦的軍隊，但項羽正在迅速衰落。因此，如果您現在站在劉邦這邊，您就能生存，保住您的地位，並保持您的王朝。加入項羽將給您和您的國家帶來災難。」

田廣被酈食其說服，同意成為劉邦的盟友。隨後，他派遣使者與劉邦談判聯盟條款。

此時，韓信的軍隊正向齊國進發。當他聽聞齊國與漢國之間正在進行的談判時，他打算停止前進。然而，他的謀士蒯徹說：「劉邦命令您侵略齊國，尚未撤回命令。在正式宣布撤退的命令之前，您不應停止前進。酈食其僅憑言辭就贏得了整個齊國。您即便擁有龐大軍隊經過數月戰鬥，也只征服了幾座城。您很快就會被他的風頭蓋過。因此，您應該忽視正在進行的外交進程。」韓信接受了他的建議，繼續向北前進，進入齊國。

韓信的軍隊在一個月內深入齊國。田廣憤怒地認為酈食其欺騙了他。還沒等酈食其逃出京城，便殺死了他。隨後田廣向項羽尋求救援項羽派出兩萬精兵，由他的得力將軍龍且率領，與韓信作戰。龍且低估了韓信的實力，對他的部下說：「我從年輕時就認識韓信。他當時是一個無家可歸的少年，在城裡閒逛，向一位老婦人乞食。他是個懦夫，曾在一個惡霸面前屈服，從惡霸的腿下爬過。他自稱擅長軍事策略，這是毫無根據的。我絕對可以像打死一隻蒼蠅一樣輕鬆地擊敗他。」

韓信的軍隊與龍且的軍隊在一條小溪的兩岸紮營。韓信命令士兵準備一萬個沙袋。一夜之間，他的士兵將沙袋放置在上游位置，使下游水位下降。清晨，韓信命人渡河，佯攻龍且軍隊。龍且立即率軍出擊，追擊韓信的士兵，但韓信的士兵佯裝失敗，迅速撤退。當龍且大部分軍隊已經深陷溪流中央時，韓信命令在上游位置移除沙袋。結果，大量水流湧向下游，淹沒了龍且的士兵。龍且軍隊中的其他士兵在岸上目睹即將到來的失敗，四散逃竄。韓信軍隊中的騎兵指揮官灌嬰，幾天前就部署在龍且軍後方。灌嬰的騎兵隨後追

擊並殺死龍且軍隊中正在逃跑的士兵。一天之內，龍且指揮下的二十萬大軍全被消滅，龍且在戰鬥中被殺。韓信和灌嬰隨後深入齊國，殺死田廣及其眾多將領，攻下了齊國。

征服之後，韓信寫信給劉邦，請求許可暫時統治齊國。當信差將信交給劉邦時，他對韓信的野心感到懷疑和擔憂。他感覺到韓信想成為齊國之王。由於韓信最近在北方取得了許多勝利，麾下有數十萬士兵，韓信將來可能成為他的威脅。他憤怒地說道：「我被困在南方與項羽作戰，還在等待他的援助。然而，韓信卻想成為王，在那裡享受生活！」陳平和張良當時站在旁邊，感覺到了形勢的嚴重性。他們不約而同地踩著劉邦的腳趾，在劉邦耳邊低聲說道：「我們被困在這裡，急需韓信的救援。如果他變節，我們將陷入大麻煩。他擁有大軍，我們現在無法阻止他的野心。我們不妨封他為齊國之王。我們希望他會感激，並繼續忠於您。」劉邦本是個聰明的老闆，立刻領會了這個忠告，改變了語氣，說：「何必僅做齊國的暫時統治者？他應該立刻成為齊國之王。」

除了封韓信為齊國之王外，劉邦還封張耳為趙國之王，由於他與韓信一同征服趙國時立下了戰功。張耳一直是劉邦的心腹，而趙國又是齊國的鄰國，劉邦認為張耳將來會成為遏制韓信的緩衝。

第十九回： 忠心的韓信

本回人物介紹

劉邦	本回主角
項羽	楚國猛將，西楚霸王，劉邦的競敵
韓信	軍事天才和劉邦的大將軍
蒯徹	韓信的謀士

項羽聽到兵敗、龍且已死的消息，驚慌失措。他意識到自己不再掌握勝券。劉邦有韓信，他是個不敗的將軍。沒有韓信，劉邦就只能單臂作戰。於是派使者勸說韓信。使者告訴韓信：「劉邦不可

信。劉邦過去屢次被項羽打敗。他能夠逃脫並存活，是因為項羽慷慨給予他餘地。然而，劉邦不感恩戴德，反而背叛報恩，以敵意報友。您對他的忠誠將使您陷入困境。他會在某一天除掉您。他之所以留您在身邊，是因為項羽的存在。如果他能消滅項羽，下一個被消滅的就是您了。您曾在項羽麾下工作，他欣賞您的才能，尊重您的崇高地位。您可以與項羽講和，與劉邦分道揚鑣。天下可以分為三部分，由您擁有北方、項羽擁有東南、劉邦擁有西南。這將是確保您未來的最佳方式。」

韓信回答說：「當我為項羽效力時，我只是一個低微的侍衛。他貶低我，不聽我的意見，忽視我的良好建議。我無奈，就離開他投奔了劉邦，劉邦賞識我的才華。當我還是無名之輩時，他就任命我為主帥。他給了我新的生命。當我冷時，他將自己的毛皮大衣給了我。當我和他一起飢餓時，他與我分享他的美味湯水。他是我最大的恩人。如果我成為叛徒，上天是不會原諒我的。」

項羽還賄賂了韓信的謀士蒯徹去游說韓信。蒯徹勸告韓信：「劉邦的才能不及您。他以前屢敗屢戰，只是僥倖逃過一劫。而您卻從來沒有輸過仗，您現在正處於巔峰。劉邦和項羽的未來掌握在您手中。如果您支持劉邦，他將是勝利者。如果您支持項羽，他將是勝利者。然而，他們兩個都不可信任。您應該在北方建立自己的權力基地，從齊國開始。到那時，您可以與劉邦和項羽共享天下。」

韓信回答說：「劉邦對我的恩情如山。我應該永遠感激他。」

蒯徹繼續說：「獵場上的野獸全部被獵殺之後，獵狗通常會被丟棄或吃掉。有句話說，『狡兔死，走狗烹，飛鳥盡，良弓藏。』您現在是劉邦的獵狗。小心，等他征服了整個天下後，他會除掉您，甚至殺了您。」

韓信怒道：「請您不要胡言亂語。」

第二十回：呂雉被釋放

本回人物介紹

劉邦	本回主角
項羽	楚國猛將，西楚霸王，劉邦的競敵
范增	項羽的首席謀士
龍且	項羽的謀士和猛將
韓信	劉邦的大將軍，軍事天才
呂雉	劉邦的妻子
劉執嘉	劉邦的父親
戚姬	劉邦的寵妃
劉如意	劉邦和戚姬的兒子

本回地點介紹

敖倉	河南省
洪溝河	河南省
淮河	河南省
彭城	楚國首都在江蘇省

項羽意識到自己的處境日益惡化，失去了最好的謀士范增和最好的將領龍且。失去敖倉城後，他的軍隊的糧食供應急劇減少。韓信繼續支持劉邦，南下攻打項羽。

當劉邦的使者來見項羽，要求釋放劉邦的父親劉執嘉和呂雉時，項羽趁機與劉邦議和。雙方同意停火。淮河支流洪溝河成為分界線。漢將佔據洪溝河以西的領土，楚將佔據以東的領土。雙方約定永不相侵。此外，項羽同意釋放劉執嘉、呂雉及其家人。

在雙方官員均出席了隆重的休戰約定簽署及釋放劉執嘉、呂雉的盛大儀式上。項羽在河的東岸設立了祭壇，而劉邦則在西岸設立了祭壇。雙方在祈禱並向天發誓遵守休戰約定後，劉執嘉、呂雉和其他家庭成員被釋放，登上船只過河。然後雙方簽署了休戰文件。

劉劉邦向父親磕頭謝罪。隨後，他緊緊抱著父親，父親流著淚，訴說著這兩年半的痛苦和磨難。

　　劉邦緊緊握住呂雉的手，輕輕抱住了她。她看起來與以前大不相同，身形消瘦，步伐謹慎而猶豫不決，面部緊繃，面上皺紋倍增，嘴唇緊閉，流露出心中苦澀。她的目光反應較差，但給人一種保留、懷疑、不安和幻覺的感覺。當官員們歡呼並向她敬禮時，她幾乎沒有以甜美的微笑回應。

　　呂雉穿過官員時，注意到遠處有一位年輕迷人的女子。在國家典禮上出現妻子和妾室是非比尋常。呂雉生性嫉妒，對禮節十分在意，這一幕讓她既疑惑又警惕，忍不住想：「她為什麼在這裡？她是誰？」

　　豪華慶宴後，劉邦退回臥室，呂雉的腦海裡浮現出對這個女人的身份地位的質疑。

　　「今天儀式上躲在人群後面的那個年輕女子是誰？」呂雉問道。

　　「哦，她只是我的一位妃子而已，」劉邦回答。

　　「原來在我囚禁多年受難之時，您卻整日把小妾抱在懷裡！」呂雉驚呼。

　　「原諒我。您被俘虜，我無能為力。這些年來我一直在努力拯救您，」劉邦試圖安撫她。

　　「您是個騙子。您告訴項羽，如果他殺了您的父親，用他的肉熬湯，您願意與他分一匙湯，而您也不介意把我交給他，」呂雉大喊。

　　「您要理解，那只是虛張聲勢。您仔細想一想，冷靜一下。如果我向他投降，他還是會殺了我父親並奪走您。因此，我反擊他的虛張聲勢。我不是故意要傷害和拋棄您，」劉邦解釋道。

　　「我覺得自己像一雙舊鞋。您需要我時才用我，當我老了就想把我扔掉，」呂雉哭泣著。

　　「請理解我。您是我的愛妻。沒有您，我也活不下去。我們成婚時，曾發誓要互相扶持，共同征服天下。您對我的成功起了巨大的作用，這也即將成為您的成功。您是我一生摯愛。沒有人能取代您的位置，」劉邦試圖取悅她。

　　「那你為什麼在我不在時還要納新妃？她是誰？」呂雉問道。

「嗯，她對我來說只是一個新妾室。您知道的，一個承受巨大壓力的男人需要慰藉，」劉邦辯解。

呂雉想著：「母親在婚禮上教導我，丈夫納妾，不得嫉妒。這是男人的權利和地位的象徵。曹娟也勸我要尊重男人擁有多個女人的慾望。他有權力和金錢，可以擁有他喜歡的任何女人。我無法阻止他。我可以接受妾室的存在，但我無法忍受我的妻子地位受到挑戰。」

「您還沒回答我。她是誰？為什麼她會出現在國家儀式上？」呂雉尖酸地問。

「她的名字是戚姬。她是一個窮女孩。當我在彭城戰敗後，她救了我的命。我對她感激。她很天真，不太懂官場禮儀。她出於好奇潛入了典禮場地。請原諒她的天真，」劉邦隨意地說。

「她跟您在一起多久了？」呂雉問。

「已經一年多了，」劉邦回答。

「她為您生了孩子嗎？」呂雉詢問。

「是的，一個男孩兒，名叫劉如意，」劉邦回答。

「所以，他的名字意味著您認為他很完美？」呂雉諷刺地說。

感受到此時對話的嚴肅性和呂雉的主要關切，劉邦自發地說：「別擔心。我會遵守我早先的承諾，我們的兒子劉盈將成為王太子，您將成為皇后。」

這最後一句話立刻讓她感到滿足和安慰。

幾天後，劉邦正式宣布劉盈為王太子和他的繼承人，呂雉為皇后。

呂雉繼位後，掌握了管理皇室事務的權力後，並在宮內建立了奸細網，以便及時掌握王室成員的所有動向，包括劉邦。她知道劉邦拜訪戚姬的頻率。她甚至從竊聽者那裡了解到劉邦和戚姬的一些對話內容。

當呂雉聽到報告說劉邦幾乎每隔一天就拜訪戚姬，並且非常珍惜戚姬的新生兒時，一種強烈的惡意和熾熱的嫉妒折磨著呂雉的心。毫無疑問，她的女性魅力已經消失，額頭有令人厭煩的皺紋，頭髮又粗又灰，下巴肌肉鬆弛。由於常年的辛苦工作和折磨，她的

雙手變得粗糙，眼神不再銳利迷人，笑容也不再嬌羞。她根本無法與那個迷人的狐狸精競爭。在自衛和安慰中，她想：「美麗是膚淺的。我的地位更高，權力更大，我會是最終的贏家。」

第二十一回：垓下之戰

本回人物介紹	
劉邦	本回主角
項羽	楚國猛將，西楚霸王，劉邦的競敵
張良	從韓國來而投靠劉邦的謀士
陳平	劉邦的卓越謀士
韓信	軍事天才和劉邦的大將軍
彭越	游擊隊領袖，後來加盟劉邦
灌嬰	劉邦部下將軍
項伯	項羽的叔父，張良的好友
本回地點介紹	
關中	陝西省南面和四川省北面
巴蜀	四川省
垓下	安徽省
烏江	安徽省
鴻門板	陝西省

　　簽訂休戰約定後，劉邦打算撤退，定居關中及巴蜀。張良勸他另有打算，說：「您已經征服了大半個天下，項羽的實力根本不能和您相比，而且糧草斷絕，他的軍隊已經瀕臨崩潰。應該乘勝追擊，現在正是最好的時機，不要錯過這個千載難逢的機會。」

　　「但我必須遵守休戰約定，」劉邦回答。

　　「什麼休戰約定？在戰爭中，信譽毫無價值。孫子曾說，一切

戰爭和軍事行動的本質都是欺騙。如果您現在放了他，您就等於放虎歸山。」智慧的陳平這樣說。

被兩位謀士說服後，劉邦發起了追擊的項羽的行動。他召集齊國的韓信和魏國的彭越加入這次行動。一個月後，兩位將軍率領大軍抵達。

當項羽的軍隊撤退到垓下，他們發現自己面臨飢餓的邊緣，糧食幾乎耗盡。儘管項羽對韓信的軍隊進攻了幾次，他每次都失敗。因此，他採取了防禦姿態，鞏固了他在垓下城的位置。韓信的圍攻如此有效，連一隻蒼蠅都無法突破。這種情況嚴重打擊了項羽士兵的士氣，激起了他們逃跑的念頭。

某個晚上，韓信巧妙地運用了一項心理戰術，命令數萬名士兵圍繞垓下的山丘。在那裡，他們點燃火把，唱起了令人懷念的楚國民謠，深深觸動了思鄉的項羽士兵們的心弦。熟悉的旋律從四面八方傳來，讓楚軍將士想起了多年未歸的遙遠故鄉。許多士兵懷著強烈的思鄉之情，丟下武器，哭泣著逃走。其他人則確信他們的家鄉已經淪陷給劉邦，這些歌曲是已經投降的同胞們所唱，也選擇放下武器投降。

第二天早晨，項羽面臨慘淡的現實：大部分軍隊已經叛逃或投降。痛苦萬分之下，他做出了一個重要決定，拋棄了殘存的部隊，只帶著八百騎兵逃亡。當他們突圍垓下，向南逃去時，遭到彭越和灌嬰數千名騎兵的緊追。這場追逐以激烈和血腥的戰鬥為特徵。在混亂中，項羽的部下迷失了方向。在一個關鍵的交叉路口，他們向當地一名農夫尋求指引，這名農夫認出他們是敵人，欺騙和指引他們走向了死胡同。很快，劉邦的數千名士兵包圍了項羽和他僅剩的二十八名騎兵。

項羽是一位在七十多場戰役中保持不敗紀錄的勇士，在絕望的時刻，他還繼續鼓舞他的部下。他說：「就算天要滅我，我依然是不敗的戰士。跟我來，我們一定會打敗敵人，開闢自由之路！」他心痛地大喊一聲，策馬前進。發動了猛烈的衝鋒。敵人被他猛烈的攻擊所震懾，項羽則率領部下殺了數十名騎兵，突圍而出。他的追隨者們被這種英勇的表現所激勵，爆發出歡呼聲：「我王萬歲！」

他最終抵達了通往黃河的支流烏江，並計劃渡過黃河，到達黃河南部的楚國邊界。他在烏江遇到了當地村長。村長找來了一條小船，請他上船。此時，項羽改變了主意，呆立不動，然後悲痛地哀嚎：「天要滅我，我無處可逃。八年前，我帶領八千勇士過了這條河，但現在他們都死於沙場。我感到慚愧，我失敗了，無顏見江東父老。」說著下馬，將馬交給了村長。此時，漢軍騎兵和士兵也到了，將他包圍。他站在地上，拔出寶劍，揮出，瘋狂地殺了周圍的數名士兵，而自己也全身多處受傷，然後大叫道：「聽說誰得了我的頭顱，劉邦就獎勵數百兩黃金。我現在就幫你們一個忙！」說完拔劍自刎。附近的騎兵立即下馬，砍下項羽頭顱，其他騎兵蜂擁而上，爭奪屍體以領功。

戰後，劉邦為項羽舉辦了隆重的葬禮，禁止迫害和懲罰項羽的所有家人和親戚。他還因項羽的叔父項伯曾在鴻門宴上救過劉邦。而賞封了項伯，所有被俘的楚人都被釋放並送回各自的鄉村。

楚漢之爭於公元前 202 年結束，歷時五年。從公元前 209 年劉邦起義到公元前 202 年征服全國，花了近八年的時間。

第四章： 劉邦的王朝

第一回： 漢朝

本回人物介紹

劉邦	本回主角
韓信	軍事天才和劉邦的大將軍
呂雉	劉邦的妻子
劉盈	劉邦和呂雉的兒子
蕭何	劉邦的謀士，行政官，忠誠的追隨者
項羽	楚漢之爭失敗者
張良	從韓國來而投靠劉邦的謀士
范增	項羽的首席謀士
盧綰	劉邦的舊友和忠誠的追隨者
劉喜	劉邦的二兄
劉肥	劉邦和曹娟的兒子
曹娟	劉邦的妾室
張耳	曾經是陳勝的謀士，後來投靠趙國，然後再投靠劉邦
陳平	劉邦的卓越謀士
雍齒	劉邦部下的叛將，後來向魏國投降

　　凱旋回國時，劉邦突然拜訪了韓信的營地，偷偷盜走了齊軍的軍令印。因此，韓信的軍隊指揮權被撤銷。這由此可見劉邦對韓信日益顯赫的地位有所警惕。

　　隔年春（約公元前 201 年），漢朝正式建立。劉邦成為漢朝的皇帝，呂雉成為皇后，劉盈成為太子，蕭何做了丞相，設都洛陽。

在洛陽宮殿舉行的開國宴會中，劉邦問參加的大臣和將軍們：「我想聽聽你們的坦白意見。請直言不諱。你們能告訴我為什麼我能打勝仗，征服天下嗎？項羽為何失敗？」一位大臣站起來回答說：「陛下表面上傲慢，而項羽表面上仁慈。然而，每次征服之後，陛下總是將土地和財物賞賜給有功勞者。相反，項羽對幕僚懷疑、質疑，忽視人才。在征服土地後，他不與追隨者分享戰利品。這就是他失敗的原因。」劉邦說：「您在一方面是對的。您忽略了另一個重要原因。我必須向你們坦白說一個秘密。有句話說，最好的謀士能在自己的帳篷裡預測千里之外戰場上的情況。只有張良能做到這一點。我不如他。最好的丞相能讓國家運行順利，人民安定富裕，國庫有盈餘，軍隊糧草充足。只有蕭何能做到這一點。我不如他。最好的將軍能指揮百萬士兵並贏得每一場戰役。只有韓信能做到這一點。我不如他。他們在歷史上是罕見的。我很幸運有這些高人協助我。在各自的領域裡，我不如你們任何一個。沒有你們的支持，我現在不可能坐在這個寶座上。項羽不信任他唯一的謀士范增。因此，儘管他很勇敢，但還是失敗了。」

劉邦進一步頒布法令：「我們奮戰八年以推翻邪惡的秦朝，並對抗殘暴的項羽。和平終於到來。所有非必要的士兵應該回家。所有難民和移民應該回到他們的故鄉，並重新索回他們的土地和財產。政府官員應該促進歸鄉過程。他們應該善待退伍軍人。縣政府應該提供足夠的終身養老金給將領和退伍軍人，並免除低級退伍軍人的所得稅和財產稅。所有罪犯將被赦免。廢除或簡化秦朝所有嚴苛、複雜的法律。」

在接下來的幾個月裡，劉邦逐漸封賞對王朝有重大貢獻的親友和幕僚。以下是最初的封賞名單：

韓信原為齊王，因故鄉是楚國，改封楚王。

盧綰是劉邦從小的密友，也是劉邦長久的追隨者，因此被封為燕王。

劉喜是劉邦的哥哥，被封為位於北方代國的代王。

劉肥是劉邦和曹娟的兒子，被封為齊王。

張耳曾是劉邦的導師、支持者和將軍，他保留了趙王的爵位。

蕭何被封酇侯，賜封的土地超越了其他將領和功臣。許多將軍抗議：「我們在戰場上冒著生命危險。蕭何坐在府衙裡，而我們流汗流血。為什麼他的封土地比我們多？」劉邦回答說：「我用狩獵來比喻，在狩獵場上，狗追趕野獸，指揮狗的是人。您就像獵狗，指揮人的是蕭何。」

張良被封留侯。劉邦想要再賜予他靠近齊國的大片領土。張良謝絕了，說：「我沒有什麼大功德，我們相遇即是緣分，聽從我的建議是您的福氣，所以，一小塊領地就夠了」

陳平被封戶牖侯。他拒絕了這個提議，並說：「我沒有任何功勞。」劉邦說：「我成功是因為我遵從了您的良好建議。那就是您的功勞。」陳平說：「我只是幸運。」

封國的王與封邑的侯，兩者差異甚大。國王擁有遠超封邑的侯的自治權。更重要的是，王能夠享有其封國內的全部稅收，而封邑的侯僅能從其封地收取地租。王有權直接指揮自己的軍隊，而封邑的侯麾下的軍隊則需聽命於朝廷。在大多數情況下，國家是封給劉氏皇族的成員。然而，韓信、張耳和盧綰等少數人是例外。韓信因已領軍多年，劉邦無奈只能認可他的現狀，因此將他封為王。由於張耳和盧綰分別是劉邦的導師和青少年時期的摯友，劉邦深信他們不會對他造成威脅。其他新朝元勛，如將軍、大臣和謀士，多被封為侯。劉邦擔心這些能人志士會仿效他昔日的舉動，日後反叛朝廷。因此，劉邦巧妙地將政治版圖分為兩個陣營：一是王陣營，與皇族關係密切；二是侯爵陣營，由能力出眾、地位顯赫的將軍、大臣和策士組成的。前者掌握軍事大權，後者則是國家行政管理的關鍵力量。劉邦在這兩股勢力之間精心營造了一種權力平衡。

二十多位大功臣獲得封賞後，剩餘的官員和將軍們開始感到不安，擔心自己會被遺忘。他們三五成群，私下議論紛紛。劉邦發現這一現象，就問張良：「他們在做什麼？」

張良回答：「他們正在密謀反抗您。」

「為什麼？」

「他們注意到您只封賞了您的親戚、朋友和心腹。他們對自己過去的貢獻被忽視感到沮喪。他們甚至擔心您會發現他們過去的過

失並懲罰他們。因此,他們正在密謀反抗您。」張良解釋道。

「那我該怎麼辦?」

「眾所周知,您最討厭的人是誰?」張良問。

「雍齒,多年前在豐邑的部下。他背叛我投奔魏國,我發誓一定要報仇。」劉邦回答。

「如果您立刻封賞雍齒,您的部下們便會安心了。」張良說。

劉邦立即設宴並宣布封賞雍齒。他還命令人力資源部加快功績審查程序。宴會過後,原本不安的官員和將軍們安心了,心想:「連雍齒都被封賞。劉邦真是大度。我們應該安全了。」

第二回: 韓信失寵

本回人物介紹	
劉邦	本回主角
陳平	劉邦的卓越謀士
韓信	軍事天才和劉邦的大將軍
蒯徹	韓信的謀士
本回地點介紹	
陳丘	河南省
洛陽	河南省
淮陰	江蘇省

韓信被封楚王後,回到自己長大的村莊。他找到了那位曾在河邊洗衣服,並好心地給他食物老婦人,韓信以二萬兩黃金報答她的恩情。

他還找到了曾侮辱他的惡霸。韓信不但沒有報復,反而僱用了這個惡霸作為自己的侍衛。當部下問起原因時,韓信解釋說:「如果他沒有侮辱我,我就沒有意志改變自己的命運。當他侮辱我時,我完全可以反抗並殺了他。然而,殺一個小人物有何意義呢?」

　　幾個月過去了。劉邦接到密報，稱韓密謀作反。劉邦問陳平該怎麼辦。陳平問：「韓信知道這個密報嗎？」

　　「不，他不知道，」劉邦回答。

　　「和您的精銳軍隊相比，哪一支規模更大？」陳平問。

　　「我認為他有更多的精兵。」劉邦回答。

　　「您的將領與他相比，水平如何？」

　　「我認為他比我所有的將領都強。」劉邦說。

　　「派軍隊去逮捕他將會很冒險。這樣做會迫使他反擊，對抗您，」陳平說。

　　「那該怎麼辦？」劉邦問。

　　「您可以宣布您要到全國各地探訪民情。然後順道在楚國郊外的陳丘稍作停留，邀請韓信加入。到那時，您就可以當場逮捕他，」陳平說。

　　劉邦執行了陳平的計劃。韓信果然中計被捕。他感慨地說：「蒯徹曾警告我，狡兔死，走狗烹; 飛鳥盡，良弓藏; 敵國破，謀臣亡。劉邦已經平定天下，我注定命已至此。」

　　劉邦對韓信說：「你別抱怨了，有人密報您有意反我。」

　　韓信被捕帶回洛陽後，劉邦告訴他密報中的指控毫無根據，但他還是將韓信貶為淮陰侯。

　　至此，韓信才明白自己被捕並被釋放的真正原因。密報是劉邦捏造的，劉邦擔心他的軍事才能，擔心他會篡位。他想威嚇韓信，讓韓信知道一切均在其控制之下。

　　這件事發生後，韓信心情鬱悶，大部分時間都在家中。

第三回： 蝗禍

本回人物介紹

薄姬	曾經是魏王豹的妃子，後來是劉邦的妃子
劉恆	劉邦和薄姬的兒子
劉邦	本回主角

本回地點介紹

陳丘	河南省
洛陽	河南省
孟津	河南省

公元前 201 年夏，孟津縣爆發蝗災。災情蔓延迅，地方官員無力控制。當朝廷組成派人員對抗蝗災時，薄姬聽聞了這一舉措。她記得自己過去作為農村女孩時，村裡曾經發生過蝗災。她還記得村民們使用的舊方法來控制蝗災。於是，她向劉邦請願，希望能領導這個特別小組，劉邦批准了她的請願。

她帶了當時三歲的兒子劉恆，這是出於對他安全的考慮，因為宮廷是個危險的地方，比野外還要險惡。

她教孟津縣的農民五種方法。第一種方法是徹底深耕土地，不留荒地。這是為了將蝗蟲卵深埋入土，防止它們孵化成蝗蟲。第二種方法是飼養數十萬隻野雞鴨和數百萬只青蛙，放入田間。一隻雞或鴨一天可以吃掉數百隻蝗蟲。青蛙也會吃蝗蟲和蚱蜢。這種方法在蝗災初期是有效的。第三種方法是在大鍋中煮大蒜，將煮沸的液體噴灑在被感染的植物葉片上。由於蝗蟲不喜歡大蒜，這種方法可以保護現有植物免受蝗蟲侵害。第四種方法是焚燒受感染的小麥和草地。燒毀後，將土地深翻，為下個季節做好準備。最後一種方法是在蝗蟲高飛入天之前，用大網手工捕捉它們。

她還告訴縣長要改善農田的灌溉。蝗蟲最喜歡在乾燥的土壤產卵。

薄姬在炎炎夏日辛苦工作數月。到了夏末，蝗災已經受到控制。雖然許多莊稼被蝗蟲摧毀，但仍有一部分被搶救出來。農民們沒有遭受全部莊稼的損失。

任務完成後，薄姬帶著她的孩子回家。在路上，她注意到山坡上挖了一些小洞穴，每個洞穴都安放著一個小雕像。她問這些小雕像代表什麼。一位村民回答說：「您不知道那個小雕像代表誰嗎？那是您啊！」

「他們為什麼要這麼做？」薄姬問。

「他們將您視為神。他們向您祈福。您拯救了我們的生命。我們非常感激您，」村民回答。

「請不要這麼做。這會傷害我。你們這樣做會讓我陷入危險。」薄姬驚呼。

她隨即轉身對一位官員說：「請告訴縣令，將這些祭壇拆除，以後禁止再建這樣的祭壇。」

回到家後，劉邦對她說：「您幹得很好。我獎勵你兩萬兩黃金。」

「無需獎賞，蝗災的控制是上天的賜福。天災人禍來來去去，我們能生存並繁榮昌盛，是我們的運氣和上天的保佑。我沒有任何功勞。而且，您的獎勵也會讓我遭受更多的嫉妒和敵意。」薄姬說。

第四回： 跟匈奴開戰

本回人物介紹

匈奴	強大的遊牧民族，居住在當今的蒙古和西伯利亞
欒提冒頓單于	匈奴的領袖
劉邦	本回主角
陳平	劉邦的卓越謀士

本回地點介紹

代縣	山西省和河北省交界
白登	山西省

匈奴是中國北方一個強大的游牧部落。在秦朝強大的軍事力量的

驅逐下，他們進一步向北遷移。秦朝滅亡後，他們逐漸南下，侵入中國領土，越過黃河，定居在黃河河套的地區。楚漢相爭時期，匈奴西進，征服了中國西部和西北部的許多游牧部落和國家。他們由一位年輕、雄心勃勃、積極好戰的領袖，單于欒提冒頓（單于意為最高統治者，欒提是他的姓氏，冒頓是他的名字）領導。在漢朝建立之前，匈奴已發展成為一個強大的天下，佔據了中國北部和西北部數千平方里的領土。他們野心勃勃，想要入侵併吞中國的黃河河套周邊的廣大地區。

漢朝建立元年，韓王叛漢。劉邦率軍平定叛亂，擊敗韓王，韓王隨後逃亡到匈奴領土，成為匈奴的盟友。那年冬天，匈奴軍隊在韓軍的支持下向南入侵。劉邦屢次擊敗入侵者，將匈奴軍隊逼退到更北方。然而，劉邦的士兵大多是南方人，無法忍受北方的嚴寒天氣。在這種情況下，劉邦別無選擇，只好暫停他的軍隊前進。

隔年春天，劉邦接到情報，單于欒提冒頓的部隊駐紮在代縣的一個山谷中。劉邦認為這是包圍並消滅匈奴軍隊的最佳機會。他派出十名探子前往代縣，調查匈奴軍隊的規模和實力。不幸，探子身份暴露，但聰明的單于並沒有抓捕並判處十名探子，而是隱藏了他的精銳部隊、強壯的馬匹和精密的武器，展現了一個殘破軍隊的虛假外觀。這些探子向劉邦報告，匈奴軍隊極其脆弱。為了確認這份報告的真實性，劉邦派出他的侍衛隊長婁敬去匈奴軍營。婁敬多日未歸，劉邦心急如焚，低估了匈奴軍隊的實力，於是便命令三萬二千大軍向代縣挺進。當軍隊已經開始前往戰場的旅程時，婁敬才返回。婁敬告訴劉邦：「您必須停止我們軍隊的前進。匈奴軍隊脆弱的外表是假的。匈奴是一個大國，擁有勝利的戰績，不可能有一支殘破的軍隊。單于欒提冒頓肯定為我們設下了陷阱。」此時劉邦認為，如果改變先前的決定，自己就會丟臉。他咒罵婁敬，指責他的言論令人沮喪。劉邦為了防止婁敬散播言論，將他投入大牢。

為了表現自己的決心和勇氣，劉邦領先他的軍隊前往白登，它是一個接近戰場的城。單于欒提冒頓聽聞劉邦抵達白登後，立刻派出四十萬大軍圍攻城池。劉邦帶領的先鋒部隊太小，無法突破圍城。他們在城中被困七個晝夜，孤立無援。

陳平對劉邦建議道:「我們可以通過秘密小路派遣密使前往匈奴天下的首都。然後用大量珠寶和黃金賄賂匈奴皇后。我們可以請求她說服單于撤退。」劉邦同意道:「我們試試看。」這個計謀的確奏效。皇后成功說服單于停止戰爭。

此時,漢朝的軍隊正在接近。單于擔心他的軍隊可能被漢軍反過來包圍。他的軍隊可能會陷入血戰。因此,他在為時已晚之前下令撤退圍城。在這個過程中,城的一角被打開,讓劉邦有機會逃跑。在一個霧濛濛的夜晚,劉邦在侍衛的護送下悄悄地從城中溜出,安全地抵達漢軍主力的營地。

單于撤軍後,危機結束,劉邦也下令撤退。這件事給劉邦一個很好的教訓:「傲慢、急躁,會帶來災難性後果。」認清自己的錯誤後,劉邦將婁敬釋放出獄,向他道歉,並賦予他貴族地位。

此次重大危機發生幾個月後,匈奴繼續小規模入侵漢朝北部邊境。劉邦試圖用小型地方軍隊或賄賂入侵將領來抵抗這些入侵。

第五回： 和親

本回人物介紹

劉魯元	劉邦和呂雉的女兒
劉邦	本回主角
呂雉	劉邦的妻子, 漢朝皇后
婁敬	劉邦的謀士
劉穎	嫁給欒提冒頓單于的女子的化名

匈奴的不斷侵略,讓劉邦深感不安。他向婁敬請教,婁敬回答說:「我國子民已經厭倦了戰爭。我們必須放棄用武力解決這個問題。由於單于欒提冒頓是一個野蠻無情的人,人性和正義的論點是不可能說服他的,我認為有辦法解決這個問題,但恐怕你可能不接受。」

「什麼方法?」劉邦問。

　　「如果將您的長女魯元公主嫁給單于欒提冒頓為妻呢？此外，
給她一份豐厚的嫁妝。單于是一個貪婪的人。既然魯元公主是漢朝
皇帝的女兒，身為權貴父親的女兒，單于欒提冒頓一定會立她為皇
后，而她的兒子也會因此成為太子，最終繼承王位。您可以派遣老
師去教他中國文化和禮儀。女婿和孫子都不能對抗岳父和祖父。這
是安撫匈奴的最好辦法。不過，我必須提醒您，您必須嫁出自己的
女兒，不得以宮中侍婢冒充您的女兒。否則，一旦單于發現了冒名
者的真實身份，整個計劃就會失敗。」

　　「這是個好主意，」劉邦說。後來他命魯元公主嫁給單于欒提
冒頓。然而，呂雉反對，日夜哭泣，指著劉邦大聲喊道：「魯元是
我的親生女，我不能容忍您將自己的長女嫁給一個野蠻的匈奴。」

　　經過再三思考，劉邦實在不忍心女兒遠嫁他方，改變了主意，
最終還是挑選了一位年輕宮女冒名代嫁。這姑娘長得像劉邦，劉邦
收養她為公主，並為她取了一個新名字，劉穎。出嫁之日，他為她
準備了豐厚的嫁妝，單于感激地納她為妾，後來成為了他的愛妾。
這次婚姻促成了漢朝與匈奴之間的和平。

第六回：　韓信被殺

本回人物介紹	
陳豨	代王
韓信	軍事天才和劉邦的大將軍
蒯徹	韓信的謀士
劉邦	本回主角
呂雉	劉邦的妻子, 漢朝皇后
蕭何	劉邦的謀士，丞相，忠誠的追隨者

　　兩年後，代王陳豨反叛漢朝。劉邦想親自率軍平定叛亂，於是
向被貶為淮陰侯的韓信求助。韓信以病為由，不肯幫忙。事實上，
韓信正與好友陳豨密謀推翻劉邦。他們的第一步是暗殺呂后和皇太

子劉盈，然後在宮殿發動政變。

他們的陰謀被韓信的一名侍衛發現。雖然韓信立即殺死了這名侍衛，但侍衛的兄弟向呂后揭露了韓信的密謀。

呂后報復韓信之前，諮詢了蕭何的意見。蕭何建議說：「韓信是軍事天才，用武力制伏他風險很大，只能用詭計打敗他。我們可以設宴慶祝擊敗陳豨和劉邦的凱旋。然後邀諸重臣及韓信赴宴，並趁機刺殺他。」

韓信收到邀請後，猶豫應否參加這場宴會。他沒有收到陳豨的任何消息，不知道陳豨是否真的被劉邦打敗了。他請教了自己的心腹恩人蕭何，因當初蕭何向劉邦引薦了韓信。

「劉邦真的已經擊敗了陳豨嗎？」韓信問。

「是的，已經確認了，」蕭何回答。

「我應該去參加宴會嗎？」韓信問。

「儘管您生病了，但您應該去宴會，以表達對朝廷的尊重。您在這次危機中沒有幫助給劉邦。這是一個很好的機會，讓您消除他對您的疑慮，」蕭何回答。

當韓信抵達宮殿大門時，安保人員要求所有宴會客人在進入宴會廳之前卸下他們的劍。卸下劍後，韓信進入了毗鄰宴會廳的鐘樓。他立刻就發現大廳內一片詭異的寂靜，連一位賓客都沒有。在他意識到即將降臨的災難之前，數十名持矛、斧和箭的士兵封鎖了大廳的門窗。他們很快就抓住了韓信，並用長矛刺進了他的胸口。臨終前，韓信感慨道：「我後悔沒有聽從蒯徹的建議。我被我信任的恩人和一個女人欺騙了。」

呂后是一個報復心強和心狠手辣的女人，她立即命令殺害韓信的所有家族成員和親戚，跨越三代。她的殘酷行徑在漢朝內引起了震驚。

當劉邦在擊敗陳豨後回家時，呂后告訴他：「我幫您除掉了您最害怕的挑戰者，韓信。」

「他死前說了什麼？」劉邦問。

「他說他應聽從蒯徹的話，他被心腹和一個女人欺騙了，」呂后回答。

「蒯徹那書生確實有遠見，」劉邦冷冷地評論道。

劉邦聽到這個消息，雖感到鬆了一口氣，但又感到懊悔。他想：「韓信是我成功的主要功臣，我應該感激他。但他野心太大，想要篡奪我的地位。這是一個殘酷的世界。如果我不消除他，他就會滅了我。我別無選擇，我要感謝呂后。她為我做了骯髒的工作，她保住了我的名聲。」

在消滅了所有非皇室和潛在的挑戰者之後，劉邦終於鞏固了自己的權力基礎。他隨後頒布法令，未來只有皇室成員，即劉姓者，才能被封為王，世代子孫應謹遵這一條例。

第七回： 南越國

本回人物介紹

趙佗	南越郡守
劉邦	本回主角
匈奴	強大的遊牧民族，居住在當今的蒙古和西伯利亞
陸賈	漢朝使者
蕭何	劉邦的謀士，丞相，忠誠的追隨者
韓信	軍事天才和劉邦的大將軍，後被呂雉暗殺
曹參	劉邦部下將軍和早期的追隨者

本回地點介紹

南越郡	廣東，廣西，和越南

秦朝時，趙佗任南越郡郡守，該地區範圍廣闊，涵蓋了國家的南部地區（包括現今的廣東省、廣西省和越南國）。當秦朝衰落時，趙佗殺死了南越內所有的秦朝官員，並用自己的官員取而代之。隨後，趙佗自宣為南越王。趙佗沒有參加劉邦的革命運動，也

沒有為漢朝做出任何貢獻。

由於劉邦忙於應對匈奴的威脅和國內政治，他並未干涉趙佗。在這些問題解決後，劉邦需要處理南越的問題，南越對他來說是一個沒有任何價值的野蠻地區。因此，他授權趙佗為南越王和它的保護者，只要趙佗不干涉它的邊界以北的事務。劉邦派遣使者陸賈向趙佗傳達漢朝的決定。

當陸賈到達南越首都時，趙佗對陸賈態度粗魯。陸賈對趙佗的不禮貌行為感到不悅，斥責他說：「您在北方出生長大，您的兄弟親屬都是漢朝的人民。您父母和祖先的墓葬仍在您的故鄉。您忘記了自己的根源，在南方像野蠻人一樣生活。您侮辱了您的祖先和親人。如果您幻想脫離漢朝獨立，您將注定失敗。漢朝皇帝知道您對建立漢朝沒有任何貢獻。他不想對您發動戰爭，因為他厭惡不必要的流血。如果您逼迫他走投無路，他將殺死您的所有親屬，挖出您祖先的墓葬，派遣數十萬大軍平定您的領土，並殺死您。」

這句話就像是一記警鐘，讓趙拓猛然醒悟。他立即站起來，然後禮貌地坐下。他以謙虛的口吻說：「請原諒我的疏忽。我在南方待得太久，忘記了禮儀。」

趙佗接著問道：「我與蕭何、曹參和韓信相比如何？」

「您與他們不相上下，」陸賈回答。

「我與劉邦相比呢？」趙佗又問。

「無法相比。他是一個龐大天下的締造者和皇帝，比您的國家大二十多倍。他能一揮手就召集數十萬大軍。」

「我感謝您的啟示，」趙佗說。

隨後，趙佗為陸賈舉辦了一場豪華的接待宴會。宴會結束後，趙佗向漢朝政府及陸賈各贈送了二十四萬兩黃金，並同意臣服漢朝。

第八回： 皇位繼承人

本回人物介紹

英布	抗秦叛軍的領袖之一，曾效忠於項羽
劉邦	本回主角
張良	從韓國來而投靠劉邦的謀士，被封留侯
呂雉	劉邦的妻子, 漢朝皇后
戚姬	劉邦的寵妃
劉盈	劉邦和呂雉的兒子，皇太子
劉如意	劉邦和戚姬的兒子
周昌	漢朝御史大夫
趙堯	玉璽保管大夫
叔孫通	漢朝大夫
商山四皓	商山上四位著名賢人

本回地點介紹

商山	陝西省

英布發動叛亂期間，劉邦指派張良負責照顧太子劉盈，並讓他留在京城。劉邦告訴張良：「我對劉盈感到失望。他太軟弱。我不能派他去前線對抗叛軍。我懷疑他將來能否領導天下。您一定要幫我培養他。」

劉邦隨口說道：「這也不能怪他，人與生俱來，性格各異，比如，我的小兒子劉如意，就像我。」

後來，當呂雉聽說了這番談話，她懷疑劉邦想要廢除現任太子。如果這發生了，對她來說將是一場災難。她想：「是否應該跟劉邦吵架，阻止他改立太子？不，我必須保持冷靜。與他起爭執只會讓事情變得更糟。爭論會激怒他，加深他對劉盈的偏見。我應該在幕後操控，為他改立太子的想法設置障礙。」

雖然呂雉是皇后，但年老使她失去了魅力和活力。因此，呂雉未被邀請參加劉邦的冒險和休閒活動。她與劉邦的關係變得冷淡。另一方面，戚姬年輕、更有魅力、吸引力和溫順。因此，戚姬成為

劉邦所有閒暇時的伴侶。這一現象在呂雉心中激起了她對戚姬深深的嫉妒和仇恨。然而，呂雉卻是個在充滿敵意的世界中謹慎而頑強的倖存者。她壓抑著自己的情緒。除非越過底線，否則她不會輕易反擊。太子的更替是這條紅線。如果劉如意取代劉盈成為太子，那麼劉如意最終將成為皇帝。到那時，戚姬會迫害呂雉和她的兒子。因此，為了防止發生這種情況，呂雉決心奮力抵抗。

兩位女性之間進行著一場微妙且無煙的戰爭。戚姬認為她佔了上風，因為她是劉邦最寵愛的妃子，而劉邦確實深愛著她。另一方面，呂雉則是伺機而動的毒蛇。她在朝中有許多親信。她的政治支持非常強大。

一天晚上，劉邦狩獵歸來，和戚姬躺在床上，戚姬的頭靠在他的肩膀上，突然淚流滿面。

「怎麼了？」劉邦問道。

「我擔心皇后會傷害我和我的兒子，」戚姬哭得更厲害了。

「您又多慮了，」劉邦說。

「我的擔心是真實的，歷史證明，皇宮就像戰場一樣，充滿了危險。每當我吃飯的時候，我都會擔心裡面可能有毒，」戚姬辯解道。

「如果您這麼擔心，我可以指派我信任的廚師和僕人來服侍您。在您吃之前為您嘗試食物。我還可以指派幾名值得信賴的保鏢來保護您。所以，不用擔心。振作起來！」劉邦說。

「當她的兒子成為皇帝時，她會傷害我和我的兒子。保護我們最好的辦法是指定我的兒子為太子。您已經多次說過劉盈太軟弱，沒有領導國家的能力。您和我的兒子在外表和性格上都很相似，」戚姬說。

「讓我考慮一下。重新指定太子不是件簡單的事。別哭了，睡吧，」劉邦說。

待她睡著後，劉邦仍無法入睡，沉思著：「她說得對。劉盈的確太軟弱。上次，當我指派他帶領軍隊去對抗英布時，他嚇壞了。呂后過度保護他，把他養成了她的寵物。我的王朝充滿了危險和敵人。劉氏的政權很容易被篡奪。匈奴將會入侵國家。我需要一位強

大有力的繼承者來面對這樣的挑戰。但應該是誰呢？劉盈不是正確的選擇。一開始指定他為太子就是一個錯誤。劉如意很有前途，似乎是最佳選擇。可惜他還很年輕，希望我能有足夠的時間來栽培他。無論誰將是我的繼承者，都必須得到顯赫將領和大臣的支持。否則，將是大災難。我會稍後跟他們討論這個問題。」

　　幾天後，劉邦在朝會上告訴群臣，他要廢太子劉盈，改立劉如意為太子。所有權臣和將領都強烈反對這一提議。御史大夫周昌最為激烈地反對。他結巴地強調說：「我說不出話來，但我知道這是錯的。您不能廢除現任太子。如果您執意這樣做，我絕不臣服於新太子。」

　　看著周昌一臉憤怒的表情，劉邦本能地笑了。笑聲沖淡了爭論的熱度，很快就消散了。

　　恰巧呂后藏在會議廳的門後偷聽了裡面的對話。會後她碰到了周昌，跪在他面前磕頭，說：「非常感謝您。如果沒有您的誠實和勇敢反對，太子的性命難保。」

　　選擇繼承人的重大問題繼續困擾著劉邦。他想：「如果沒有各位大臣、將領的支持，即使劉如意成為皇帝，也注定會失敗。如果我維持現狀，讓劉盈繼位，漢朝也會就此滅亡。或許，呂后可以作為他的攝政，她有能力和力量支撐政權。她是一個鋼鐵般的人，我擔心她會試圖消滅她的對手，造成朝政動盪不安。更糟的是，她會報復戚姬和劉如意。那我怎麼能在那種情況下，以及我死後保護劉如意呢？」

　　劉邦私下諮詢負責官印的大臣趙堯。趙堯建議：「您應該封趙國給劉如意，從京城遷走他，並給他一支大軍。此外，您應該找一位備受尊敬和有影響力的官員作為趙國的丞相。這將給他額外的保護。」

　　「那誰應該擔任丞相呢？」劉邦問。

　　「周昌正直、大膽、忠誠。呂后視他為恩人，很敬重他。」

　　劉邦采納了趙堯的建議，派遣劉如意和周昌到趙國。

　　此時，呂後積極遊說大臣將領支持她的兒子。由於張良在劉邦內圈極受尊敬，她向張良尋求建議，並乞求他幫助挽救她的危急局

面。張良告訴她：「劉邦對您的兒子有偏見，認為他弱小，沒有能力，沒有顯赫的擁護者。我教過劉盈幾個月，發現他是一個仁慈、慷慨、和高尚的人。我喜歡他。」

「您能怎麼幫助他？現在是關鍵時刻。劉邦很快就會做出決定。」呂后說。

「唯一的辦法是讓劉邦印象深刻，認為劉盈有能力統治國家，並且擁有強大的支持。」

「怎麼做？」呂后問。

「我知道四位著名的賢士居住在商山。他們被稱為商山四皓。他們曾是我的老師。我可以求他們來協助劉盈。至少，他們可以暫時拜訪劉盈，展示支持他。」

「就這樣做吧，」呂后乞求道。

隨著年歲增長，身體日漸衰弱，劉邦迫切需要最終決定的繼承人。他諮詢了多年來最信任的謀士張良，並表達了更換太子的願望。張良堅決反對，但劉邦未有動搖。另一位資深大臣叔孫通也勸說：「歷史證明，改立太子會導致王朝滅亡。眾所周知，現任太子劉盈仁慈、慷慨、正直、和虔誠。此外，皇后呂后在支持您的革命和建立朝代過程中，經歷了巨大的掙扎和痛苦。她也對您的成功做出了重大貢獻。您現在怎麼能拋棄她呢？如果陛下堅決要更換太子，請現在就斬了我，我願意在朝中以血證明我的觀點。」

劉邦被如此堅決的態度震驚了。為了平息爭議，他說：「算了，我只是談談我的想法。」

叔孫通接著說：「選太子不是開玩笑之事，它關乎皇朝的根基和支柱，絕不能掉以輕心。」

此時，所有的大臣和將領跪下，懇求劉邦不要更換太子。

面對大臣和將領的統一態度，劉邦撤回了更換太子的提議。

會後，劉邦感到自己仍面臨兩難。他想：「如果劉如意即位，所有大臣和將軍都會篡奪他。他和他的母親最終將被殺害。但我不確信劉盈是否有能力領導這個國家。漢朝也會因此崩塌。」

這種猶豫被推遲了一個月，直到慶祝漢朝建立周年的大宴會。晚宴開始前，王室成員、大臣、將軍和重要嘉賓在皇家花園中歡聚

一堂。劉邦注意到劉盈周圍有四個不尋常的客人。劉邦認出他們就是著名的商山四老。這些聖賢跟隨著劉盈的腳步，就像他們是他的部屬和謀士。這對劉邦來說是一個驚喜，因為他曾多次徵求這些聖賢的支持和服務，但劉邦的提議卻屢屢遭到拒絕。劉邦想：「劉盈怎麼會得到他們的支持？看來，劉盈已經長大了。他一定有我所不知的隱藏品質。他的人際關係技巧一定比我好。我對他有偏見。」

宴會結束後，劉邦在臥室裡見到了戚姬。他用柔和而歉意的聲音告訴戚姬：「一切都結束了。我不能改立太子。劉盈的羽毛已經長滿，他現在可以飛翔了。我無法阻止他的登基。」

戚姬一聽到這些話，心就沉到了谷底。在淚水湧出之前，劉邦說：「對不起，我已經老了，無法控制局面。我只能盡我所能保護您和劉如意。」劉邦試圖壓抑住心中的挫敗感。

「不要哭，讓我唱首歌，您為我跳舞吧。記得我們第一天見面的情景嗎？」劉邦一邊說，一邊撫摸著她的背，安慰她。然後，他唱著：

鴻鵠高飛，一舉千里。
羽翮已就，橫絕四海。
橫絕四海，當可奈何。
雖有矰繳，尚安所施。

戚姬努力維持自己的姿態和動作，直到舞蹈結束。然後，她伏在劉邦腿上，不停地哭。劉邦無言以對。

第九回： 劉邦駕崩

	本回人物介紹
劉邦	本回主角
呂雉	劉邦的妻子, 漢朝皇后
戚姬	劉邦的寵妃

劉盈	劉邦和呂雉的兒子，皇太子
劉如意	劉邦和戚姬的兒子
蕭何	劉邦的謀士，丞相，忠誠的追隨者
曹參	劉邦部下將軍和早期的追隨者
周勃	劉邦部下將軍和早期的追隨者

公元前 195 年的夏天，劉邦在位七年後，因過去戰役中受的傷勢而離世。臨終前，他感慨道：「我一生奮鬥，只為達到權力和榮耀的巔峰。我成功征服了天下，擁有了其中的一切。我的經歷就像一場夢。現在一切都快要結束了，我必須放棄我所有的權力、榮耀和財產。它們很快就會成為消逝的幻像。我再也無法把握它們。我將擁什麼？一無所有。我的名字將進入歷史，但這對我來說已經不重要了，我再也無法控制漢朝的未來。我甚至無法保護我至愛的戚姬和劉如意。」

臨終前，他見的第一個人是呂雉。劉邦對她說：「我們一直是好友。我們已經功履行了新婚之夜的誓言。我無法再陪伴您嘞，希望在您的幫助下，我的天下能夠長久留存。請您做好劉盈的攝政。」

她接著問：「蕭何之後誰應成為丞相？」

「曹參，」劉邦說。

「曹參之後誰應成為丞相？」

「周勃，」劉邦說。

「周勃之後誰應成為丞相？」

「這麼遠的事我無法預知。現在不要擔心這個問題，」劉邦說。

劉邦最後見的人是戚姬。他當時已經非常虛弱，只說了幾句話：「呂雉將成為您的主人。不要惹她生氣。」他說話時，淚水從他的臉頰上滾落下來。他試著握緊她的手，但片刻就抓不到了。

劉邦於公元前 195 年夏辭世，諡號漢高祖，意為漢朝創建者。

第五章： 呂后攝政

第一回： 戚姬和劉如意慘死

本回人物介紹

劉邦	漢朝的始創人
呂雉	劉邦的妻子，皇太后，本回主角
劉盈	劉邦和呂雉的兒子，漢朝第二任皇帝
劉如意	劉邦和戚姬的兒子，被封為趙王
戚姬	劉邦的寵妃
周昌	趙國丞相，劉如意的保護者

劉邦葬禮一個月後，他的兒子劉盈成為漢朝的第二任皇帝，母親呂雉成為太后。由於劉盈當時僅十四歲，呂雉成為他的攝政。

呂雉它是政府中最有權勢的人物，擁有復仇的權力。她的第一個目標是戚姬。呂雉下令逮捕戚姬，將她囚禁在一條破舊的小巷中。獄卒奉命將戚姬的腳鐐住，剃光她的頭髮，給她戴上木枷，並穿上紅色的囚衣。她頂著烈日，賣力地捶打稻穀。隨著時間的流逝，她的身體因為這種苦役而受到重創；肌肉撕裂，筋脈拉傷，雙手滿是水泡。在痛苦中，她作了一首歌來反映她的困境：「兒為君，母作奴，日夜捶穀，死為伴，相隔三千里，誰傳此聲音？」

這首歌傳到呂雉的耳中，她將其解讀為隱喻劉如意密謀謀反。為了消除威脅，呂雉首先將目標指向劉如意，派遣使者前往招喚他回京。然而，當使者到達趙國時，丞相周昌拒絕了這個命令。「先帝劉邦將劉如意托付給我，」他對使者宣稱：「保護他是我鐵定的職責。我很清楚呂雉對他懷有敵意，並且打算加害於他。我不能讓他面臨這樣的危險。此外，劉如意目前生病，無法旅行。」儘管呂

雉又兩次派遣使者，但周昌仍堅決拒絕。呂雉意識到需要改變策略，隨後召喚周昌回京。待周昌返回後，她又下令招喚劉如意。

當劉盈皇帝得知劉如意被召見後，對他母親的意圖感到懷疑。這位富有同情心的皇帝決定在劉如意前往京城的途中保護他。在劉如意抵達目的地之前，劉盈攔截了他，並親自護送他到宮殿的安全之地。接下來的日子裡，劉盈與他的弟弟形影不離，同吃同睡，有效杜絕了呂雉策劃暗殺的機會。

這種高度警戒持續了一個月，期間未發生任何不測事件。一天清晨，在黎明前，劉盈計劃出外狩獵。他喚醒劉如意，邀請他一同前往，劉如意覺得累了，想多睡一會，便婉拒了。於是，劉盈獨自出發。呂雉抓住了這個機會，派侍衛帶著一個裝有致命毒藥的杯子來劉盈的臥室，強迫劉如意服下，劉如意即時死去。劉盈狩獵回來後，看到床上躺著弟弟的屍體，心中悲痛不已。

下一個要清除的目標是戚姬。呂雉得意地對自己說：「誰敢打我一拳，我必以十拳回敬，我不會讓她那麼輕易死的，我一定要把她折磨死。」她隨後命令劊子手砍斷戚姬的手腳，挖出她的眼睛，弄聾她的耳朵，割斷她的舌頭，並將她的扔進化糞池。他們稱戚姬為「人豬」。

兩天後，呂雉告訴劉盈：「我要向您展示如何懲罰您的敵人。作為皇帝，您需要學會如何以恐懼來制伏敵人。」隨後，她命侍衛將劉盈帶到戚姬受酷刑的地牢。

地牢是一個黑暗而死寂的房間。當門吱嘎打開時，一股腐朽和污水的惡臭瀰漫在空氣中，令人作嘔。劉盈皇帝沿著那破壞不堪和濕滑的樓梯向下走，聽到房間深處傳來呻吟聲，令人毛骨悚然。樓梯底部有化糞池。他看到一具人形身體在骯髒的糞便池中扭動。那是一個令人難以忍受的場景。

劉盈不敢置信地轉向衛兵問道：「這是什麼？」

衛兵的回答令人毛骨悚然：「您不知道嗎？那是戚姬。她還活著，但幾乎是在死亡邊緣掙扎。」

「怎麼會發生這樣的事？」劉盈驚恐地呼喊著，他的聲音因恐怖和悲傷而顫抖：「這是暴行，是對人性的侮辱！」

劉盈被悲痛和震驚所壓倒，他的哭聲在地牢中迴響，然後他暈厥過去。衛兵們急忙將他抬回他的臥室，他在那裡臥床多日。他被這可怕場景所困擾，翻來覆去，夜夜被惡夢折磨，有時甚至哭醒，迷茫且迷失在混亂的夢境中。他在夢中目睹自己跟妖魔鬼怪搏鬥。他花了七天的時間才恢復意識，但地牢的恐怖所帶來的創傷讓他精神錯亂了一年。

一年後，劉盈給呂雉寫了一封信，信中寫道：「您所做的是極可怕的。沒有人會對另一個人施加如此暴行。我是您的兒子。我無法干涉您的行為。但我感到羞愧。我甚至無法保護我父親所愛的兒子和妃子。我怎麼能統治這個國家呢？」

從那時後，劉盈沉迷於酒色，不再參與朝政。

第二回： 嘗試暗殺劉肥

本回人物介紹	
劉盈	劉邦和呂雉的兒子，漢朝第二任皇帝
劉肥	劉邦和曹娟的兒子，被封為齊王
劉魯元	劉邦和呂雉的女兒
呂雉	劉邦的妻子，皇太后，本回主角

隔年冬天，劉邦的長子、齊王劉肥來到京城，參加了呂后籌辦的盛大宴會。身為弟弟的劉盈對他的兄長極為尊敬，特地邀請劉肥坐在自己身邊。但這一行為卻引起呂后不滿。她暗中吩咐僕人將一杯摻了毒的酒放到了劉肥的座位上。

宴會中敬酒時，發生了意外：劉盈無意中拿起毒酒。呂后見狀，立刻起身，將劉盈手中的毒酒打翻在地。劉肥立刻察覺到了危險，趕緊藉口喝醉離開了宴會廳。安全逃脫後，他得知了呂后的暗殺企圖，不禁心生恐懼。

為了表達對呂後的服從，平息她的怒氣，劉肥的謀士建議他將齊國的一個郡獻給呂后的女兒魯元公主。呂后對這份慷慨的獻禮非

常滿意，便放棄了殺害劉肥的念頭。

劉肥回到齊國後，於公元前 189 年去世。他的長子劉襄繼位。

第三回： 蕭規曹隨

本回人物介紹

蕭何	劉邦的謀士，丞相，忠誠的追隨者
曹參	劉邦部下將軍和早期的追隨者
劉盈	劉邦和呂雉的兒子，漢朝第二任皇帝

劉邦時期，蕭何擔任丞相，劉邦自從反秦以來，幾十年來一直信任蕭何。由於蕭何是道家信徒，他的治理政策是低稅收、勤儉節約、不干預、小政府。這項政策為漢朝早期帶來了繁榮。劉邦的命令規定，蕭何應出任劉盈的丞相。

劉盈稱帝兩年後，蕭何過世。按照劉邦遺願，曹參應為蕭何的繼任者。曹參曾是蕭何在沛縣衙門的同僚。二人從革命運動早期便追隨劉邦。曹參承認自己不如蕭何。

接任蕭何後，曹參在法律、法規、組織結構和政府運作模式上都沒有做出任何改變。當劉盈抱怨曹參的被動時，曹參問道：「陛下，您認為自己與您父親相比，能力如何？」

「我不如父親，」劉盈回答道。

「您覺得我和蕭何相比呢？」曹參問道。

「我覺得您不如蕭何，」劉盈回答。

「沒錯。蕭何的政策近乎完美。我保持現狀就是履行我的責任。」

「您說得對，」劉盈說。

曹參又任丞相三年。在他的管理之下，漢朝繼續強盛，被後人讚賞。

第四回：跟匈奴的外交

本回人物介紹	
匈奴	強大的遊牧民族，居住在當今的蒙古和西伯利亞
單于欒提冒頓	匈奴的領袖
呂雉	劉邦的妻子，皇太后，本回主角

　　漢政府繼續通過與匈奴諸王的通婚政策維持和平。單于欒提冒頓多年來已感受到漢人的順從，變得粗暴輕蔑。他給呂后寫了一封信，信中說：「我是荒野中遊牧部落的孤獨領袖，與馬群和羊群為伍。我幾次造訪過貴國，欣賞貴國的繁榮和發展。我希望能永久擁有貴國的一部分土地，而您在丈夫去世後，一定也感到十分孤單。我倆人都不快樂。不如我們成婚，以便各取所需。您意下如何？」

　　呂后讀後大怒，立即召集大臣和將軍開會，建議對匈奴宣戰。樊噲站起來說：「給我十萬士兵，我就能把他們全部殲滅。」

　　另一位資深將軍發言說：「樊噲說出這話，應該受到懲罰。當年先帝劉邦在白登被圍困，幾乎敗北，當時他有三十萬精兵，當時樊噲也在場。他怎麼可能只用十萬士兵就能打敗匈奴？我們現在應該做的是忽略這封信。匈奴野蠻，不懂得禮節和禮貌。我們不應該接受他們的任何讚揚或嚴重侮辱。」

　　呂后同意，回信寫道：「我已虛心考慮過您的提議。然而，我已年老，無法滿足您的品味。請放棄對我的興趣。為了感謝您對我的關注，我送您兩輛四馬拉的車。」

　　單于欒提冒頓閱讀她的回信後，對自己的無禮感到羞愧。他回信道：「請原諒我對您的冒犯，皆因我不懂貴國的禮節。」隨後又向漢國加倍回禮。

　　這此事發生後，漢朝繼續推行和親政策以維持和平。

第五回： 皇位繼承人

本回人物介紹

呂雉	劉邦的妻子，皇太后，本回主角
劉盈	劉邦和呂雉的兒子，漢朝第二任皇帝
張嫣	劉盈的皇后，劉魯元的女兒
劉魯元	劉邦和呂雉的女兒
劉恭	劉盈義子，第三任漢朝王帝
劉山	劉盈義子
劉朝	劉盈義子
劉武	劉盈義子
劉疆	劉盈義子
劉不疑	劉盈義子
劉太	劉盈義子
劉弘	劉山的化名，第四任漢朝皇帝

劉盈二十歲時娶了姐姐魯元公主的女兒，其姪女張嫣。呂后想將劉家和呂家更緊密地聯繫在一起，因此欽命這種荒謬的亂倫行為。隨後幾年這對夫婦仍無所出。於是呂后命令張嫣領養一男嬰，並殺死了男嬰的母親，向世人宣稱此男嬰為自己所生。他們給這個孩子取名劉恭，並立為太子。

隨後，他們以同樣方法領養了另外六個兒子，劉山、劉朝、劉武、劉疆、劉不疑和劉太。

公元前 188 年，劉盈在登基七年後於二十三歲去世。劉恭被立為帝，呂后成為太皇太后兼攝政王，掌握政權。

四年後，劉恭發現張嫣並非其親生母親，親生母親早已被呂后所害，天真的劉恭便說：「皇太后冒充並殺害了我的親生母親。待我長大後，我將為親生母親報仇。」呂后聽到這番話後，立即將劉恭囚禁。她告訴大臣們劉恭患有精神疾病，無法管理朝政。在廢黜劉恭之後不久，便將他殺害。

義子劉山成為下一位繼承人，並改名為劉弘。劉弘年幼，呂后作為攝政王，成為漢朝的實際統治者。

第六回：呂后攬權

本回人物介紹

呂雉	劉邦的妻子，太皇太后，本回主角
蕭何	漢朝已逝世的元老
曹參	漢朝已逝世的元老
張良	漢朝已逝世的元老
陳平	漢朝的元老，左丞相
周勃	漢朝的元老，無實兵權的大將軍
王陵	漢朝的元老，右丞相
呂文	已逝世的呂雉父親
呂澤	已逝世的呂雉兄長
劉魯元	劉邦和呂雉的女兒
呂祿	呂雉的姪，北軍的將軍
呂產	呂雉的姪，南軍的將軍
審食其	呂雉的親信，王陵的繼任人

呂后有建立呂氏天下、消滅劉氏的野心。她面臨兩大障礙。首先，朝廷中仍有許多忠於劉邦和劉家的人。其次，劉邦生前曾下令，只有皇室成員、姓劉的人才有資格成為王。第一個障礙不算太大問題，因為許多劉邦的老部下，如蕭何、張良、曹參等，都已經過世或辭官回鄉。唯一有影響力的人物是陳平和周勃。第二個障礙可以通過獲得陳平和周勃的支持，逐漸削弱或貶低劉氏家族成員來緩解。

呂后隨後向右丞相王陵諮詢將王位賦予呂氏家族的事宜，王陵援引劉邦遺令，強烈反對。當呂后轉而諮詢左丞相陳平和大將軍周勃時，這兩人支持了這個想法。令她驚訝的是，他們說：「劉邦在

世時是他的天下。因此，由他授予王位給任何他認為有功的人。現在是您的天下。您有權力將王位授予任何有功的呂氏。」

會後，王陵批評陳平和周勃阿諛奉承。陳平和周勃回應道：「我們不像您那樣能言善辯。然而，在保護國家和劉家的事務上，我們的表現比您更出色。您必須有遠見。」

在這兩位朝廷中頗有影響力的人物的支持下，呂后首先追封已故的父親呂文和哥哥呂澤為王。然後，她將王位授予呂澤的兒子和她女兒魯元公主的兒子。接著，她將王陵貶職，並以自己的心腹審食其取而代之。她提拔她的姪子呂祿為北軍大將軍，她的外甥呂產為南軍大將軍。北軍和南軍都直接受皇帝而非大將軍周勃的指揮。北軍約有三萬士兵，負責保護京城。南軍約有一萬士兵，負責宮廷的安全。這些軍隊對於保護皇帝免受政變的威脅至關重要。因此，呂后確保這些軍隊牢牢控制在呂氏家族手中。她後來任命呂產為右丞相，同時仍然擔任南軍大將軍。她的這些舉動，削弱了忠於劉氏家族的陳平和周勃的權力。

她還逐漸清除了朝廷中其他忠於劉氏家族的人員，並以她的親信取代他們。兩年後，朝廷被呂氏家族的官員主導。

第七回： 劉友和劉恢之死

本回人物介紹	
呂雉	劉邦的妻子，太皇太后，本回主角
劉友	劉邦的第六子，趙王
劉恢	劉邦的第五子
呂產	呂雉的姪，南軍的將軍，右丞相

趙王劉友是劉邦的第六子。他娶了呂氏家族的一員。他的妻子嫉妒劉友年輕的妃嬪，誣陷他對呂后說：「劉友曾批評您將王位授予呂氏家族的成員。您去世後，他將剷除所有呂氏家族的人。」

呂后於是召喚劉友到京城，將他囚禁在旅館房間內，並停止供應食物和水。因此，劉友被餓死。他的遺體被埋葬在京城郊區的一個無名墓地。

呂后將趙國封給劉邦的第五個兒子劉恢，並迫使他娶呂產的女兒。這個女人毒害了劉恢心愛的妃嬪。劉恢後來患上了抑鬱症而自殺身亡。呂后隨後廢除他的趙王位，並不允許他的子孫繼承王位。

第八回： 呂雉之死

<table>
<tr><td colspan="2" align="center">本回人物介紹</td></tr>
<tr><td>呂雉</td><td>劉邦的妻子，太皇太后，本回主角</td></tr>
<tr><td>韓信</td><td>軍事天才和劉邦的大將軍，後被呂雉暗殺</td></tr>
<tr><td>戚姬</td><td>劉邦的寵妃，後被呂雉殘殺</td></tr>
<tr><td>劉如意</td><td>劉邦和戚姬的兒子，後被呂雉殺害</td></tr>
</table>

呂雉到距京城百里的山上主持祈福儀式。在她回程途中，一隻流浪狗猛衝向她，兇狠地向她撲來。那狗對她咆哮並咬住她的腋下，用牙齒咬了她一個深深的傷口。在她試圖抵擋之前，那狗迅速走掉了。

她回到家後，她的大夫用草藥軟膏包紮了她的傷口。幾天後，傷口部分癒合，疼痛稍為減輕。她諮詢了一位巫師，巫師告訴她，那隻狗是已故劉如意的化身來復仇。

傷口沒有完全癒合。她在被咬傷的地方有持續幾天的刺痛和癢感。幾天後，她出現發燒、頭痛和其他類似流感的症狀。經過大夫的治療，她的狀況幾天內都沒有好轉。

隨著病情的加重，她的行為舉止發生了劇烈變化。她變得焦慮、困惑、不耐煩、痛苦和攻擊性增強，每況愈下。但更糟糕的是，夜晚的噩夢不斷折磨她。在一個噩夢中，她看到韓信的鬼魂站在她面前，用鋒利的長矛刺穿她的心臟。在另一個夢中，無手無腳

的戚姬的幽靈在房間中盤旋，試圖吞噬呂雉的頭顱。在第三個夢中，她被劉如意帶領的一支鬼魂軍隊追逐，最終她被拋下懸崖，跌入深淵，墮入地獄之火。每次噩夢都以她驚叫醒來告終，每次醒來後都不敢再睡，但她無法整夜不入睡。每當她閉上眼睛，就會再次陷入那些恐怖的景象之中。

她的大夫們已經放棄醫治她，認為她被惡魔附身，需要驅魔。因此，她聘請了一位巫婆施展驅魔儀式。然而，那些神秘的儀式只加劇了她的病情。

隨著疾病狀況持續惡化，她的幻覺加劇。不再僅限於夢境，妖魔鬼怪整天圍繞在她身邊。她害怕陽光和水，行為變得越來越怪異和暴力，她對認為是惡魔的人們大喊大叫，揮舞著劍，最終於公元前 180 年夏天崩潰去世。

第六章： 薄夫人

第一回： 移居代國

本回人物介紹	
匈奴	強大的遊牧民族，居住在當今的蒙古和西伯利亞
劉喜	劉邦的二兄
劉如意	劉邦和戚姬的兒子，後被呂雉殺害
劉恆	劉邦和薄姬的兒子
薄姬	劉邦的妃子，後升為夫人，劉恆的母親，本回主角
本回地點介紹	
代國	山西省和河北省之間
長安	陝西省
晉陽	山西省

　　漢朝於公元前 201 年建立時，劉邦的哥哥劉喜被封為代王，代國位於國家的北部邊界附近。這個代國包括三個郡和五十三個縣市。一年後，北方的遊牧部落匈奴侵入代國。劉喜無法抵抗匈奴，逃往南方。劉邦將代國封給他心愛的兒子劉如意。幾個月後，劉邦改變主意，將更繁榮且遠離匈奴的趙國封給劉如意。代王位空缺了三年。公元前 196 年冬天，劉邦將代國封給當時只有八歲的劉恆。

　　因為薄夫人是劉恆的母親，她便成為代國年輕王的攝政王和監護人。她需要陪伴兒子前往代國。她對於離開漢朝京城長安前往代

國首都晉陽感到欣喜若狂，因為皇宮對她來說是一個充滿危險的地方，離開京城是一種解脫。她可以遠離呂雉的魔爪和妃嬪間可怕的爭鬥。

晉陽之行長達一個月，薄夫人一行人乘馬車出行。他們穿越崎嶇險峻的山脈，渡過洶湧的河流，最終抵達晉陽的城門。抵達後，薄夫人首先看到的是一座破落的城牆和一道狹窄的城門，穿梭城門的交通疏落。這座城市周圍都是貧瘠的土地，生活似乎陷入了停滯。市場和城中心，通常應該是熙攘的地方，現在卻異常冷清。流浪狗在街上的數量超過了人。她察覺到居民對外來客表現出一種敷衍的禮貌和潛意的介心。薄夫人立即意識到，這個國家正陷於貧困和衰落之中。

當她接近皇宮時，她的目光落在了一座被堅固的壁壘所環繞的城堡，它的每個角落都有高聳的瞭望塔。奇怪的是，壁壘的頂上走廊竟然沒有任何守衛。城堡的核心是政府府衙和一個宏偉的會議廳，這裡用來召開大臣會議。城堡的北端被劃為王、王后及其家人的居住區，而僕人住宿區和儲藏室則散布在城堡的其他角落。在皇宮內的四十座建築中，大約有十座明顯被忽畧，另外五座空置，還有兩座帶有三年前與匈奴戰鬥中火災的痕跡。王宮散發出一種荒涼和滄桑的氣息。

第二回： 初次朝會

本回人物介紹	
薄夫人	薄姬，劉邦的妃子，後升為夫人，劉恆的母親，本回主角
徐寧	朝廷派來的代國丞相
匈奴	強大的遊牧民族，居住在當今的蒙古和西伯利亞
宋昌	代國的大將軍統帥

薄夫人安頓下來後不久，便召集了代國的首次大臣會議。按照慣例，她坐在會議室北端的中央，面對坐在室內南端的大臣們。她年幼的兒子坐在她身邊。他的出席是為了象徵王及其攝政者的權威。

在開場白中，她對群臣說：「我需要了解代國的真實狀況。請坦率直接地發言。不要害怕表達你們的真實意見。讓我們從代國的人口開始談起。」

丞相徐寧報告說：「代國大約有二十萬人口和六萬戶家庭。我們曾有超過三十萬人民。然而，過去十年裡，人口一直在減少，部分原因是秦朝的暴政、逃避徵兵、戰爭中死亡，以及經常受到匈奴的侵略而遷徙。此外，這個國在過去幾年還經歷了幾次乾旱和洪水，結果導致相當一部分土地荒蕪。外流移民是我們的問題之一，因為在這裡謀生越來越困難。」

「我們的年輕人是否比老年人多，男性比女性多？出生率是多少？」薄夫人問道。

徐寧回答說：「相反，我們老年人比年輕人多，女性比男性多。在過去的十年裡，許多年輕男子被徵召入伍，在戰爭中喪生。一些青少年男子移民到其他國，尋找更好的謀生機會。一些農民負擔不起人頭稅，其中包括嬰兒。此外，由於生計艱難，養育孩子困難，許多農民避免生育。」

薄夫人說：「我們確實有一個嚴重的問題，讓我們換個話題。代國的財政狀況如何？」

「我們勉強維持收支平衡。當有好收成時，我們的庫房會有盈餘。當出現乾旱、洪水或戰爭時，我們會有很大的赤字。平均來說，我們每年收稅約三千萬錢。皇室拿走大約百分之二十五，軍隊也拿走百分之二十五，政府人員的薪水又占去百分之二十五。剩餘的一小部分用於基礎設施的維修和建設。如果沒有任何特殊支出，我們可以有二萬五千到五萬錢的盈餘，我們會留作儲備。在糟糕的一年，我們會出現赤字。三年前抵抗匈奴的入侵時，我們耗盡了國庫，需要向朝廷和鄰近國借入大筆資金。我們仍需償還這些債

務，」財政大臣報告說。

「我們現在還有債務嗎？」薄夫人問。

「是的，但我預計在接下來的兩個季度會有淨現金流入，除非有特殊事件發生，我們可以在今年年底之前還清所有債務，」財政大臣回答。

「政府糧倉的儲備水平如何？在飢荒期間能否提供足夠的食物？」薄夫人問。

「這取決於飢荒的持續時間和嚴重程度。它勉強足夠，但我擔心我們還沒有脫離困境，」財政大臣回答。

「讓我們換個話題。我們的軍隊狀況如何？」薄夫人問。

「我們有大約 2 萬名正規軍。在危機時刻，我們可以再徵召五千到一萬名士兵。有一萬五千名士兵負責巡邏和防衛長達三百里的邊境。因此，與匈奴的軍隊相比，我們的兵力微小且嚴重不足。我們留下五千名士兵來保護首都和其他兩個主城。這些人數又是不足的。軍隊人數嚴重不足，然而，我們沒有太多辦法來增強軍隊的規模。家庭數量少、人口減少和人口老化嚴重限制了我們建立強大軍隊的能力，」軍隊領袖宋昌感嘆道。

「我們在危機中怎麼辦？」薄夫人問。

「我們可以向鄰國尋求協助，也可以要求朝廷用大軍支援我們。但是，還有兩個問題。鄰近的國情況與我們相似，無法提供太多幫助。朝廷距離我們有一千里，而匈奴軍隊只有五十到一百里遠。在朝廷的軍隊到達之前，我們可能就已經被摧毀了。這種情況三年前就發生過，」宋昌說。

「那馬匹、戰車、武器和盔甲呢？」薄夫人問。

「在這些方面我們很脆弱。匈奴有更好的種馬，比我們的馬更能忍受飢餓、口渴和寒冷。他們的馬也更強壯，因此行動範圍更廣。雖然我們有足夠的戰車，但它們只在平原戰場上有用。對於崎嶇地形，它們不夠靈活。由於我們的地區被山脈環繞，戰車基本無用。由於我們的冶金技術更先進，我們在武器和盔甲的質量和數量上對匈奴有優勢。然而，由於預算限制，我們的製造能力大幅下降，」宋昌回答。

「那我們士兵的訓練、戰鬥技巧、士氣和紀律怎麼樣？」薄夫人問。

「這是我們最弱的地方。匈奴士兵在荒野中長大。每個家庭中的男性從小就接受軍訓。他們是騎術和射箭的能手。他們的文化強調英雄主義、勇敢、殘酷和絕對服從。因此，他們是兇猛的戰士。相反，我們的士兵大多是從農民家庭中徵召的，比起戰鬥技能，他們更懂得農業。在和平時期，徵召的士兵只需要服役幾個月，因為朝廷不想干擾農民的種植季節。因此，我們的士兵在武術和戰術方面的訓練很少。我們士兵的戰鬥士氣根據情況而有所不同，我無法一概而論。士兵的紀律取決於將領的質素，因此我也不能一概而論，」宋昌深思熟慮地說。

「我們確實很脆弱，」薄夫人心想。

「那社會的法律和秩序怎樣？」薄夫人問。

「犯罪率相當低。秦朝時期，犯罪率更低。但那時發生了許多大規模的叛亂。現在的犯罪率顯著上升，但在過去幾年中沒有發生大規模的叛亂。現在的大多數犯罪都是小罪，所以我們的監獄基本上是空的，」御史大夫報告說。

「讓我總結一下今天的會議。代國在人口規模和結構、財政和糧食安全等方面正走向衰落，很容易受到匈奴的入侵。幸好，我們的社會仍然穩定。雖然我們面臨的困難日益增加，但我相信通過努力和智慧，我們可以扭轉衰落的局面。在接下來的幾十日，我們將討論合適的策略和改革。請大家集思廣益，」她說。

第三回： 微服出巡

本回人物介紹	
薄夫人	薄姬，劉邦的妃子，後升為夫人，劉恆的母親，本回主角
薄昭	薄夫人的弟弟
劉恆	劉邦和薄姬的兒子

王明	代國內的礦場老闆和大財主
匈奴	強大的遊牧民族，居住在當今的蒙古和西伯利亞
程真	王明的代理人
張柒	年輕的無業遊民，貪腐的受害者

在下一次朝會之前，薄夫人想親自了解國家的狀況。她希望接觸基層民眾，並與盡可能多的不同行業的人交談。這些會面可能比官方報告更能揭露真相。

在為期一個月的巡視期間，她帶了弟弟薄昭和兒子劉恆。他們穿著普通的衣服，乘坐一輛由騾子拉的車。三人偽裝成一對夫妻和他們的兒子。讓兒子接觸宮殿外的世界是教育他的最佳方式。他們有兩名便衣保鏢隨行，偽裝成他們的僕人。

她的第一站是到訪一個位於最貧困和落後地區的農民家中。

「妳今天好嗎，大媽？我能打擾妳，問一些簡單的問題嗎？妳吃了午餐嗎？」薄夫人問一位三十多歲的農婦。

「尊敬的夫人，我們一天只吃兩餐，早晨一頓早飯，晚上一頓大餐。我們是農民，需要整天工作。沒有時間吃午飯，而且帶午飯到田裡也不方便，」那位女士回答。

「妳的孩子們在哪裡？他們在上學嗎？」薄夫人問。

當被問及這個問題時，淚水從女人的眼瞼滑落下來。她淚流滿面地回答：「我有兩個孩子。小兒子兩年前因高燒去世了。我們附近沒有好大夫。我來不及帶他去看好大夫。」她接著擦去眼淚，試圖控制自己的情緒，繼續說：「兩年前，匈奴入侵代國，我丈夫被徵召入伍。因此，結果錯過了播種的季節。那一年沒有收成，我們交不起田租，也無法繳納政府向每個成年人徵收的一百二十錢的人頭稅，還要對我女兒徵收六百錢的另一種人頭稅。為了鼓勵早婚，政府對未婚女性（十五至三十歲）徵收高額的人頭稅。我們每年總共需要支付八百四十錢的人頭稅。因為我們太餓了，付不起地租，只好把十幾歲的女兒賣給地主做僕人。地主威脅我們，如果我們不

支付租金，我們要離開農田，而稅吏威脅要沒收我們的房子。」

「聽到這些我很難過。抱歉問了這個敏感的問題。我知道秦朝的政府從土地上徵收十分之一的產量作為土地稅。新漢朝的政府將稅率降低到十五分之一。這種減稅對像妳這樣的農民有幫助嗎？」

「沒有，這對我們沒有幫助。降低稅率只有利於富有的地主。像我們這樣的貧窮農民早在困難時期就賣掉了土地。因此，我們從地主那裡租賃土地，地主收取的土地租金遠高於政府所收的。地主們沒有根據稅率減少來降低土地租金。」

「這兩年太平了，風調雨順，這些年收成好嗎？你們有積蓄嗎？」

「有的，過去兩年我們收成很好。但是，我們沒能存下多少。」

「為什麼？」薄夫人問。

「在收成好的時候，市場上農產品供應過剩。結果，農產品的價格下跌。所以我們無法從中獲得太多收入增長，」婦人回答。

「妳還年輕，有能力生育。妳有計劃再生一個孩子嗎？」薄夫人問。

「我和我丈夫討論過再要一個孩子。但是，我們負擔不起養育另一個孩子。我們必須支付家庭中每個人的人頭稅，包括孩子們。這稅約佔我們年收入的五分之一。除了這稅外，我們還要繳地租，這又占我們收入的百分之二十五。然後我們還得支付種子費用和給擁有水權的地主的水費，這又佔了我們收入的百分之五。這些稅、租金和費用每年都在上漲。剩下的百分之五十勉強夠我們兩個人用。如果再要一個孩子，我們必須勒緊褲帶。我和丈夫都想要很多孩子，但我們負擔不起，」女人回答。

「如果妳發現自己被過度收稅和租金，妳會抗議嗎？怎麼抗議？在哪裡抗議？」薄夫人問。

「我們不識字，只懂得計數和一些簡單的算術。我們無法與稅吏和地主爭論，因為我們不知道正確的金額是多少。我們只能支付他們要求的任何金額。而且，我們沒有地方可以上訪。政府官員通常不會理會這樣的瑣事，即使理會，他們也只會偏袒稅吏和地

主，」婦人回答。

　　與這位女士的對話讓薄夫人心痛不已。在她離開前，她拿出一塊金錠，價值二萬錢，放進婦人手中，並說：「請收下這筆錢。它足以讓妳贖回妳的女兒，並養育另一個孩子很多年。祝妳好運和健康。保重。」

　　距離老婦家大約一里路的地方，薄夫人看到一位老人在沒有牛的幫助下，用手犁地。當老人在樹下休息時，好奇的薄夫人走過來問他：「為什麼不用牛幫忙耕地呢？」

　　「我有一頭老牛。我需要節省它的體力。所以我用它犁一半田地，另一半自己來犁。我擔心它可能不久會死。我沒有足夠的錢買一頭年輕的牛，」老人回答。

　　「如果它死了呢？您怎麼買新的牛？」薄夫人問。

　　「那我就麻煩大了。現在牛很貴。如果它死了，我得借錢來買一頭年輕的牛，」老人回答。

　　「您能從哪裡借錢？」薄夫人問。

　　「向高利貸。我沒有富裕的親戚，」老人回答。

　　「借貸的利息是多少？」薄夫人問。

　　「這要看情況。有時候低至每月兩成，有時高達每月十成，」老人說：「但有個陷阱。借一百錢，借款人只能先拿到九十錢，一年後必須還一百錢。」

　　「如果您無法按時還清利息和本金怎麼辦？」薄夫人問。

　　「借款人將需要以更高的利率支付未付利息和本金的總和，」老人回答。

　　「那麼債務就會迅速累積。如果您再次違約呢？」薄夫人問。

　　「放款人會沒收借款人的牛、房子，甚至土地。」

　　「這確實很糟糕，」薄夫人驚呼。

　　「我知道很多鄰居因向高利貸借款而陷入困境。然而，像我這樣的窮農民沒有其他辦法。我們每天都努力工作，但遇到旱災、水災或政府徵召時，我們就束手無策。政府的徵召對人民是個重擔。在太平時期，每個成年男性每年需要免費為政府工作一個月。去指定工作地點的時間不包括在這一個月的工作中。如果被指派的勞動

月與播種和收穫季節重合，就會錯過一次農作物收成。政府不時會發布強制命令，徵召年輕力壯的男子免費參與建設項目。這項工作可能持續數月，而被徵召的工人得不到任何補償。這就是我兒子的遭遇。他被徵召參與政府重建城牆的項目，這城牆兩年前被匈奴部分摧毀。從某種意義上說，他很幸運，因為在匈奴入侵期間他沒有被徵召入伍，因為他是家裡唯一的孩子。由於他免去了之前的徵召，他就不能逃避最近的徵召。我和我兒子以前一起在田裡工作。他不在的時候，我得自己一個人干活，」老人說。

「您的妻子可以幫忙嗎？」薄夫人問。

「她忙於養蠶和在織布機上織絲綢。這是項繁瑣而精細的工作。她的收入補充了我們家庭的收入，」老人回答。

「她把絲綢賣到哪裡？」薄夫人問。

「她得走很長一段路才能進城，有時步行，有時坐牛車。我們的牛又老又弱，她大部分時間都是步行。在她去鎮上的路上，土匪有時會偷走她的物品。她把成品賣給了鎮上的絲綢商人。然而，她換回的報酬很少。現在，一些商人已經建立了大型的由許多奴隸運作的織布廠。他們能夠負擔得起新的、更好的織布機。他們的產品質量比我妻子的更高。因此，絲綢商人只給我妻子很低的價格，」老人說。

「我能從她那裡買些絲綢嗎？你們有多少匹存貨？」薄夫人問。

「哦，是的。大約有五匹。您要全部嗎？」激動的男人回答。

「是的，全部五匹，」薄夫人回答。

老人站起來，以最快速度走回家，然後帶著五匹絲綢回來。

薄夫人拿出一串五百錢，遞給老人，問：「這、夠嗎？」

「哦，夠了。謝謝，」老人回答，並鞠躬。

薄夫人離開了那位男子，繼續她的巡視之旅。在途中，她意識到壓迫對基層人民生活的影響。與秦朝相比，新的漢朝已經有了很大的改進，已經更加慷慨和人道，但這還不夠。在她看來，還需要更多的改革。

她計劃接下來拜訪村裡的族長。在她前往村莊祠堂的路上，她

注意到一名男子駕駛著一輛裝載新鮮蔬菜和一頭豬的車。一頭牛吃力且緩慢地將車拉上陡峭的山坡。道路狹窄、崎嶇，鋪滿了鵝卵石和鬆散的沙土。車上的一些菜葉看起來呈褐色，已脫水。她走近那名男子，禮貌地問他：「大叔，您要去哪裡？」

「我要去城鎮，大約二十里路。我需要在那裡賣掉我的貨物，」那名男子簡短地回答。

「您需要多久才能到那裡？」薄夫人問。

「大概再兩天，」那名男子回答。

「您為什麼不用馬來代替牛呢？那會快得多，」薄夫人問。

「我沒有馬。馬很貴。現在一匹馬大約要一萬個錢，」那名男子回答。

「您以這麼慢的速度前進，您將錯過幾天在田裡耕作和播種的時間。如果您的產品在陽光下暴曬太久，它們會腐爛，」薄夫人說。

「我知道，但我別無選擇。等我到達市場，至少三分之一的產品必須丟棄，豬也可能會生病。我賣不出高價，」那名男子回答，然後繼續說：「我還帶著劍來對抗暴民和土匪。在旅程開始前，我祈禱能平安回家。做一個農民真是艱難。」

在她離開那名男子後，薄夫人想：「他的處境可能也適用於許多其他農民。運輸成本確實是一個嚴重的問題。農民無法向市場供應足夠的貨物，因此遭受收入損失。因為產品供應有限，消費者便要支付更高價格。大量的產品被糟蹋和浪費。我必須努力改善這種情況。」

當她抵達村莊的祠堂時，她遇見了村裡的族長，一位六十多歲的老翁。

薄昭向那位男士致意，說：「我和我的妻子來自京城。我們想搬到這裡來。我們計劃購買許多畝的土地。您能給我們一些關於這裡的人口、土地政策和土地市場的資訊嗎？」

族長耐心地回答：「這個村子有三百戶人家。十年前我們曾經有四百戶。自那以後，人口減少了四分之一。現在，大約一半的家庭有五個以上的成員，包括一位丈夫、一位妻子和三個孩子。另外

四分之一的家庭有五個以上的成員，剩下的則少於五個成員。大約五分之一的家庭沒有孩子，只有老年成員。」

「為什麼這麼多家庭沒有孩子？」薄夫人問。

「有些家庭中的成年子女已經離家，只留下老年父母。一些年輕人搬到了鎮上，成為了商人。一些人由於這裡的生活艱難，遷移到了另一個國，」族長回答。

「您能給我們一些資訊關於這裡土地擁有權嗎？」薄昭問。

「大約一半的家庭擁有自己的土地和房屋。另一半家庭從地主那裡租賃農田，」族長回答。

「為什麼這麼多家庭不擁有自己的農田？我知道政府給每個普通家庭分配一百畝農田和一畝住宅用地。社會有二十個階層。最底層是有犯罪記錄的人。他們甚至被分配了五十畝農田和半畝住宅用地。貴族階層的家庭最多被分配九千五百畝農田和九十五畝住宅用地。因此，這個村子裡為什麼會有那麼多家庭不擁有自己的農田？」薄昭問。

「政府允許人們出售他們的土地。有一個土地交易市場。過去十年裡，這個村子經歷了旱災、洪水和匈奴的入侵。窮苦的農民沒有太多積蓄來應對這些災難。他們在危機中需要出售自己的土地和房屋，」族長回答。

「在這裡購買土地容易嗎？有很多土地出售嗎？」薄昭問。

「這裡有許多願意出售的賣家。如果您有錢，半個月內您可以買下數百畝土地，」族長回答。

「那麼這裡一定有很多地主了。我說得對嗎？」薄昭問道。

「不，並不多。這裡有四個大地主，他們擁有數千畝土地，」族長回答。

「他們是怎麼向承租人收取地租的？有沒有一個共同的收費標準，或者市場租金？」薄昭問。

「確定租金沒有標準和市場。地主可以隨意收取高額租金，直到租戶負不起為止。這四個大地主串通一氣，任意固定租金。政府不規範租賃市場。基本上，作為租戶的窮農民被地主奴役，」族長接著說：「這就是為什麼這個村子裡許多年輕人遷移到城鎮，成為

商人或工廠工人，尋找更好生活。」

在聽到這個可怕的故事後，薄夫人深深地同情農民的困境。

在上述會面之後，薄夫人前往鎮上。薄昭被指派去拜訪鎮上一位有名望的大夫，並詢問這位大夫是如何行醫。當薄昭遇到這位大夫時，他自我介紹說：「我是一個貴族家庭的管家。我的老主人命令我找到最好的大夫定期為他治療。這位大夫必須具有高水平的專業知識和職業操守。由於您有良好的聲譽，我想與您討論這個機會。現在我可以和您談談嗎？」

「當然可以，」大夫高興地回答。然後他給薄昭一杯茶，以示友好。

「您是如何學習您的技能的？」薄昭問。

「我從我的師父那裡學到的，他從他的父親那裡繼承了這個職業，他的父親是一位著名大夫，」大夫回答。

「您有醫書嗎？」薄昭問。

「是的，有一些，例如《黃帝內經》。醫書不容易獲得。學生通常必須抄寫老師擁有的書籍。這是一項繁瑣的工作，因為字必須刻在木頭或竹條上。在我們的行業中，醫書就像金子一樣珍貴，」大夫說。

「您怎麼知道那些書中描述的治療方法有效呢？」薄昭問。

「這取決於我的個人經驗。每位大夫都必須運用自己的判斷力、經驗和創造力，進行適當的調整，並根據病人的情況和需要逐案處理。醫療實踐是一門藝術，」大夫回答。

「人們怎麼知道您是不是一位好大夫？」薄昭問。

「如果一位大夫有優秀的病例紀錄，他的聲譽會通過口碑而散播，」大夫回答。

「您有很好的聲譽。這就是我來這裡和您談話的原因，」薄昭以奉承的語氣說。然後他問：「您如何向您的病人收費的？」

「這取決於情況。一般來說，我每次診所就診收費五十錢，十里內的外出就診則收費一百錢。由於我不能離開診所太久，我不會為超過十里以外的病人提供治療。然而，對於一些貧困病人，我會減免甚至免除這筆費用。一些富有的病人在康復後會給我酬金和禮

物。我志在治療病人，而不是錢。對於貧困病人來說，我的費用還不至於成為壓垮他們的負擔。真正使他們破產的是昂貴的藥物。一些稀有藥草很昂貴。政府對進口的藥草徵收關稅。一些鄰國禁止稀有藥草出口，或對它徵收出口稅。一些稀有珍貴的藥草被走私進入這個國，因此價格昂貴得無法承受。一些商人還囤積稀有藥草，控制它們對市場的供應，試圖抬高價格，」大夫回答。

「貧困病人怎麼應付這困難？」薄昭問。

「很遺憾地說，他們幾乎沒有其他選擇。他們要麼放棄治療，要麼向高利貸借錢。在前一種情況下，他們將需要祈求天的恩典或在痛苦中死去。在後一種情況下，他們要破產，」大夫回答。

「我現在需要走了。謝謝您提供的消息。在我走之前，您可以給我一些參考的名字嗎？我很快會回來，」薄昭說。

當薄昭向薄夫人轉述了與大夫的談話後，她感嘆道：「我們需要廢除藥品的進口關稅。我們必需要求其他國放鬆稀有藥草的出口。我們還需要培養更多的大夫。我們有很多工作要做。」

薄夫人和她的兄弟薄昭接著拜訪了鎮上一家大型鐵匠廠。薄昭對這位身材結實、肌肉發達的廠主說：「我們是從京城新遷來的移民。我們想要買三把頂級的劍來保護自己。您能給我們看看嗎？」

店主拿出三把劍說：「這些是我店裡最好的。它們非常鋒利，不容易折斷。它們能切穿堅固的盾牌，」店主說。

「每把多少錢？」薄昭問。

「一把三百錢，」店主回答。

「您的價格是京城的兩倍多，」薄昭說。

「這裡的鐵價更貴，而且我需要支付更高的工資給我的工人。我曾經有三百名熟練工人。過去兩年約有一百人辭職。為了留住現有工人，我必須提高他們的工資。我無法輕易招聘新工人，因為鐵匠的工作勞累，很少有年輕人能忍受高溫的環境，」店主辯解。

店主繼續解釋說：「我已經對個人顧客收取了低價。如果購買者是政府，價格將增加三倍，」店主說。

「為什麼？」好奇的薄昭問。

「首先，政府通常會下大量訂單，並要求短時間交付。為了趕

上截止日期，我必須支付加班工資，並在短時間內聘請許多臨時工人。我的勞動成本增加了一倍。此外，政府對劍和所有其他武器的形狀、尺寸和質量有嚴格和苛刻的要求。政府有很多錢，不在乎為了趕上截止日期而支付更高的價格。政府別無選擇，因為我的店是鎮上最大、最好的，」店主解釋。

「政府會指控您哄抬物價嗎？」薄昭問。

「我從未遇到過這個問題。我在政府裡有朋友，您知道的，」鋪主打趣道。

「為什麼這裡的鐵礦更貴？你們可以進口更便宜的礦嗎？」薄昭問。

「鐵礦運輸必須得到兩個國的批准，這個過程非常漫長。很多時候，出於國家安全的原因，國家不會批准。即使獲得批准，還有進出口關稅。此外，只有三家礦商控制著這個封閉市場的供應。他們相互勾結，固定礦產的價格。過去幾年間，他們不斷地提高價格，」店主解釋。

「這三個礦商的名字是什麼？」薄昭問。

「最大礦山的老闆是王明。他是我最大的供應商，」店主說。

「您能介紹我給他嗎？」薄昭問。

「不行，他是個神秘的人。他不想見陌生人。如果您想為了生意見他，您需要通過一個代理人，他會審核您的提案和背景，」店主回答。

「那您能介紹我給代理人嗎？」薄昭問。

「當然，他的名字是程真。他的鋪就在街對面，」店主回答。

兩天後，薄昭見到了程真，並告訴他：「我代表我的主人，他是京城的一位富有的大戶商家，與皇室有聯繫。他想在這個國買一座礦山。您能介紹我給王明，安排他和我會面嗎？這裡有五百錢作為您的第一筆介紹費。如果您能成功安排會面，我將再支付您五百錢 。如果收購成功，我將支付您購買成本的百分之一。」

幾天後，薄昭在一個遠離礦場的秘密府衙與王明會面。經過介紹和一些寒暄後，薄昭直奔主題：「我的主人想向您購買一座礦山。他願意為此提供一個有競爭力的價格。例如，我知道您最近以

三百萬錢從政府那裡購買了一座礦山。我的主人願意支付六百萬錢購買它。他已經在幾個國內擁有許多礦山，他想建立一個礦山集團。」

雖然對這個有利可圖的提案感到興奮，王明還是裝出保留的樣子說：「您的提案很有趣，但您必須同意三個條件。首先，您不能在政府提供的礦山公開競標中與三家聯盟礦商競爭。您需要遵守我建議的價格。其次，您不能在礦石市場與三家聯盟礦商競爭。這三家礦商已經組成一個聯盟來固定市場價格，您必須加入聯盟。第三，您不能提供比聯盟礦商更高的工資給勞工。您不能從這三家礦山挖走任何工人。如果您不遵守這些條件，我將破壞您的業務，直到您失敗。」

「這些條件相當苛刻。我需要與我的主人商量。兩個月後，我會告訴您我們的決定，」薄昭回答。

當薄昭向薄夫人講述與王明會面的談話時，她說：「我們必須告訴我們的丞相和御史調查這個案子。我認為我們應該暫停王明的執照，將他投入監獄，甚至沒收他的資產。我們必須找出我們政府中是誰在支持這個犯罪集團。」

在回家的路上，薄夫人注意到路邊的樹後藏著一個奇怪的身影。當她的車接近那棵樹時，她看到一個年輕男子一瘸一拐地試圖逃跑。男子的半邊臉被一個面具遮蓋。她的第一印象是他是一個流浪漢或危險的罪犯。但仔細一看，他似乎並不危險。他試圖逃離薄夫人的隨從，而不是試圖攻擊。她命令護衛將這名男子帶到她面前。當這個瘦弱、衣衫襤褸的男子跪在她面前，顫抖著時，她看到了他那可憐而慌張的眼神。

「年輕人，您為什麼這麼害怕我們？」薄夫人問道。

「我以為您要逮捕我，夫人，」男子結結巴巴地回答。

「不要害怕。我們不是巡捕。我不會逮捕您。您叫什麼名字？」薄夫人問。

「我叫張柒，」男子回答。

「您怎麼了？為什麼您會這麼糟糕？」薄夫人問。

張柒哭著結巴地說：「我十四歲的時候，我的父母把我賣給一個礦

山老闆，他叫王明。礦井裡的工作既危險又辛苦。由於我被迫每天工作六個時辰，很少見到陽光。結果我的腿骨很脆弱。當我放慢工作速度時，經常被監工毆打。更糟的是，王明供給奴隸的伙食非常差。我一天只能吃一頓飯。我所有的同伴都對我們所受的不人道待遇感到憤怒。我們多年來的怒氣積壓，直到我們決定起義並發動罷工。數百名奴隸封鎖了礦井的入口好幾天。王明呼叫了巡捕，他們暴力逮捕了所有奴隸，並將我們關進了監獄。」

「然後呢？」薄夫人插話問。

「後來一位法官判我參與暴力抗議罪成立。根據當前的法律，對暴力抗議的懲罰是鞭刑和切除每隻腳上的一個腳趾。我的臀部被鞭打一百下，我的兩個腳趾被切除。因此，我只能一瘸一拐地行走。因為我是奴隸的身份和我的殘疾，我找不到任何工作。接下來的幾年我以乞討來生活，」張柒說。

「一日，我看見王明的兒子在光天化日下，試圖強暴一個少女，我上前制止他，把他推倒在地上。他反而攻擊我，抓起地上的一塊磚頭試圖打我的頭。我反擊而打破了他的頭。然後巡捕逮捕了我。被王明賄賂的法官以謀殺未遂定我罪。根據法律的懲罰是劈我的鼻子。所以，我需要戴面具來遮住我的鼻孔，」張柒邊哭邊說。

「您沒有試圖謀殺他。您是在自我防衛時打他。而且，您救了那個女孩。法官有沒有考慮到這些事實？您能不能抗議或上訴？」薄夫人問。

「沒有用。法官總是站在有錢有勢的一邊。我還有犯罪記錄。誰會相信一個罪犯？」張柒悲嘆地說。然後他帶著憤怒的語氣繼續說：「我曾是一個好人。我不幸出生在一個貧窮的家庭。現在我因為貧窮的背景和體制的不公而成為社會的棄兒。我沒有未來。這個系統不給我任何機會跳出苦海。我很憤怒。如果我有機會的話，我會報仇，」張柒大聲說。

「聽著，孩子。我會盡我所能幫助您。您會有未來的。振作起來，」薄夫人說。然後她遞給他一塊金元寶，告訴他：「拿著這個。明智地使用它。您可以用它開辦一個小生意。」

這個事件之後，她告訴薄昭：「等我們回家後，我們必須挖掘所有過去的誤判，並剔除所有腐敗的法官。」

第四回：國策會議

本回人物介紹

薄夫人	薄姬，劉邦的妃子，後升為夫人，劉恆的母親，本回主角
徐寧	朝廷派來的代國丞相
王明	代國內的礦場老闆和大財主
張柒	年輕的無業遊民，貪腐的受害者
陳勝	首位起義的領導人

薄夫人回到首都後，她立即召大臣們開國策會議。

她開場發言後說道：「我們需要改革稅制。其最令人反感的方面是對兒童的人頭稅和對十五至三十歲年輕女性的五倍增稅。前者抑制了家庭生育兒童的意願，這對我們國家的人口增長有負面影響，而這對我們來說是非常重要的。後者則促使貧困家庭賣掉年輕女兒，成為奴隸或妓女。我們應該考慮減少或取消這兩個方面的人頭稅。」

徐寧是朝廷指派來管理代國政府並監視代王活動的丞相，他反對道：「稅收制度是由朝廷制定的。不可由代國自行更改。如果我們想要稍作修改，必須得到朝廷的批准。此外，朝廷預算已經很緊張。任何稅收的減免都會損害我們的財政。」

薄夫人轉向財政大臣，說道：「有沒有辦法解決這個問題，幫助貧困家庭？我聽聞了許多可悲的故事，貧困的父母需要賣掉孩子或向放高利貸的人借錢來支付稅單。」

財政大臣建議道：「或許我們可以允許貧困家庭推遲繳稅，或者我們可以借錢給他們。」

薄夫人表示：「這是一個好主意。我可以出資設立一個基金，為貧困家庭提供低利息貸款。政府每年大約收取三千萬錢稅收，其中四分之一用於支持王室。我可以將王室的開支減少三分之二，這樣我們每年可以為此目的節省大約五百萬錢。」

「殿下，這確實是一個高尚的行為，」財政大臣說道。

她轉向徐寧，對他說：「您能否詳細制定並執行我的提案？」

接著她提出了徵召強制勞動的問題，說：「和人頭稅一樣，強制勞動的徵召對家庭來說是一個沉重的負擔。依法，每個成年男子在太平時期每年必須免費為政府工作一個月。這期間的服務不包括前往工作地點的旅行時間。此外，每個成年男子必須服兵役兩年。在戰時或特殊事件如重大基礎設施項目期間，每戶需徵召一名年輕成年男子分別作為士兵或勞工。很多時候，這樣的徵召行動會干擾到耕種、播種和收割季節，導致莊稼損失。這對農民來說，比人頭稅更為嚴重。我知道這種徵召制度起源於秦朝，是農民起義領袖陳勝反抗的原因。我們能否修改這個制度？」

「徵召制度是由朝廷所制定的。除非得到他們批准，我們無法更改，」徐寧回答說。

「我們應該嘗試向朝廷申請。如果他們不批准，我們可以讓徵召更少負擔，更人性化。例如，我們應該為強制勞工支付旅行費用和基本補償。此外，我們可以讓他們通過支付政府一筆豁免費來更容易避開徵召，」薄夫人建議，然後要求徐寧跟進這個問題。

她又提出了另一個問題，說：「跟強制勞動有關的問題就是基礎設施，我們需要認真建設基礎設施。我們需要發展更好的灌溉系統。為了減輕乾旱和洪水的損害，我們需要挖掘黃河的許多支流。我們的道路和橋樑狀況不佳。我們基礎設施的糟糕狀況阻礙了我們的生產力，減緩了我們的經濟增長，並間接減少了政府收入，」薄夫人說。

「這些都是巨大的工程。我們有計劃逐步改善我們的基礎設施，但我們的資源有限。由於政府的金庫微薄，我們必須徵召勞工參與公共工程。然而，即使徵召勞工也無法滿足您的雄心壯志，」徐寧說。

　　「我理解。我們能將一些公共工程項目私有化嗎？政府帶頭提供初始資金。然後我們邀請私人社團提供勞動力和剩餘資本參與該項目。出價最高且條件最好的競標者將獲得新開發的權利和經濟利益。這樣一來，私營部門將得到激勵，創造更多的就業機會，並且勞工可以平等地分享他們的項目所帶來的經濟利益。我相信小政府。通過私有化，大部分的發展工作可以由私營來完成，政府只承擔監督和規管的角色。這只是我的幻想。您能實現我的幻想嗎？」薄夫人轉向徐寧問道。

　　「但是我們在短時間內從哪裡獲得足夠的勞動力來參與這麼多項目呢？」徐寧問。

　　「我們能促進人口向我們代國移民嗎？為了鼓勵其他國家的人民移民到我們代國並定居，我們可以為他們提供豐厚的激勵措施。例如，我們可以授土地擁有權給移民，讓他們開發我們國家荒地。我們可以授住房用地給移民，讓他們參與基礎設施項目。我們可以授水權給移民，讓他們發展灌溉系統。還有許多其他方式吸引新移民。如果我們的經濟繁榮，將會有更多人入境和更少出境者，」薄夫人說。

　　她又向議會提出了另一個問題：「取消進出口關稅的可能性有多大？這些關稅損害了我們與其他國家的貿易。一些進口品是我們製造和醫療系統的重要原料。通過徵收進口關稅或限制，我們實際上是在懲罰我們自己的人民，阻礙我們的生產，並放緩我們的經濟活動。因此，我想取消這些關稅。各國有權取消這些關稅嗎？」

　　「各國被允許徵收、修改或取消進出口關稅，因為這些關稅不是支付給朝廷的。這些關稅歷史上出於多種原因而徵收，主要是為了保護國內生產和國家利益，」徐寧報告說。

　　「取消這些關稅將減少政府的收入。我不明白這個減差如何能以其他方式填補，」財政大臣說。

　　「我不同意。通過取消出口關稅，商人、製造商和農民可以更容易地出口他們的產品。隨著銷售量的增加，他們的收入和利潤將會增加。政府可以從中獲得更多的利潤稅。通過取消進口關稅，我們的人民將在進口商品上支付更少。製造商可以獲得更便宜的原

料。當市場上有更多商品時，由於競爭加劇，價格將會下降，家庭因此能從商品價格的降低中受益。這將降低家庭的生活開支，促進他們的儲蓄。我們的人民將會更加幸福。此外，我們與其他國家的外交關係也將受益，」薄夫人爭辯說。

「我們徵收貿易關稅的方式與徵收利潤稅的方式有所不同。一般來說，進出口關稅是當場徵收的。相反地，利潤稅是基於商人和製造商提供的利潤估計報告來徵收的。政府稅吏很難核實利潤報告的準確性。因此，商人和製造商可以通過偽造報告來逃稅。即使他們的利潤增加了，政府可能也不會因此獲得任何稅收的增加，」財政大臣反駁道。

「您剛才提到了另一個關於稅收徵集的話題。我注意到，我們的利潤稅收集多年來一直很差。我懷疑有三個原因。首先，稅吏懶惰、疏忽或貪腐。第二，他們的上司對下屬的不當行為視而不見。第三，我們的司法系統腐敗。許多法官被商人和大戶商家賄賂。我查看了數字，發現我們從利潤稅中獲得的收入與一些商人的營運規模相比非常微小。我可以舉王明的例子，他是國裡最大的礦業者。順便說一下，我將推遲討論王明的案例，」薄夫人說。她臉色嚴肅地轉向財政大臣，警告道：「我要您對稅務部門的運作進行徹底調查，並向我建議您的改革計劃。您還必須將所有貪腐的稅吏繩之以法。」

「是，殿下，」財政大臣回答道，心裡非常慌張。

薄夫人接著對議會說：「既然我們提到了政府預算的問題，我想轉換話題。我注意到我們的政府臃腫。就人口規模、土地面積、治理複雜性和軍事需求規模而言，我們的國家甚至不到朝廷的五十分之一。然而，我們的政府人員數量約占的五分之一。我們一定有大量的浪費和低效率。我們通過精簡行政和縮減政府規模，每年可以在政府支出中節省數百萬。」

「但是縮減政府將造成失業，」許寧反駁道。

「一開始，我們不需要解僱太多政府員工。我們可以將多餘的員工分配到更有生產力的崗位。例如，我們國家的識字水平很低，而且老師不足。我們應該在農村地區設立學校，為十歲以下的年輕

學生提供免費教育。這些多餘的員工可以被分配為老師。過了一段時間，這些老師可以為富裕學生開辦盈利學校。此外，我們國家缺乏足夠的工程師、技術員、管工和公共工程的工人。這些政府內的一些人員可以被分配或重新培訓來擔任這些角色，」薄夫人建議道。她稍作停頓後繼續說：「我喜歡小政府。我見證了一個大政府往往無故膨脹，除了內部權力鬥爭外沒有其他好理由。」她然後轉向許寧說：「我希望您能提出一個縮減和改革政府的計劃。」

她隨後鄭重地說：「在我巡視國家期間，我意識到我們政府存在一個嚴重的問題，那就是腐敗。這個問題傷害了我們人民的生計，並削弱了我們政府的合法性。它還損害了我們的國家安全。這是一切邪惡的根源。我現在只關注它的五個方面。第一，我注意到市場上普遍存在哄抬物價、操縱價格、囤積居奇、串通一氣等現象。然而，財政部門的地方官員因為收受了商人的賄賂，故意對這些非法活動視而不見。第二，普遍存在逃稅行為。然而，稅務官員與商人勾結，從中收取回扣。第三，我們只向少數幾個壟斷者授予礦業許可證，他們串通競標。但是，我們工務部的官員卻故意對這種行為視而不見，收取回扣。第四，我們軍部的採購單位以市場價格的三倍價格購買武器和軍事補給品，因為供應商是軍隊高官的朋友。第五，我們的法官被富人賄賂，以至於窮人得不到公平的判決。我們需要發起一場運動，清除政府中的腐敗，並追究腐敗官員的責任。」她然後轉向許寧和御史大夫，告訴他們：「我希望你們成立一個向你們兩人匯報的反腐小組。它應該被賦予廣泛的權力。我們需要清理我們的政府。」

她接著說：「除了腐敗之外，我們的法律體系也存在缺陷。刑罰過於嚴厲，不給犯人悔改和康復的機會。我見過一個案例，一個正派的人因為輕微的過失受到嚴厲的懲罰，那個懲罰永遠毀了他的生命。秦朝嚴酷的法律的陰影仍然籠罩著我們。我們應該以史為鑑，秦朝就因它的苛嚴法律而失敗。」

「但是刑罰法是由朝廷制定的。我們無法改變它，」御史大夫插嘴說。

「如果是這樣，我們的法官能不能在定罪時更加細心和誠實？

我見過一個案例，一個腐敗的法官指控一個人謀殺未遂，而事實上，他是在自衛。法官固執己見而忽略了其他證據。如果我們不能緩解刑罰的嚴厲性，我們至少可以確保有正義，沒有偏見和腐敗的法官，」薄夫人說。她然後轉向御史大夫，嚴肅地說：「清理您的法院是您的工作。我希望你們開啓上訴程序，審查所有過去的案件，以確保正義。您應該懲罰所有腐敗的法官。」

會議結束後，薄夫人告訴御史大夫：「我希望您調查王明與張柒的案件，查明判決中是否涉及腐敗。此外，查明王明和其他礦商是否串通欺騙政府。」

兩周後，御史大夫向薄夫人報告說，王明與張柒案的所有記錄都被司法部門的某人銷毀了。薄夫人對於這樣的發現感到不悅，斥責御史大夫：「你怎麼能允許法律案件的紀錄被銷毀呢？你必須清理你的部門。我記得你曾經告訴我，代國的犯罪率相當低。這是由於記錄的丟失或偽造嗎？關於王明與張柒的案件，一定要找出銷毀紀錄的人，追究惡人的責任。你必須親自重新審理這個案件，深入調查。」

一個月後，御史大夫向薄夫人報告，他發現王明與張柒案的主審法官確實收受了王明的賄賂。法官和王明都被判處死刑。薄夫人說：「受害者張柒怎麼樣了？他失去了腳趾和鼻子。他已經成為社會的棄兒。我們無法永遠扭轉他的痛苦。你的部門的腐敗和無能是我們國家不公義的主要根源。你應該感到羞恥。」

第五回： 武術師傅

本回人物介紹

薄夫人	薄姬，劉邦的妃子，後升為夫人，劉恆的母親，本回主角
宋昌	代國的大將軍統帥
衛忠	代國的廷尉
劉恆	劉邦和薄姬的兒子

衛文	衛忠的長子
衛武	衛忠的次子
魏王豹	已故的魏王，他被項羽打敗而加盟楚國，但後來卻投靠劉邦
劉邦	漢朝的始創人

薄夫人抵達代國一個月後，大將軍宋昌推薦一位忠誠的三十多歲的軍官衛忠擔任迋尉。薄夫人因為衛忠的履歷和武藝精湛，同意了這個建議。

一日，薄夫人觀看衛忠訓練部下，對他的技藝印象深刻。她考慮讓自己的兒子成為衛忠的學生。

她對衛忠說：「我原本不讓我的兒子劉恆學習武藝，怕他在漢宮惹麻煩。現在他已經夠大了。為了自衛和未來的挑戰，他應該開始學習武藝。您願意收他為徒嗎？」

「哦，是的。當然，我很樂意，」衛忠回答。

幾個月後，薄夫人問劉恆：「您的武藝學得怎麼樣？喜歡嗎？喜歡您的老師嗎？」

「母親，是的。我喜歡衛忠。他教了我很多。我開始掌握騎術、射箭、劍術、摔跤和功夫。我還有兩個同學，衛文和衛武。他們是衛忠的兒子。衛文比我大一歲，衛武比我小一歲。他們比我進步得更快。他們已經成為我的好朋友，」劉恆說。

「衛忠對學生嚴格嗎？」薄夫人問。

「是的，他很嚴格，對學生要求很多服從和紀律，但我知道他內心是善良的，」劉恆回答：「我把他當作我的父親。雖然我是皇帝的兒子，但我對他很陌生。他很少與我交流。他不關心我。我希望我有一個像衛忠那樣關心我的父親。」

「順便說一下，我了解到衛忠的妻子幾年前去世了，衛文和衛武一直由他們的父親撫養。他們沒有繼母，」劉恆繼續說。

一日，薄夫人去了馬場，觀看衛忠教學生騎馬。訓練結束後，薄夫人走向衛忠，說：「您的孩子們很了不起。他們將來會是勇敢

的戰士。然而，他們的風格中有太多的陽剛之氣。他們需要母親的溫柔滋養。」

「是的，殿下。我知道。不幸的是，他們的母親在他們年幼時去世了。因此，他們一直由我撫養。」

「您需要為他們找一個繼母。宮裡有這麼多美好的女士。我可以介紹幾位給您，」薄夫人建議。

「一旦橫渡過大海，就不會對池塘印象深刻。一旦登頂泰山，所有其他山峰都只是小丘。這就是我對我敬愛的亡妻的感受，」衛忠感慨道。

「我明白，」薄夫人帶著自憐走開。她心想：「他對亡妻極為忠心和專一。雖然他不像我以前的丈夫魏王豹和現在的丈夫劉邦那樣有能力和魅力，但魏忠對女人來說是更好的人。無論魏豹還是劉邦都將他們的妻子和姑室當作商品。當這些女人年老失去魅力時，就像破舊的鞋一樣被丟棄。對我來說，來自丈夫的長久愛情比財富和魅力更重要。唉，我的命運注定我沒得到這種愛。」

第六回： 被匈奴捕捉

<table>
<tr><td colspan="2" align="center">本回人物介紹</td></tr>
<tr><td>薄夫人</td><td>薄姬，劉邦的妃子，後升為夫人，劉恆的母親，本回主角</td></tr>
<tr><td>宋昌</td><td>代國的大將軍統帥</td></tr>
<tr><td>匈奴</td><td>強大的遊牧民族，居住在當今的蒙古和西伯利亞</td></tr>
<tr><td>欒提冒頓單于</td><td>匈奴的領袖</td></tr>
<tr><td>衛忠</td><td>代國的廷尉</td></tr>
<tr><td>劉恆</td><td>劉邦和薄姬的兒子</td></tr>
<tr><td>劉小瑛</td><td>又名劉穎</td></tr>
<tr><td>劉穎</td><td>漢朝派出的假冒公主，嫁給欒提冒頓單于，後來做了他的寵妃</td></tr>
</table>

幾個月後，薄夫人想再次便裝前往國家北部邊境巡視。軍隊統帥宋昌勸阻她，並警告她：「北部邊境不安全。很有可能會遇到匈奴的入侵。」

薄夫人堅持說：「我不擔心。匈奴部落的最高統治者欒提冒頓單于（單于是最高統治者的意思，欒提是他的姓，冒頓是他的名字），已經與漢朝簽訂了休戰約定。我還聽說他娶了劉邦的女兒。因此，他是劉邦和我的女婿。女婿怎會傷害婆婆呢？」

「如果您堅持要去巡視，我會指派一個大團隊來護送和保護您，」宋昌建議。

「大型隨行隊伍太引人注目，會讓當地官員和居民警覺。既然我想探究那個地區的真實情況，就必須保持低調。幾名偽裝成我的僕人就足夠了，」薄夫人說。

「既然這是您的決定，那我就會指派我們最優秀的士兵和武藝高手衛忠來保護您，」宋昌說：「但我還是為您擔憂。請在旅途中保持警惕，避免遇到危險。」

「別擔心。我會沒事的，」薄夫人自信地說。

薄夫人隨後帶著劉恆和十名護衛，由衛忠領隊，開始了她的微服出巡之旅。在北部邊境的兩個村莊探訪了許多當地農民後，她和隨行人員在一個小鎮的旅館住宿。

半夜時分，她和她的團隊聽到遠處馬匹、牛群、車輪和逃難農民的踐踏聲。衛忠走出旅館，攔住一名逃難者，問：「發生了什麼事？」逃難者驚慌地回答：「匈奴來了！我們得逃命！」

衛忠立刻喚醒了所有人，命令士兵做好戰鬥準備，從旅館的馬棚搶了幾匹馬，讓薄夫人和劉恆坐進由兩匹馬拉的馬車裡，他自己騎上馬，引領著隊伍從小鎮的南門出發。

當薄夫人的隊伍向南行進時，追趕的敵人馬蹄聲響如雷鳴。他從那馬蹄聲的強度和節奏判斷，估計追趕他們的騎兵有數百名，甚至數千名。不久後，他就能看到馬群奔跑掀起的塵土雲，聽到它們的嘶鳴聲。因為敵人的速度更快，他試圖為隊伍尋找藏身之處。但

不幸的是，他們已經進入了一片沒有森林或洞穴的沙漠。他別無選擇，只能把薄夫人的馬車藏在沙丘下。然後他命令五名士兵從沙丘旁騎馬離開，留下足跡以誤導敵人的行進路徑。他和另外五名護衛留下來守護薄夫人和劉恆。然而，他的策略失敗了。不到一個個時辰，敵人就發現了薄夫人的馬車，並將他們團團包圍。

衛忠和五名侍衛與匈奴士兵和騎兵激烈交戰了一陣，殺死了數十名敵人。在激烈的戰鬥中，一支箭射中了衛忠的胸膛。他大聲喊叫著倒在地上。聽到他的喊聲，勇敢的薄夫人從馬車上跳下來，試圖拉起並救助衛忠。當血液從他的傷口湧出時，薄夫人用手壓住傷口，試圖止住血流。此時，衛忠呻吟著說：「沒用了。我無悔地死去，我已履行了作為一名英勇士兵的職責。請您幫我一個忙，照顧我的兩個兒子。答應我。」

「哦，當然！」薄夫人哭喊著。

她站起身來，面對著逼近的匈奴士兵，大聲喊道：「我是你們至高無上的統治者，單于欒提冒頓的岳母。你們敢傷害我嗎？」隨後，她舉起雙手，展示著象徵皇室地位的徽章。最前方的幾名匈奴士兵被她的勇氣所震懾，猶豫不決。兩名資深的匈奴指揮官走上前來，查看了徽章，彼此交談道：「我們抓到了一條大魚。將這個女人和那個男孩作為人質獻給我們的領袖，我們可以獲得巨大的獎賞。他們將成為我們的談判籌碼。」

薄夫人和劉恆隨後被捕並囚禁在匈奴軍隊的一個軍營裡。

幾天後，一名獄卒進來，在地板上鋪了一張大羊皮，並放下一杯藥劑。他告訴薄夫人：「你有兩個選擇。你可以投降，或者喝下毒藥。如果你投降，你就同意臣服於我們偉大的匈奴。為了表明你的臣服，你必須遵守牽羊禮儀式。你需要脫掉所有的衣服，將這塊羊皮包裹在你赤裸的身體上。你的脖子上將被繫上一條皮繩。你需要像羊一樣爬行，被皮帶牽著穿過街道，直到祭壇。」

她對這樣的要求感到厭惡和恐懼。牽羊禮儀式對任何人來說都是極端的羞辱，更何況一位皇室尊貴。她想：「我不能屈服於這種野蠻的羞辱，否則我會背叛我的國家，永遠給朝代帶來恥辱。我寧願死。但如果我死了，我的兒子劉恆會怎樣？他將遭受殘酷的折

磨。我需要在最後一刻保護他。但我能做什麼？」她整天沉思，整夜都睜著眼睛，不知道該怎麼辦。她一再責備自己導致了自己的困境和衛忠及其護衛們的悲慘死亡。「都是我的錯。我太固執了。我沒有聽宋昌的建議。我的固執無謂地犧牲了十一個好人，」薄夫人想。她想哭，但哭泣無濟於事。她不能在兒子面前顯示自己的軟弱。「我必須堅持下去，但該如何做？」

她整夜未眠，心神破碎，驚慌失措。天未亮時，她聽到腳步聲接近她的牢房。她必須現在就決定投降還是服毒自盡。「喝下這杯毒藥後，一切痛苦都將結束，」她想。當她伸手拿起杯子，試圖將藥劑倒入口中時，她的手被另一個人的手攔住了。那人接過杯子，將它摔在地上。

她驚慌失措地看著面前的人。這是一位穿著豪華服飾的女子。跟隨她的獄卒順從地低著頭。她必定是匈奴營地裡的一位重要人物。

「薄夫人，您認得我嗎？」那女子問道。

「很抱歉，我不認識，」薄夫人顫抖著回答。

「我是劉小瑛，以前我們在宮中當織女時的同僚。當負責織工作坊的太監威脅要割掉我的手指時，是您救了我。您是我的大恩人。我欠您一命。現在輪到我來救您了，」劉小瑛說。

「哦，我現在記起來了。你為什麼會在這裡？」薄夫人問。

「這是個長故事。我有不幸也有幸運。漢政府為了與匈奴皇室建立和平關係，將皇室公主嫁給匈奴領袖。由於劉邦沒有多少適婚年齡的女兒，漢政府便在宮中尋找相貌似劉邦的年輕女性。因為我長得像他，所以我被選中嫁出。他們給了我一個假的公主銜頭，並改了我的名字，叫劉穎。起初，我對這樣的安排不滿，害怕成為一個野蠻丈夫的妾室。幸運的是，我成為了至高無上的統治者欒提冒頓單于的妾。他以為我真的是漢朝的公主。從那以後，我就成了他最寵愛的妃子，」劉小瑛說。

「聽你這麼說，我很高興。您現在能怎麼救我？」薄夫人問。

「我一聽說您被抓，就去找單于，告訴他您的事。我向他解釋，您是劉邦的寵妾。這意味著單于實際上是您的女婿。他不應該

傷害家庭成員。而且，他需要與漢朝建立友好關係，因為漢朝仍擁有強大的軍隊和廣闊的資源。殺害或折磨您將引發兩個天下之間不必要的戰爭，」劉小瑛解釋道。她繼續說：「我給您和您兒子帶來了一些體面的衣服。我安排了一頓晚飯，讓單于和您一起用餐。」

第七回： 會見單于

本回人物介紹	
薄夫人	薄姬，劉邦的妃子，後升為夫人，劉恆的母親，本回主角
欒提冒頓單于	匈奴的領袖

當晚，薄夫人被護送到一個大帳篷內的飯廳。桌子上擺滿了羊肉菜餚和酒瓶。在一番禮貌的程序和幾輪敬酒之後，欒提冒頓單于打破了沉默，說道：「我為我部落中的一個部落不慎入侵貴國領土而道歉。我們一個部落的領袖無視我們與貴國之間的休戰約定，在未經我的同意下掠奪了貴國的領土、田地，殺害數名平民和士兵。我已經懲罰了那次侵略的奸詐領袖。我會賠償你們因此而失去的財產和生命。既然我們是親戚，我們應該和平共處。我已下令，我控制下的所有部落必須遵守劉邦和我簽署的休戰約定。」

「尊敬的單于，聽到您的寬宏之言，我感到欣慰。我相信兩個天下可以和平共處，像同一家庭的好兄弟一樣行事。我們不需要通過戰爭來解決關於領土的爭端。我們許多的爭端是由誤解和歷史恩怨引起的。將來，我們應該走在合作與相互尊重的道路上。這條道路對我們來說是雙贏的。例如，我們應該促進自由貿易。你們有豐富的馬匹、皮毛、藥草、羊群和香料，我們沒有。我們有大量的製成品，如工具、陶器、漆器、絲綢和馬車。此外，我們也在開採礦山，礦產和鹽的供應充足。我們可以通過建立免稅市集交換貨物，讓我們的子民前來交易。」

「免稅市集是個聰明的主意。我們可以劃出每個月五天來組織

交易節慶。除了經濟活動外，這些節日還可以促進文化交流和相互理解，」單于說。

「我們可以更進一步。你們的人民擅長馬匹養殖、騎術和牧羊。你們也是射箭、劍術和狩獵的高手。我的人民更懂灌溉、礦業、冶金、製造業的生產。我們可以交換我們的知識。我可以派一些技術人員到貴國教你們這些技能。同樣，您也可以派您的專家到我國訓練我的人民，」薄夫人說。

「我們是游牧民族。我們需要不斷地移動尋找更綠的牧場。雖然遷徙是我們的生活方式，但我們一直希望能有一個永久的家園，那裡我們可以飼養和繁殖我們的馬群和羊群。當一個區域因過度放牧而耗盡時，我們必須繼續尋找另一個未被開發的土地。因為我們不斷在移動，我們沒有時間和精力去發展我們的文化、技術和社會及法律結構，」單于感嘆道：「我明白，僅僅優秀的戰士並不能保證我們種族的生存。如果我們在技術上落後，我們將被征服，匈奴族最終會滅亡。」

「我欣賞您的智慧。我們的祖先幾千年前就定居為農民了。我們很幸運地繼承了他們的農業和技術、技能、灌溉、文字、語言以及文化。我們很高興我們的社會已經相當發達，儘管我們仍然面臨著許多挑戰。我建議您做一個實驗？您劃出一塊土地，派一些年輕家庭去那裡定居。我會派一些工程師和技術人員給您，讓他們協助定居者在那塊土地上建立灌溉系統。灌溉系統完成後，您將擁有一個永久的牧場，用於繁殖和飼養您的牲畜，」薄夫人說。

「這是個創新的想法。我需要支付您的工程師和技術人員嗎？」單于問。

「不用。我會支付他們。您的成功和繁榮也將對我國有利，」薄夫人回答。

「很好。讓我們成交，」單于說，用拳頭敲胸表示同意。

在飛揚著皇家旗幟的匈奴騎兵的護送下，薄夫人和劉恆第二天回家。當她見到宋昌時，她向他敘述了被匈奴士兵俘虜和與單于會

面的經歷。她道歉說：「我忽視您的建議是我的錯誤。我犧牲了十名好士兵和衛忠。他們的死亡讓我心痛。我會大量賠償他們的家庭。」然後她說：「然而，我意外與單于達成長期和平約定，這或可彌補這次不幸。我們可以獲得可觀的和平紅利。」

第八回： 道

本回人物介紹	
薄夫人	薄姬，劉邦的妃子，後升為夫人，劉恆的母親，本回主角
李明	劉恆的道家老師
衛文	已故衛忠的長子，劉恆的同學
衛武	已故衛忠的次子，劉恆的同學
劉恆	劉邦和薄姬的兒子

　　三個月後，薄夫人聘請了一位博學的學者，李明，來教導劉恆和衛忠的兩個年輕兒子，衛文和衛武。除了語言技能、入門文學和歷史的課程外，李明還專注於道家思想。

　　在第一堂道家課上，他向學生介紹了《道德經》這本書。他告訴學生們：「在這本書的第二十五章，老子說：『有物混成，先天地生。寂兮寥兮，獨立不改，周行而不殆，可以為天地母。吾不知其名，字之曰道，強為之名曰大。』」

　　老師接著說：「這本書的第一章也介紹了道的概念。老子說，『道可道，非常道；名可名，非常名。無名，天地之始；有名，萬物之母。故常無，欲以觀其妙；常有，欲以觀其徼。此兩者，同出而異名，同謂之玄。玄之又玄，眾妙之門。』」

　　劉恆問道：「為什麼道不能用言語描述？」

　　李明解釋道：「道是無限複雜和精妙的，人類的語言不足以描述它。人類的知識是有限的，隨著時間而變化。同樣，人類的語言

也隨著時間而變化。因此,我們對道的描述和命名並不是恆常的。在任何時候,給予它的名稱都不能完全準確地描述它。」

衛文接著問:「我不理解道的無名與有名部分。為什麼它有兩個相同的部分?這看起來似乎矛盾。」

老師接著解釋說:「無名部分是道的超自然的一面。有些人稱之為『無』,字面意思是空虛或無物,因為它是無形和無質的。有名部分是物質實現,產生天地及其中的萬物。有些學者稱這一面為『有』,字面意思是有形的東西。讓我舉個例子來解釋這兩個方面。」他接著拿出一枚錢幣,繼續解釋說:「您可以看到並觸摸這枚錢幣。這是它的有形方面。另一方面,它具有價值和交換貨物的潛力。這種價值是它的抽象方面,這與道的無形和超自然方面相似。此外,雖然錢幣的價值是抽象和無形的,但它具有將錢幣轉換成其他東西的功能。因此,老子也說,『無』是萬物之母。」

第九回: 相對

本回人物介紹	
李明	劉恆的道家老師
衛文	已故衛忠的長子,劉恆的同學
衛武	已故衛忠的次子,劉恆的同學
劉恆	劉邦和薄姬的兒子

在下一堂道教課上,李明介紹了《道德經》的第二章。他對學生們說:「老子曰:『世界上若有共識將某物界定為美,則醜陋便隨之產生。若將某物按共識認定為善,則惡便隨之出現。故有無相生,難易相成,長短相形,高下相傾,音聲相和,先後相隨。因此,聖人無為而治,無言教化。道育萬物而不稱有,生而不有,為而不恃,功成不居。其不居,功不去。』」

年紀最小的學生衛武問道:「為什麼美會導致醜陋?」

李明解釋道:「美與醜是相對且互補的。當我們按某種標準定

義為美，那麼不符合這些標準的就會被認為是醜陋的。因此，美與醜是我們心中的概念，非真實存在。比如，當所有人都認為一位女子美麗，大家都想得到她，忽略了那些被認為不美的女子，這將導致許多不快樂且嫉妒的『醜陋』女子。更糟的是，許多男子為爭奪美女而相互爭鬥，終將導致醜陋的結果。同樣，當所有人都認為某物珍貴，政府的高位或社會地位令人嚮往時，人們便爭相追求，終將導致您爭我奪的後果。」

劉恆接著問：「為什麼有與無相生？」

李明回答：「有與無、長與短、難與易、先與後等概念是相對且互補的。比如，當我們說存在某物時，我們必須先有虛無的概念。因此，每個形容詞都不能單獨存在，都需要其對立面。在現實世界中，我們不應執著於形容詞。它們都取決於我們的心態和觀點。例如，當有人十歲去世，我們說他命短，然而對蝴蝶來說，十年卻是永恆。同樣地，若您認為一碗飯太少，對飢餓的人來說卻是一頓盛宴。」

衛文接著問：「為什麼高低音能和諧相處？」

老師回答：「如果一段音樂只有高音，它只會產生刺耳的噪音。高音與低音必須結合才能製造出悅耳的樂章。因此，我們不應只追求高尚、光明、美麗、富裕、炫耀等，而厭惡它們的相對面。沒有不同的色調和顏色，我們就無法繪畫。沒有山谷就沒有山脈。同樣，不將心靈放空，不去除成見和偏見，我們就無法接受新觀念，獲得更多知識。因此，虛無與具體同等重要，甚至是具體之先。」

劉恆問：「這本書中『聖人』是什麼意思？」

李明簡短地回答，轉向劉恆：「指有功勞、有能力的國家領袖或統治者。您很快就會成為您的國家的統治者，應當志向成為聖人。」

衛文問：「書中所說的『聖人無為』是什麼意思？這是否意味著他可以懶惰或不負責任？」

李明回答：「這是道家治國的核心思想。我們稍後會深入討論。簡而言之，良好的統治者不應有偏見、偏執、自私、專橫，且

不應固執於某種意識形態。他不應帶著這些動機去做事。他應避免干擾道的自然秩序和人民的自然生活。這只是第一句。還有另一句話，『既無為，則無不為。』若有預設目標，則不會進行不符合目標的行動。既然聖人無預設目標，則無所不為。這是虛無引致具體的一個例子。無預設目標是虛無的例子，願意做任何可能的事是具體的例子。」

衛武問：「為什麼聖人要實行無言的教導？若教導無言，誰能讀懂或聽見？」

李明回答：「許多思想流派和宗教宣揚眾多教條和實行繁複的儀式，這些都是表面的。它們偏離了道的本質，如果心胸狹窄，對道的詳細解釋也是無用的。追隨道的願望存在於人的內心，無需任何言語。」

在課程結束前，老師對劉恆說：「我需要提醒您記住最後一句，『功成不居。其不居，功不去。』同樣地，您是未來的王，您應該記住這種謙虛的美德。您或許聽說過韓信的故事，他是您父親手下的無敵大將。韓信為他的征服行為要求功勳，並渴望過度的獎賞。當他的獎賞不符合他的野心時，他計劃反抗您的父親。他的野心導致了他悲慘的結局。相反，您的叔叔們蕭何、張良、陳平，他們是道家學者，保持了謙虛，直到死亡都保持了高位和認可。」

第十回： 陰與無

本回人物介紹

李明	劉恆的道家老師
衛文	已故衛忠的長子，劉恆的同學
衛武	已故衛忠的次子，劉恆的同學
劉恆	劉邦和薄姬的兒子

幾節課後，李明教導他的學生關於陰和虛無的力量。他對他們說：「老子曰：『世界上最柔軟、最弱小的事物能夠克服最堅強的事

物。因為它是無形的，它能夠穿透任何不可滲透的障礙。』例如，水柔軟而弱小，但它能滲透堅固且不可滲透的牆壁。水也是最高德行的例子。它滋養萬物而不與它們爭競。它安置於最低深處，那是沒人願意去的地方。它無差別地做好事。它的性格接近於道。」

他接著說：「你們應該欣賞虛無、脆弱和陰的價值與重要性。老子還曰：『我們安裝三十輻條到一個輪轂上。是輪轂的空洞讓軸能穿過輪轂並帶動車子。我們揉泥土製造器皿。是器皿的空間才能盛裝水。我們用門窗建造房間。是房間的空間才能容納人們。因此，具體只是手段。實用性源於空虛。』同樣地，女性子宮是陰性的，且是空的。然而它能懷孕一個胚胎並生出一個陽性的嬰兒。因此，老子教導我們要在精神上堅守陰，這樣我們才能產生陽的結果。」

第十一回： 福與禍

本回人物介紹	
李明	劉恆的道家老師
衛文	已故衛忠的長子，劉恆的同學
衛武	已故衛忠的次子，劉恆的同學
劉恆	劉邦和薄姬的兒子

在另一堂課上，李明講述了福與禍的議題。他對學生們說：「老子曾經說過：『福兮禍所伏，禍兮福所倚。』」

劉恆提問：「為什麼福與禍是相互關聯的？」

李明老師解釋道：「首先，福與禍是主觀的概念。甚至老子也說過，對於什麼是福，什麼是禍沒有絕對的答案。比如，您衣食無憂，可能會覺得自己比飢餓的人幸運。但相比更富裕的朋友，您可能會覺得自己不夠幸運。因此，從不同的角度來看，您或許會感到幸福，或許會感到不幸。其次，從客觀角度來看，福是不幸的前兆。比如，身為王子，您享受宮殿生活和美食的好運，但這建立在

許多缺乏日常必需品的人之上。您的好運是建立在無數比您低層的人的不幸之上，他們可能對您懷有嫉妒和怨恨。他們的嫉妒和怨恨可能是您垮台的隱憂。另一方面，處於不幸的情況會激勵人克服困難，變得更強。您父親就是一個例子。當他作為沛縣的亭長時，因為丟失囚犯而遭遇不幸，卻因此開始了革命，最終成為漢朝的皇帝。《易經》中有兩個代表吉凶的卦象，它們是彼此相反的鏡像。因此，我們在不幸時不應沮喪，在幸運時也要保持謙遜和節制。」

第十二回：救援隊

本回人物介紹	
薄夫人	薄姬，劉邦的妃子，後升為夫人，劉恆的母親，本回主角
劉恆	劉邦和薄姬的兒子
彭正	救援隊長

　　劉恆十三歲那年，薄夫人交給他首個任務。她對他說：「我國西南部正遭受饑荒，我們組織了救濟隊伍去援助災民。您將向負責此次行動的彭正匯報，負責記賬工作。您必須清楚了解糧食運輸和分配的後勤情況，並精確追蹤物資流動。嚴謹的賬目管理能預防官員貪污和工人偷竊。雖然您身為王子，但在這任務中，您得服從彭正，做好他的下屬。記得要主動參與各項工作，無論任務多麼卑微。這是您學習服務人民的絕佳機會。」

　　兩百名救援人員在數百士兵護送下，從皇家糧倉運出數千袋糧食。他們用牛馬拉著車隊，穿梭於村莊與城鎮。劉恆的職責是每天清點糧袋數量，晚上記錄剩餘數量，核對每日發放數量與開支收支的差異，確保早晚結餘相符，以防夜間失竊。如有出入，則需向彭正報告，以便調查。劉恆也需留心日間的糧袋流動，防範任何舞弊行為。

　　每到一處，救援隊向每個飢餓家庭發放一石糧食。村長負責登

記家庭，並向每戶分發帶有特殊標記的竹籤。災民們憑這竹籤到救援隊倉庫兌換糧食。劉恆則核對發出的竹籤數量與登記簿上的家庭數。

偶爾會有家庭抗議名字被錯過或被族長惡意遺漏。這些情況被上報給彭正，他通常會傾向於相信申訴者。另有幾次，劉恆發現偽造的竹籤。發現後，彭正要求村長親至倉庫核對竹籤真偽，這方法也揪出了一些騙子。

有一次，數百名飢民在倉庫外排長隊等待糧食，他們在炎熱的太陽底下排了數個時辰。有老人中暑倒地。劉恆見狀，迅速扶起一位將昏倒的老婆婆，給她水喝，並請求讓她優先領取糧食。老婆婆領到糧食後，含淚看著劉恆，跪下磕頭致謝。這一幕深深觸動了劉恆，他隨即建議彭正在倉庫增加人手，縮短災民等待時間。彭正最初對窮人的苦難漠不關心，但被劉恆的真誠善良打動，接受了這建議。

救濟行動結束時，劉恆感慨地想：「長居深宮，我對國家的現實狀況確實不清楚。如今我見識了飢民的絕望。希望這場乾災能早日結束。我們提供的救濟有限，遠不能長久維持這麼多人的生計。雖然乾旱期間的救濟行動很有人道意義，但這不是長久之計。我們必須改善灌溉和水資源管理。當我有權力統治這個國家時，這將成為我的首要任務。」

第十三回： 春節

本回人物介紹	
薄夫人	薄姬，劉邦的妃子，後升為夫人，劉恆的母親，本回主角
劉恆	劉邦和薄姬的兒子

在隔年春節前兩週，薄夫人給了劉恆另一項任務，她對他說：「你的朋友不多，周圍都是王子、公主和貴族、朝廷精英的孩子。

這不是你的優點，而是你的缺點。你父親之所以成功，是因為他在基層、各行各業有許多好朋友。我想創造機會讓你與基層孩子交朋友。這是你的任務安排：春節將至，我想讓你為同齡孩子舉辦一個聚會。你將是主辦人，也是唯一的組織者。你應邀請數百名從最貧窮到最富有家庭的孩子。你應策劃聚會的禮儀、活動、遊戲和娛樂，為聚會提供食物、水果、小吃和飲料。還應為參與者提供有意義、有價值和難忘的禮物。你應該放下架子，同等對待每個人。你的成功取決於每位參加者是否感到受尊重、舒適和快樂。這是展示您從老師那裡學到的東西的時候。」

「這個任務對我來說為什麼重要？」劉恆問道。

「年輕時學會組織和主持聚會，對您日後組織政黨和治理政府是個很好的訓練，」薄夫人回答道：「我還希望您能與一些貧困家庭的孩子交上幾個好朋友。這些朋友可能比貴族家庭的朋友更真誠且持久。您需要打破目前的環境。我希望您成為一位為民服務的領袖。」

第十四回： 朝會

本回人物介紹	
薄夫人	薄姬，劉邦的妃子，後升為夫人，劉恆的母親，本回主角
徐寧	朝廷派來的代國丞相
匈奴	強大的遊牧民族，居住在當今的蒙古和西伯利亞
欒提冒頓單于	匈奴的領袖

三年後，薄夫人召集大臣們進行另一次國策會議。

在她的開場白中，她告訴部長們：「自從我們上次國策會議以來，差不多已經五年了。現在是時候回顧我們在過去幾年引入的改

革進展了。讓我們從整體情況開始。」

丞相徐寧率先報告國家的狀況，他說：「總的來說，我們的國家正朝著正確的方向前進。經濟正在蓬勃發展，在三年前的飢荒之後已經大幅反彈。我們的農業產量在五年內增加了百分之五十。我們的製造業產品在同一時期增加了百分之八十。商業也在蓬勃發展。因為這些增長，政府的稅收增加了百分之八十，達到每年約五千四百萬錢。另一個積極的方面是國家人口的增長。五年前，我們大約有六萬個家庭和二十萬居民。根據最新的統計，我們現在有大約七萬五千個家庭和二十五萬居民，這相當於五年內增長了大約百分之二十五。人口增長主要是由於我們的移民政策。我們積極推廣外國家庭移民，通過提供豐厚的財政援助和授予移民土地權。此外，我們的經濟政策和社會計劃促進了新家庭的形成，以及更年輕的年齡成婚和生育。而且，死亡率也有所下降。關於政府改革，我們已經大幅縮減了政府規模，現在比之前縮減了百分之二十五。我們將繼續我們的縮減計劃。我們已將多餘的公務員調配到私人機構、半政府機構和公立學校。在我的整體總結之後，財政部長將介紹國家的財政狀況。在他的報告之後，御史大夫將談論他部門的改革和反腐敗運動。接下來是公共工程部長，然後是社會計劃部長。最後但同樣重要的，大將軍會談論我們軍隊的改革。」

財政部長接著說：「我們的國庫現有淨餘額為四千五百萬錢，相當於政府一年的開支。我們已經還清了所有的債務。由於稅收增加和開支減少，我們每年的預算盈餘約為一千萬到三千萬錢。在稅收方面，我們的地租、人頭稅、利潤稅和財產稅都有大幅增加，以抵消廢除進出口關稅的影響。稅收增加的兩個關鍵因素是減少了逃稅行為和對腐敗稅務人員的起訴。在支出方面，我們可以從皇室開支減少節省約九百萬錢，政府縮減節省兩百萬錢，和平紅利節省兩百萬錢，但這些節省被增加在基礎設施、社會計劃和新政府扶貧基金上的三百萬錢開支所抵消。自從我們建立了新的政府扶貧基金以來，高利貸行業基本上已經被消滅。」

接下來，新任御史大夫報告說：「我們已經啟動了一項嚴格的運動，以打擊法律部門和其他政府部門內的腐敗。數千名官員和私

人個體已經被起訴並受到相應的懲罰。我的部門還設立了一個單位來審查地方法官作出的判決，以及另一個單位來聽取上訴。在過去幾年中，大約有一百起案件成功翻案。」

接著，公共工程部長發言說：「我們推動了從黃河引流出許多小支流，用以灌溉農田和防洪。我們授予了私人公社進行這些工程建設的水權。這種私有化計劃節省了大量政府開支，並幫助廢除了強制徵召勞工。現在，這些項目的工人由私人業主公平地支付報酬。此外，我們還改革了礦權招標系統，以防止礦場間的勾結。」

最後，大將軍說：「我們從匈奴和我們之間的和平紅利中受益。因此，我們的軍事開支在過去三年中一直保持不變。過去，我們要求每個成年男子在平時必須在軍隊服役兩年。我們現在已將徵兵期限縮短至一年。我們還升級了武器，並為我們的騎兵隊增加了五千匹馬。」

薄夫人最後總結發言：「我對我們在許多方向取得的滿意進展印象深刻。然而，我仍然擔心我們軍隊的脆弱實力。我們不能依賴過去幾年的和平紅利。我們與匈奴之間的休戰約定不會永遠持續。如果單于欒提冒頓被另一位最高統治者取代，或者他改變了主意，我們將會很脆弱。我們需要繼續加強我們的軍隊。我們需要建立一支專業士兵組成的軍隊，而不是依賴戰時徵召。徵召來的士兵訓練不足，體格較弱，在戰鬥中容易士氣低落。我們需要招募更多專業士兵，給予他們豐厚的薪酬，並進行良好的訓練。我們的士兵需要在武術、騎術、射箭和勇氣方面超越匈奴士兵。我們還需要建造更多兵工廠來生產武器和軍事補給。和平時期是建立軍事力量的最佳時機。強大的軍事力量是避免戰爭的最佳威懾。」

第七章：竇夫人與劉恆

第一回： 面試

本回人物介紹

薄夫人	薄姬，劉邦的妃子，後升為夫人， 劉恆的母親
竇漪房	薄夫人的貼身侍婢，本回主角
呂雉	劉邦的妻子，太皇太后

本回地點介紹

清河郡	河北省
長安	陝西省
晉陽	山西省

　　呂雉在位時，她擔心諸侯王造反。為了監視他們，她以送禮的名義派遣了五位自己信任的侍婢前往每個國家。這些侍婢應向呂雉報告各王侯的活動和宮殿中發生事件。

　　竇漪房是一位身高、十八歲、膚色黝黑、相貌平凡的姑娘，被選中派遣到各地。她曾是呂雉的貼身侍婢。當她得知這個計劃時，她非常高興能夠離開充滿詭計的漢朝宮廷。她希望能被派往靠近她出生的清河郡的趙國。然後，她賄賂了負責分配侍婢到各國的官員。但該官員忘記了她的請求，錯誤地將她分配到了遙遠北方、與蠻族匈奴接壤的代國。她極度失望，私下裡哭泣了好幾天。

　　從漢朝京城長安到代國首都晉陽的旅程，乘坐馬車需時一個月。侍婢和她們的護衛隊克服了高山，跨越了湍急的河流，最終抵

達晉陽城門。抵達後，竇漪房以冷漠而疲憊的目光看到了似乎剛經過修補的高大城牆。城門通行繁忙。當她進入城時，她驚訝地看到了熙攘的市場和擁擠但井然有序的街道。城裡的居民友善和有禮。這繁榮的景象否定了她對代國的最初偏見。

城東端的宮殿被護城河保護著，河的對岸有少數巡邏守衛。侍婢團隊到達後，一名官員帶領竇漪房和她的同僚們前往小而陳設簡陋的臥室。隨後她們被要求休息，輪候各自與薄夫人面談。

當竇漪房進入面談室時，她看到了薄夫人，一位四十歲、穿著樸素、戴著簡單髮簪、坐在大廳中央的女性。她的外表普通，但舉止莊重而優雅。

「歡迎您。請自我介紹一下，」薄夫人以親切的姿態說道。

「我是竇漪房。我原本是趙國靠近清河村的一名本地人。我最近是呂后的貼身侍婢，」竇漪房回答。

「告訴我您是如何成為她的貼身侍婢的，」薄夫人要求。

「兩年前，我申請了宮殿中的一份侍婢工作。通過勤勉和服從，我很快就晉升為家人，比最低等級高三級。六個月前，呂后想要一位身材結實、能夠承受繁重工作和不喜歡講閒話的貼身侍婢。此外，她還希望這名侍婢外表不引人注目，性格寡言。由於我符合這些標準，我被選為她的貼身侍婢，然後晉升為良人，比最低等級高五級，」竇漪房回答。

「妳有機會見過皇帝嗎？」薄夫人問。

「有，每當他來訪呂后時。我盡量保持低調，低頭，避免與他有眼神接觸。如果我搶走了呂后的風采，她會對我發火。我長得不好看是我的幸運，否則我的生命可能會有危險，」竇漪房回答。

薄夫人心想：「的確是個謹慎的女孩。她和我年輕時很像。」

「妳對呂后有何看法？」薄夫人試圖探測竇漪房對呂后的忠誠度。

「我不想在背後談論我的前僱主，但我可以說我和她不一樣，」竇漪房巧妙地說。

薄夫人印象深刻，心想：「她真的是一個有品德的女孩。我喜歡她對僱主守口如瓶。我可以信任這樣的侍婢。」接著她說：「讓我

提醒妳，我的國家很窮，我無法支付妳之前那樣的薪水。此外，要做好忍受艱辛的準備。」

「我不介意。這些年來我經歷了巨大的困難和逆境。我年輕時曾是一名難民和乞丐好幾年，」竇漪房回答。

「真有趣！妳能再多講講妳的青年遭遇嗎？」薄夫人好奇詢問。

「我出生在一個貧窮的農民家庭。我父母早逝，留下我、我的哥哥和弟弟。我們沒有生計，所以將自己賣為奴隸。我很幸運被一位仁慈的地主買去，他對我很好。我九歲時成為他家的僕人。我的兩個兄弟就沒那麼幸運了。我的弟弟被一位礦工買去。我已經多年沒有和我的兄弟們聯繫。我不知道他們是否還活著，」竇漪房講述。當她提到她的兄弟時，淚水從她的眼瞼中滑落。

「地主對我很好，待我如親女。他教我讀書、寫字，還教我一些經典。我十四歲時，他被侵略的士兵殺害，他的莊園被洗劫一空，燒得精光。我成了難民，無家可歸，身無分文。在接下來的兩年裡，我乞討食物，從溪流中飲水，躲避在洞穴和寺廟中住宿。我不知道明天會發生什麼事。我像野獸一樣生活，隨時都渴望食物、水和庇護所。我看到有些母親帶著她們的嬰兒死在路、受傷的士兵在田野中無助地呻吟、殘障的人試圖逃離敵人、到處都是荒涼的景象。在我年輕時經歷了這樣的艱辛後，我變得很堅強，可以應付任何未來的挑戰。」竇漪房以得意的口吻說。

薄夫人心想：「她確實令人敬佩。我也有類似的經歷，雖然沒有她那麼悲慘。」她隨即安慰竇漪房說：「我明白了。您在我的國家會安全的。我喜歡您。從現在開始，您將成為我的貼身侍婢。」

第二回： 好侍婢和孝子

本回人物介紹

薄夫人	薄姬，劉邦的妃子，後升為夫人，劉恆的母親

竇漪房	薄夫人的貼身侍婢，本回主角
劉恆	劉邦和薄姬的兒子

在炎熱的盛夏兩個月，薄夫人患上了重感冒，發高燒無法起床。竇漪房日以繼夜地照顧她，不停地搖晃蓮葉扇為她降溫，並間斷更換她的汗濕內衣。御醫開出的草藥需要煎煮一個時辰。當藥湯準備好後，竇漪房就一勺勺地餵給夫人，並時刻留意換洗被嘔吐污染的床單和被子。在這段期間，薄夫人非常信任竇漪房，希望她能一直陪在身邊。

劉恆每天晚上，以及白天的幾個時段都會來探望母親。他每次到來都會詳細詢問竇漪房關於母親的狀況、食慾和用藥情況。到了服藥時間，他會親手拿著藥碗，坐在床邊為母親餵藥，而竇漪房則在一旁細心地扇風。

須然薄夫人的狀況在七天後稍為好轉，劉恆仍舊每日數次來探望母親。一個晚上，竇漪房正急忙拿著藥壺進入薄夫人的臥室，不料與匆忙進入的劉恆撞個滿懷，她跌倒地上，藥壺摔碎，湯藥濺了劉恆一身。他立刻將她扶起，竇漪房卻跪下道歉。

「別擔心，是我不好。快起來吧，」劉恆說。

竇漪房急忙拿出圍裙上的毛巾試圖擦拭他衣服上的藥漬，但深棕色的藥漬已滲透進衣料。

「不用擔心我的衣服。我們先把碎片清理乾淨，擦好地板，」劉恆吩咐。他迅速彎腰幫忙撿起碎片，竇漪房則用毛巾擦拭地面。

「還有備用的藥吧？我們得趕緊再煮一份，」劉恆說。

「有的，」竇漪房回答。

劉恆立刻奔向廚房，點火煮藥，竇漪房則在一旁協助。藥湯煮好後，劉恆親自送它入母親的臥室。正當他餵藥給母親時，竇漪房突然昏倒。劉恆本能地將她扶起，用冷毛巾替她擦臉，直到她醒來。

「這姑娘真是辛苦了，她已經連續服侍我好幾個時辰。我想她

還沒吃飯，她太累了。我們得讓她休息一下，」薄夫人說。

第三回： 美麗的雲裳

	本回人物介紹
薄夫人	薄姬，劉邦的妃子，後升為夫人，劉恆的母親
竇漪房	薄夫人的貼身侍婢，本回主角
劉恆	劉邦和薄姬的兒子
呂雉	劉邦的妻子，太皇太后
呂娜	太皇太后呂雉的遠親姪女，劉恆的妻子

　　薄夫人十四日後康復了。她感激竇漪房照顧她，和欣賞竇漪房的責任心。她想將自己最好的衣服獎賜給竇漪房。

　　一個早晨，她拿出了一件華麗的禮服，上面是透明的紗料，下面是夢幻般的仙女裙，由三層彩虹色綢緞重疊而成。外層輕盈而透明。長袖和裙子在風中飄逸。這件衣服的風格就像畫中的仙女所穿的那樣。

　　薄夫人對竇漪房說：「請試穿這件衣服，看看是否合身。」

　　竇漪房高興地穿上了。

　　「太好了！非常適合你。轉個圈，讓我看看你穿上這件衣服有多美，」薄夫人說。

　　「您是說要把這件衣服給我嗎？」竇漪房問。

　　「是的，如果你喜歡的話，」薄夫人回答。

　　「哇，我好喜歡。我從來沒有想過自己一生中能有這麼美的衣服，」竇漪房驚呼道。稍加思索後，她又問薄夫人：「為什麼您不自己留著呢？」

　　「魏王豹送給我作為生日禮物。我在魏國只穿過一次。我在漢

宮成為宮女時又穿了一次。這些年來我一直把它存放在衣櫃裡。我現在年紀大了，不適合穿這樣的衣服，」薄夫人回答。

「非常感謝您，」竇漪房一邊說，一邊向薄夫人鞠躬。

「我想去花園散步。穿著這件新衣服跟我一起去吧。讓我看看你在戶外穿這件衣服有多迷人，」薄夫人建議。

於是他們在花園裡漫步。竇漪房非常開心，不斷旋轉著欣喜地展示她在晨光下的新衣服。薄夫人看到這一幕感到很開心，讓她想起了自己的青春時光。竇漪房被她少女時的本能所驅使，歡快地轉動、扭曲和跳躍，像天空中跳舞的仙女一樣。但她突然停了下來，沉思後悲嘆道：「這件衣服對我來說太華麗、太珍貴了。我只是一個僕人，不配擁有它。」

「你可以在婚禮上穿它。那時您需要一件漂亮的衣服，」薄夫人建議道。

「我不知道我是否會成婚，」竇漪房低頭說。

「你永遠不會知道。未來是無法預測的，」薄夫人說。

「我希望我的未來丈夫更欣賞我的內在美，而不僅是我的衣服和外表，」竇漪房打趣地說。

「非常對。我也有同樣的看法，」薄夫人說。

巧合的是，劉恆路過並遇到了他們。

「看看她。她穿上新衣服漂亮嗎？」薄夫人問。

劉恆淡淡地回答：「是的，她很漂亮，」然後忽忽走開。

薄夫人立刻感覺到劉恆心裡在想什麼。她轉向竇漪房說：「請原諒他。他正為他生病的妻子操心。我以前沒有告訴你。我有一個兒媳婦。她叫呂娜。她是呂后的遠親姪女。兩年前，呂后安排她與劉恆成婚，當時他只有十四歲。呂后想要加強劉家和呂家的聯繫，以防劉家的王子們反抗她。由於婚姻是皇命，我無法拒絕。呂娜是個好女人，只不過她比劉恆大六歲，而且她喜愛奢華。劉恆對她沒有愛情，只把她當做姐姐。我試著與她保持距離，因為她和呂后的關係。我不想讓呂后太知道我國的狀況和活動。我也是女人，所以我很同情她。她嫁給了一個對她冷淡的丈夫。她嫁入了一個對她持懷疑態度的家庭。她不幸患上一種無法治愈的肺病。她的病情持續了

很多個月，且病情惡化。劉恆是個善良的孩子。他仍然關心他妻子的健康狀況，」薄夫人解釋道。

「還有一件事，你有另一項任務。我想指派你做呂娜的貼身侍婢，直到她去世，」薄夫人命令道。

第四回： 劉恆妻子去世

本回人物介紹	
竇漪房	薄夫人的貼身侍婢，本回主角
劉恆	劉邦和薄姬的兒子
呂娜	太皇太后呂雉的遠親姪女，劉恆的妻子

竇漪房擔任呂娜侍婢時，面臨著另一種挑戰。她看著病人無助地日益衰弱，這是一種心理負擔。難以忍受的痛苦使呂娜失去了耐性。竇漪房經常被呂娜間歇性而劇烈的咳嗽聲喚醒。呂娜一看到痰中有血就尖叫著求救。竇漪房需要輕拍她的背，並在她的胸部和喉嚨上塗抹藥膏來緩解她的痛苦。

劉恆每天都會來看呂娜。看到她的痛苦，他心情沮喪，但又受不了她的尖叫聲。他在她的臥室短暫停留後，便與竇漪房談論呂娜的最新狀況，然後絕望地離開。

一日，呂娜似乎恢復了精力，並清晰地對竇漪房說：「我很快就會離開這個世界。在我走之前，我想向你吐露我的願望。我愛劉恆，雖然他對我態度冷淡。他是一個心地善良的男孩，他有著美好的未來。我希望我能長久給他幸福，幫助他成功，但我已經沒有更多機會了。這是我的命運。你是一個好女人。我死後，你能代替我，為我服侍劉恆嗎？」

聽到這個遺願，竇漪房感到驚訝。她私下為可憐的呂娜流淚。竇漪房也想：「這怎麼可能？我是一個僕人，他是一個王子。」她試圖排除與劉恆有染的想法。

呂娜第二天去世了。按照皇家禮儀安排了一場隆重的葬禮來紀念她。

劉恆的心情沮喪，因為呂娜名義上是他的妻子，實際上是他的好姐姐。

第五回： 墮入愛河

本回人物介紹

呂娜	太皇太后呂雉的遠親姪女，劉恆的妻子
劉恆	劉邦和薄姬的兒子
薄夫人	薄姬，劉邦的妃子，後升為夫人，劉恆的母親
竇漪房	薄夫人的貼身侍婢，本回主角

呂娜的葬禮過後三個月，薄夫人建議劉恆到風景區騎馬，以驅散他心中的憂鬱。她轉向站在薄夫人和劉恆身旁的竇漪房說：「你應該陪他一起去，看著他，確保他不會惹出麻煩。」這個建議是為了兩個年輕人安排約會的藉口。薄夫人喜歡竇漪房，希望她能成為自己的兒媳。竇漪房比十六歲的兒子大兩歲，更成熟些。薄夫人希望竇漪房能成為他的導師。然而，愛神的箭似乎一直沒有射中他們，所以薄夫人決定親自安排這次約會。

兩個年輕人坐在由兩匹馬拉的戰車上，由五十名騎馬的保鏢隨行。劉恆是一名熟練的車手，對這個坐在他旁邊的女孩炫耀自己的男子氣概。他們從首都向西行了兩里，來到一個右側是山丘、左側是草原的風景區。到那裡，劉恆停下來，下了戰車。他讓護衛們交出另外兩匹馬，迅速將這兩匹新馬套上軛，從而形成一輛四馬連結的戰車。當車隊到達沙漠邊界時，劉恆尖叫著而突然猛烈地鞭打馬匹，使它們像從弓上射出的箭一樣狂奔。他高興地大喊，看著遠處落後的保鏢們感到好笑。不久，劉恆的戰車已經遠遠領先，甚至連

跟隨馬匹掀起的塵土都看不見了。劉恆接著偏離大道，駛入一條蜿蜒小徑，速度更快。劉恆在女伴面前展示他的男子氣概，感到充滿了熱情和興奮。

到了傍晚，從西北方吹來沙塵的風，前方的路變得模糊不清。車旁的兩匹馬絆倒在一塊硬石上，摔倒了，導致戰車翻覆。劉恆和竇漪房都從戰車上被拋出去。劉恆毫髮無傷地站了起來，但竇漪房扭傷了腳踝。他們被迫放棄了馬匹和戰車，要在沙路上行走，尋找著即將來臨的沙塵暴的庇護所。劉恆一路扶著竇漪房的手臂，而她一瘸一拐地走著。

他們最終找到了一個庇護所，那是山坡上的一個小洞穴。他們坐在洞口，那裡被落日的淡紅色光芒柔和照亮。

「你還好吧？」劉恆問。

「我沒事，就是有點痛，」竇漪房回答。然後她問道：「餓嗎？」

「哦，是有點餓，不過我更渴，」劉恆回答。

聽到這話，她伸手到包里掏出一個水壺，打開蓋子遞給他。劉恆喝了兩大口水後，把水壺還給竇漪房，告訴她：「你也該喝幾口。」

然後，她又從包里掏出一個饅頭，說：「哦，我們運氣不錯。我帶了一個饅頭。你介意和我分享嗎？」

「當然，謝了，」劉恆回答。他接過饅頭，把它掰成兩半，把一半給了竇漪房。他們坐在一起，像無邪的孩子一樣，邊嚼著饅頭邊看著日落。

「你為什麼要開那麼快的戰車？本來應該由我來制止你的。我們回去的時候，薄夫人會責怪我的，」竇漪房說。

「賽馬的刺激讓我忘記了壓力重重的生活，」劉恆回答。

「我明白了。你試圖以英勇的外表來掩蓋你內心的挫折和恐懼，對吧？」竇漪房說。

「你真有洞察力。讓我告訴你一個秘密。我心中有一種刻骨銘心的恐懼，」劉恆說。

劉恆接著坦白說：「我九歲那年，我和母親被一隊匈奴騎兵追

趕。試圖保護我們的衛忠叔叔和所有護衛都在戰鬥中被殺。當匈奴士兵接近我母親，試圖逮捕我們時，我躲在她身後發抖，抓著她的胳膊。她也在顫抖，但她假裝站得很堅定，無所畏懼。那時我以為自己會被殺。從那天起，這一幕經常出現在我的夢中。雖然現在和平了，但我從未感到安全。我希望能征服心中的恐懼。有時我想逃離這可怕的世界。」

「你現在不是無助的。你已經長大，還可以為自己而戰，」寶漪房安慰道。然後她說：「與普通百姓相比，你已經非常幸運了。你比大多數人更安全。」

「我不這麼認為。我面臨著不同類型的挑戰和威脅，甚至比普通百姓面臨的更恐怖。除了外敵，還有邪惡的官員、無情的王子和公主、宮廷女官，還有皇后都在密謀排除我們。我和母親擔心，朝廷可能有一天會下令懲罰我們，甚至殺死我們。我希望自己不是王子。」

「如果你只關注自己的痛苦，你會覺得那就是世界上所有的事。你無法體會到那些比你更無助的人所承受的巨大苦難。以我為例，我出生於一個貧窮的農民家庭。我還是個小女孩的時候，我的父母去世了，只留下我、我的哥哥和弟弟。我們沒有生計，只有賣自己為奴隸。我很幸運成為一位仁慈地主的僕人，他對我很好，教我讀書寫字，還有一些經典文學，但我的弟弟就沒那麼幸運了。多年來我一直與他失去聯繫。幾年後，我的主人被掠奪者殺害，他的莊園被夷為平地，我成了一名難民。接下來的幾年，我像乞丐一樣在國內流浪，對第二天會發生什麼毫無頭緒。後來，我幸運地成為漢宮的宮女。雖然我豐衣足食，但我一直面臨著威脅：被專橫官員懲罰，被同儕誣陷，和被上司藐視。正如你所知，宮中的生活並不像外人想的那麼愉快。我已經習慣了逆境和苦難。我認為痛苦和苦難在這個世界上是不可避免的。這是一個自然的過程。我們努力克服困難，困難過後我們會感到快樂。有些日子我們流淚，有些日子我們微笑，」寶漪房說道。

「我理解你的感受。我母親曾帶我去農田，我有機會與農民們交流。我聽他們講述恐怖戰爭、暴君的壓迫、財產被搶奪、飢荒、

饑餓、瘟疫，以及妻子、丈夫、父親和兒子的分離。我意識到這世界充滿了痛苦和苦難。我有時候想，是否有另一個世界，只有微笑沒有眼淚。我希望我能生活在那個世界，」劉恆說。

「有句話說，當我們爬上天山的頂峰後，我們會在西邊看到一個和平的國家，當我們渡過深邃的東海後，我們會發現一個仙島。我不相信那些神話。我們不需要遠眺。一個和平的國家就在這裡，一個無淚的土地就在你的觸手可及之處，只要你努力將它轉化為天堂。到你成功的那一天，看到人民臉上的微笑所帶來的滿足感，將會沖刷掉心中長久的恐懼，」竇漪房說。

「我同意你的觀點。我曾經陪同我母親在饑荒期間分發食物和糧食給饑餓的農民。他們中有許多人向我磕頭。他們臉上的快樂激發了我心中的溫暖和滿足。我希望我國的人民再也不會遭受饑餓之苦，」劉恆贊同地說。

「這不是那麼容易的，但如果你努力嘗試，你將會達成目標。如果我們不怕攀登高山的陡峭岩石，我們最終可以到達它的頂峰。如果我們不怕橫渡波濤洶湧的河流，我們最終可以到達對岸。在傾盆大雨過後，我們可以看到彩虹，」竇漪房哲學般地說。

劉恆對她所說的話印象深刻。他對她懷著極大的欣賞，堅定地握住她的手，問道：「我想握著您的手，一起克服崎嶇的山巒，橫渡波濤洶湧的河流，穿越暴風雨。我想讓我們的世界變得更好。您願意跟我嗎？」

她默默地點了點頭，然後建議道：「讓我給您唱一首楚地的民歌。」接著她唱道：

夕陽落幕兮，朝陽即光芒。
攀山越巔兮，低望坦盪盪。
風雨打臉兮，彩虹映顯彰。
海浪翻滾兮，蓬萊可在望。
兄弟勿慄兮，勸子莫猶疑。
明朝晴空兮，否極將泰來。

她的臉在暮色中似乎發著光。他把頭靠在她的肩膀上，就像她

是他的母親一樣。她像對待自己的嬰兒一樣撫摸著他的頭和頭髮。他們默默地等待，直到黑暗降臨。他們期待著明天的陽光。

果然，陽光來了，於是他們回家了。劉恆急忙去見他的母親，告訴她他想娶竇漪房。薄夫人問：「您為什麼突然愛上她了？」劉恆回答說：「我原本以為她只是一個順從而勤勉的僕人。現在我發現她很特別。當我沮喪時，她能提振我。我們有著共同的人生目標。我需要她。」薄夫人感到非常高興，心想：「我將會有一個好媳婦。」

竇漪房不久與劉恆成婚。在她的婚禮上，她穿上了幾個月前薄夫人送給她的美麗雲裳。在接下來的幾年裡，她生了一個女兒，劉嫖，以及兩個兒子，劉啟和劉武。

第六回： 園中閒談

本回人物介紹

竇漪房	劉恆的妻子，本回主角
劉恆	劉邦和薄姬的兒子
匈奴	強大的遊牧民族，居住在當今的蒙古和西伯利亞

三年後的一個早晨，劉恆和竇漪房在皇家花園裡放鬆身心，看著他們的兩個孩子在周圍玩耍。

劉恆喜悅地告訴竇漪房：「我母親今天早上在朝會結束時告訴我，從現在起，我可以主持政府。我可以主持朝會而無需她的認可。我只需要在事後向她報告。」

「恭喜您掌權。我為您感到高興，但您不應該對此太過興奮。我記得《道德經》裡有一段話說，『寧可不將杯子灌滿以保持直立，也要適時停止。劍刃若鍛打過頭，將不再持久。沒有人能保衛滿是金玉的大廳。富有且強大時過於專橫和傲慢，將會為自己招致恥辱和災難。偉大成就之後便退休，是道的方式。』」她接著說：

「既然您將掌管您的國，我想聽聽您的治理政策。」

劉恆回答說：「我將採取不干預的政策。《道德經》裡有一段話說，『以道治天下，以奇謀用兵，以無事取天下。』我如何知道這是有效的？以下是原因：天下的禁忌越多，人民越貧窮。人們擁有的工具越銳利，國家越混亂。人民技藝越多，花招也越多。法律和法令網絡越精密複雜，罪犯就越多。因此，如果我不刻意行事，人民將自然遵循道。如果我喜歡靜止，人民將自我糾正。如果我不干預，人民將自行繁榮。如果我無欲，人民自然會像未雕琢的木塊一樣行事。」

「這聽起來像是矛盾。您能進一步解釋嗎？」竇漪房問道。

沉默了一會兒後，劉恆回答說：「這是道家的核心治國理念。他們的觀點是，人民天生就擁有一套由道賦予的本能和規範，他們有能力和自由為自己做出正確的選擇，無論是個人還是集體。如果政府不干涉人民的生活方式和選擇，他們自然會安定於一個讓所有人都滿意的狀態。道有一隻看不見的手，促進社會的有益秩序。因此，我們不應該對人民強加專制的意識形態或教條。很多時候，這樣的意識形態與道相悖，並且適得其反。此外，我們不應該對人民強加嚴格的法律和規章。法律越多，漏洞越多，違法者、罪犯和叛亂者就越多。我們在秦朝期間見證了這一現象。老子所說的有許多智慧。」

竇漪房確信並對劉恆印象深刻，將頭靠在他的肩膀上，將手放在他的腋下。她偶然注意到他長袍的袖子上有個洞。

「哎呀！您這件長袍的袖子上有個洞。它在您的肘部附近，」她驚呼道。

「我需要一件新的長袍。如果我穿著它參加官方會議和儀式，我會看起來邋遢和貧窮，」劉恆說。

「這件長袍很昂貴。長袍的其餘部分還看起來很好。我不想把它扔掉。讓我用一塊布來修補這個洞。我可以找到一塊顏色相配的布，」竇漪房建議道。

「那會看起來破舊嗎？如果我的官員注意到修補的地方，會讓我尷尬。這不會降低我的尊嚴嗎？」猶豫的劉恆問。

「不會的！事實上，您希望他們看到它。您需要樹立節儉的榜樣。您的臣子會模仿您。您的人民也會效仿。這是推廣節儉文化的一種方法，」竇漪房回答。她接著說：「節儉很重要。《道德經》還說，『五色令人目盲，五音令人耳聾，五味令人口麻木，馳騁野馬激發心靈的興奮，難得之貨吸引偽造。聖人為的是身體和靈魂的滿足和充實，而不僅是眼睛。』」

她隨即停頓了一下，謙虛地說：「對於我所知甚少的事情，我抱歉自己像個話匣子。我在班門弄斧，因為您比我更了解。我仍然不明白《道德經》中的一些觀點。例如，它說，『大國低處則得小國，小國低處則得大國。故或下以取，或下而取。大國不過欲兼畜人，小國不過欲入事人。夫兩者各得其所欲，大者宜為下。』這聽起來太悲觀和膽怯了吧？」

劉恆回答說：「不，這段話是關於維持國與國之間和平所需的心態和態度。老子反對戰爭，曾說過，『經國家道者不以武力恫嚇，軍隊駐紮之處必生荊棘。強大軍隊到來之後必有荒蕪的收成。』外交優於戰爭，雙方願意讓步是和平解決的關鍵。小國無法正面抵抗大國。敗北的後果比屈服和投降更為災難性。小國可以說服大國，和平吞併對雙方都有利。此外，小國的投降不一定是永久性的。小國的堅韌很重要。例如，蟲子很小。當它們被人吞下後，有兩種可能。要麼蟲子與宿主共存且繁殖，對宿主無害，要麼蟲子繁殖並最終殺死宿主。老子警告我們不應忽視小的和微弱的重要性。以我們和匈奴的關係為例，這是和平共處。我母親做出了不與他們開戰的明智決定。起初，我國比匈奴弱。她說服他們，我們是大天下漢朝的一部分，必要時可以消滅他們。然而，我們告訴他們，我們更傾向於建立友好關係，因為戰爭將導致雙方大量人員傷亡。因此，我們向他們送去珍貴的禮物，並安排兩個皇室家族之間的婚姻。這種外交解決方案對雙方都有益。多年來，我們享受著和平紅利，這是我們繁榮的主要原因。與破壞的成本和大量死亡相比，我們送給他們的禮物和與他們的婚姻安排是值得的。」

劉恆停頓了一下，深吸了一口氣，繼續說：「我更傾向於採取微妙的遏制衝突政策。當所有外交途徑都關閉時，發動戰爭是最後

的手段。我更希望不經戰鬥而獲勝。每次爭端時，我不需要展示肌肉。我將繼續建立我的軍事力量。當我的敵人看到我軍隊有壓倒性力量時，他們將放棄野心，走向談判桌。」

「我同意您的觀點，」竇漪房點了點頭。

第八章：政變

第一回： 謀反

本回人物介紹	
呂雉	已逝世的太皇太后，劉邦的妻子
呂釋之	呂雉二哥，擁有大權的將軍
呂祿	呂釋之的兒子，北軍的將領
呂澤	呂雉的大哥，擁有大權的將軍
呂產	呂澤的兒子，南軍的將領
劉章	劉肥的次子
劉肥	劉邦的長子
劉襄	劉肥的長子，齊王
陳平	漢朝元老，右丞相
陸賈	陳平的謀士
周勃	漢朝元老，現任無權的軍隊統帥
曹窋	御史大夫

　　在呂后執政期間，漢朝的政治版圖被三大勢力所佔據：呂氏家族、劉氏家族和一些忠於劉氏家族的開國元勳。在呂雉死前，她設法鞏固呂家勢力，於是，她不理眾元老的反對，封他的哥哥呂釋之的兒子，呂祿，為趙王，而且任命他為大將軍，指揮北軍。同時，她也封他的哥哥呂澤的兒子，呂產為梁王，而且任命他為將軍，指揮南軍。於是，朝廷的大部分軍權落在呂家之手。劉邦以前的戰友和開國元勳失去了勢力。呂氏家族權力的迅速擴張耗盡了其他兩個勢力的力量，並威脅到它們的生存。這激發了一場針對呂氏家族的謀反。

劉章是已故劉肥的次子，並且是齊王劉襄的弟弟，是對抗呂氏家族最大膽和直言不諱的對手。這個二十歲的少年是一位積極和激進的戰士。有一次，呂后命令劉章在宴會上服侍客人斟酒。劉章請求說：「我是一名士兵。我要求有權根據軍法懲罰任何不遵守敬酒規則的人。」呂后同意了他的請求。宴會進行到一半時，一名呂氏家族的貴族悄悄離開大廳，並逃避了敬酒。劉章追了上去，拔出劍，砍下了他的頭。劉章返回大廳，報告說：「有人未經允許就離開了。我已經根據軍法處罰了他。」宴會上的每個人都被他突然而極端的行為震驚了。呂后無法懲罰他，因為她剛剛授了他權力。宴會過後，呂氏家族的成員都害怕他。

右丞相陳平對呂氏家族權力的擴張持謹慎態度。他擔心即將降臨的災難，大多數時間都待在家中。他的一位同僚陸賈拜訪並問他：「您最近在擔心什麼？」

「您猜，」陳平回答。

「我想您擔心的是呂氏家族權力的擴張和皇帝年幼，」陸賈說。

「您說得對。我們能做什麼？」陳平問。

「您是掌控政府行政的丞相，周勃是軍隊總司令。你們兩個控制著漢朝的命脈。我是周勃的好朋友，我知道他和您有著相同的擔憂。如果你們兩個合作，可以輕鬆解決這個問題，」陸賈說。

在這次對話之後，陳平開始與周勃交好。他們後來合謀策劃了一次針對呂氏的政變。他們還與御史大夫曹窋聯手，曹窋是已故元老曹參的兒子。這幫人組成了政府的三大高官。在他們制定了發動政變的計劃之後，他們等待合適的時機來行動。

第二回：宣布叛變

本回人物介紹	
劉章	劉肥的次子
劉襄	劉肥的長子，齊王
呂雉	已逝世的太皇太后，劉邦的妻子

| 劉弘 | 漢朝的傀儡皇帝 |
| 灌嬰 | 開國元勳，現任將軍 |

另一方面，劉章敦促他的兄弟劉襄發動叛亂。劉襄認為，既然他是劉邦的孫子，他應該比從無名之輩出身的劉弘更有資格繼承皇位。劉襄還因為呂后重新分配了他的一部分領土給呂后的姪子而對呂后憤怒。

在呂后去世後不久，劉襄宣布反抗朝廷。當他的軍隊前往京城時，另一位劉邦的老戰友灌嬰，被漢朝政府派遣去對抗劉襄的軍隊。灌嬰沒有與劉襄作戰，反而加入了他的大軍。兩支軍隊合併成一支，共同對抗朝廷。

第三回： 奪軍權

本回人物介紹	
陳平	漢朝元老，右丞相
周勃	漢朝元老，現任無權的軍隊總司令
曹窋	御史大夫
酈商	漢朝已退休的大臣
酈寄	酈商的兒子
呂祿	呂釋之的兒子，北軍的將領
呂嬃	呂雉的妹妹
紀通	周勃的好友，負責保管皇帝玉璽

由陳平、周勃和曹窋領頭的忠臣集團，並沒有指揮南北軍的權力。沒有這樣的指揮權，他們就無法控制京城、政府府衙和皇宮。因此，第一步是奪取指揮這些軍隊的權力。前朝的一位退休大臣酈商有一個兒子酈寄，他是大將軍及趙王呂祿的好朋友。周勃綁架了酈商，並以他為人質，脅迫酈寄作反並欺騙呂祿。

酈寄告訴呂祿：「您在京城逗留了太久，而不返回自己的封地。所有大臣、諸王和諸侯都懷疑您有篡奪皇位的隱秘動機。他們計劃用武力除掉您。為了消除他們的懷疑，您應該放棄北軍的控制權，返回家中。這是避免即將到來的災難的最佳方法。」

猶豫不決的呂祿向他的姑母，呂太皇太后的妹妹，呂嬃尋求建議。聽到呂祿的問題後，呂嬃大怒，詛咒道：「您這麼容易放棄軍權，不配做將軍。呂氏家族會因為您的愚蠢而滅亡。」她隨後取出所有的珠寶和錢財，扔到地上，對她的僕人們大喊：「我不再需要這些了。拿走吧。我不會再保管它們。」

當呂祿猶豫不決時，周勃找到了另一種繞過呂祿的方法。周勃向大臣紀通求助，他守護和持有皇帝印璽和其他信印。紀通是由陳平和周勃領導的集團的熱心支持者。紀通冒著犯下死罪的風險，將一枚皇帝印璽交給了周勃。

周勃隨後派酈寄去見呂祿，再次撒謊。酈寄告訴呂祿：「皇帝已經任命周勃為北軍的指揮官。您可以看到這個帶有皇帝印璽的詔書。因此，您必須將您的指揮印交給周勃。」輕信的呂祿於是不情願地將印交給了周勃。

周勃手持軍隊指揮印，急忙進入北軍的駐地。他立即召集所有將領和士兵開會。周勃手持將印，對士兵大喊：「如果你們支持呂氏家族，請露出右肩。如果你們支持劉氏家族，請露出左肩。」瞬間，所有士兵和將領都露出了左肩。這表明北軍已經在周勃的掌控之下。

第四回： 發動政變

本回人物介紹

周勃	漢朝元老，軍隊統帥
劉章	劉肥的次子
曹窋	御史大夫
呂產	呂澤的兒子，南軍的將領

劉弘　　　　　　　　　漢朝的傀儡皇帝

　　周勃於是命令劉章守住並封鎖了通往京城的大門。

　　此時，御史大夫曹窋向宮殿的護衛發出命令，禁止呂產進入宮殿。第二天早晨，呂產前往宮殿，並不知道北軍已經落入周勃之手。當他抵達宮門時，被禁止進入。當他在門外的廣場上向守衛質疑和爭論時，曹窋向周勃發出信號，開始了政變。

　　周勃命令劉章率領一千士兵前往宮殿，假裝是為了保護皇帝。當劉章在廣場上見到呂產時，他下令逮捕呂產。護送呂產的侍衛們因驚訝而混亂，向劉章投降，而呂產則逃到了一個政府府衙的廁所裡隱藏。不久後，他被劉章發現並殺害。

　　當年輕的皇帝得知政變後，派遣代表呼籲兩派停火。劉章無視這一命令，並將代表扣為人質。隨後，他搜捕並殺死了所有屬於呂派的高級官員。

　　當周勃聽說劉章在宮殿的成功後，他派遣軍隊包圍京城，鎮壓反對派。數以萬計的呂氏家族成員、他們的妻子、孩子、親屬及支持者被搜捕並斬首。呂祿也在公共廣場上被處決。呂后的妹妹呂嬃被毆打致死。年輕的皇帝劉弘被軟禁。

第九章：劉恆執政

第一回：繼任皇位的人選

本回人物介紹	
劉邦	漢朝始創人
呂雉	已逝世的太皇太后，劉邦的妻子
劉弘	已逝世的漢朝傀儡皇帝
劉長	劉邦的弟七子
劉恆	劉邦和薄姬的兒子，本回主角
劉襄	劉肥的長子，齊王
劉澤	劉邦的堂兄

　　政變有兩大理由。第一個是呂后違反了劉邦的旨意，只有劉姓的皇室成員才能被封為王。第二個是政變策劃者所宣稱的，呂家企圖篡位。第二個理由站不住腳，因為沒有證據表明呂家有篡位的陰謀。年輕的皇帝劉弘仍然坐在王位上。相反，是忠於劉家的一幫人發動了政變。他們犯下了對政府叛亂和叛國的重罪。等到年輕的皇帝長大後，他可以宣布這幫人犯下的罪行。到那時，這幫成員將陷入麻煩。

　　政變的最終理由，則是聲稱在位的皇帝非法登基。政變後的秘密會議中，參與者一致同意廢除現任皇帝，因為劉弘並非劉家血脈。他在劉盈收養時是一名孤兒。呂后將他立為皇帝，以鞏固她對政府的控制。由於這位皇帝非法，政變者有正當理由發動政變。

　　接下來的問題是選擇下一位皇帝。會議的參與者也一致同意選擇一位資格合適的劉邦後裔。

　　劉邦有八個兒子。呂后殺死了其中三個。其他三個自然死亡，

僅剩四子劉恆和七子劉長還在世。劉長由於年齡不足二十歲被排除在外。因此，劉恆是合適的候選人。

有參與者建議劉襄，齊王劉肥的長子，而劉肥則是劉邦的長子。劉襄因為是第一個宣布反對呂家的人而獲得了功勞。劉邦的堂兄劉澤反對提名劉襄，因為劉澤與劉襄有宿怨。劉澤在會議上表示，劉襄有一個專橫野心勃勃的舅父，可能比呂后還要糟糕，是另一個麻煩製造者。

最後，會議得出結論，劉恆是最佳人選，因為他是劉邦僅存的兩個兒子中年長的，他孝順仁慈，名聲良好，他的母親和妻子都是善良而內斂的，和來自基層。

會議隨後決定將皇位獻給劉恆。

第二回： 劉恆登基

本回人物介紹

劉恆	劉邦和薄姬的兒子，本回主角
張武	代國的將軍副統帥
宋昌	代國的大將軍統帥
劉邦	漢朝始創人
呂雉	已逝世的太皇太后，劉邦的妻子
薄夫人	劉恆的母親
竇漪房	劉恆的妻子
薄昭	薄夫人的弟弟，劉恆的舅父
陳平	漢朝元老，右丞相
周勃	漢朝元老，軍隊統帥
曹窋	御史大夫
劉澤	劉邦的堂兄
夏侯嬰	漢朝元老，現任將軍
劉弘	被廢黜的傀儡皇帝

當朝廷的使者向劉恆宣布此提議時，他感到欣喜若狂。然而，他並沒有立刻接受這個提議。他首先諮詢了軍隊副統帥張武和軍隊統帥宋昌。

張武對這個提議持懷疑態度，他說：「朝廷由您父親的老戰友控制。既然他們有力量推翻呂后並鎮壓呂家，他們日後也可能篡奪您的權力。他們只會把您當作傀儡。」

另一方面，軍隊統帥宋昌則有不同的看法。他說：「有五個有利的理由。首先，劉邦為國家帶來了和平。人民接受了他的王朝及後裔的合法性。其次，劉邦建立了一個由諸王和貴族組成的網絡，彼此緊密聯繫，所以沒有單一貴族能夠反抗朝廷。第三，劉邦和後來幾任皇帝廢除了苛刻的法律，實施了許多仁慈的政策，因此獲得了民眾的支持。第四，政變表明軍隊支持劉家。最後，您有良好的聲譽並和其他貴族保持友好關係。」

劉恆仍然猶豫不決。他諮詢了他的母親薄夫人，但她也無法判斷這個提議是吉或是凶。於是，她向一位巫師祈求神諭。神諭的結果極為吉祥。

劉恆接著諮詢了他的妻子竇漪房，她說：「您等待了多年，終於有機會實現您的理想。既然您播下了良好的種子，您將收穫美好的果實。這是自然法則。這正是您教導我的。現在您為什麼懷疑？真正的勇氣不在於戰場上的爭鬥，而在於面對未知的挑戰。您應該勇往直前。」

由於擔心朝廷政治環境的複雜和奸詐，劉恆仍然想謹慎行事。他派遣了他的舅父薄昭前往京城，以調查並評估政治格局。薄昭會見了周勃，後者詳細講述了參與政變的部長集團會議中的討論。薄昭再跟其他內權貴討論，才確定這個提議是真誠且吉祥的。薄昭返回並向劉恆建議接受這個提議。

劉恆於是前往京城長安，由宋昌伴隨著，並由張武和六名保鏢護送。當他們抵達通往京城的一座橋時，周勃和所有大臣在劉恆面前跪下，乞求他登基。劉恆立即下車，深深一鞠躬以示回禮。周勃拉著劉恆到一旁，說：「我可以私下跟您說幾句話嗎？」宋昌插嘴

說：「如果這是公務，請當眾說出來。良君無秘密。」尷尬的周勃於是拿出玉璽，跪下，大聲宣布：「所有大臣懇求您登基為帝。」劉恆並沒有立即接受提議，而是說：「讓我們在旅館安頓好後再討論這重大事宜。」

陳平、周勃、曹窋和所有資深大臣來到旅館拜訪劉恆。他們再次懇求他接受提議。劉恆仍然告訴他們：「我可能沒有成為皇帝的才能。你們應該考慮我的伯父劉澤，而不是我。」這時，陳平告訴劉恆：「由於選擇皇帝對國家至關重要，我們認真地辯論了很長時間。我們的結論是您是最合適的人選。為了國家和人民，請接受我們的提議。」劉恆最終接受了提議，並接過玉璽。

由於劉弘仍然是在位的皇帝，大臣集團決定將他廢黜。劉恆不想親自動手。夏侯嬰，劉邦的老戰友，自願來完成這骯髒的工作。他進入宮殿，告訴劉弘：「您只是劉盈的養子，並沒有劉家的血統。因此，您必須被廢黜。」劉宏嚇壞了，乞求憐憫：「你們會把我帶到哪裡？」夏侯嬰回答：「帶您回到您原本應該去的地方。」夏侯嬰然後在帝王侍衛隊的陪同下，將他護送出京城。劉弘和所有劉盈的養子不久後都被處死。

劉恆於西元前 180 年秋天被加冕為漢朝的第五位皇帝。次年春天，劉恆宣布他的長子劉啟為太子，他的母親薄夫人為太后。他猶豫不決是否將竇漪房封為皇后，因為她不是他的正妻。薄夫人對劉恆的拖延感到沮喪，並告訴劉恆：「您必須立竇漪房為皇后。她是未來繼位的太子之母。太子的母親不是皇后，這太荒謬了。」在母親的敦促下，劉恆立竇漪房為皇后。

他任命周勃為右丞相，陳平為左丞相，宋昌為南北軍的統帥，張武為宮廷侍衛隊的統帥。

第三回：仁政

本回人物介紹

劉恆　　　　　　　　　漢朝第五任皇帝，本回主角

劉恆登基後立即頒布了大赦令。他還將所有成年男子的社會階級提升了一級，給每一百戶人家分發一頭牛和十桶酒。當時，所有男子都被分為二十個社會地位等級，從貴族到平民不等。社會階級的提升使得受封者獲得更多的土地和權利。除政府規定的特殊場合外，人們被禁止在公共場合吃肉和飲酒。

劉恆成為皇帝後的第一年，他頒布了一道詔令，其中寫道：「法律是治理的工具，它的主要目的是防止犯罪，保護良民。然而，當前的法律體系也懲罰了罪犯無辜的父母、妻子、子女、兄弟姐妹、老師和學生。他們中的許多人要麼被判處死刑，要麼被迫成為奴隸。這極不公平。因此，此法應被廢除。」

一年後，劉恆又頒布了另一道詔令，其中寫道：「自古以來，政府設立部門以聽取民眾的不滿、意見、建議和忠告。這是為了促進公眾意見傳達給政府。我們目前有一項法律禁止誹謗皇帝、政府及其官員。因此，皇帝如何聽到這樣的民意？皇帝如何知道自己的錯誤？他如何擁有誠實的官員和大臣？因此，此法應被廢除。此外，當一個人對另一個人有怨恨或索賠時，原告向地方官員提出投訴，官員通常會調查被告是否曾經誹謗過政府。結果，許多無辜和愚蠢的人受到嚴厲懲罰。因此，從現在起，政府官員應忽略此類雙方之間的指控。」

在他統治的第七年，劉恆頒布了一項法令，禁止所有貴族、高級官員及他們的妻子和子女擅自逮捕人民。

在他統治的第十三年，齊國的國庫管理員犯了罪，被送往京城受審。他沒有兒子，只有五個女兒。在去京城的途中，他哀嘆自己沒有兒子，因此沒有人能為他辯護。他十五歲的女兒緹縈陪同他的父親前往京城。她寫了一封請願書給皇帝劉恆，辯稱：「我是齊國一個小官員的年輕女兒。他一生被譽為正直清廉的官員。然而，他不慎犯下了一項應受嚴厲懲罰的罪行。我悲傷之中，哀嘆被判死刑的罪犯沒有第二次機會。那些受到嚴重體罰的罪犯即使懺悔並想要

自新，也無法再過上正常的生活。我請求成為朝廷的奴隸，以換取父親免受嚴重體罰。我希望陛下能慷慨賜予他悔改的機會。」

劉恆被她的孝順和合理的論點所感動。於是他頒布詔令：「古代君王懲罰罪犯時人道。然而，我們現在有非人道的懲罰，如毀容、割鼻或截趾。這些懲罰並未降低犯罪率。為何？是因為我們的教育系統失敗嗎？如果是這樣，我感到羞愧。我們不應因為自己的錯誤而懲罰人民。我們是人民的父母。因政府的無能而懲罰人民是不道德的。我們應該給予罪犯第二次機會過上正常的生活。因此，我頒布詔令，所有嚴厲的刑罰應被廢除，並被人道和適當的懲罰所取代。」

劉恆在位第一年，他頒布詔令，政府應每月免費向八十歲以上的老人提供米、酒和肉，另外，向九十歲以上的人提供衣服。地方官員負責分發這些給老年人。挪用這些物資或在此職責上拖延的官員將受到懲罰。此外，老年人免除人頭稅。

劉恆在位第二年，將農民的地租減半，使稅率僅為農產品價值的三十分之一。到他在位第十二年，他取消了地租。以前，每個成年男子每年必須免費為政府服務一個月。劉恆將服務期限縮短為每三年一個月。

第四回： 簡樸風格

本回人物介紹	
劉恆	漢朝第五任皇帝，本回主角

減稅對政府預算產生了負面影響。為了平衡預算，劉恆倡導節儉和縮小政府，效仿他母親在代國政府執政時的政策。

劉恆本人就是節儉的典範。有一次，一位貴族送給劉恆一匹純種馬。他開玩笑說：「我已經是皇帝了。每當我離開宮殿外出，都會被一群護衛所包圍。這隊伍通常一天只能走三十里。在緊急情況下，一天也只能走五十里。我不需要純種馬。」他隨即將馬還給了

捐贈者，並頒布詔令，不接受任何人的禮物。他在位六個月後，命令所有封國和封地停止向朝廷繳納年貢。

劉恆在母親的撫養下過著嚴苛的生活。他要求他心愛的妃子慎夫人不要穿拖地的長裙。宮殿裡的窗簾用樸素粗糙的布料製成，沒有繡花。他在位期間只穿了一件官方和儀式長袍，破損的地方用顏色相配的布塊修補。他解散了樂師和舞者的團隊，並減少了宮殿中的僕人數量。

有一次，他想要翻新皇家花園裡的一個露台。木匠報價為一百兩黃金。劉恆說：「這比十戶人家的終身財富還要多。我覺得揮霍無度很丟臉。我不需要這個露台。」

劉恆效仿他母親的榜樣，通過避免與北方的匈奴和南方的南越正面衝突，減少了軍事開支。

第五回：　與南越國的外交關係

	本回人物介紹
劉恆	漢朝第五任皇帝，本回主角
趙佗	南越王
劉邦	漢朝始創人
呂雉	已逝世的太皇太后，劉邦的妻子
陸賈	漢朝使者

	本回地點介紹
南越國	廣東省，廣西省，越南
長沙國	湖南省
長安	陝西省

劉邦在世時，他派陸賈到南越國與南越王趙佗會面。陸賈成功地贏得了趙佗的尊敬。這次外交訪問導致了漢朝與南越之間締結休戰約定，趙佗同意臣服於漢朝，而劉邦宣布趙佗為南越的自治王。

確定今天廣東省北部的山脈為兩國的邊界。

劉邦死後，呂雉對南越實施了許多貿易制裁。漢朝政府禁止向南越出口金屬產品、農具、母馬、奶牛和母羊。趙佗三次派使者與漢朝政府談判，但他的使者每次都被漢朝政府拘留。此外，趙佗得知他在漢地舊村的祖先墓葬被破壞，並且他在漢地的兄弟和宗族被殺的消息。因此，趙佗反抗漢朝政府。呂雉報復性地廢黜了趙佗的王位。

趙佗懷疑長沙王是挑起南越與漢之間爭端的罪魁禍首。於是他派軍隊攻打長沙國，該國是漢朝的一部分，位於南越與漢的邊境。呂雉隨後派軍隊保衛長沙。然而，漢軍無法忍受南方山區潮濕炎熱的天氣。許多士兵因中暑和傳染病而受苦。由於漢軍的失敗，南越的領土迅速擴張，覆蓋了今天的廣東、廣西、福建、越南和雲南的部分地區。

劉恆決定通過外交而非武力解決南越與漢的衝突。他派陸賈去與趙佗會面，並傳達一封長信，信中寫道：「我是劉邦之子。我年輕時，父親將我送到遙遠的北方代國。由於我在鄉村長大，我樸實無華，知識有限。因此，我還沒有向您致以問候。劉邦去世後，呂氏家族主導政府，企圖推翻它。可幸的是，他們被忠於劉邦的大臣們鎮壓了。政府的老衛士支持我繼承皇位。由於我無法拒絕他們的支持和提議，我謙卑地接受了漢朝皇帝的角色。

我收到報告，您要求將您的兄弟和宗族送回南越，並撤回我的軍隊離開長沙。我已妥善遵從您的要求。我還命令修復了您祖先的墓葬。

我還收到報告，您再次攻擊長沙，造成了許多人死亡和巨大的損失。問題是，這樣的侵略是否對您的國家有任何好處。在戰爭中，許多士兵会陣亡，妻子將成為寡婦，孩子將成為孤兒，年邁的父母將無助。我們可能在一方面獲益，但卻在其他十方面蒙受損失。看到如此多的悲劇，我無法忍受。

因此，我想重新劃定南越與漢的邊界。然而，我不敢更改父親所做的決定。事實上，漢朝從南越奪取的任何領土和財富都不會使漢朝變得更富有。因此，我提議南越和漢分界的山脈以南地區由您

自治。漢朝政府不會干涉您的內部事務。

然而，一個國家有兩位皇帝但沒有大使的調解，將導致戰爭。不屈不撓地戰鬥不是仁慈之人所為。我建議我們忘記過去的怨恨，從現在開始，建立一個永久的外交關係。」

趙佗閱讀了劉恆的信後，對劉恆的深度和微妙之處印象深刻。他向陸賈表達了歉意，並同意成為漢朝的一個殖民地。他寫了一封回信給劉恆，信中說：「我是南方蠻族的老領袖，在此向您叩頭。我曾是秦朝的官員，負責管理南越的領土。秦朝滅亡後，您的父親，皇帝劉邦慷慨地授予我王位和南越的自治權。他去世後，我享受了下一任皇帝的幾年仁政。然而，當呂雉掌權時，她制裁了對南越的所有金屬商品、農具、母馬、奶牛和母羊的出口。我的國家不肥沃，我們的家畜正在老化。我三次派使者前往長安，請求撤銷貿易制裁。漢朝政府每次都拘留了我的使者。我還聽說漢朝政府摧毀了我的祖先墓葬，並殺害了我的兄弟和宗族。因此，我決定與漢朝分離。隨後，憤怒的呂雉派軍隊攻打南越。

我在南越已經四十九年了，我的孫子孫女都在這裡長大。沒有漢朝的祝福，我無法享受我的生活。陛下通過歸還我王的頭銜並重新建立外交關係，對我真的很仁慈。因此，我將放棄皇帝的頭銜，永遠不與漢朝作對。」

第六回： 與匈奴的外交關係

本回人物介紹

欒提冒頓單于	匈奴的領袖
匈奴	強大的遊牧民族，居住在當今的蒙古和西伯利亞
劉恆	漢朝第五任皇帝，本回主角
右賢王	匈奴的藩王
張武	代國的將軍副統帥，後來漢朝的將軍

本回地點介紹

月氏	塔吉克斯坦，烏茲別克斯坦
樓蘭	新疆省
烏孫	新疆省，吉爾吉斯斯坦，哈薩克斯坦
呼揭	新疆省，吉爾吉斯斯坦，哈薩克斯坦

在劉恆統治的第三年，單于攣提冒頓寫信給劉恆，說：「過去，貴國和我國通過皇室成員的婚姻建立了和平關係。然而，貴國邊境官員最近攻擊了我的屬下，右賢王，他隨後報復了。這一事件打破了我們的和平關係。我已經懲罰了右賢王，將他派往西方。他征服了月氏、樓蘭、烏孫、呼揭以及其他二十六個國家。在他們被我國吞併後，北方現在已經統一。關於貴國在南方，我希望停止與你們的戰鬥。讓我們忘記過去的怨恨，成為和平的鄰居。」

劉恆回答說：「聽到您提出重新點燃休戰約定的提議，我很高興。漢朝和匈奴是兄弟。請告訴您的部下尊重我們的約定。」劉恆還給單于贈送了八十卷絲綢布料、金飾和龍袍。

然而，這種友好關係沒有持續很長時間。單于攣提冒頓不久後去世，由他的兒子攣提稽粥繼位，後者並不友好。

在劉恆統治的第十四年，單于攣提稽週率領一百四十萬士兵入侵漢朝領土。為了抵禦入侵，劉恆派遣了由張武指揮的十萬士兵。兩軍對峙了一個月，沒有發生致命的戰鬥。雙方隨後撤退。

這次事件之後，劉恆意識到需要加強軍隊，同時繼續通過和婚姻而達成和平。

第七回： 振興農業

本回人物介紹

劉恆	漢朝第五任皇帝，本回主角
竇皇后	竇漪房，劉恆的妻子

劉恆強調農業對國家的重要性。為了樹立榜樣，他將皇家花園改為農田，允許公眾在其中耕種。為了提升農民的社會地位，顯示耕種不是低賤的工作，他親自下田耕作，而竇皇后偶爾織絲。

在劉恆統治的第二年，他頒布法令：「農業是國家的根本，是民生之本。我擔心我的百姓更願意成為商人，而不是農民。為了支持農業，我想將農民應付的地租減半。」

在他統治的第十二年，劉恆頒布詔令：「過去十年來，我親自帶頭支持農業。然而，仍有許多荒地。我們的農民仍然貧窮和營養不良。我曾反復告訴我的官員要積極支持農業，但成效微小。我的官員沒有認真執行我的命令，對農民的苦難漠不關心。為了鼓勵農業，我現在免除農民應付的地租。」

在他統治的第十九年，劉恆頒布法令：「我們最近經歷了豐收不佳、乾旱、洪水和疫情。我擔心農民的生計。這種情況是由於我的愚蠢、錯誤還是不當行政所致？是因為官員薪水低，以致他們採取了許多不恰當的行動嗎？如果不是，那麼是什麼導致了糧食供應短缺？耕地的面積沒有減少，人口也沒有增長。因此，人均耕地面積是足夠的。然而，糧食供應卻不足。為何？我對這個問題深思熟慮，卻沒有答案。我現在請求丞相和所有官員調查這個問題。請坦率，不要向我隱瞞任何事情。」

等八回： 太子闖禍

本回人物介紹

劉濞	劉邦的姪
劉邦	漢朝始創人
劉恆	漢朝第五任皇帝，本回主角
劉喜	劉邦的兄長
劉賢	劉濞的兒子
劉啟	劉恆的兒子，太子
竇皇后	竇漪房，劉恆的妻子

晁錯	劉啟的老師
應高	劉濞的大臣

漢高祖劉邦成為漢朝的第一位皇帝五年後，他封他的姪子，也是劉邦的哥哥劉喜之子劉濞為吳王，賜他東南地區的一個國家，包含三個郡和五十三個縣。劉濞是個傲慢好戰的人，並未將新皇帝劉恆和朝廷放在眼裡。

在劉恆統治的第五年夏天，他邀請了劉濞的十一歲兒子劉賢，到宮中住一個月，以便讓十歲的太子劉啟和他的堂兄交好。劉恆認為，增強兩個堂兄弟之間的聯繫，可以增進兩個家之間的感情。

一個下午，兩個堂兄弟在一個木板上玩賭博遊戲。劉啟屢次智勝劉賢，贏得了許多回合。心煩意亂的劉賢在最後一輪押下了所有籌碼，卻又運氣不佳。劉賢不願交出剩餘的籌碼，對劉啟喊道：「您這個騙子！不要拿走我的籌碼。」

當劉啟試圖伸手過桌搶劉賢的籌碼時，劉賢掌摑了劉啟的臉，並詛咒道：「您這個騙子，就像那個奴隸母親生的孩子一樣。」

劉啟聽到劉賢羞辱曾經是奴隸的母親，感到無法忍受侮辱，他用力打了劉賢的鼻子。劉賢隨即抓住劉啟的手臂，將他摔倒在地。兩個男孩在地板上扭打起來。較為強壯的劉賢掐住了劉啟的喉嚨。窒息的劉啟背對著地面，伸出右手抓住了掉在地上的木板，緊握著它，然後用力打在劉賢的頭上。這一擊非常猛烈，破了劉賢的頭骨。

感到疼痛的劉賢收回了掐住劉啟的手，摸著自己破裂的頭骨。他尖叫道：「哦，我的頭在流血！」不久，他因額頭噴血而暈了過去。

劉啟從地上爬起來，看到劉賢倒在一灘血泊中，驚慌失措。他尖叫著：「救命！救命！」

兩個僕人立刻趕來。一個扶起劉賢的身體，試圖停止流血但徒勞無功。他對另一個僕人喊道：「快跑！去找醫生來！」

等到御醫趕到時，劉賢已被宣布死亡。

年幼的劉啟站在那裡顫抖著，意識到一場災難即將降臨在他身上。不久，竇皇后趕到現場。當她緊緊擁抱她的兒子，試圖安撫他時，劉啟激動地哭喊道：「我並不是故意要殺他。當他掐我的時候，我只是在自衛。」竇皇后柔聲說：「別哭。我聽見了。讓您母親來處理這件事。」

劉恆聽說這一事件後不久，趕到現場。他立即意識到情況的嚴重性。一方面，他對兒子的不當行為感到憤怒，但另一方面，他需要保護自己的政權和太子。他的堂兄劉濞不好對付，可能會報復。更糟糕的是，如果他不懲罰自己的兒子，作為一個公正和仁慈的皇帝的聲譽將受損。

劉恆壓抑住自己的怒火和挫折感，他嚴厲地對劉啟說：「您缺乏自制力導致了您的暴力行為。您應該受到懲罰。」

竇皇后懇求說：「請原諒他。他是我們心愛的兒子，也是您的太子，是您天下的未來，而且他還只是一個孩子。他是無辜的，因為他是出於自衛。」

「不，我必須教訓他，」劉恆說。

劉恆轉向跪在地上顫抖的劉啟，說：「我要您跪在劉賢的屍體前，為他祈求原諒。未經我允許，您不得起身。」

到了晚上，劉恆在劉啟的老師晁錯的陪同下回來。他看到劉啟不在，而竇皇后卻跪在那裡。他問竇皇后：「劉啟在哪裡？您為什麼跪著？」

「劉啟已經昏厥了。這對一個小孩來說太過分了。我代替他跪著。如果您不原諒他，我將永遠跪在這裡。」

劉恆嘆了口氣說：「請起來。這也部分是我的錯。我沒有妥善教育和訓練我的兒子。如果我現在不教育他，他日後可能會成為一位殘忍的皇帝。」

「我作為劉啟的老師，也有責任，」晁錯說，然後跪下繼續說：「讓我代替他受罰吧。」

「不需要這樣做。我需要您的建議，」劉恆說：「我打算寫信給劉濞，請求他的原諒。為了補償他失去兒子的損失，我建議允許他所有未來的繼承人繼承他的封地。此外，我會授予他鑄幣許可

證。我還會授予他鹽業的貿易許可證。」

「我不同意您授予他這些許可證。授予鑄幣許可證等同於允許他印製無限量的貨幣。此外，由於鹽是絕對必需品，私營鹽業將損害人民的生計。授予劉濞這個許可證會讓他大量致富。當他的財富超過您的時候，他將膽大妄為地反抗您，為兒子的死報仇。」

「我沒有更好的方法來平息他，」劉恆說，無視晁錯的建議。

當劉賢的靈柩被送到吳國時，劉濞勃然大怒。他說：「劉啟殺了我的兒子。我要他的命來報仇。」

他的心腹大臣應高在他身邊警告說：「您現在應該壓抑您的怒火。劉恆是皇帝，劉啟是太子。如果他們懷疑您有一天會反抗他們，他們會立即殺了您和您的全家。請記住這句諺語：『君子報仇，十年未晚。』因此，在您準備好行動之前，您應該保持低調。」

「我不想看到靈柩。將劉賢的靈柩送回京城。我要劉賢的鬼魂永遠纏繞他們，」劉濞對殯葬者說。

自從兒子悲慘去世後，劉濞一直拖欠向朝廷進貢。他違反了每年訪問朝廷和報告其國家狀況的規矩。當朝廷拘留並審問他的代表時，他以患病為作藉口。由於劉恆不想進一步激怒劉濞，他對劉濞的違規視而不見。

在接下來的幾年裡，劉濞繼續為將來反抗朝廷做準備。他通過鑄造銅幣和貿易鹽業積累了巨大的財富。他秘密地通過收購奴隸和招募匪徒來擴充自己的軍隊。他花了大量金錢來宣傳自己的威望。

當晁錯警告劉恆注意劉濞的不良動機時，劉恆繼續忽視，因為他想避免與劉濞相爭的內戰。

第九回：竇皇后

本回人物介紹	
竇漪房	竇皇后，劉恆的妻子
竇廣國	竇漪房的弟弟
竇長君	竇漪房的哥哥

劉恆	漢朝第五任皇帝，本回主角
慎夫人	劉恆的妃子
袁盎	劉恆的臣子
呂雉	已逝世的太皇太后，劉邦的妻子
戚姬	劉邦的寵妃，後被呂雉殘殺

本回地點介紹

| 觀津縣 | 河北省 |

竇漪房成為皇后六年後，宮中的使者呈遞給她一份請願書，上面寫道：「小民是個奴隸，願皇后娘娘壽與天齊。冒昧私下寫信給您，請娘娘恕罪。我名叫竇廣國，觀津縣人。我有一位哥哥竇長君和一位姐姐，她的名字我已忘記。我們是貧苦的孤兒。四歲那年，姐姐被賣給一位地主當奴隸。我被賣了當奴隸。聽聞娘娘貴姓竇，也出自關津縣，不知是否我那位姐姐。記得有次我和姐姐一起爬桑樹，我從樹上摔下來扭傷了腳踝，姐姐用手帕包紮我的腳踝。如果娘娘還記得這件事，那麼娘娘很可能就是我的姐姐。若是如此，我懇求能有機會見到您。」

讀完這封信後，竇皇后的心在耳邊狂跳。多年來，她一直試圖尋找失散的兄弟。她還記得當她離開家時，一個弟弟緊緊抓住她的腿。另一個弟弟不停地哭泣，緊緊抓住她的手臂，不讓她離開。她也記得與兄弟們童年時的快樂時光。她的弟弟確實從桑樹上摔下來扭傷了腳踝。這件事只有她和弟弟竇廣國知道，所以竇廣國很可能就是她的弟弟。

竇皇后隨後面見了請願書的作者。一位年輕而消瘦的男子，身穿骯髒破爛的衣服，走進她的府衙，跪下磕頭。她問：「您還記得與您姐姐有關的其他事件或往事嗎？」

「我記得您離開的那天，您幫我洗頭，並在離開前給我和哥哥準備了豐盛的一餐，」竇廣國說。

聽到這些，竇皇后淚如雨下，走過去滿懷深情地擁抱了竇廣國。

「您確實是我的弟弟。我找了您多年。您去了哪裡？」竇皇后問道。

「您離家後，我們的叔叔將我和哥哥賣給了一個富裕的家庭做奴隸。後來，我被賣買了十次。我的最後一個主人是一名林夫，我的工作是砍伐樹木。有一次，我在山裡砍樹時，發生了山崩，一百多名同僚被埋葬。我幸運地毫髮無傷地逃脫了。我的現任主人對我很好。當他聽說我的故事，並且得知新的皇后與我的姓氏相同時，他幫我尋找您。甚至還代我起草了這份請願書。」

竇皇后聽後欣喜若狂，後來告訴了劉恆她與弟弟重逢的事。劉恆賞給他大量的金錢和京城郊區的一塊土地。起初，劉恆想給竇廣國一個官職。他經過再三思考，他還是忍住了。他經歷過呂家造成的恐怖，不想重蹈覆轍，避免讓妻子的親屬掌握權力。

幾年後，劉恆被一位年輕且有魅力的妃子慎夫人迷住了。雖然竇皇后對於自己逐漸失去寵愛感到不快，但她壓抑住自己的挫折感和嫉妒心，繼續保持優雅的舉止。她想：「沒有什麼是永恆的。同樣地，男女之間的愛和情感終將消逝。我仍然深愛著他，但我不能期待他也有同樣的感覺。他是皇帝，身邊環繞著妃子。像所有精力旺盛的男人一樣，他對迷人且年輕的女人有渴望。我不應該被嫉妒心所淹沒。呂雉對戚姬的暴行就是一個例子。嫉妒使她變成了一個惡魔。我不應該犯同樣的錯誤。」

有一次，皇室在御花園舉辦了一場宴會。一名僕人錯誤地為慎夫人安排了一個位置，就在專為劉恆和竇皇后準備的旁邊。當司儀袁盎發現這個錯誤時，他要求慎夫人移到其他家庭成員的下級桌就坐。慎夫人覺得受辱，憤怒地離開了宴會廳。劉恆不滿袁盎，跟隨慎夫人離開了宴會廳，回到了自己的臥室。袁盎跟著劉恆解釋道：「我們需要遵守既定的禮儀，區分上下。您和皇后應該坐上最高的位置，而慎夫人是妃子，只應坐上次要位置。您可以用其他方式賞賜慎夫人，但不能破壞既定的禮儀，允許慎夫人與竇皇后並坐。這個錯誤使皇后感到尷尬。您還記得『人豬』的歷史故事嗎？」在袁

盎提到多年前呂雉殘酷折磨戚姬致死的事件後，劉恆立刻醒悟，意識到了自己的不當行為。他向慎夫人解釋了袁盎的道理，並要求她第二天向竇皇后道歉。雖然竇皇后對慎夫人在晚宴上的突然反應感到驚訝，但竇皇后仍然保持了平靜和友好的姿態。她想：「這不過是小風波罷了。我不會被這種小事所困擾。我應該專注於培養我的兒子，將來成為一位好皇帝。」

當竇皇后四十歲時，她遭遇了不幸。她經歷了短暫的視力模糊和看到光環的現象，伴隨著輕微的眼痛、眉頭痛和頭痛。這種狀況進入光線充足的房間或睡眠後會得到緩解。隨著時間的推移，這些發作變得更頻繁，疾病的嚴重程度加劇。御醫無法治愈她的疾病，最終放棄了。她最終失明了。在她殘疾初期，她經歷了強烈的痛苦和困擾。她認為天懲罰了她的罪過。幾個月後，她接受了現實，並積極應對她的殘疾。她想：「我看不見，但我能聽見、觸摸和說話。我將在丈夫、兒子、僕人的扶助下生存。黑暗將永遠伴隨著我，但這不是人間世界真正的黑暗。我不再看見醜陋的臉龐、邪惡的眼睛和滑膩的嘴唇。我能在腦海中想像過去那些美好的事物。」

第十回： 周勃

	本回人物介紹
周勃	漢朝元老推翻呂后集團的主腦，劉恆的右丞相
劉恆	漢朝第五任皇帝，本回主角
陳平	漢朝元老，推翻呂后集團的主腦之一，劉恆的左丞相
薄太后	薄姬，劉恆的母親

周勃是劉恆在位期間的右丞相。劉恆登基後不久，他想更了解天下的狀況。一日，他問周勃：「我們的法庭每年審理多少訴訟案件？」

「我不知道,」周勃回答。

劉恆又問:「政府的年收入是多少?」

「我也不知道,」周勃回答,汗流浹背。

劉恆轉向左丞相陳平,問:「您知道嗎?」

「財政負責人知道,您可以問他,」陳平回答。

「誰是財政負責人?」劉恆問。

「財政部長知道,」陳平回答。

「既然所有政府行政都由部門負責人執行,那你們作為丞相的職能是什麼?我為何需要丞相?」劉恆問。

「丞相應該專注於政府的宏觀問題,例如向皇帝提供戰略建議,促進政策變革,聘用和組織官員,提升政府的民眾支持度,加強國家安全,」陳平回答。

這個回答讓劉恆啞口無言。

周勃對自己作為丞相的無能感到羞愧。他的親密朋友後來警告他:「您因推翻呂氏家族並將皇位獻給劉恆而獲得了巨大的功勳。然而,您的威望越高,您的位置就越危險。」周勃警覺這種風險而辭職。令他驚訝的是,劉恆輕易地接受了他的辭呈。這讓周勃感到寒意並擔心劉恆有一天會消除他。於是周勃立即回到了他的封地。

在接下來的兩年裡,每當朝廷派使者到訪他的封地時,周勃都感到緊張。擔心自己會被逮捕,他和他的家人在使者抵達他的莊園時穿上軍裝。當使者注意到他的奇怪行為時,他們將觀察和懷疑報告給劉恆,假設周勃正在準備叛亂。劉恆隨即發起調查。司法部門隨後逮捕並審問了周勃。在審判中,他無法回答荒謬和惡劣的指控。周勃的家人隨後賄賂了審判法官,法官建議他們尋求長平公主的幫助,她是劉恆的女兒,也是周勃的兒媳。公主將此案告知了薄太后。

當薄太后聽說這個案件時,她不相信周勃計劃叛亂的指控。她召見她的兒子劉恆開會。在會議上,她憤怒地行動,摘下了她的王冠,朝劉恆扔去。她對劉恆大喊:「周勃是推翻呂氏家族政變的關鍵人物。他把皇位獻給了您。當他擔任南北軍司令時,他親自將玉璽交給了您。如果他想篡位,當時就可以這樣做。現在他深陷於一

個小封地，怎麼可能會叛亂？認為他計劃叛亂是荒謬的。您以懲罰來回報一個忠實的支持者。這不是做皇帝的方式。」

劉恆立刻向他憤怒的母親道歉，說：「我已經審查了審訊報告，發現指控是假的。我正準備釋放他並恢復他的貴族地位。」

當周勃被釋放時，他開玩笑說：「我曾有權指揮百萬士兵的軍隊。現在，一個低級法官對我擁有更大的權力。」

第十一回：新血

<table>
<tr><td colspan="2" align="center">本回人物介紹</td></tr>
<tr><td>劉邦</td><td>漢朝始創人</td></tr>
<tr><td>蕭何</td><td>忠於劉邦的元老</td></tr>
<tr><td>曹參</td><td>忠於劉邦的元老</td></tr>
<tr><td>張良</td><td>忠於劉邦的元老</td></tr>
<tr><td>陳平</td><td>忠於劉邦的元老</td></tr>
<tr><td>灌嬰</td><td>忠於劉邦的元老</td></tr>
<tr><td>賈誼</td><td>劉恆的年輕大臣</td></tr>
<tr><td>晁錯</td><td>劉恆的老師，後升任為大臣</td></tr>
</table>

公元前 175 年，劉恆統治的第五年，所有忠於劉邦的元老，如蕭何、曹參、張良、陳平和灌嬰都已經去世。劉恆幸運地又得到了一位傑出的謀士來替代他們。他的名字叫賈誼。他是個神童，出生於洛陽市。他十八歲時就能背誦所有經典書籍。河南郡的太守招募他為謀士。這位太守後來向劉恆推薦了賈誼，劉恆任命賈誼為太學博士。

公元前 178 年，發生了日食。劉恆將其解釋為不祥之兆，預示著他的錯誤即將受到懲罰。他於是寫信給大臣們：「請討論我的錯誤並坦率地發言。我需要公正和突出的批評與建議，以便我將來避免犯錯。」

賈誼隨後向劉恆提出了一個辯證的建議，說：「春秋時期齊國

著名的丞相管仲曾說，只有當人民衣食無憂時，他們才會真正重視恥辱與榮譽。我們從未聽說過饑餓中的人民能使國家安寧。當男人停止耕作時，別人就會缺乏食物。當女人停止紡織時，別人就會受寒。如果人們不努力工作和節約，國家就無法積累財富。然而，社會上的奢侈和墮落卻在不斷上升。當生產跟不上消費時，國家的財富將會耗盡。自漢朝建立以來的過去四十年裡，政府和人民都沒有足夠的儲蓄來克服危機，如旱災、洪水和戰爭。強壯和年輕的人組成幫派成為強盜。虛弱和年老的人賣掉他們的孩子作為奴隸。然而政府無能為力。如果政府有足夠的儲蓄和糧食庫存，所有這些危機都可以克服。因此，我們應該提倡農業、勤奮工作和儲蓄。」

劉恆同意賈誼的觀點，並宣布將皇家農田開放給公眾。為了樹立榜樣，他參與了其土地的耕作。

賈誼還寫道：「匈奴屢次掠奪我國，蹂躪我民。然而，朝廷卻通過送寶物、絲綢和女子來安撫他們。我們有勇敢的戰士和軍事策略家嗎？我們應該哭泣，流下苦涕。在今天的和平環境中，我們的軍事人員不是為了對抗敵人而做準備，而是沉迷於狩獵野獸。他們只關心眼前的享受，忽視了潛在的危機。我們應該再次哭泣，流下苦涕。

如今，富人住在豪宅中，他們的生活方式比皇帝還要奢侈。演員和妓女所戴的珠寶比皇后還要珍貴。陛下節儉簡樸，只穿粗布衣服，而富人家中掛著五彩繽紛的絲綢簾幔。一人的節儉無法彌補十人的浪費。一人的勤勞無法養活十個懶人。因此，無法防止窮人的饑餓。

社會的道德標準已經惡化。成年兒子打他們的父母。媳婦與公婆爭吵。公公在媳婦哺乳嬰兒時坐在她旁邊。很少有人關心禮義廉恥。因此，我們需要在社會中引入更多的儒家道德。

我們應該培養高尚的道德標準和規範。它們在預防犯罪方面有效，而法治只在犯罪發生後才有效。周朝持續了八百年，因為他們的治理是基於高尚的道德標準和規範。秦朝只持續了十四年，因為他們只依賴法治。」

劉恆不同意賈誼的第一點，更傾向於維持對匈奴的現狀關係。

雖然他同意上述最後三點，但他還沒有準備好將儒家思想引入他的政府。

賈誼還寫道：「目前的封建王侯太強大了。他們的封地太大。他們將威脅陛下的政權。對朝廷的起義尚未發生，因為封建王侯還年輕。等他們長大後，他們將與您爭鬥。為了解決這個問題，您可以允許一個王的所有後代瓜分封地，使每一個後代都繼承一小部分。幾代之後，一個王的每一個後代將擁有封地的一小部分。這樣，就會有成千上萬的小封地，沒有一個足夠強大到能篡奪皇帝。」

劉恆不同意這種策略。他仍然更傾向於舊方式，即由長子或繼承人繼承其父母的整個封地。

太子的老師晁錯是劉恆的另一位才華橫溢的謀士。當劉恆被匈奴在邊境的頻繁侵擾所困擾時，晁錯寫道：「戰爭的三個關鍵因素是地形優勢、士兵訓練和武器裝備。匈奴的地理特徵與我們不同。匈奴的戰馬比我們的更強壯、更敏捷、更快速。匈奴的騎兵比我們的更熟練，劍術和射箭技能也更好。這些是他們在自己的地盤上的優勢，該地盤多山、崎嶇、沙質。另一方面，我們有更強大的箭矢、更銳利的武器和更快速的戰車。我們的盔甲更堅固，我們的戰陣更複雜精緻。這些是我們在自己的平原地盤上的優勢。雖然看起來我們有更多的優勢，但我們的士兵無法忍受他們地形的惡劣環境。因此，我建議向北方與匈奴敵對的部落提供武器和軍事援助。這些部落將成為我們的盟友和對匈奴的威懾。」

晁錯還寫道：「我還建議促進向我們北部邊境的遷移和定居。我們需要建造由城堡、深壕和城牆保護的小城。每座城必須足夠大，能容納成千上萬的家庭。每座城必須有醫院和墓地。為了鼓勵人們定居這些城，我們可以向願意遷移的人提供免費的耕作工具、保暖衣物、牛和食物。我們還可以提升他們的社會地位。我們還可以免除他們的人頭稅。我們還可以分配土地給他們。一旦家庭在那裡建立了根基，他們將組成當地民兵，以對抗匈奴的侵擾。到那時，朝廷可以為他們提供軍事訓練。這種方法將節省我們的金錢和努力。」

劉恆支持這一策略，並啟動了向北部邊境遷移的計劃。

晁錯還建議推廣騎馬和純種馬的養殖。為了促進馬匹的繁殖和飼養，政府鼓勵個別家庭飼養馬匹，如果這家庭飼養一匹馬，政府將括免它的三位成員的人頭稅。不久，全國的馬匹數量迅速增加。

幾年後，劉恆將他的政策由被動安撫轉變為積極準備強大的防禦。

第十二回： 劉恆的遺囑

本回人物介紹	
劉恆	漢朝第五任皇帝，本回主角
竇漪房	竇皇后，劉恆的妻子
劉啟	劉恆的兒子，太子
薄太后	薄姬，劉恆的母親

劉恆於公元前 157 年夏天去世，享年四十六歲，在位二十三年。他死後被封諡號為漢文帝（意為漢朝寬仁的皇帝）。經過二十年的辛勤工作和謹慎治理，劉恆從動蕩和貧困的開端，建立了一個和平繁榮的國家。犯罪率大幅下降。中產階級快速增長。人民的財富和儲蓄極為豐厚。國庫充滿了錢財和珍寶，以至綁錢的鐵鏈都生鏽了。皇家倉庫裡堆滿了儲存多年的糧食。人口數量也增加了數百萬。然而，劉恆一生節儉，沒有翻修宮殿。他減少了皇家所擁有的馬匹、戰車和馬車的數量。他將皇家花園開放給農民、獵人和漁民。

竇漪房皇后是最先在劉恆臨終時見到他的人。她用雙手慈愛地撫摸著他的臉和額頭，試圖安撫他。當她回想起與他共度的快樂時光時，淚水從她的眼角滑落。她記得自己愛上他的那一天，他在關鍵時刻的興奮，以及他的恐懼和淚水。

劉恆用微弱的聲音對她說：「不要哭。我已經完成了我誓言要做的事，現在是時候離開了。我必須感謝您一生對我的愛、理解、

鼓勵和寬容。沒有您，我不可能有力量和智慧去完成這麼多事。請指引我們的兒子劉啟，繼續我的使命和理想。您還記得我們最初在山丘洞裡面避風沙時，您唱那首歌嗎？您可以再唱一次給我聽嗎？」

於是, 竇漪房握著他的手，他也盡力握著她的，然後，竇漪房輕聲地在他耳邊唱。在她還沒有唱完，他的手已經放下，微弱的呼吸已經停頓，但他的面孔還很祥和，好像對的竇漪房微笑著，說道：「我要走了，我等待您。」

劉恆在臨終前寫下了關於他葬禮的遺囑，其中寫道：「世上萬物皆有始有終。既然死亡是自然現象，不值得哀悼。人們都慶祝生日，恐懼死亡。如今，人們因華麗奢侈的葬禮而破產。人們在守靈中浪費太多時間。我不贊成這種做法。既然我不德，對人民沒有做出太多好事，我不應該有華麗的葬禮。如果我要求我的人民為我哀悼很長時間，穿著粗糙薄弱的衣服，冬天感冒，限制他們的活動，降低他們的活力，傷害他們的情緒，並停止祭祀祖先，我將加重我的罪孽。

我有祖先的祝福，給了我二十多年的皇位。我感謝天，國家現在和平繁榮。雖然我不聰明，但我一直提醒自己不要犯會羞辱祖先的錯誤。我害怕我無法長時間行善。現在我已經充分享受了人生，很高興能與父親在天堂相聚。因此，無需為我哀悼。

我現在命令所有政府官員和平民只守靈三天。三天後，所有官員應脫下哀服，照常回到工作崗位。三天後，政府不應禁止婚禮和祭祀儀式、吃肉和喝酒。葬禮上的哀悼者不應赤腳行走。繫髮和腳的麻繩不得超過三寸長。軍隊不應護送葬隊。政府不應組織普通百姓來宮殿為我哀悼。所有哀悼者不得哭泣超過十五次。我的墓地不得以任何方式改變。黃金、白銀、銅、鋅和珠寶不得用作葬禮物品。宮中所有低於『夫人』級別的妃嬪和侍婢應被送回家。」

劉恆去世後，他的兒子劉啟在二十八歲時被加冕為下一任皇帝。竇皇后成為太后。薄太后，後來成為太皇太后的薄夫人，次年去世。

第十章： 劉啓執政

第一回： 七國之亂

本回人物介紹

劉啟	劉恆的兒子，漢朝第六任皇帝，本回主角
竇太后	竇漪房，劉啟的母親
晁錯	劉恆的老師，後升任為大臣
劉濞	劉邦的姪，吳王
應高	劉濞的大臣
劉卬	膠西王
劉武	劉啓的弟弟，竇太后的兒子
袁盎	劉恆和劉啟的臣子
周亞夫	周勃的兒子，劉啟的將軍
周勃	漢朝元老推翻呂后集團的主腦

本回地點介紹

膠西國	山東省
楚國	江蘇省
趙國	河北省，陝西省，山西省
膠東	山東省
濟南	山東省
菑川	山東省
濟北國	山東省
梁國	安徽省

漢朝的新皇帝劉啟，提拔他的老師晁錯為御史大夫，這是政府中一個高級且有權勢的職位。由於與皇帝關係密切，晁錯主導了政府。隨著劉濞的叛亂迫在眉睫，晁錯向劉啟建議說：「自從您祖父劉邦創立漢朝後，他希望將國家的控制權保持在劉家手中。因此，他切割了許多國家，封賞給他的兄弟、兒子和姪子。由於他兄弟不多，且兒子年幼，封賞的國家擁有廣大的領土。因此，齊國有七十多個郡，楚國有四十多個郡，吳國有五十多個郡。吳王劉濞因為您多年前殺了他的兒子，對您懷恨在心。他以生病為借口，抗拒每年朝見皇帝的規矩。如此違規，本應判死刑。您仁慈的父親多年來一直忍受他的違規。然而，他把您父親的仁慈當作理所當然，不但沒有糾正自己的行為，反而有意加劇。他鑄造大量銅幣，從海水中提煉大量鹽。他通過招募前罪犯和奴隸來組建龐大的軍隊。如果我們現在收回他的部分領土，他將反抗我們。即使我們不收回他的領土，他遲早也會叛亂。如果我們拖延行動，以後的麻煩將難以控制。」

聽到這些建議後，劉啟召開了一次高級官員會議，進一步討論此事。在會議上，沒有人敢反對晁錯的提議。因此，朝廷決定不僅收回劉濞的部分領土，還收回所有其他國家的部分領土。

朝廷收回諸侯國部分領土的新政策，讓所有國家震驚。小國家執行了這項政策，不情願地放棄了部分領土。像齊國和楚國這樣的大國家想要抵抗。劉濞認為這是組建反對朝廷聯盟並最終推翻劉啟的絕佳機會。

劉濞派遣使者應高去遊說膠西王劉印。應高訪問了膠西國，對劉印說：「我們的皇帝信任那邪惡的晁錯，他提出從諸侯國收回封地的政策。朝廷聽從了他的建議，對那些抵抗這一政策的王實施嚴屬懲罰。作為御史大夫的晁錯濫用職權。我的主人因健康不佳無法每年朝見並向皇帝報告。晁錯對這個小過失重視，提議從我的國家收回兩個郡作為懲罰。我聽說他計劃對貴國也進行類似的懲罰。」

「我們能做什麼？」劉印擔心地問。

「我的主人計劃帶頭反抗，迫使朝廷罷免晁錯。您覺得如何？」

「我不敢反抗皇帝！」劉卬驚恐地喊道。

「我們可以宣稱我們的目標是清除朝廷的邪惡勢力，對皇帝的忠誠使我們不得不這樣做，我們的目標不是皇帝。許多王會支持我們的行動，因為他們和我們處於同樣的遭遇。如果我的主人和您帶頭反抗，許多王會加入我們的聯盟。我們將建立一支強大的軍隊來打敗朝廷。我們的勝利將創建一個對我們更有利的政權。然後將重繪國家地圖，只包括聯盟中的王。這將是一項歷史性的成就，」應高說。

劉卬被應高的論點所說服。

「我們下一步的任務是遊說其他王加入我們的事業，」應高說。

劉卬隨後派出秘密使者遊說其他王。不久，楚國、趙國、膠東、濟南、菑川紛紛同意加入聯盟。這七個國家集結了四十萬士兵的軍隊。

三個大國沒有加入聯盟。齊王與皇帝劉啟關係良好。濟北國正忙於建設基礎設施，拒絕加入。梁王劉武是竇太后最年輕、且最寵愛的兒子，也是皇帝劉啟的弟弟。這兩兄弟關係親密。因此，劉武決心捍衛他的哥哥，直到最後一個士兵。

宮廷護衛隊副指揮官袁盎曾是前任皇帝劉恆的密切謀士。他長期服務，使他能與皇室成員親近，包括年輕的皇帝劉啟。因為袁盎經常在劉啟面前批評晁錯的想法，晁錯將袁盎視為競爭對手和敵人。在七國之亂期間，晁錯指控袁盎接受了劉濞的賄賂。經過一些寬鬆的調查，袁盎被判有罪，並被處以死刑。劉啟後來赦免了他，但解除了他的職務並剝奪了他的貴族地位。不滿的袁盎渴望有機會報復晁錯。他請求他以前的上司、宮廷護衛隊統帥竇嬰，讓他私下見皇帝，解釋七國之亂的真正原因。當他進入皇帝的臥室時，劉啟正在與晁錯討論應對叛亂的戰略和後勤事宜。

劉啟問袁盎：「您對七國之亂有何看法？」

「沒什麼好擔心的，」袁盎回答。

「七國集結了四十萬士兵，劉濞擁有巨額財富。他一定為這場戰爭準備了多年。我們為何不應該擔心？」劉啟問。

「雖然劉濞很富有，但他沒有招募到能幹和智慧的助手。否則，他的助手一定會勸阻他反抗朝廷。他一定是招募了一幫強盜、無賴、前罪犯、逃犯、礦工和奴隸。他們只是一堆散沙，」袁盎回答。

「袁盎的觀點是正確的，」晁錯插嘴說。

「那我們該如何應對他們？」劉啟問。

「我可以私下與陛下談談嗎？」袁盎請求。

劉啟隨即要求所有在場的工作人員，包括晁錯，離開房間。

袁盎接著低聲說道：「七國已宣布他們要求撤銷晁錯並取消從各國收回土地的政策。一旦他們的要求得到滿足，他們將撤回軍隊。您有兩個選擇：要麼與他們作戰，要麼屈服於他們的要求。作戰將毀掉您和您父親數十年來建立的國家繁榮，並造成不必要的流血。如果您屈服於他們的要求，您的犧牲將會少得多。」

「我不知道他們的要求是否真誠。如果是真的，我不會為了一位心愛的大臣而傷害全國上下，」劉啟說。

「這只是我的意見。由您來決定，」袁盎斷然說。

十天後，劉啟讓另外兩位高級大臣起草了一份彈劾晁錯的文件，指控他叛國。彈劾還判了叛國的死刑。劉啟忽忙簽署了彈劾。當晁錯前往前線時，他被召喚到宮中見皇帝。他不知道彈劾的存在，就和帶來召喚的使者一起乘坐馬車。在旅程中途，一群士兵襲擊了馬車，將晁錯斬成兩半。

晁錯死後，劉啟派袁盎前往吳國談判休戰。袁盎到達吳軍營地時，發現吳和楚的聯軍已攻打了梁國，奪取了其兩個縣份。劉濞嘲笑他，笑著說：「我很快就會成為東方的皇帝。我為何要和西方的皇帝談判？」他隨後扣押了袁盎，袁盎幸運地逃脫並返回京城。

袁盎向劉啟報告了休戰不可能後，劉啟決定對七國發動戰爭。他問袁盎：「誰應該是我們這場戰爭的統帥？」

「我推薦周亞夫。他是周勃的兒子，周勃是您祖父的老將，曾支持您父親登基，並在您父親統治下擔任首任丞相。他的忠誠毋庸置疑。因此，您可以委託他指揮大軍。他也是一位優秀的將軍，以軍隊的無懈可擊紀律聞名。我曾聽說過您父親和周亞夫之間的一段

往事。您父親曾想拜訪周亞夫指揮的軍隊以提振士氣。當他抵達軍營大門時，被守門人攔住了，守門人說：『根據將軍的命令，沒有官方通行證的人不得進入。』您父親的護衛告訴守門人：『他是皇帝，不需要通行證。』守門人回答：『軍隊的士兵只遵從將軍的命令，不應遵從皇帝的命令。』最終，一位隨行官員拿出並展示了皇帝的徽章，並對守門人說：『請傳話說皇帝已經到達，他要求將軍允許他進入。』不久，將軍下令開門。一位紀律官員告訴您父親的隨從：『根據將軍的命令，任何人不得在軍營內疾馳馬匹。』您的父親隨即謙卑地下馬，步行前往指揮帳篷。周亞夫身穿軍服走出來，對您的父親說：『請原諒我無法下跪，因為軍服限制了我的行動。』您的父親不但沒有生氣，反而對周亞夫嚴明的紀律印象深刻。」

「是的，我父親曾告訴我，周亞夫是一位優秀的將軍。他還提醒我，如果我的政權遇到危機，要依靠周亞夫，」劉啟說。

劉啟於是任命周亞夫為大軍統帥，首要任務是平定叛亂。周亞夫向劉啟建議：「楚軍英勇、敏捷、無畏。我們不應該正面與他們交鋒。如果我們暫時不去救援梁國，大約一個月左右，請求梁王再堅持一段時間，我們就有時間繞到吳、楚兩軍的後方，切斷他們的糧食補給路線。這樣我們就能夠征服他們。」劉啟同意了這個策略。

接下來的一個月裡，梁王多次向周亞夫發出救援請求，但周亞夫堅決無視。他派遣一支軍隊前往吳、楚兩軍的後方，摧毀了他們的補給鏈。周亞夫指揮的軍隊在一個堅固的防禦位置上埋伏下來，等待著吳、楚兩軍的崩潰。幾十日後，吳、楚兩軍大量士兵因饑餓而死亡，更多的士兵逃跑。周亞夫隨後發動猛烈攻擊，大敗敵軍。被擊敗的劉濞帶著少數士兵逃走，而楚王自殺。

在這場決定性的勝利之後，周亞夫轉向西方救援梁國。另外五個國家的聯盟在聽聞吳、楚兩軍戰敗的消息後土崩瓦解。他們的將軍和士兵大量逃亡。聯盟中的一些王宣布投降，向皇帝尋求赦免。其他一些王則自殺。

七國之亂在三個月內被平定。在這場危機之後，周亞夫被提拔

為丞相，袁盎恢復了他的舊職。他們兩人皆成為朝廷中的權臣。

第二回： 皇室內的風波

本回人物介紹

劉啟	劉恆的兒子，漢朝第六任皇帝，本回主角
竇太后	竇漪房，劉啟的母親
臧兒	燕王的孫女
王娡	臧兒的女兒
金王孫	王娡的丈夫
劉徹	劉啟的第十兒子，王娡的獨子
劉榮	劉啟的長子
栗姬	劉榮的母親
劉嫖	皇太后竇漪房的長女，劉啟的姐姐
陳嬌	劉嫖的女兒，嫁給劉徹
呂雉	已逝世的太皇太后，劉邦的妻子
戚姬	劉邦的寵妃，後被呂雉殘殺

　　宮內爭鬥比起戰場上的廝殺更為險惡。在這璀璨而堅不可摧、看似寧靜的皇宮裡，實則暗流湧動。皇帝的美艷妃嬪、公主、皇后乃至太后間的爭寵與權謀，猶如隱藏在華麗外表下的惡毒角力。這宮殿本質上是一處無血的殘酷戰場。

　　劉啟在尚為太子時，曾與祖母薄太皇太后的一位孫女成婚，這門婚姻完全出於薄太皇太后的操控。劉啟對初妻並無好感，始終與她保持距離。薄太皇太后駕崩後，劉啟迅速廢棄了初妻，撤銷了她的皇后頭銜，並剝奪了她的貴族地位。

　　在劉恆的統治時期，燕王的孫女臧兒有一女，名王娡，嫁於金王孫。一位占卜師向臧兒預言，她的女兒將獲得難以言喻的高貴地位。臧兒心知，除非王娡能嫁入皇族，否則此預言不可能成真。於

是，不顧金王孫的反對，她強行使王娡與金王孫離婚，並將女兒獻給了太子劉啟。劉啟對王娡的絕美容貌情有獨鍾。一年後，王娡為劉啟誕下劉徹，這是劉啟的第十個兒子。懷孕期間，王娡曾對劉啟說，她夢見太陽進入了她的子宮。劉啟視此為祥瑞，因而極度寵愛這位幼子劉徹。

由於初妻未能生育，劉啟長期未立太子。同樣地，在廢棄初妻後，皇后之位亦空缺多年。劉徹出生的那一年，朝臣們敦促劉啟封立太子。劉啟只得勉強指定其長子劉榮為太子。

劉榮之母粟姬，風華絕代，卻性情簡單、易妒易怒。她不解，為什麼自己的兒子成為太子多年後，她仍未被立為皇后。她未曾意識到，劉啟對她的多疑性格有所顧忌，且更鍾愛王娡。粟姬擔心丈夫的愛意轉淡，總是急切地想知道他每晚與誰共寢。她錯誤地渴望擁有丈夫的專情，卻忘了她的丈夫是皇帝，擁有納妾的權利。有次她問劉啟：「您昨晚與誰同寢？是王娡嗎？」劉啟直截了當地回答：「這與您無關。」

劉啟的姐姐劉嫖與他關係親密，深知兄長的情慾之強。為了取悅他，劉嫖常向劉啟推薦美貌女子。宮中的許多美妃，皆是劉嫖引薦的。粟姬嫉妒心起，對劉嫖的行為極為反感，甚至視她為拉皮條者。粟姬曾指著劉嫖大聲斥責：「您除了拉皮條外，難道沒有更好的事做嗎？」劉嫖是一名善於外交且具有政治智慧的人，她總是避免與粟姬正面衝突。她不想與粟姬結怨，畢竟粟姬將來或許會成為皇后。為了緩和與粟姬的關係，劉嫖提出讓她的女兒陳嬌嫁給粟姬的兒子劉榮。然而頭腦簡單的粟姬並未意識到這是她與劉嫖交好，獲得成為皇后支持者的絕佳機會。她被對劉嫖的憎恨沖昏了頭腦，立即拒絕了這個提議。

受挫且羞愧的劉嫖轉而接近王娡，提議讓她的女兒陳嬌與王娡的兒子劉徹成婚。王娡意識到這是提高她在皇室內地位的絕佳機會，便立即接受了這個提議。

被粟姬拒絕而感到受辱的劉嫖開始在劉啟面前誹謗粟姬。她對她弟弟說道：「您非常愛王娡。但要當心，如果粟姬成為皇后，她會在您死後折磨並殺死王娡。還記得呂雉殘忍折磨並殺害戚姬的

『人豬』事件嗎？」『人豬』這個詞讓劉啟感到寒冷透骨，他對粟姬的多變個性也心存戒備。為了測試粟姬對其他嬪妃的友善態度，劉啟曾問粟姬：「如果我早死，您願意照顧我所有的兒子嗎？」頭腦簡單而心胸狹窄的粟姬回答說：「我為什麼要照顧您周圍所有狐狸精的兒子？」這個答案對劉啟是一個警鐘。他想：「她未成為皇后，就對我的其他嬪妃如此冷漠和對立。如果她在我死後成為太后，那會有多可怕？」劉啟在得知她冷酷個性後開始與她保持距離。

而劉徹在成長過程中，劉啟比起他的長子更喜愛他。劉徹聰明、活躍、愛冒險、大膽。劉啟曾幾度考慮更換太子，但一時卻下不了決心。

一個晚上，粟姬突然闖入劉啟的臥室，期待找到他與王姞同床。碰巧劉啟獨自一人。沮喪的劉啟問：「您為什麼未經我的允許就進來，還吵醒了我？」粟姬回答：「我想知道王姞是否與您在一起，以及您如何滿足她。」劉啟對她大喊：「您瘋了嗎，這麼說？」她反駁：「我沒有！」劉啟隨即呼喚衛兵將她推出房間。就在她被推出房間的那一刻，她說道：「他是隻老狗。他怎麼能滿足這麼多的狐狸精？」劉啟聽到了她的話，對她的評論感到深深的侮辱。他大聲回應：「走開！我不想再見到您。」

第二天早上，劉啟下定決心要廢除粟姬並更換太子。王姞聽說了劉啟與粟姬之間的爭吵。為了火上澆油，王姞請一位大臣向皇帝上奏，建議任命粟姬為皇后。這位天真無知的大臣第二天早晨果然在朝廷上提出了這項請願。劉啟勃然大怒，對大臣喊道：「您瘋了嗎？您應該說這些嗎？」他當即命令處決該大臣。

劉啟很快宣布更換太子。七歲的王姞之子劉徹被任命為新太子。粟姬的兒子劉榮被降為臨江王。粟姬被廢除，她的貴族頭銜被撤銷。王姞被任命為皇后。粟姬不久後去世。

第三回： 袁盎被暗殺

本回人物介紹

劉武	劉啟的弟弟，竇太后的愛子
竇太后	竇漪房，劉啟的母親
劉啟	劉恆的兒子，漢朝第六任皇帝，本回主角
袁盎	劉恆和劉啟的臣子
周亞夫	周勃的兒子，劉啟的將軍，平定七國之亂有功，被升為丞相
羊勝	劉武的大臣
公孫詭	劉武的大臣

本回地點介紹

梁國	安徽省

梁王劉武是竇太后最小且最寵愛的兒子。他的國家擁有四十多個郡縣，土地肥沃，擁有華麗的宮殿和花園。他的母親給了他數以萬計的黃金和珠寶，遠超過她給予她的長子、皇帝劉啟的數量。他與劉啟的關係也很密切。每逢他訪問京城，劉啟親自接見他，與他同乘一輛馬車，一同用餐和打獵。

在劉啟尚未指定太子之前，他甚至曾開玩笑地對劉武說：「我死後，您將繼承我的皇位。」竇太后雖然知道劉啟並不是認真的，但她對這番話私下裡還是感到高興。

劉武在平定七國之亂時，對抗叛亂的諸王，也因此贏得了聲望。他變得更自負，以至於許多大臣對他既厭惡又畏懼。

在劉啟廢除劉榮的太子身份，且在劉徹被指定為太子之前，竇太后在一次晚宴上向劉啟提議：「劉武應該成為您的繼承人。」劉啟後來就此提案與大臣們商議。袁盎堅決反對這一提議。他說：「這絕對不應該發生。歷史已經顯示，這樣的安排導致了多次內戰、或國家的衰落。我們的開國君主劉邦曾規定，皇帝的繼承人必須是他的兒子。」這番話惹惱了竇太后和劉武。

另一次，劉武向朝廷申請批准建造一條連接梁國和京城的高速公路，以便於他前往京城。袁盎再次反對。劉武還憎恨丞相周亞

夫，因為周亞夫在七國之亂期間延誤了救援他的行動，這次延誤差點奪走他的性命。由於袁盎是周亞夫的堅定支持者，並成為他崛起的障礙，劉武極度憎恨袁盎。

劉武隨後與他的大臣羊勝、公孫詭密謀刺殺袁盎。在一個黑暗的夜晚，袁盎和其他十位高級官員遭到暗殺。

這起大規模暗殺案震驚了朝廷和京城的所有人。劉啟下令深入調查，並逮捕刺客。劉啟回想起劉武與袁盎之間的恩怨，懷疑刺客與梁國有關。於是他派遣刑事偵查員前往梁國。調查員發現證據顯示羊勝和公孫詭是暗殺案的主謀。朝廷隨即下達了逮捕羊勝和公孫詭的命令，但一個月都未能找到他們。他們其實藏在劉武的宮殿中。梁國的丞相懷疑劉武是暗殺案的幕後主謀，而羊勝和公孫詭一定藏在宮殿內。丞相於是對劉武說：「如果我一個月內找不到羊勝和公孫詭，朝廷會處決我。與其被朝廷殺死，我寧願被您殺死。」

「別太認真，」劉武說：「皇帝是我的兄弟。」

「我可以問您一個問題嗎？對皇帝來說，他的長子和您，誰更親近？」丞相問。

「當然是他的兒子，」劉武回答。

「他廢除他兒子的太子身份，不僅是因為與粟姬，前太子的母親的爭吵。他這樣做是為了他的政權的最大利益。如果他發現您有過錯，他會保護您並危及他的政權嗎？」丞相問。

「不，我不這麼認為，」劉武回答。

「皇帝即使您犯了重罪也不敢懲罰您，因為他不想傷害竇太后的感情。然而，竇太后去世後，您還能依靠誰？」丞相問。

「朝廷對這個案子很嚴肅。羊勝和公孫詭這兩個惡棍最終會被發現並逮捕。他們被捕後會供出什麼？」丞相繼續問。

「嗯？」

「現在悔改還來得及，」丞相勸告。

劉武醒悟過來。他隨後命令羊勝和公孫詭自殺，並將他們的屍體交給朝廷。

劉啟對這起案件仍心有不滿，命令他的皇帝使者前往梁國，查明暗殺案的真正幕後黑手。當竇太后聽說此案以及劉啟的強硬立場

時，她整日哭泣並拒絕進食。劉啟進退維谷。為了維持法律和秩
序，他必須逮捕並懲處真正的幕後黑手，而他懷疑劉武就是那個
人。另一方面，他又不想傷害他的母親。

一個月後，使者完成了他的調查，收集了文件，記錄了供詞。
所有這些證據都指向劉武是真正的幕後黑手。在他抵達京城之前，
他焚燒了所有證據。當他空手向劉啟報告時，劉啟問道：「您發現
了什麼？劉武有罪嗎？」

「他有罪。他的罪行應受到死刑，」使者回答。

「告訴我細節。您發現了哪些證據？」劉啟問。

「陛下，請不要再問了，」使者說。

「為什麼？」劉啟問。

「如果您不定他的罪，我們的法律體系將會崩潰。如果您定他
的罪，您將如何處理整日哭泣並停止進食的母親？」使者說。

劉啟與使者一同宣布，羊勝和公孫詭是真正的幕後黑手。

當竇太后聽到這個消息時，她停止了哭泣，開始進食。

第四回： 周亞夫之死

本回人物介紹

周亞夫	周勃的兒子，劉啟的將軍，平定七國之亂有功，被升為丞相
劉啟	劉恆的兒子，漢朝第六任皇帝，本回主角
劉武	劉啟的弟弟，竇太后的愛子
竇太后	竇漪房，劉啟的母親
王娡	臧兒的女兒，劉徹的母親
匈奴	強大的遊牧民族，居住在當今的蒙古和西伯利亞

在七國之亂期間，周亞夫一再推遲救援梁國。這種拖延導致
兩縣失陷，數千梁國百姓喪生。從此，劉武對周亞夫懷恨在心，並

經常在竇太后和劉啟面前誹謗周亞夫。

當劉啟想更換太子時，周亞夫堅決反對。自此，兩人原本親密的關係破裂。

竇太后建議封皇后王娡的哥哥為侯。周亞夫也反對，並告訴劉啟：「我們的開國君主，高祖劉邦制定了一項政策，只有劉氏家族的成員有資格成為王，只有為國家做出巨大貢獻的官員才有資格成為侯。皇后的哥哥不是劉氏家族的成員。他也沒有對國家做出任何貢獻。因此，他無權成為侯。我們不應該違反祖先制定的長期規則。」周亞夫的反對讓竇太后和皇后王娡都感到不悅。

另一次，六位匈奴部落的領袖向漢朝投降。劉啟想封他們為侯並分封土地。周亞夫再次反對，說：「這些領袖對自己的國家不忠。如果您封賞不忠之人土地，就是在樹立壞榜樣。將來您怎麼能指責自己的不忠官員？」劉啟認為周亞夫固執己見，不予理會他的建議。

後來，劉啟邀請周亞夫到宮中共進晚飯。周亞夫的桌上放了一大塊肉，但桌上卻沒有放刀叉或筷子。當尷尬的周亞夫命令侍者拿一雙筷子時，劉啟盯著他笑了。劉啟隨口開玩笑：「您還不滿足於您已擁有的嗎？」周亞夫立刻察覺這話中有問題，驚慌失措。他站起來，脫下官帽，叩頭說：「請恕我。」他驚慌地離開了餐廳。第二天早上，他辭職。他立刻離開京城，退隱到一個偏遠的村莊。

幾個月後，周亞夫的兒子計劃為他的父親建造一座墳墓。兒子還買了許多墓葬物品。其中包括頭盔、劍、矛、箭和盔甲。他買這些作為墓葬物品，因為他的父親有軍事生涯。然而，他沒有支付運送這些物品的工人工資。工人們於是向當地法院提出申訴。當劉啟聽說此案時，他命令調查周亞夫是否有叛亂的意圖。

當地檢察官拜訪周亞夫的家時，周亞夫拒絕回答審訊。檢察官於是逮捕他，帶他到當地法官那裡，法官問：「您為何計劃叛亂？」周亞夫回答：「這些武器是作為墓葬物品的。我們無意叛亂。」法官回答：「雖然您不打算在人間叛亂，但您打算在陰間叛亂。」

法官隨後將周亞夫投入監獄，對他進行折磨。周亞夫想自殺，

但被他的妻子勸阻,她說:「您應該堅持到您的清白得到證明。您應該對國家的法律有信心。」

周亞夫絕望地回答:「我已經深思熟慮,認識到了真相。皇室成員的意見凌駕於法律。在帝制社會中,皇帝和皇室才是最重要的。法律無關緊要。我一直是忠實的擁護者,但我的忠心無關緊要,因為我惹怒了太后、皇后及其兄弟、皇帝的兄弟以及皇帝本人。當他們想讓我走時,沒有任何法律能保護我。對我的叛亂指控只是除去我的藉口。」

周亞夫停止進食五天,餓死了。

第五回: 不干預自由經濟政策的缺點

本回人物介紹

劉啟	劉恆的兒子,漢朝第六任皇帝,本回主角
劉徹	劉啟的第十兒子,王娡的獨子,太子
王娡	皇太后,劉徹的母親
竇漪房	竇太皇太后,劉恆的妻子,劉啟的母親,劉徹的祖母

劉啟於公元前 141 年冬季駕崩,享年四十八歲,在位十六年。他的諡號是「漢景帝」,寓意為漢朝的繁榮之君。他的兒子劉徹,年僅十六歲,便繼承了皇位。他的母親王娡成為新的皇太后,而竇漪房則成為太皇太后。

雖然先前的四個章節揭示了劉啟對手下的殘酷和忘恩負義,但他對於國民卻表現出仁慈的一面。他在位期間,將所得稅率從原先的三十分之一降低了一半。他頒布法令說:「鞭刑和斬首其實沒什麼不同。鞭打可能會造成永久性的殘疾,甚至當場死亡。因此,應將五百鞭的刑罰減至三百鞭,三百鞭的刑罰減至兩百鞭,兩百鞭的刑罰減至一百鞭。鞭打所用的竹條寬度不得超過一寸,末端不得超

過半寸，僅能打罪犯的臀部。」他還規定，所有嚴重罪行的定罪必須重新審查其合法性和公正性，並為刑事案件設立了上訴程序。

劉啓延續了其父實施的道家哲學理念，對經濟和治理問題采取無為政策。這種結合低稅收的政策，使國家從秦朝及漢朝初期的貧困和經濟災難中恢復過來，步入了繁榮與高速經濟增長的時代。

在漢朝開國皇帝劉邦的統治時期，連高級官員出行都得騎牛，皇室成員只能穿粗麻衣服，普通百姓更是勉強糊口。在呂雉和劉恆各自的統治下，通過不干預經濟、降低稅收、政府節約以及逐步的產業私有化，使經濟從低谷中復甦。人民有了充足的食物和溫暖的衣物，生活得以維持，商業和工業也逐漸興盛起來。國家享受了幾十年的平穩繁榮和經濟成長。到了那個時代的末期，國庫積累了大量的盈餘，金庫中堆滿了錢幣，糧倉裡存滿了糧食。

在劉啓的統治期間，由於貨幣供應的大幅增加，經濟繁榮進一步提升，但這也導致了該時期末期的惡性通貨膨脹。劉啓的父親劉恆封賞了一座銅礦給他最喜愛的官員鄧通，並授予他鑄造和發行銅幣的許可。劉恆對吳王劉濞也做了同樣的事。因此，在劉啓初期的統治中，有三種類型的貨幣——官方幣、鄧幣和吳幣。由於對新鑄幣的發行沒有嚴格控制，貨幣供應量的增長失去了控制。這加熱了經濟，因此國家人民享受了多年的繁榮。放任政策、低稅收和私有化是火上澆油的額外因素。

在經濟過熱初期，普通人過得相當富裕。更多的普通人可以騎馬、穿絲綢和華麗精緻的布料、每天吃肉、擁有黃金、銀和玉器飾品，並建造大房子。地方政府官員因為地方政府的賬戶有盈餘，官員們不用太費力，便可以得到良好的報酬，所以他們表現得懈怠且自滿。

所有的經濟體系或多或少都存在漏洞，放任自由的體系也不例外。放任自由體系的第一個弊病是它促使財富集中至極度不穩定狀態。寬鬆的管制和低稅收的自由市場制度使得富人越來越富。富有的地主可以輕易地搶占土地，商人可以自由地形成寡頭壟斷，哄抬價格，控制資源的供求，並剝削勞工。由於富人能夠擁有實物資產和生產資源，控制和操縱價格，並且有能力借貸，他們從惡性通貨

膨脹中受益,而窮困的勞工和農民則需要月復一月地勒緊腰帶。

　　這種經濟不平等導致了許多其他類型的弊病。儘管劉啟政府試圖打擊貪婪的商人,保護弱勢群體,但奴隸貿易仍然猖獗;賣淫行業因為很多貧窮的婦女無路可走而蓬勃發展;到處都是放高利貸者;自殺和殺嬰的比率很高;貧困低層階級的苦難絲毫不亞於秦朝時期。另一方面,富有的地主、商人和有權勢的貴族的奢侈程度甚至超過皇帝。社會道德陷入深淵。由於不干預政策,富人可以通過賄賂政府官員獲得不公平的優惠和利益。因此,腐敗橫行。腐敗的政府官員經常利用治理政策的漏洞或公然違法。這種情況在劉啟去世前一年的一項法令中被揭露。他寫道:「我希望強大和富有的人不會壓迫弱小和貧窮的人,大集團和實體不會壓迫小集團和實體,弱者和老人能夠舒適地生活,孤兒能夠長大成人。然而,在過去幾年的歉收中,許多人缺少食物。為何?是誰的責任?很可能是一些官員違法、受賄、搶劫、壓迫人民。許多地方官員利用法律的漏洞。他們只不過是土匪。這種現象令我心碎。因此,我將追究所有級別的政府官員的責任。我要求丞相和其他部長識別並向我報告腐敗和懶惰的官員。他們將被相應地懲處。」

　　表面上的繁榮、深層的惡性通貨膨脹和兩極分化極端的現象是不穩定的,將導致內亂或經濟的劇烈逆轉或崩潰。財富不平等是導致七國之亂的因素之一。七個叛亂王能夠迅速集結四十萬士兵,因為社會基層人民感到困苦並願意加入叛亂。

第十一章： 劉徹執政

第一回： 獨尊儒術

本回人物介紹	
劉徹	漢朝第七任皇帝, 本回主角
董仲舒	儒家學者，一位低級官員
竇嬰	竇太皇太后的姪
竇漪房	竇太皇太后，劉恆的妻子，劉啟的母親，劉徹的祖母
田蚡	王娡太后的同母異父的兄弟
王娡	皇太后，劉徹的母親
王臧	劉徹的大臣
趙綰	劉徹的大臣

　　劉徹加冕六個月後，頒布一道詔書，招募有德行且直言敢言的人才。因此，他設立了一場考試，主題是關於當今治國之道。超過一百人參加了考試，最佳答案由董仲舒所寫，他寫道：「道即是治國之法，仁義禮樂乃其器。雖周代古聖大王已逝，其子孫久存，為國家帶來數百年的安寧。這全是禮樂制度，儒家核心觀念的結果。

　　人追求財富猶如洪流，沒有教育之堤，無法阻止人欲之溢。因此，我們應在京城設立大學，以教育全國；在地方設立中小學，以教育鄉村。我們應以仁慈感化，以道德培育，以禮儀調節人民。

　　若教育施行，風俗改善後，即使對罪行的懲罰非常輕微，人們也不會犯罪。啟蒙有明顯效果，因為人們及其後代將遵循良好的風俗和習慣五六百年。

　　秦朝摧毀古人的良好風俗，以嚴苛的法律治理天下，故僅十四

年便滅亡。它的錯誤至今仍造成傷害，導致頹廢，狡猾之人橫行，罪犯無所畏懼。我們現在必須清除壞習慣，建立新的風俗。

周朝初期，國家和平，監獄空虛。這是因為教育的影響和仁義道德的灌輸，而非刑法的施行。相反，秦朝堅持法家理論，不喜儒家教義。它的統治者認為人們天生貪婪，應以嚴格法律管控，不顧罪行的根源。因此，善良的人可能不免受罰，邪惡之人可能逃避懲處。結果，政府官員做表面工作，對皇帝和上級表面尊敬，心中卻懷著背叛和叛亂之意。他們虛偽且用詐欺奪取財富和權力。政府嚴厲懲罰和殺害無數人，但惡行並未因壞習慣而熄滅。

若政府欲選拔人才，必須不斷培養知識分子。一個有效的方法是設立大學。我建議建立大學，聘請博學的教授，培養眾多知識分子，並設立定期考試，使學生能展現他們的才能。如此，便可選拔出人才。

所有地方官員應成為民眾的導師和榜樣。若地方官員素質低下，他們將無法教育民眾和執行法律。相反，他們將與同行串通並欺壓百姓。若民眾受苦無處申訴，其怨氣將導致抗議和叛亂。這些都是因為地方官員的愚蠢和腐敗所致。

如今，大多數地方官員出自富裕家庭，通過裙帶關係成為官員。然而，富裕人士和貴族子弟未必有功勳。這些人成為官員後，經常游手好閒。游手好閒久了，他們還可以依年資晉升。因此，能幹者和平庸者無異。

我建議每年從基層選拔有才之士，在朝廷實習。然後，我們將評估他們的才能和品德，提拔有德有才幹者，懲罰愚蠢和邪惡者。我們不應以年資為晉升標準，而應重視真正的能力。如此，我們便能區分有德者與無恥者，並淘汰後者。

如今，高官出身富裕家庭，享有豐厚薪水。然而，他們利用強大的財力從事工商業，與普通民眾競爭。工商業是普通民眾的事務，而教育民眾追求仁義是政府官員的事務。當高官從商，普通民眾如何競爭？結果，富人愈富，窮人愈悲慘。窮人貧困到無法生活，甘願死亡。他們還怕犯什麼罪？這就是為何儘管刑罰多且嚴厲，更多人違法且變得叛逆的原因。

孔子的教誨自古以來就是普世正確的。然而，在近代，它們卻被忽視了。如今，學者來自不同學派，各有其自己的教義。有百家爭鳴和百種治國之道。因此，政府中的各派系互相爭鬥，政策經常搖擺不定，人民茫然失措，國家陷入混亂。我認為，所有不屬於六經——即《易經》、《禮記》、《樂經》、《詩經》、《書經》和《春秋》——且與儒家相悖的教義都應該被根除。只有在那些荒謬的教義被消除後，政府才能統一並走上正道。」

劉徹認同董仲舒的建議，提拔他為江都國的丞相。接下來的兩個月，劉徹任命竇嬰，竇太皇太后的姪子，為丞相；太后王姞的同母異父弟田蚡，為軍隊統帥；王臧為宮廷護衛隊長；趙綰為御史大夫。所有這些官員都是儒家學者。

劉徹要求地方政府向他推薦有功勳和直言敢諫的人才。他還解僱了所有法家學派的門徒。他在京城設立了一所大學和地方上的學校，其使命是教授儒家思想。隨著全國傳開皇帝偏愛儒家的消息，地方政府的新招募大多是儒家學者。一年之內，政府由道家主導變為儒家主導。

第二回： 大蕭條和饑荒

本回人物介紹	
劉徹	漢朝第七任皇帝，本回主角
劉啟	劉恆的兒子，劉徹的父親，漢朝第六任皇帝
劉恆	漢朝第五任皇帝

在一年之內，政治領域發生了巨變。這突如其來的變化給國家帶來了實質性問題。許多官員擔心自己的職業前景，花更多時間研究儒家經典，而不是為人民做實際工作。官員專心背誦這些經典和辯論儒家原則，卻輕視國家和地方社會的經濟和環境問題。為了展示他們的智力才華，年輕才俊專注於寫華而不實的文章和書信給他

們的同僚。沒有一位官員對建設基礎設施、灌溉、防洪、水利管理、物流、害蟲控制、糧食儲存以及其他能夠造福人民的實際項目感興趣。

儒家思想欣賞安貧和輕視財富。這一崇高理想被誤解為仇富。劉徹的政府認為:「當國內有許多極其富有的人時,為何朝廷要貧窮呢?財富應該積累在政府而不是私人部門。」因此,劉徹政府徵收了一次性財富稅。所有財產擁有者必須向政府如實申報他們的財產價值,政府將對其財產徵收一次性的百分之十財產稅。不申報或少申報將導致財產被沒收。為了防止逃稅,政府鼓勵人們監視他們的朋友和鄰居,並舉報逃稅行為。舉報人將獲得被沒收財產的一半。政府實際上掠奪了在劉恆和劉啟統治期間民間積累的財富。

在劉恆統治期間,他授予他的寵臣鄧通鑄造和發行銅幣的特許權。他也同樣對吳王劉濞做了這樣的授權。因此,市面上流通著三種類型的貨幣:鄧幣、吳幣和政府幣。鄧通和劉濞的後代比劉徹還富有,劉徹想要糾正這一異常現象。政府宣布廢止鄧幣和吳幣,設定了將這些幣種兌換為政府幣的日期。所有未兌換的鄧幣和吳幣都變得無用。那些通過熔化鄧幣和吳幣來偽鑄政府幣的人被判處死刑。

這項命令導致了貨幣供應的巨大收縮。這種收縮打破了自劉啟政權時期以來一直存在的過熱經濟、高房價和通貨膨脹的泡沫。貨幣供應的收縮,加上徵收財富稅,導致房價、企業、就業以及一般商品價格的急劇暴跌。結果,經濟陷入了蕭條。

禍不單行。國家的廣闊地區遭受了乾旱,導致全國範圍內嚴重的饑荒。糧食價格飛漲,而其他所有價格,包括工資,都出現了通縮。農民因失收而受苦,而其他工人在高糧價面前受到失業之苦。大量貧困人口餓死。朝廷試圖從國家糧倉分配糧食到地方區域以減輕饑荒,但它的努力受到了糟糕的交通、不足的物流支持和基礎設施的阻礙,這在一定程度上是由不稱職、懈怠或腐敗的地方官員造成的。饑荒非常嚴重,以至在一些偏遠地區發生了食人事件。家庭間交換死者的屍體,以便他們可以吃不認識的人的屍體。

在旱災過後的一個月,劉徹想親自去調查民眾的痛苦和困難。

他知道官方奏章無法揭示事情的真實狀況。因此，他穿上便服，騎上一匹普通的馬，只帶了十名便衣保鏢與他同行。這個小隊悄悄地離開了宮殿，遊歷了鄉村數百里。在他的路上，他看到了貧窮和飢餓的可怕景象——瘦弱的嬰兒抱著消瘦的母親，試圖從她們乾涸的乳房吸奶，失意的青年試圖挖野菜為食，無助的老人躺在地上無人理會。

有一次，這個小隊進入了一個小村莊，尋找餐館。只有一家破舊的餐館營業。在劉徹的小隊坐下後，頭號侍衛粗魯地對店主喊道：「拿些好酒和很多肉來。我的主人餓了。」他接著敲打桌子，把一大堆錢幣放在桌上。

「對不起，我的客官。我們這裡沒有酒和肉，」中年店主說。

「您沒有酒和肉？您沒有酒和肉怎麼開業？拿您有的來。費用不是問題，」侍衛裝作一副大手大腳的樣子說。

「請原諒，我的客官。村子剛剛經歷了一場饑荒。我還算幸運，儲存了一些糧食、麵粉和雞蛋。酒和肉對我們來說太奢侈了。如果你們不介意，我可以給你們些熱茶和饅頭。這是我們現在能提供的，」店主說。

幾分鐘後，店主端出了茶壺和一些饅頭。侍衛喝了一口熱茶，立刻吐了出來，對店主大喊：「這嘗起來像尿液！您是想毒死我們嗎？」

「對不起，我的客官。這是我們最好的了。我們是個貧窮的村子。這茶對我們來說已經是奢侈品了，」被嚇到且緊張的店主回答。他接著說：「那我給你們拿開水來。」

店主進了廚房，對他的妻子說：「這群粗魯的人激怒我了。他們看起來像貴族。他們騎著肥大的馬，踐踏我們的田地。他們把我們當螞蟻。當全國人民都在忍受飢餓時，他們卻要求好的食物和飲料。我討厭他們。如果我能的話，我真想殺了他們。」

「請您別大聲叫。如果您的話被他們聽到，他們會殺了您。從他們的馬和衣服來看，他們似乎是一些顯要的貴族。如果您與他們對抗，他們可能會殺了我們全家。」

不幸的是，這些話被侍衛聽到了，他拔出劍，站了起來，打算

屠殺店主。劉徹拉住了他，說：「請保持冷靜。我不想暴露我的身份。沒有必要殺害無關緊要的人。」

劉徹的小隊在吃完饅頭後立即離開了。

另一個保鏢清楚地眼看這幕鬧劇。他剛巧是竇太皇太后派出的暗探來監視劉徹。當劉徹的小隊回宮後，那位探子便向太皇太后稟告整個經歷。

第三回： 祖母憤怒

	本回人物介紹
劉徹	漢朝第七任皇帝，本回主角
竇漪房	竇太皇太后，劉恆的妻子，劉啟的母親，劉徹的祖母
劉啟	劉恆的兒子，劉徹的父親，漢朝第六任皇帝
劉恆	漢朝第五任皇帝
竇嬰	竇太皇太后的姪，現任丞相
田蚡	王娡太后的同母異父的兄弟，現任軍隊統帥
許昌	新任丞相

竇太皇太后召喚劉徹到祖廟，要當面訓斥他。在劉徹前往祖廟之前，他對會面地點感到困惑。如果他的祖母只是想跟他聊天，大可以在宮中見他。祖廟是一個神聖的地方，僅用於嚴肅的儀式和改朝換代的重要事務。劉徹想：「祖母一定有重要的事情要和我討論。那是什麼呢？」

當劉徹進入廟堂的主殿，那裡擺放著所有劉家的祖先牌位，他看到祖母一個人站在大殿的中央，手持一根權杖，這是她丈夫賜予她的，用來懲罰不肖的後裔。她身邊沒有僕人或侍婢。她的臉繃緊，眉頭緊鎖。

從劉徹的腳步聲，她知道他正在她的身邊，她用嚴厲的聲音命令劉徹，同時用權杖敲打地板顯示她的權威：「跪在您的祖先面前。我要您向他們祈禱、悔過，並尋求他們的原諒。」

「祖母，我為什麼要尋求他們的原諒？我做錯了什麼？」劉徹一邊跪下，一邊問。

「在您統治的短短兩年內，您破壞了您的祖父和父親花了四十年建立的國家繁榮，」竇太皇太后大聲說。

「祖母，我不明白您的意思，」劉徹說。

「您給國家帶來了經濟蕭條和飢荒。在您的統治之前，國家繁榮昌盛，人民幸福富裕，政府庫房充盈。現在，經濟活動停滯，人民貧困憤怒，政府庫房耗盡，」竇太皇太后說。

「這些不是我的錯。經濟在我父親時期極度過熱。不幸的是，在我的統治期間經濟泡沫破裂。泡沫的破裂導致經濟活動的劇烈逆轉。這是一個自然現象。沒有人能阻止它。此外，最近發生的饑荒是一場自然災害。我無法阻止它。我的政府已經盡最大努力緩解人民的苦難，」劉徹辯護道。

「您在責怪您的父親創造了泡沫。您仍然沒有意識到您破裂泡沫的錯誤。這就是為何在天上的父親和祖父沒有祝福您。發生饑荒是懲罰您這個不俏的後裔，」竇太皇太后說。

「祖母，我不認為泡沫的破裂和饑荒災難跟我的政府有關，」劉徹辯護道。

「您的祖父和父親採取了符合道家思想的不干預政策。他們還全面降低了稅收。他們的政策促進了私營部門的快速增長和財富積累。結果，所有行業都蓬勃發展，人民幸福，政府有預算盈，國家安定。相反，您卻讓國家倒退。您採取了符合儒家思想的限制和規範政策。您還引入了財富稅，縮減了貨幣供應。這些行動壓縮了經濟，逆轉了原有的增長路徑。此外，您在中央和地方政府中聘用了許多儒家人士，並排擠了許多屬於道家的有能力官員。這些儒家官員只擅長背誦儒家經典。他們整天與人爭論什麼是好與壞、仁與不仁、禮與不禮、忠與不忠等，卻荒廢了為人民做實際工作的職責。因此，他們忽視了改善地方水利管理的需要。當旱災發生時，他們

的反應遲緩且阻滯。他們引用了古典書籍中的各種教條來證明他們的遲緩。這就是為何您的救災工作受到了重大阻礙，導致了許多不必要的死亡，」竇太皇太后解釋道。

「我理解儒家有培養更好社會結構和在國家中樹立高道德標準的價值。我注意到今天的頹廢太盛行，因此儒家是需要的，以防止進一步的惡化，」劉徹辯解道。

「儒家文化有許多缺陷，將會阻礙我們國家的發展。首先，儒家文化過分強調傳統和權威，導致人們拒絕新事物和新想法。人們必須遵循嚴格的禮儀規範，不能有自己的獨立思考。這壓抑人們在面對社會問題獨立判斷和批判精神。這是您新聘人員的共同特點。其次，在儒家文化中，人們應該遵循祖先的教導，尊重古人的智慧。儒家人經常參考周朝期間的原則和社會規範，那是一千多年前的事了。世界已經改變，那些原則和規範已經過時，不再適用於今天。我們需要靈活變通。這種對傳統的盲目崇拜使人們抗拒改革。您新聘的儒家人員因此將抵制任何需要的改革。他們將不會迎接現代的挑戰。第三，儒家文化中的某些概念和行為是虛偽的。例如，儒家強調「仁愛」，但在現實生活中，人們常常為了自己的利益無休止地爭鬥。因此，您不應該相信那些聲稱仁愛的諂媚者，因為他們是儒家人，」竇太皇太后解釋道。

「我明白了，奶奶。我現在該怎麼做？」劉徹試圖平息這場爭論，投降地問道。

「您現在正處於極大的危險中。您知道您的政府中有老一輩道家官員和新聘儒家官員之間的暗流鬥爭嗎？您知道許多王對您的經濟管理不善和對他們財富的沒收感到不滿嗎？您知道基層的人民正在受苦和憤怒嗎？當人們處於飢餓的邊緣時，他們不會害怕死亡。壓迫他們將引發對您的反抗。記住秦朝的歷史和十年前的七國之亂。您的政權隨時都會崩潰，」竇太皇太后說道。

「那我現在應該怎麼辦？」劉徹再次問道，同時點了點頭。

竇太皇太后提議說：「您應當找一替罪羔羊，把國家近期的混亂歸咎於您新近任用的儒家官員。」

劉徹回應道：「我不能對竇嬰下手，他是您的姪子。同樣，我

也不能對田蚡動手，他是我母親的同母異父弟弟。他們是政府中最重要的兩位官員。」

竇太皇太后回答：「您不必殺他們，只需解除他們的職務即可。我對竇嬰並無好感，若您將他開除，我不會介意。」

劉徹陪同竇太皇太后回到她的宮殿後，終於鬆了一口氣。

幾日後，劉徹果然將竇嬰撤職，用許昌替換為新的丞相。他也撤銷了田蚡的軍隊統帥職位。然而，鑒於田蚡自幼即是劉徹的導師，田蚡仍然留作劉徹的非官方謀士。所有其他新任的儒家官員也被一一撤職。經過這番調整，政府的政治氣氛又回到了往日的狀態。

等四回： 衞子夫

	本回人物介紹
劉徹	劉啟的第十兒子，王娡的獨子，漢朝第七任皇帝，本回主角
劉嫖	竇太皇太后的大女兒，劉啟的大姐，劉徹的姑母
劉啟	劉恆的兒子，漢朝第六任皇帝，劉徹的父親
陳嬌	劉嫖的女兒，劉徹的妻子
王娡	皇太后，劉徹的母親
平陽公主	劉徹的姐姐
衞子夫	平陽公主的侍婢
衞忠	已逝世的代國將軍，曾當薄夫人的護衞
衞青	衞子夫的同母異父的弟弟
鄭季	衞青的父親
劉據	劉徹和衞子夫的兒子

本回地點介紹

平陽縣　　　　　　　山西省

在劉徹成為太子之前，他的姑母、劉啟的姐姐，劉嫖提議讓她的女兒陳嬌與劉徹聯姻。劉徹的母親王娡接受了這個提議。由於這樣的約定，劉嫖積極支持劉徹成為太子。在劉徹成為太子後，陳嬌便嫁給了他。當劉徹登基後，陳嬌因此成為了皇后。

陳嬌被她的母親寵壞了，是一個傲慢而專橫的女人。陳嬌還認為劉徹欠她母親一個大恩，因為她支持他成為皇帝。因此，她變得無法忍受地橫暴。劉徹是一個性格堅強的人，經常對她的行為感到厭惡。

陳嬌在婚後四年未能生育。她意識到她的不孕可能導致婚姻破裂，從而結束她作為皇后的地位，她焦急地尋求名醫甚至巫醫的幫助。雖然她付出了巨額醫療費用並經歷了長期治療，她仍然不孕。劉徹對她的感情日漸淡薄。

皇太后王娡注意到這對夫婦間的淡漠關係，並在劉徹登基兩年後警告這位十八歲的皇帝說：「當心，您姑母劉嫖在皇室中仍擁有巨大的權力，而且是太皇太后心愛的女兒。如果您惹怒了她，您的位置將會岌岌可危。您的祖母已經對您支持儒家而不滿。您無法同時得罪兩位強大的女性。」在這樣的警告後，劉徹只得將對陳嬌的討厭埋藏在心中。

一日，劉徹從京城郊外的一個祭祀儀式回來。在回家的路上，他經過了他的姐姐平陽公主的家。平陽公主邀請他參加一頓豐盛的晚宴，並在她的府邸過夜。她還安排了一個歌唱和舞蹈團在晚宴中表演。

該劇團的獨唱歌手是一位十六歲的年輕女孩，擁有迷人的臉龐，讓人聯想到盛開的花朵。她的步態自信，姿態優雅。她眼中閃爍的光芒散發出自然的溫情和善意。她令人著迷，既溫柔又有魅力，吸引著所有人的目光和心神。

她的歌聲在高低音階間完美轉換，其歌唱的韻律無可挑剔。更

重要的是，每一個音符似乎都從她靈魂的深處表達出來。她的聲音融合了纖細與力量，似乎毫不費力地飄揚，攜帶著愛、渴望、懷舊和憐憫的豐富音色。儘管她的歌聲音量適中，但她的聲音在大廳中迴盪，柔和地還繞著聽眾。她的表演在視覺上和聽覺上都同樣迷人。

劉徹在她表演期間目不轉睛地看著她。她唱歌時，他甚至忘了吃東西。當她離開表演舞台時，他的目光仍然追隨著她的身影。

劉徹的姐姐注意到這位年輕歌手吸引了他。晚飯後，她走向歌手，說道：「今天您真是福星高照。我注意到皇上被您的表演迷住了。您想今晚見他並侍奉他嗎？讓我告訴您，這是一生中難得的機會。成千上萬的美女夢寐以求能在皇上面前露個臉。抓不抓住機會，就看您了。」

困惑且緊張的年輕歌手臉上泛起輕微的紅暈，她說：「我還是處女，不知道該如何服侍和取悅男人。」

平陽公主說：「真是傻姑娘。您只需要放鬆，做您自己，自然行事。用您的常識。讓他來引導您。」

深夜時分，公主將歌手引見給劉徹，進入他的臥室。見到皇帝時，年輕女孩立即跪下，雙手觸地，頭低垂。她的身體緊繃，耳邊傳來急促心跳的聲音。

劉徹走向她，輕輕觸碰她的下巴，將她的臉抬起。她的臉頰上出現了淡淡的紅暈，顯示出一種既緊張又期待的喜悅與溫柔。當她的眼睛與劉徹的相遇時，閃過了一絲情感的光芒。害羞迫使她迅速閃避他的目光。她閉上眼睛，期待著一個在她臉頰的吻。劉徹沒有吻她，而是握住了她的手，說道：「請起來坐在我旁邊。」她迅速坐在他旁邊，而他為她騰出了位置。

「告訴我關於您自己的事。」劉徹說。

她稍稍深呼吸以平靜自己，回答說：「我是衛子夫，來自平陽縣。我出生時，父親已經逃走了，母親從未告訴我他的身份和名字。因此，我就隨母姓衛。我母親曾是平陽侯家的一名僕人。她在我年幼時早逝，我對她了解甚少。我從她的同僚那裡聽說，她與曾在您的高祖母薄夫人手下服役的將軍，衛忠，有親屬關係。我有一個

同母異父的弟弟，衛青，他是母親和另一個名叫鄭季的男人所生。由於我和弟弟都是孤兒，我們被平陽侯收養為奴隸僕人。我的弟弟現在是個馬夫，負責為侯爺照顧馬匹。我則做了幾年僕人。」

「您唱歌唱得非常好。您是怎麼學會唱歌的？」劉徹問。

「五年前，一位音樂大師兼樂隊的獨唱歌手教我唱歌。去年我的師傅去世後，我成為了她的替代者。」衛子夫回答。

「您確實有一段振奮人心且令人印象深刻的經歷。您是個有才華的歌手，一個潛在的明星。我很喜歡聽您唱歌。」劉徹強調並熱情地說。

在劉徹的讚美下，衛子夫變得更加放鬆和自信，說：「陛下，我愛為您唱上一百次！」

「哦，不，一千次。哦，不，永遠！」劉徹開玩笑地說。

她回以一個發自內心的微笑，起初小而不安，逐漸轉變為一種明顯的表情，流露出她的羞怯。然後，她靠在劉徹的肩膀上，而他撫摸著她的臉頰和頭。她抬頭，直接而自信地凝視著他的眼睛，展現出她未說出口的感情深度。

「我想帶您回家，讓您只為我唱歌。我想給您永遠的幸福。您願意跟我走嗎？」劉徹問。在他說話時，她可以聽到他加重的呼吸聲，這顯示了他的誠意。

她點頭，低下頭來隱藏自己的羞怯，心似乎要從嘴裡跳出來。

第二天早上，劉徹告訴他的姐姐，他想把衛子夫帶回家。

聽到劉徹的話，平陽公主急忙去見衛子夫，並喜悅地告訴她：「恭喜您！您成功了！記得將來您發達了，別忘了我。」

「哦，當然。我會永遠記得您。謝謝您撫養我和我弟弟。我們對您過去的仁慈永遠感激。」衛子夫回答道。

劉徹與衛子夫開始共同生活後，他很快就意識到她的魅力遠不止於外在美和仙女般的嗓音；她還擁有一種內在美。儘管她看似簡單，衛子夫的靈魂卻散發著溫暖、同情、愛心和不屈不撓的樂觀。她是真實的自己，沒有任何做作的外表。她不被野心或對物質的渴望所困。她擁抱簡單的生活，散發著自在、友善和同情心。她與他人的互動不帶惡意或爭執，特別是與其他妃嬪。

劉徹認識到她欽佩他的智慧、自信、果斷和男子氣概。她尊敬並依賴他，將他視為丈夫而非帝王。她的優先事項與他的一致，總是融合到他更深層的情感。她處理兩人關係的方式沒有操縱、批評或嘮叨。她從不尋求特別的恩惠、特權或獎賞。

最重要的是，她有一種獨特的能力，能緩解他的壓力。當她感受到他的思慮重重，她會溫柔地詢問：「這真的有那麼重要嗎？」如果他帶著負擔回家，她會鼓勵他：「何必讓這些煩惱減短您寶貴的生命？生命是短暫的。讓我們今晚一起度過一些美好的時光，享受心靈的平靜，把那些瑣碎的憂慮放在一邊。我為您準備了一道美味的菜。」這樣，她就像壓力鍋的釋壓閥一樣，成為他動蕩和壓力重重生活中的舒緩良藥。

劉徹的官場環境充滿了殘酷和詭計，因此他需要衛子夫在精神上提供一個平靜的避風港。劉徹覺得自己的性格屬於強烈的陽剛，需要衛子夫的陰柔性格來調和與軟化。由於她對政治和後宮鬥爭不感興趣，劉徹相信她不會給他的統治和皇室帶來麻煩。

由於以上因素，劉徹迅速愛上了衛子夫。當陳嬌皇后得知此事後，她被嫉妒之火吞噬，陷入瘋狂。她極端地反應：先是哭泣，然後製造喧嚷和擾亂。她甚至多次企圖自殺，幸好都被及時救下。後來，精神失常的陳嬌從一位巫師處學會了如何崇拜鬼神，使用咒語詛咒衛子夫。她還學會了誘惑的邪術，以重新贏得劉徹的青睞。

當劉徹聽到這件事，他勃然大怒，命令進行徹底調查。經過真相大白後，陳嬌被認定有罪。因此，劉徹廢了陳嬌，將她囚禁在一座荒廢的宮殿中。當劉嫖(陳嬌的母親和劉徹的姑母)聽聞這懲罰時，向劉徹磕頭乞求赦免陳嬌。她說：「當您四歲的時候，陳嬌是您表妹和玩伴。我曾抱著您問道：『您願意嬌嬌將來做您的妻子嗎？』您斷然地回答：『是的，我要為她蓋一座金宮殿。』您忘了你們之間的友情。她的不當行為是因為您對她忽視。她不該受到這樣的懲罰。」

劉徹回答道：「別擔心，姑姑。雖然陳嬌被廢，但她將繼續領取與皇后相同的俸祿和待遇。她可以舒適地生活到老。」

兩年後，衛子夫為劉徹生下一名男孩，取名劉據。劉徹因此非

常興奮，因為他已經盼望了十年能有一個兒子。當時，劉徹大約三十歲左右。到了這個年齡還沒有繼承人，對他的統治來說可能是一個嚴重的危機。高興的劉徹隨後將衛子夫封為新的皇后。

第五回： 雄心勃勃

本回人物介紹	
劉徹	劉啟的第十兒子，王娡的獨子，漢朝第七任皇帝，本回主角
竇漪房	竇太皇太后，劉恆的妻子，劉啟的母親，劉徹的祖母
匈奴	強大的遊牧民族，居住在當今的蒙古和西伯利亞
田蚡	王娡太后的同母異父的兄弟，現任丞相
公孫弘	劉徹的臣子
本回地點介紹	
南越國	廣東省，廣西省，越南
閩越國	福建省
高麗	韓國

　　在與劉徹在祖廟的會面四年後，竇太皇太后竇漪房於公元前135年春天離世。她與丈夫劉恆合葬於同一陵墓。

　　對於祖母的逝世，劉徹心情複雜。一方面，他對失去這位慈祥、睿智的祖母深感哀傷，她曾培育他、支持他登上帝位。另一方面，他對於已故的祖母不能再監督和干涉他的統治感到鬆懈和解脫。

　　喪期一過，劉徹迅速免去許昌丞相的職務，改任命田蚡為新的

丞相。他接著召集了自己的親信官員及謀士，召開會議。他在會上的開場白道：「我高祖父成功推翻秦朝，統一國家，為國家帶來和平與穩定，這是歷史上的一大成就。我祖父和父親為國家帶來和平與繁榮，也是輝煌的業績。現在，延續他們的偉業的重任落在我的肩上。時代在變，世界變得更加複雜和充滿危機，我們面對的挑戰也越來越多、越來越艱巨。我希望能將祖先的偉大遺產提升到新的高峰，讓我們的國家更加強大。為了完成這個使命，我需要你們的幫助來應對眼前的挑戰。目前，我們面臨四大主要挑戰。首先是國家安全問題。匈奴不斷侵犯我們的邊境，掠奪我們的土地，殺害我們的人民。多年來，我們試圖通過和親來安撫他們。這策略一度有效，但現在已失效。我們甚至將我們的公主和皇帝的美貌嬪妃嫁給他們的王子和親王，卻白白犧牲了我們女性的幸福和尊嚴。我們試圖用女人安撫匈奴，而不是用男人去對抗他們。這是我們的懦弱，綏靖只會招致更多侵略，懦弱只會帶來失敗。因此，我們必須將匈奴驅逐到遠北，削弱他們的力量，斬斷他們的觸角，讓他們永不再威脅我們。此外，我們還需平定南越和閩越的叛亂國家，並征服戰國時期燕國移民建立的高麗族群。

　　第二，朝廷的權力相對於諸侯國家有所下降。他們的財富總和已超過朝廷，而這些財富使他們能夠建立自己的軍隊。就像過去的七國之亂一樣，諸侯王的叛亂威脅正在增加。

　　第三，商業和工業的發展正日益增強。它們創造了一個過去微不足道的富裕階層。他們和農民之間的財富差距正在擴大。政府仍缺乏有效的政策來縮小這種財富差距。這種差距是不穩定的根源。此外，隨著更多的財富積累在民間，政府變得更加貧窮，政府的權力也在削弱。我們需要改革我們的財政和經濟政策，以遏制這種發展。

　　第四，社會的道德水準正在衰退。骯髒富裕的階層和貴族正在腐蝕政府官員。由於金錢可以買到權力，我們治理的基礎被動搖了。沒有誠實和忠心，就沒有愛國，國家就會崩潰。僅靠法律無法防止犯罪，嚴厲的法律只會產生怨恨和叛亂，這正如我們在秦朝所

見。我們必須提高國家的道德標準。」

田蚡發言說：「陛下，我同意您的看法。關於國防問題，我們不斷受到匈奴的攻擊。如果我們想要對抗他們，我們必須增強我們的軍事力量，不僅是軍隊的規模，還有軍事戰略的運用。在過去，我們的騎兵力量薄弱，步兵力量強大。由於匈奴擅長騎術，他們的軍隊行動敏捷，我們必須建立更強的騎兵力量，訓練出更好的騎士，並找到能夠領導靈活軍隊的優秀將領。建立這樣的能力需要更多的資金和時間。」

劉徹回答說：「我意識到了這種需求。您是丞相，有責任盡快建立這種能力。」

「但我需要大量的預算才能做到這一點。錢從哪裡來？在過去的幾年裡，國家經歷了饑荒，緊接著是歉收。老百姓的生活緊巴巴的。政府已經在救災上花費了巨額資金。籌集大筆資金準備戰爭確實是一個挑戰。」田蚡說。

「儘管老百姓貧窮，但有許多富有的商人和貴族可以向政府捐款。您需要與農業和財政部長合作，找到為政府籌集資金的方法。」劉徹回答說。

公孫弘是一名阿諛奉承、狡猾的官員和偽儒家，他發言說：「在遠古的堯舜時代，政府並不重視官職和獎賞，人民互相鼓勵行善。儘管政府不講究懲罰，人們也不犯法。這是因為高位者品行正直。後來，由於官位被提升，對官員的獎賞慷慨，人民反感。懲罰嚴厲，但犯罪更多。這是因為高位者缺乏禮儀。

因此，通過根據人才分配官職，裁減無用職位和項目，精簡政府官僚，政府開支自然會減少。如果不奪走農民耕作的時間，不浪費他們的勞力，人民自然會富裕。如果我們提拔有才德的官員，淘汰邪惡的官員，政府將會順暢、正確地運作。懲治邪惡，獎勵有功，是治理的關鍵。

在治理百姓方面，我們必須給予他們上訴的途徑，這樣他們就不會有怨恨。如果他們在道德上受到教育，就不會有暴行。如果官員像愛自己的孩子一樣愛護百姓，人民必定會愛政府和官員。治理國家最重要的任務是讓人民接受道德教育，這樣人民自然會遵守法

律。

現在政府正要進行重大改革，計劃對抗匈奴，肯定需要廣大民眾的支持，招募許多戰士。要讓人民為國家犧牲，必須提倡愛國和忠心精神。在眾多思想流派中，只有儒家最重視忠心和尊重權威。因此，我支持僅採納儒家，廢除所有其他學派。」

由於公孫弘代表劉徹發表了這番話，後者強烈贊同復興儒家的想法，這將為他提供更多控制國家的權力。

第六回：衛青

	本回人物介紹
衛青	衛子夫的同母異父的弟弟，年輕的將軍
鄭季	衛青的父親
衛媼	衛青的母親
衛子夫	劉徹的寵妃，後來成為皇后
劉徹	漢朝第七任皇帝，本回主角
公孫敖	衛青的好友，將軍
匈奴	強大的遊牧民族，居住在當今的蒙古和西伯利亞
公孫賀	一位將軍
李廣	一位將軍
霍去病	衛青的外甥，年輕的軍事天才
趙食其	一位將軍
曹襄	一位將軍

	本回地點介紹
平陽縣	山西省
河東郡	山西省
上谷	河北省
雲中	內蒙古

雁門關	山西省
朔方郡	內蒙古
高闕	內蒙古
定襄	內蒙古

衛青出生於河東郡平陽縣。他的父親鄭季，在縣裡擔任小官。鄭季在平陽公主家工作時，與主人的妾室衛媼有染，衛媼便生下了衛青。衛青出生後，最初在鄭家撫養，但遭到同父異母兄弟的歧視。鄭季將衛青送去當牧童。因此，他不得不回到母親身邊，成為平陽公主的奴隸侍衛，負責照顧馬匹。衛青與同母異父姐姐衛子夫一同被平陽公主撫養。

衛青年幼時，一位脖子上戴著鐵項圈的陌生人為他占卜，說：「您是位高貴之人，注定成為高官貴族。」衛青笑著回答：「我是個奴隸。如果能避免被人打罵，我就心滿意足了。我怎麼能夢想成為貴族呢！」

衛青的命運發生了轉折，由於他的同母異父姐姐衛子夫進宮成為劉徹的寵妃。多虧了他的姐姐，他也得以進入宮中。劉徹的姑母劉嫖想幫助自己的女兒陳嬌皇后擺脫衛子夫的威脅。然而，經過深思熟慮後，劉嫖不敢動衛子夫，反而將目標轉向衛家的其他成員。她監禁了衛青，計劃在獄中將他處死。後來，衛青得到了好友公孫敖冒生命危險救援他，於是他免於一死。

劉徹得知此事後大為震怒。他一時衝動，任命衛青為廷衛隊長、侍中、太僕。他還封衛子夫為夫人，僅次於皇后的地位。作為廷衛隊長和侍中，衛青有機會密切跟隨皇帝，陪同他聽取朝政事務。一年之內，劉徹就非常信任衛青。

公元前 129 年，匈奴入侵上谷地區，劫掠邊境，蹂躪該地。於是，劉徹開始使用衛青，派他前往上谷，負責驅逐匈奴。皇帝還命令衛青的好友公孫敖從代郡出發，公孫賀從雲中出發，以及李廣領兵經過雁門關。每位將領都率領一萬騎兵，從不同路線對匈奴發起同步攻擊。衛青獲勝，俘虜了七百名匈奴指揮官作為戰利品。公孫

賀未能取得重要成果，公孫敖被擊敗，損失了七千騎兵並返回，李廣也被匈奴擊敗。他被俘虜，但設法逃脫並返回。

戰前，人們對衛青抱有懷疑，質疑他僅因姐姐衛子夫而從奴隸上升為將軍。從軍隊的高層到底層，人人都在質疑衛青是否勝任此任務。衛青憑藉他在軍事上的卓越成就，向人們證明了自己的能力。劉徹對衛青的表現感到滿意，封他為車騎將軍。

在隨後的兩場戰役中，衛青也取得了令人矚目的勝利。

公元前 124 年，當匈奴的高級官員右賢王多次侵擾朔方郡時，劉徹派遣衛青，率領三萬鐵騎，前往高闕。這次，多支軍隊集結，總兵力超過十萬人，準備與匈奴進行一場您死我活的戰鬥。安逸的右賢王認為漢軍遠在天邊，不會很快構成威脅。他整日飲酒作樂，經常醉酒。衛青趁夜發起突襲，在右賢王反應過來之前已包圍他。右賢王驚恐萬狀，夜裡只帶幾百人突圍而逃。在這場戰役中，衛青獲得了更多戰利品：俘虜了十多名匈奴貴族、一萬五千名匈奴平民，以及成千上萬的牛羊。他還把匈奴逐回北方數百里。衛青凱旋回到京城。在返回途中，劉徹派來的使者已經到達，並帶來了大將軍印璽，意味著成為軍隊的統帥。衛青被封為大將軍，擁有指揮所有其他將軍的權力。他還被封為擁有八千七百戶封邑的侯。衛青的三個兒子都被封為侯爵。衛青感到這些獎賞過多且迅速，謙虛地對劉徹說：「我的兒子們還是幼童，就被封為侯爵。他們對勝利沒有絲毫貢獻。軍隊的成功是因為陛下的得當指揮，以及我的部下們的勇敢和堅韌。我請求陛下撤銷對我的兒子們的獎賞，而獎賞我的部下。」劉徹立刻回答：「好吧，我會獎賞您的部下。」隨後他封了衛青的幾位下屬將軍為侯。

這場戰役之後，衛青開始培養他的外甥霍去病，為他準備更多的責任和挑戰。

公元前 119 年，劉徹在軍事會議上宣布，他將再次對匈奴發動攻擊。他說：「匈奴已逃至沙漠遠北，認為漢軍無法越過沙漠。這次，我們將發起一場大規模攻勢。」因此，他派遣大將軍衛青和車騎將軍霍去病，各自率領五萬騎的精銳騎兵，四萬戰車和十多萬步兵。善於作戰、勇於戰鬥的勇士們都被分配給霍去病。

劉徹命令霍去病從代郡出發，衛青從定襄出發。李廣被任命為前鋒將軍，公孫賀為左將軍，趙食其為右將軍，曹襄為後衛將軍。他們都在大將軍的指揮下。當匈奴王聽聞漢軍的進攻消息時，他命令所有部落向北撤退，在沙漠北側用精銳部隊設下埋伏。

衛青的軍隊出發後，他們獲得了匈奴王宮的位置消息，衛青親自率領精銳騎兵朝王宮進發。後來，因為李廣年老，衛青不允許他擔任前鋒，改任命公孫敖擔此職。李廣憤怒，不行禮而去。

衛青向北進發千里越過沙漠，遇到匈奴軍隊已做好戰鬥準備。衛青命令他的鐵甲戰車構成防禦陣勢，然後派出五千騎兵進攻。

匈奴以一萬騎兵應戰。戰場上戰鬥激烈，直到黃昏時分，塵沙滾滾，戰鬥持續。衛青隨後指揮其餘軍隊包抄攻擊匈奴的後衛。

匈奴王見證漢軍的力量和威武，意識到無法獲勝，便在數百騎兵的保護下向西北方逃竄。當衛青得知匈奴王逃跑的消息時，他立即率軍追擊。戰場上的匈奴士兵意識到他們的王已經逃跑，陷入混亂，陣形迅速崩潰，慌亂逃散。

衛青追擊超過二百里，直到次日黎明。在廣袤荒涼的地形中，看不見匈奴士兵或馬匹的蹤影。然而，在追擊途中，他殺死或俘虜了二萬匈奴，奪取了他們積累的糧食儲備，焚燒了他們的城，然後帶兵返回。

李廣和趙食其領軍前進，但由於沒有嚮導，在沙漠中迷路了。衛青回程時抵達沙漠南部，遇到了他們。衛青的軍隊檢查員質問他們為什麼耽擱，命令李廣的部下向朝廷憲司報告進行詢問。李廣說：「我的部下無過。是我的錯誤，我迷路了。」說完，他拔劍自刎。

李廣以正直著稱，與士兵共患難。作為一名高級將領四十多年，他去世時並未留下大量財產。當士兵遭遇困難，無水可飲時，李廣也不會飲水。當士兵飢餓時，他也不會進食。得知他的死訊，全軍淚流。

霍去病從代郡出發，遭遇匈奴東部軍團。霍去病發起攻擊，果斷擊敗匈奴部隊。在追擊中，他俘獲了三名匈奴王子，以及將領、丞相、軍隊指揮官，共計八十三位重要人物。一路上，他殺死或俘

虜了超過七萬人。

這次戰役中，漢朝取得了巨大勝利。然而，損失也很慘重。軍隊返回朝廷後，劉徹設立了大元帥的職位，這是國家武裝力量的最高指揮官，由衛青和霍去病共同擔任，兩位分別是舅父和外甥的關係。從此之後，衛青的影響力逐漸降低，而霍去病的聲望和權力日益增長。

衛青七次對抗匈奴軍隊，取得了七戰七勝的卓越戰績，未嘗一敗。他的軍事成功標誌著匈奴和漢朝鬥爭的轉折點。從此，匈奴部落被大幅削弱。他們不再是侵略者，而成為幾十年後的防衛者。這一成就鞏固了劉徹的政權和聲譽。

衛青軍事紀律嚴明但公正，他關心士兵，願意與他們共患難。他在戰場上勇敢，深受部隊愛戴。他雖然才華橫溢，但他謙虛低調，和藹可親，謙遜有禮，從不傲慢或專橫。儘管他擁有非凡的軍事成就和高位，但他沒有利用自己的權力結黨或干預朝政。因此，他在同僚中頗受歡迎。

公元前 106 年，衛青去世，享年約五十歲，結束了他傳奇的一生。

第七回： 霍去病

<hr>

本回人物介紹

霍去病	衛青的外甥，年輕的軍事天才，大元帥
衛青	衛子夫的同母異父的弟弟，大元帥
衛子夫	劉徹的皇后
衛少兒	衛青的妹妹，霍去病的母親
公孫敖	衛青的好友，將軍
渾邪王	匈奴的藩王
休屠王	匈奴的藩王

本回地點介紹

平陽縣	山西省

河西走廊	甘肅省，新疆省
長安	陝西省

霍去病的父親是平陽縣政府的一名低級官員。他被派往平陽侯的府邸服務，在那裡他與衛青的妹妹衛少兒有了一段風流韻事，並且生下了霍去病。由於衛子夫和衛青的關係，霍去病在十八歲時進入皇宮服侍劉徹。霍去病擅長騎馬、射箭和武藝。後來，他加入了舅父衛青對抗匈奴的軍事行動，擔任特種部隊的指揮官。他曾率領八百輕騎兵遠在主軍之前，殺死和俘虜了兩千多匈奴，擒獲了他們的丞相、軍隊指揮官，殺死了匈奴王的父親，並俘獲了匈奴王的叔叔。劉徹很快就提拔他成為車騎將軍，當時他才十九歲。

公元前 121 年，漢朝再次對匈奴發起攻擊。霍去病與公孫敖一同領導數萬騎兵越過邊界。霍去病深入匈奴領土兩千多里，與公孫敖失去聯繫，無法會合。霍去病率領孤立無援的軍隊，穿越小月氏的領土，俘虜了兩名匈奴王子、一名丞相和一名指揮官。大約有兩千五百名匈奴投降，總計殺死或俘虜了超過三萬人，包括匈奴王七多個兒子。

當時，霍去病的軍事才能無人能及，超越了老一代的將軍。他只選擇精銳士兵，並且有勇氣深入匈奴核心地帶，經常率領騎兵遠離主軍進行打擊，從未遇到危險。相比之下，其他資深將領經常迷路。因此，他受到皇帝的越來越多信任，幾乎與舅父衛青相等。

當時，匈奴王對兩個部落領袖渾邪王和休屠王不滿，因為他們被漢軍反復擊敗。他計劃召喚他們回朝廷處死。他們的領土位於匈奴領域的西部，靠近河西走廊。他們聽到將被處死的消息，驚慌失措，決定投降並效忠漢朝。當劉徹接到報告，擔心這可能是假投降，他派遣車騎將軍霍去病帶領大軍去迎接他們。在途中，休屠王改變了主意，但渾邪王殺死了他，合併了他的部落，向東移動加入霍去病的軍隊。許多渾邪王的部下不願投降並逃跑。霍去病率領騎兵進入匈奴營地，會見渾邪王，然後發起行動，擒殺了超過八千名逃亡的官兵，之後將渾邪王護送回長安。劉徹獎勵渾邪王十萬兩黃

金，封他為侯爵，賜予他一萬戶的封地。霍去病也被額外賞賜了一千七百戶的封地。

霍去病另一項輝煌的軍事成就是公元前 119 年與舅父衛青一同攻擊匈奴，這些細節已在前面的部分描述過。

霍去病以他的穩重和沉著的態度稱著，少言寡語但行動果斷迅速。劉徹曾想教他《孫子兵法》，但霍去病說：「戰爭依靠的是靈活的策略，不應受古老軍事教條的束縛。」

劉徹曾命令為他建造一座宏偉的住宅，並邀請他前去參觀，但霍去病說：「匈奴未滅，我何需家宅？」因此，劉徹非常愛戴並信任他。

然而，霍去病也有缺點：他對下屬嚴厲，且不了解百姓的苦難。他出生於一個富裕和顯赫的家庭——他的姨母是皇后，舅父是大將軍——對士兵極為嚴格和嚴厲，這與他舅父的做法完全相反。在衛青和霍去病的幫助下，劉徹能夠消除匈奴入侵的威脅，並顯著削弱了匈奴的勢力。這是劉徹在位期間的偉大成就之一。

公元前 117 年秋，霍去病突然逝世，年僅二十三歲。當劉徹聽到霍去病去世的消息時，他悲痛至極，無法自己。他哀悼這位偉大人才，而隨著衛青年老，沒有人能接替他們的位置。劉徹特別委託建造了一座宏偉的霍去病陵墓，其規模可媲美帝王陵墓。

霍去病有一個同父異母的弟弟名叫霍光。當霍去病成為戰車騎兵將軍時，他把弟弟帶到長安，並推薦他擔任御尉隊的官員。後來，霍光的職業生涯蒸蒸日上，晉升為皇家戰車總監，然後成為高級國家官員。劉徹信任霍光，霍光會陪同皇帝在宮外乘車出行，並在宮中侍奉皇帝身旁。他謹慎忠誠，從未犯過任何錯誤。霍氏兄弟是劉徹最信任的人之兩位。

第八回：　張騫之旅

本回人物介紹

劉徹　　　　　　　　　　劉啟的第十兒子，王娡的獨子，漢朝

	第七任皇帝，本回主角
老上單于	欒提冒頓單于的兒子, 匈奴王
張騫	漢朝使節，本回主角
渾邪王	匈奴藩王之一
軍臣單于	匈奴新任王帝，繼承老上單于
阿瑪	匈奴少女
王忠	張騫的助手
重耳	春秋時代晉國的公子，後來是晉文公
晉文公	春秋時代五霸之一
介子推	晉文公的忠臣
霍去病	衛青的姪，年輕的軍事天才
李廣	漢朝將軍

本回地點介紹

月氏	塔吉克斯坦，烏茲別克斯坦
敦煌	甘肅省
祁連山	甘肅省
成固	陝西省
漢中郡	陝西省
長安	陝西省
河西走廊	甘肅省，新疆省
武威郡	甘肅省
張掖郡	甘肅省
酒泉郡	甘肅省
敦煌郡	甘肅省
天山山脈	甘肅省，新疆省
張掖丹霞	甘肅省
月牙泉	甘肅省
敦煌鳴沙山	甘肅省
玉門關	甘肅省
吐魯番	新疆省

長安	陝西省
南越郡	廣東省，廣西省，越南
帕米爾高原	新疆省，吉爾吉斯斯坦，阿富汗
大宛國	費爾干納盆地
費爾干納盆地	烏茲別克斯坦，吉爾吉斯斯坦，塔吉克斯坦
烏孫	新疆省，吉爾吉斯斯坦，哈薩克斯坦
大夏國家	阿富汗 塔吉克斯坦
塔里木盆地	新疆省內的天山，昆崙山，阿爾金山脈
羌人領土	塔里木盆地
雲	雲南省
貴	貴州省
昆明	雲南省
滇	貴州省
夜郎國	貴州省
安息	伊朗
身毒	印度

公元前139年，劉徹從匈奴俘虜那裡得知，有一個叫做月氏的國家，位於敦煌和祁連山以西。起初，月氏與匈奴關係尚可，但後來，匈奴老上單于的暴虐本性加劇。他殺害了月氏王，甚至用他的顱骨作為飲酒的器皿。因此，月氏大舉逃亡，與匈奴結下深仇大恨。劉徹於是構想與月氏結盟攻擊匈奴，相信這樣的聯盟可以擊敗匈奴。然而，劉徹以前從未聽說過月氏國，也不清楚它的確切位置。尋找月氏不僅涉及漫長而危險的旅程，要橫跨可怕沙漠，還需穿越匈奴控制的領土。這樣艱鉅的任務必須委託給有勇氣的人。沒有一位使節敢於接受這個挑戰。

張騫來自漢中郡成固（今天的陝西省城固縣）。他在劉徹身邊擔任侍從，贏得了皇帝的深厚信任。張騫當時二十一歲，體格壯健，誠實可靠和聰明。這些品格使他能夠應付旅途中的各種危機。

在求職面試中，劉徹問張騫：「您為何對這份工作感興趣？」

張騫回答說：「如果我的任務成功，我將為國家帶來和平。許多士兵為了同一目標犧牲了自己的生命。我不像他們那樣，不是個出色的戰士，但我很勇敢。真正的大勇，不僅是在戰場上殺敵的蠻力，而是為了國家和世界的利益，有決心、堅韌和忍耐去做不可能的事情。」

劉徹對張騫的回答印象深刻，任命他為漢朝的使節，執行前往西方的外交使命。

張騫帶領一個由一百多人組成的代表團，其中包括一名匈奴向導和一名翻譯員。這個代表團從京城長安出發，向西北方面對一場大挑戰。離開京城後，團隊沿著河西走廊前行，這裡曾是匈奴渾邪王的領土。他投降後將這片土地割讓給了漢朝。漢朝政府在這片廣闊的土地上設立了四個郡：武威郡、張掖郡、酒泉郡和敦煌郡。這條走廊是一條山谷，北邊是天山山脈，南邊是祁連山脈。由於這些郡都由漢朝統治，團隊平安地穿越這些地區。

他們的團隊首先在張掖的丹霞停留，這是一系列位於祁連山東側的山脈。這裡有峭壁和懸崖，看起來仿佛是鬼斧神工所雕琢的。還有彩色的丘陵，每座丘陵都由清晰分層的不同顏色的地層組成。這些層的顏色包括紅色、黃色、橙色、綠色、白色、青灰色、灰黑色或灰白色。從遠處看，整個山脈就像是壯麗的孔雀尾屏，或一幅由無數重疊彩虹組成而魅力無窮的畫。

團隊接著花了兩天的時間前往敦煌。黃昏時分，他們到達敦煌鳴沙山腳下的月牙泉，在那裡休息並飲水。這是一個位於敦煌沙漠中的小型新月形湖泊。它被高大的流沙丘所環繞，但最令人驚奇的是，風沒有將沙子吹入湖中。湖水呈碧藍色，被微風輕輕攪動，形成小浪，反映出落日中的周圍山丘，宛如連綿不斷地起舞。

穿越河西走廊的愉快旅程之後，嚮導向團隊發出警告：「我們下一站將是玉門關，這是漢領土的最後出口。關外是一片大沙漠。我們接著需要穿過吐魯番，那裡位於沙漠的低窪盆地。由於那裡熱如熔爐，我們不能在白天通過，否則可能會中暑身亡。我們應該在白天休息，並在月光下行進。然而，夜晚也存在被狼群襲擊的風

險。所以，我們必須隨身攜帶火把以防狼群。穿過吐魯番後，我們將需要向西行進，進入由匈奴占領的沙漠中心。如果我們能幸運地穿過沙漠，我們將需要爬上天山。月氏國家位於高山的西邊。在整個旅程中，我們必須攜帶盡可能多的水。」

團隊嚴格遵守向導的指示，在吐魯番平安通過。然而，在沙漠中，他們的運氣轉差，被匈奴巡邏隊攔截。張騫隨後被送到軍臣單于面前，他是臭名昭著的老上單于較為溫和的兒子。

軍臣單于表達了他的憤怒，質問道：「月氏位於我們的西北方。一個漢朝使者如何能在未經我同意的情況下穿越這裡土地？如果我未經允許就前往長安或南越，這又算是什麼？」

張騫在翻譯的協助下恭敬地回應說：「對於忽視了適當的禮儀，我深表歉意。漢皇帝對貴天下並無惡意，他只是對西方的探索感興趣，而我是前往月氏國家的友好使者。」

單于身旁站著一名約十六歲的少女，名叫阿瑪。單于轉向她詢問：「阿瑪，他說了什麼？」阿瑪忠實地將張騫的話轉告給單于。單于宣稱：「我不能允許您與月氏建立外交關係；他們是我的敵人。我敵人的朋友也是我的敵人。因此，我必須扣留您。」

阿瑪準確地翻譯並轉達了單于的決定給張騫。「我會饒您一命，因為殺您並無益處。我尊重您對領袖的忠誠和您冒險西行的勇氣。然而，我將無限期地將您軟禁。」單于宣布。他隨後將張騫和他的隨從囚禁。出乎意料的是，單于為張騫提供了一個寬敞舒適的蒙古包，內配有兩名管家照顧他。然而，蒙古包被巡邏者嚴密監視，限制了張騫在匈奴營地內的活動。

在接下來的幾天裡，張騫發現阿瑪經常偷看他的蒙古包。最終，張騫感到煩惱，在某次她偷看時對她提出質疑，問道：「您為什麼偷窺我？您侵犯了我的私隱。我沒有何秘密要隱藏。」

「我道歉。我只是對您感到好奇，但守衛不允許我進入您的蒙古包。」阿瑪解釋道。

「您可以在蒙古包外面和我談話。您想知道什麼？」張騫詢問。

「是的，有很多事情。」阿瑪回答，臉上露出燦爛的笑容。

「嗯，您知道的，我是張騫，漢皇帝的使者。您還對什麼好奇？」他問道。

「您多大了？」阿瑪突然問。

「我二十一歲，對於使節來說還算年輕。」張騫承認。

「我十六歲，是單于的遠親姪女。我的父親是他的表親。」阿瑪毫不羞澀地坦白分享。

「那麼，您為什麼一直偷看我？您知道這樣做很無禮吧？」張騫仍有些惱怒地指出。

「對不起，但我對您很好奇。」阿瑪承認。

「您還想知道我什麼？」張騫問道，他的惱怒緩和下來。

「您讀過很多中國書籍嗎？」阿瑪詢問。

「是的，讀過一些。」張騫有些不耐煩地回應。

「太好了。我可以向您學習中文。我從小就在學習中文，因為我的祖母是中國人，她是漢朝皇室成員的遠親姪女。她告訴我你們文化中有許多寶貴的書籍。您讀過哪些？」阿瑪充滿興趣地問。

「為了獲得一個官位，我不得不研讀眾多書籍，」張騫帶著一絲自豪地回答。

「您能教我一些經典嗎？我非常欣賞中國文化。我們匈奴擅長游牧、騎馬和戰鬥，我們的女人善於烹飪、跳舞、唱歌、編織和摔跤。然而，我們在文學和藝術方面缺乏造詣，甚至沒有文字。這就是為什麼我被中國文化吸引。我相信我的思想比這裡的大多數女孩更有求知慾，」阿瑪表達道。

張騫心想：「這個女孩很有意思。她坦率、誠實、思想開放。」

「如果您願意教我，我可以向我父親請求允許跟您學習中文，」阿瑪建議道。

「好吧，我每天可以抽出幾個時辰來教您，因為我沒有太多別的事要做，」張騫同意了。

於是，阿瑪和張騫開始每天見面，起初只有一個時辰，逐漸延長到好幾個時辰。張騫教授阿瑪學習中文字、諺語、歷史、習俗和傳統。阿瑪作為回報，教張騫學習匈奴的口語。張騫非常聰明，在

六個月內，他就能掌握匈奴三個主要部落所使用的三種方言。

一日，阿瑪帶來了匈奴男子的服裝、線和刀。她勸告張騫：「您必須改變您的服裝，看起來像個匈奴。看起來像我們其中一員是一種策略，可以說服我們的領導人，您已經融入並忘記了您的過去，這可能會為您帶來更多的自由。」

當張騫默默地思考放棄自己民族身份時，阿瑪開始摘下他的帽子和髮簪。「我要在您頭上編兩條辮子。別動，」她指示道。

在他還來不及反對之前，阿瑪已經修剪了他的頭髮，評論道：「您的頭髮太長了。需要剪短一些，這樣辮子就不會垂到您的肩膀以下。」

她迅速在他的頭上綁了兩條辮子，並未徵求他的同意，然後宣布：「您現在看起來像個匈奴。穿上這些衣服吧，」她指示道。

張騫似乎被她那迷人而溫柔的聲音所吸引，便在她面前換上了匈奴的外衣。

阿瑪隨後笑了起來，俏皮地說道：「您現在看起來就像一個真正的匈奴。我會告訴我父親和單于，您確實已經轉變，放棄了回家的念頭。」

幾天後，單于果然命令撤走了守衛張騫帳篷的士兵。張騫逐漸被賦予越來越多的自由；起初，他被允許在市場上閒逛，後來可以在院子裡騎馬，最終，甚至可以穿越草原。

阿瑪經常邀請他一起在草原上騎馬。她是一名熟練的騎手，總是領先，她的風采在他的陪伴下散發出愉快的氣氛。

在一個陽光明媚的日子，阿瑪引導張騫來到一個被高聳懸崖環繞的峽谷。她下馬後，熱情地抓住張騫的手，快步帶他走向懸崖邊緣。她解釋說：「這裡被稱為好運峽谷。在這裡，人們可以從峽谷的一邊大聲許願，然後聽回聲。如果回聲響亮，就相信願望會成真。試試看吧。」

遵循她的建議，張騫輕鬆地大喊：「阿瑪萬歲！」

輪到她時，阿瑪突然激動地朝山谷大喊：「我愛您，張騫！」她的宣言有力地回蕩並在空氣中持續悠揚。

張騫對她的坦率感到驚訝和困惑。他努力控制自己的情緒，迅

速走開。

幾天後，阿瑪直接問張騫：「您喜歡我嗎？」

「當然，」張騫回答。

阿瑪受到鼓勵，問道：「那您願意娶我嗎？」

張騫猶豫了。他深知自己對阿瑪日益增長的浪漫感情，但也意識到他們的關係可能帶來的危險，鑑於他們的國家之間的敵對。他常常責怪自己沒有抑制住自己的浪漫感情。

「呃，……」他語塞，不知該說什麼。

「請說您會娶我的！」阿瑪迫切地說，她的焦慮顯而易見。

他再次猶豫，這次阿瑪的反應立刻而情緒化。淚水順著她的臉頰流下，她衝出帳篷，心煩意亂地跳上馬，急忙地策馬而去，馬兒對她的急迫表示抗議。

第二天早上，張騫被外面的喧鬧聲喚醒。騎馬的男人們正在組織搜尋隊，互相喊著指示。

阿瑪的父母發現她失蹤了，非常擔心。他們不知道前一天發生的事情。她的父親加入了搜尋，騎著馬穿越草原，呼喊著阿瑪。

最終，他在好運峽谷的邊緣找到了阿瑪，她整夜都坐在那裡，淚流不止。

「您整夜在這裡哭泣幹什麼？」他關切地問。

「爸，讓我再坐一會兒吧，」阿瑪柔聲而心碎地回答。

「發生什麼事了？」她父親詢問。

阿瑪沒有馬上回答，而是在父親的懷裡尋求安慰，像一個心碎的孩子一樣哭泣。

「哦，我明白了。張騫一定傷害了您，」她的父親推斷。

「他不想娶我！」她啜泣著說。

「傻丫頭，您年輕又美麗。有很多適合的年輕男子想要您。為什麼執著於一個外國人？」她的父親理智地說。

「我愛他，我相信他也愛我。但他不願意娶我。我的心屬於他，現在卻被打碎了。我不明白，」阿瑪含淚解釋。

「這很簡單。我可以給他錢，讓他娶您，」她的父親建議道。

「不，他對錢不感興趣，」阿瑪回答。

「我可以給他一個貴族頭銜，」她的父親提出。

「不，那也不會讓他感興趣，」阿瑪說。

「啊，我有個主意。回家去，休息一下。等待明天的好消息，」她的父親安慰她，拍拍她的肩膀。

第二天早上，阿瑪的父親帶著激動的語氣面對張騫。「您欺騙了我的女兒，」他宣稱。

「不，我沒有，」張騫平靜地回應。

「您讓她墮入愛河，卻拒絕成婚。這是欺騙，是對她情感的利用。我不能允許這種事情發生。您必須娶她，」阿瑪的父親堅定地說。

張騫被震驚了，只能驚訝地說：「什麼？」

「除非您同意娶她，否則我將處決您的部下，從現在開始每天一人，直到您答應娶她，」父親威脅道，然後突然離開。

隔天，一位驚慌失措的漢使突然闖入張騫的帳篷。「王忠被捕了，帶到了廣場上！他們在談論處決的事情，毫無正當理由。快來！您必須介入，救他一命。」

張騫到達廣場時，目睹了一幕嚴峻的場景：阿瑪的父親站在跪地臣服的王忠身旁。張騫意識到這種緊迫的情況，心想：「我必須因為不決定是否娶阿瑪而讓我的同伴死去嗎？我能以生命為代價來抗拒這種脅迫嗎？畢竟，王忠有家庭。我怎能為了自己的猶豫而忽視他們的悲痛？」

張騫走向阿瑪的父親，宣布：「我會娶阿瑪。請饒了他。」

令他驚訝的是，阿瑪的父親回應他時，竟然開懷大笑，熱情地擁抱張騫。「您將是我出色的女婿，」他高興地喊道。

在他們的婚禮之夜，張騫告訴阿瑪：「我對被勒索感到厭惡。」

阿瑪迅速試圖減輕他的憤怒。「這不是我的主意。我對父親的計劃一無所知。他是個大膽、固執，且可能相當嚴厲的人。就像許多匈奴男人一樣，一旦他下定決心，沒有人能說服他，」她誠懇地解釋，她的聲音帶著求理解的請求。她繼續說道：「我非常在乎您的感受。我完全屬於您。當我感受到您拒絕我時，我很失望和痛

苦，以至於我想死。」

張騫的語氣變得柔和。「請相信我，我也非常在乎您。看著您那天離開我的帳篷，知道我令您痛苦，我的心也碎了。今晚讓我們不要談論這些不吉利的事情，」他溫柔地催促。

阿瑪帶著莊嚴的熱烈回答：「我是認真的。我們不能同年同月同日生，只希望會同年同月同日死。」

在接下來的十年裡，張騫和阿瑪共同建立了一個家庭，迎來了三個兒子，每隔兩年生一個。張騫是個盡職的丈夫和父親，而阿瑪則成為一位充滿愛心和奉獻精神的賢妻良母。

儘管家庭生活充滿歡樂，張騫的初衷任務仍然揮之不去地盤據在他的心頭。每天早晨，他都會面朝南方跪下，進行祈禱和冥想。隨著時間的推移，失敗感和自覺的懦弱不斷侵蝕他的良心，儘管他有妻子的安慰和愛護。這種內心的矛盾日益加劇，讓張騫變得越來越沉默和內省，他曾經自信的風采慢慢消失。夜晚，他經常躺醒，掙扎於一個深刻的兩難：對家庭的深厚愛戀，與對漢朝和祖國的忠誠以及未完成使命感的衝突。

阿瑪敏銳且富有同情心，她認識到丈夫心中的痛苦。她也面臨自己的衝突：深愛著張騫，想支持他的抱負，但又害怕分離的念頭。

因此，張騫最初的使命在他們家庭內成了一個禁忌話題，一個兩人都希望無限期地推遲的未解決問題。然而，張騫內心掙扎的重擔變得如此壓倒性，以至於每天早晨，他都會莊嚴地取出他的權杖，跪在它面前冥想，並經常不禁流淚。這個儀式不僅加劇了他的痛苦，也深深地影響著阿瑪。

某個晚上家庭晚飯後，張騫的兒子們請求聽一個中國歷史上的故事。張騫講述了春秋時期，大約公元前700至760年間，晉文公和介子推的故事。

「大約六百年前，」張騫開始說：「晉國有一位名叫重耳的王子。他的邪惡繼母篡奪了王位，讓她的兒子晉惠公登基，迫使重耳逃亡，過著亡命之徒的生活。在逃往齊國的途中，重耳和他的同伴們糧食耗盡。他的一名忠心的追隨者介子推切下自己大腿的一塊

肉，烹煮後奉給飢餓的王子。

重耳和他的團隊最終到達了齊國，那裡的齊桓公熱情接待了他們，甚至為重耳安排了婚姻。在安逸的生活中度過五年後，重耳變得自滿，忘記了奪回晉國正統王位的志向。他的妻子對他的不作為感到不滿，責備他說：『您是晉國的王子，許多人為您犧牲。然而您卻在這裡沉溺於安逸，忘記了您的職責。我為您感到羞愧。』她隨後強迫重耳離開了齊國。

重耳後來到達了秦國，那裡的秦穆公幫助他推翻了晉國的政權。他被加冕為晉文公，成為春秋五霸之一。晉文公豪華地獎賞了那些在他十九年流亡期間支持他的人。

然而，在他的成功後，他忽略了介子推，介子推失望之下，帶著他年邁的母親退隱到了森林。後來有位臣子提醒晉文公，他遺忘子介子推。於是，晉文公下命隨從到森林找尋介子推。但找了很久還找不到他。晉文公聽從另外一位大臣提議放火燒山，逼迫介之推出來。悲劇的是，介子推和他的母親在大火中喪生。在一棵樹旁發現他們的屍體時，晉文公內心充滿了巨大的罪惡感。他在樹洞中發現了介之推留下的最後消息：『我為了您，我的主君，忠心地獻出了自己的肉。願您始終保持勤奮和智慧。如果我還在您心中，請堅守這些美德。』」

阿瑪從張騫講述的故事中領會到微妙的寓意。她內心反思：「真正的愛意味著渴望幸福，支持所愛之人的抱負。它不是永遠緊緊擁抱愛人。過去，我想要永遠將他擁入懷中，但愛不是佔有；它是為了更大的善事而放手。」

幾天後，阿瑪勇敢地提起了長期避免的話題。她誠懇地對張騫說：「我已經深思熟慮了。您必須去追求您未完成的使命。不用擔心我們；我可以照顧好孩子們。」

張騫語塞。

「我已經悄悄為您的離開做了準備，」阿瑪繼續說：「我秘密收集了您的舊文件和印章，並將它們打包在這個袋子裡。這是另一個袋子，裡面裝滿了食物、保暖衣物和金元寶。我還放了兩大瓶水。您應該在明晚離開。為了幫助您的旅程，我畫了一張通往月氏

國家的地圖。此外，我還秘密聯繫了您的五位隨從。他們將同時離開家園。您要在沙漠中的一個綠洲與他們會合，綠洲距離這裡一百里，如地圖上的座標。」

張騫被傷感淹沒了，緊緊擁抱她，而阿瑪則不停地哭泣。

隔天黃昏降臨時，張騫騎上他的馬，阿瑪站在蒙古包的入口處，眼裡充滿淚水。當馬匹開始疾馳時，阿瑪激動地大喊：「快回來！我會在這裡等您！」

她四歲的兒子被她的喊聲吵醒，從床上起來，站在母親身後，注視著張騫離去。

「爸爸去哪兒了？他什麼時候回來？」小男孩問道。

「他去市集買糖果給您。他明天就會回來。現在，回去睡覺吧，」阿瑪回答，努力抑制住眼淚，保持鎮定的神態。

張騫堅定地面向前方，不敢回頭。他的淚水默默地流下，隨著馬兒穩定地疾馳而去。

張騫和他的五名隨從開始了向西的旅程，前往位於今日塔吉克斯坦和烏茲別克斯坦的月氏國家。他們的行程穿越了雄偉的天山山脈和帕米爾高原，最終抵達了一個名為大宛國家，位於今日的費爾干納盆地。這一地區橫跨東烏茲別克斯坦，延伸至南吉爾吉斯斯坦和北塔吉克斯坦。抵達後，大宛王曾從商人那裡聽說過漢朝廣闊而肥沃的土地，對張騫一行表示熱烈歡迎。張騫透露他是漢朝的使節，原本被派往月氏國家，卻被匈奴扣留了十多年。大宛王被他的故事感動，提供了翻譯和護衛，以確保張騫一行安全抵達月氏國家。

經過一段艱難的旅程，包括穿越崎嶇的帕米爾山脈，張騫終於抵達月氏國家。他的任務是說服他們的王與漢朝聯手，共同對抗匈奴。然而，這一努力的結果並非如他所願。

當張騫抵達月氏國時，它已經遭受了巨大變動。它被烏孫國打敗，所以月氏人民被迫遷離故土。在遷徙途中，他們攻佔了位於巴克特里亞（即現在的阿富汗北部和塔吉克斯坦）的大廈國，而在那裡定居下來。月氏的統治者是一位女王。當張騫見到她時，她表達了對新環境的滿意，說道：「這裡的氣候宜人，土地肥沃，我們的人

民生活在和平之中。我們遠離匈奴和烏孫，我不再覺得有必要報復匈奴。此外，漢朝距離我們數千里。如果匈奴攻擊我們，漢朝的軍事支援將因距離遙遠而無法及時到達，效果有限。因此，我謙卑地拒絕與漢朝建立聯盟的提議。」

張騫在月氏國逗留了一年多，未能取得任何進展，不得不勉強承認任務失敗，決定返回長安。然而，他面臨著一個艱巨的挑戰：直接回家的路徑需要穿越匈奴領土，這無異於闖入獅子窩。因此，張騫選擇了另一條路徑。

塔里木盆地由天山、昆侖山和阿爾金山所環繞，位於漢朝的西北方。盆地的北部居住著匈奴。張騫最初考慮繞過盆地的北部路線。然而，他最終選擇了南部路線，這條路線緊貼塔里木盆地的南邊，穿過羌人的領土，然後通往漢朝。歷史上對漢朝持中立態度的羌地似乎提供了一條更安全的通道。然而張騫不知道的是，匈奴已經控制了這片區域。他選擇南部路線的決定無意中再次將他帶入了匈奴的囚禁之中。

張騫被重新抓獲後，被帶到了單于軍臣面前。一位匈奴大臣提議立即處決他，但軍臣駁回了這個想法，說：「殺了他沒有意義。他是一位具有廣泛知識、能力和正直的人。他對我們的政府將是一個寶貴的資產。我打算通過慷慨來贏得他的心。」單于允許張騫與他先前留在匈奴的妻兒團聚，希望他願意在匈奴度過餘生。

張騫過了近兩年的時間後，終於歸來，令阿瑪欣喜若狂。她激動地緊緊擁抱他，淚水濕潤了他的肩膀。「過去的兩年，我每天都在祈禱您能歸來。我的祈禱終於得到了回應，」她激動地說。

孩子們正在後院那裡玩耍，她轉向後院喊道：「爸爸回來了！」孩子們歡呼雀躍，蹦蹦跳跳地跑了過來。

阿瑪面露喜悅，建議道：「讓我準備一頓豐盛的羊腿大餐吧。您一定又累又餓了。」張騫滿懷愛意地擁抱著每一個兒子，他說：「你們長大了許多。有沒有乖乖的？」

小兒子緊緊抓著他的父親說：「爸，我好想您。您常常出現在我的夢裡。」長子好奇而天真地問：「這次您會和我們待多久？」阿瑪迅速介入：「不要問這麼愚蠢的問題。」雖然問題單純無邪，

但不經意間觸動了阿瑪和張騫心中的弦。

張騫在家中與家人共度的這一年裡，他的思緒經常飄回漢朝，默默地渴望著有機會返回。這個機會終於來臨，軍臣單于去世，引發了匈奴皇室內部的激烈繼承鬥爭和動亂。在這混亂中，張騫的存在幾乎被忽視了。

張騫告訴阿瑪：「我該離開的時候到了。」

阿瑪堅決地回應：「我會跟您一起去。過去兩年裡，我日日夜夜思念您，我無比痛苦。我是您的，無論您去哪裡，我都必須跟隨。」

張騫擔心地問：「那孩子們怎麼辦？」

「我們可以帶上他們。長子已經十二歲了，能騎馬。我可以抱著小兒子，您照顧中間的孩子，」阿瑪提議。

張騫依然擔心，指出：「旅程將會非常危險，我們有被匈奴士兵捕獲的風險。」

阿瑪毫不退縮地說：「我們會盡可能安全地旅行。如果路途太險，我們可以回頭。但我們至少得嘗試一下。即使被匈奴士兵抓住，他們會考慮到我們與皇室的關係，不會傷害我或孩子們。」

張騫和阿瑪精心策劃了一條逃脫路線，大約六百里到達漢朝控制的敦煌郡。他們的計劃只包括兩名隨從：經驗豐富的嚮導甘父和一名護衛。

一家人騎著三匹馬出行：張騫、阿瑪和他們的長子各騎一匹，阿瑪抱著小兒子，張騫帶著中間的孩子。他們的兩位助手各騎一匹馬，攜帶著團隊的水、食物和行李。

在午夜出發後，他們穿越了兩百里的草原，到了第二天晚上抵達敦煌沙漠的北邊界。阿瑪依靠一張舊地圖，希望能找到一個綠洲，但令人失望的是，他們發現綠洲已經乾涸。他們已經消耗了所帶的四分之三水源。沒有補充水源的機會，穿越沙漠變得不可能，因為他們預計剩餘的旅程還需要兩到三天。

迅速下降的夜間溫度帶來了額外的困難，讓孩子們冷到骨子裡。當一個微弱的聲音從遠處打破了荒野的寧靜時，他們的困境惡化了。阿瑪本能地把耳朵貼在地上，迅速站起來恐慌地說：「從地

面傳來的聲音判斷，我估計有數十騎兵正在接近我們。」

「他們有多遠？」張騫問。

「大約二十到三十里，」阿瑪回答。

「所以，他們將在不到一個時辰內到達，」張騫說。

「是的，我們需要改變計劃。我會留在這裡和孩子們在一起，您和助手們繼續旅程。您帶上剩下的補給，這些可能足夠您剩下的旅程，」阿瑪建議。

「如果您留在這裡，他們會抓到您，」張騫說。

「他們不會傷害我和孩子們，因為我們是貴族，」阿瑪回答。

「但我討厭再次離開您！」張騫驚呼。

「您必須去。由於軍臣單于已經去世，這次他們會殺了您。我想要對抗命運，但我們的命運就是需要分開，」阿瑪無奈地嘆息。她接著繼續指示張騫：「快點走，趁他們還沒到。您沒有時間了。」

張騫勉強同意，情緒激動地擁抱了她和孩子們，打包行李，騎上馬，急速前進。

他聽到孩子們漸行漸遠的呼喊：「回來吧，爸爸！快回來！」當他回頭望去，阿瑪和他們的孩子們的身影慢慢消失在地平線上，而張騫的臉上滑落著淚水。

張騫返回長安，這標誌著他的旅程是白費的。十三年前，他帶著一百人的代表團出發；現在，他只有兩名助手相伴。他的使命失敗了，因為月氏國拒絕了結盟的提議。帶著一種失敗和羞愧的沉重感，張騫走向劉徹皇帝，跪下並深深鞠躬，額頭觸地。

「陛下，我未能完成使命。我應受懲罰，」張騫沉重地承認。

令他驚訝的是，劉徹皇帝沒有責備他，而是以溫暖和欣賞回應。劉徹說：「我很高興您回來了。您是一位英雄。關於月氏的情況我已不再關心，因為政治形勢已經發生變化。匈奴在我們手中遭受了敗績，不再構成重大威脅。您的歸來帶來了關於西方世界的豐富知識。請分享更多您在那裡的經歷。」

張騫受到鼓勵，詳細地講述了他的旅行。他詳細描述了他所遇到的各個西方國家的地理特徵和風俗。他向皇帝報告了他編制的詳

細地圖和旅行路線，描繪出橫跨數千里的廣闊地帶上散布著幾十個小國家的生動畫面。他重點地介紹了大夏國，提到了他們的竹棒和精緻布料，並談到了大宛人，他們像中原的農民一樣耕種田地。此外，他還提到了在大宛發現的一種非凡的強壯的駿馬，這種馬以其不尋常的出血汗的特徵而聞名。

張騫滿懷從廣泛旅行中獲得的洞察力，向劉徹皇帝分享了他的願景。「想象一下，如果如此廣闊的土地能成為漢朝的藩屬國，匈奴的威脅將大大減少，」他提議。

這個想法在劉徹心中點燃了野心的火花。他立即指派張騫建立與大夏的外交關係，指示他穿越雲南（當時稱雲）和貴州（當時稱貴）的西南地區複雜的小徑。張騫的旅程帶他到昆明，穿越了滇和夜郎的國度。然而，高山，湍急的瀑布及溪流，和險峻地形阻礙了他的進展。

張騫到了夜郎國，王熱情地迎接張騫，奉上美酒，隨意地詢問：「漢朝與我們的國度相比如何？是不是更大？」

張騫被這個問題逗樂了，回答道：「夜郎國雖然迷人，但相對較小。你們被高山和茂密的森林所包圍，與世隔絕。」夜郎王聽了這番話後，被這一啟示震驚，沉思著張騫的話。

在這次探險中，張騫無法繼續向西進行，最終返回長安。

公元前123年春，劉徹皇帝命令衛青對匈奴發起進攻，任命張騫為此次遠征的嚮導。張騫利用他對地形的深入了解，巧妙地引導主力軍隊避開沒有草和水的貧瘠地區。這場衝突雙方都遭受了沉重的傷亡，但漢朝最終獲得了勝利，儘管代價巨大。為了表彰他的貢獻，劉徹將張騫提升為侯爵。

兩年後，公元前121年，張騫再次被召喚，這次是協助霍去病對匈奴發起戰役。然而，命運並未如先前那般眷顧他。他被分配與李廣合作，李廣指揮著四千名先鋒部隊，而張騫則指揮著一萬騎兵在後方。李廣迅速前進，但張騫的部隊卻落後了。結果，李廣的部隊被匈奴包圍並壓倒。直到這次敗戰之後，張騫的騎兵才趕到支援李廣。戰後，張騫因物資支援的延遲受到批評，隨後被降為平民。

公元前121年，張騫向劉徹皇帝提出了一個戰略建議：「烏孫國

曾是匈奴的附庸，現已變得強大，並開始抵抗匈奴的統治。如果我們以豐厚的禮物說服烏孫返回他們在河西走廊的祖先土地，並與我們結盟，就能顯著削弱匈奴。與烏孫結盟也可能鼓勵其他西方國家成為我們的附庸。」

劉徹看到了張騫提案的價值，指示他率領一個由三百人組成的龐大使團前往西方。使團帶去了珍貴的禮物，包括六百匹馬、數以萬計的牛羊、金子、硬幣和絲綢。

經過一段艱苦的旅程，張騫和他的使團到達了烏孫國。烏孫人和匈奴一樣，是游牧民族，不斷地隨著牲畜移動。他們的王帶著傲慢和高傲的氣息接見了張騫。張騫提出皇帝的提議說：「如果烏孫同意重返祖先的土地，漢朝提出與王結成婚姻聯盟，共同抵抗匈奴。」

烏孫王不屑地回答說：「我們在肥沃的土地上安家落戶，對返回祖先的家園沒有興趣。」

張騫在烏孫國逗留了相當長的時間，未能取得有利的回應。因此，他派遣副使到各個地區，包括大宛（今科干）、月氏（今撒馬爾罕）、大夏（今昆都士）、安息（今伊朗）、身毒（今印度）和其他鄰國，以擴大外交接觸。烏孫王為張騫的安全返回中國提供了翻譯、嚮導和數十名保鏢。張騫回到長安一年後，年僅四十八歲便去世了。

在這些努力之後，西方三十六個國家開始與中國建立外交關係，標誌著絲綢之路的開端，促進了東西方的聯繫。

第九回： 蘇武與李陵

本回人物介紹

李廣	一位將軍
李當戶	李廣的長子
李椒	李廣的次子
李敢	李廣的第三子

劉徹	漢朝第七任皇帝，本回主角
蘇建	蘇武的父親
李陵	李當戶的兒子，本回的主角
蘇嘉	蘇建的長子，蘇武的哥哥
蘇武	蘇建的次子，本回的主角
蘇賢	蘇建的第三子，蘇武的弟弟
單于欒提且鞮	新任匈奴王
張勝	使節，蘇武的助手
常惠	使節團的書記
緱王	匈奴將軍，策劃叛亂
虞常	匈奴將軍，策劃叛亂
衛律	匈奴的權臣，單于的心腹
李廣利	漢朝的將軍
公孫敖	漢朝的將軍
于軒王	單于欒提且鞮的弟弟

本回地點介紹

北海	貝爾加湖
雍宮	陝西省

李廣將軍有幸育有三名兒子，他們分別是李當戶、李椒和李敢。其中長子李當戶曾成為劉徹皇帝的隨從。李當戶的密友兼鄰居，蘇建，不僅身為將軍，還是一位侯爵。然而不幸的是，李當戶在年僅二十六歲時便離世了，留下了懷有身孕的妻子，後來她生下了兒子李陵。在童年時期，李陵常跟蘇建的三個兒子——蘇嘉、蘇武和蘇賢——一起玩耍。這四個孩子一起跟隨一位儒家老師學習古文，並向一位聞名的武術大師學習武藝。

這四個孩子都來自軍事世家，他們的武藝都頗為出色，尤其是李陵，在同輩中以武藝最為卓越。而在文學方面，則是蘇武的表現最為出色。

在一次課堂上，古文老師對蘇武和李陵提出了一個思考性的問題：「你們認為，對於我們的國家來說，最重要的個人美德是什麼？」

年紀比蘇武小六歲的李陵迅速回應：「在我看來，最重要的是勇敢。」

老師好奇地追問：「您為什麼這麼認為呢？」

李陵解釋道：「我們的國家不斷面臨著匈奴的威脅。我們迫切需要勇敢的將軍和士兵來抵禦他們。」

隨後，老師轉向蘇武，詢問：「那麼您呢？您怎麼看這個問題？」

經常沉思熟慮的蘇武回答說：「我認為，對皇帝和我們國家的忠心是最重要的美德。我聽說朝廷中存在著許多奸詐和叛國之徒，他們正在蠶食我們的國家。若每位官員都能堅守忠誠，朝廷就不會有這樣的腐敗分子。」

老師對他們的回答表示認同，並指出：「你們兩位的看法都有道理。然而，要全面理解勇敢與忠心的真正含義，並避免任何誤解，這是非常重要的。讓我們來深入探討孟子所描述的勇敢概念，他提出了三種勇氣。

首先是蠻勇。這種勇氣的特點是，在面對肉體上的威脅，如皮膚被捏或眼睛受到攻擊時，不會退縮，面對侮辱也必將反擊。這樣的人無畏於君王，也不畏平民，對任何權威都能勇敢地直面。這些都是蠻勇所體現的特質。

第二種是非理性勇氣。這是指一個人表現出無畏，但對自己行為背後的正義缺乏深思。如果他們為了不正義的目的而戰鬥，那又該如何？這種勇氣雖然大膽，但缺乏理性和責任感。

第三種，也是最值得讚揚的，是偉大的勇氣。正如孔子所言，具備偉大勇氣的人，在反思後認為自己錯誤時，不會欺壓平民；當他認為自己正確時，即使面對萬軍之敵，也不會心生畏懼。當道路錯誤時，他寧可被視為懦夫，也不會選擇那條路。當道路正確時，他則會不懈地、不顧一切風險地追求，哪怕是冒著生命危險或名譽毀損的風險。因此，陵，我希望您能擁有這種偉大的勇氣。」

老師進一步闡述道：「談到忠心，有兩種截然不同的類型。第一種是我們所說的盲目忠心，這可能是有害的。例如，如果有人對一個邪惡的暴君表現出不渝的忠心，如商朝的紂王或夏朝的桀王，他們實際上成了邪惡行為的幫兇。另一方面，有一種是謹慎的忠心。這種忠心選擇只與公正和正義的事而為。武，我希望您能體現這種謹慎的忠心。

你們兩位強調勇氣和忠心是對的，但重要的是要理解它們應該相輔相成。如果一個人只是在理論上致力於一個公正的目標，卻沒有勇氣積極參與並堅持追求，他就只是在說空話。他甚至可能最終成為一個阿諛奉承者。」

老師對他們未來的抱負感到好奇，詢問：「你們長大後有何抱負？在歷史上，你們尊敬的偶像是誰？」

李陵堅定地回答：「我的抱負是成為像我祖父那樣的無敵將軍。我的英雄是傳奇的霍去病和韓信。」

蘇武同樣堅定地分享了他的夢想：「我渴望成為一名丞相。我的偶像是受人尊敬的蕭何和張良。」

他們的抱負在成長後確實實現了。李陵在十五歲時被任命為廷衛。他的職業生涯持續蓬勃發展，到了三十歲，他晉升為將軍，指揮著一支來自昔日楚國的精銳部隊，共有五千戰士。劉徹皇帝還委託他負責保衛張掖和敦煌附近的北方邊境。李陵以其卓越的箭術、騎術和武術技能而聞名。

蘇武在三十歲時成為了皇帝的馬廄經理，後來晉升為宮殿中所有雜務的首席管理員，包括馬廄的管理。

在那個時期，漢朝與匈奴之間的關係充滿了緊張，頻繁發生衝突。公元前 100 年，新登基的單于欒提且鞮仍在鞏固他的統治。他擔心漢朝可能的攻擊，他宣稱：「漢與匈奴是同一家族的成員。漢帝是我在這個家族中的長輩。反對天子行事，於我而言是不可想象的。」他主動釋放了之前在匈奴邊境被扣留的漢朝使者，並向漢朝送去禮物，以表示善意。

劉徹皇帝十分歡迎這和平姿態，看到了解決兩國長期爭端的良機。他任命了蘇武為副將軍兼使節團團長。同行的還有宮廷衛隊的

副司令張勝作為副團長，以及常惠擔任書記。他們的使命是護送被釋放的匈奴使者返回他們的祖國，並向單于獻上豐厚的禮物，象徵漢朝的謝意和對和平的渴望。當時，蘇武四十歲。

然而，當漢朝代表團抵達匈奴時，情況出現了意外的轉折。與他們預期的不同，單于展現了一種傲慢的態度。此時，匈奴政府內部發生了重大的政變。兩位匈奴將軍，緱王和虞常，是這次政變的關鍵人物，他們密謀綁架單于的母親，也就是王太后，然後投靠漢朝。

虞常曾在中國居住過，與張勝友好。他私下找到張勝，向他提出一個計劃：「我很清楚漢朝憎恨叛徒衛律。我的計劃是伏擊並暗殺他，然後尋求中國的庇護。我希望能為我在中國居住的母親和兄弟爭取到獎賞。」張勝同意了這個計劃。

虞常利用單于外出狩獵的機會，發動了突襲。但由於內部有人向單于告密，他們的計劃遭到了挫敗。單于和隨行人員迅速進行了反擊，抓獲了虞常，並處決了緱王。事件發生後，單于任命了衛律來主持審判。

張勝擔心虞常可能會洩露他們之前的談話，於是他迅速向蘇武匯報了情況。蘇武驚慌地說：「這是個極其嚴重的事情，肯定會波及到我們。如果我被捕並被判有罪，那將會給漢朝帶來恥辱，背叛了國家對我們的信任。」隨後他拔出劍，試圖自殺，但被張勝和常惠及時阻止了。

虞常果然承認了與張勝的陰謀。憤怒的單于考慮處死所有漢朝的使節。然而，一位匈奴的高官建議，殺死使節既不明智也無益，建議應迫使他們投降。因此，單于派出衛律去說服蘇武、張勝和常惠投降。衛律面對張勝時宣稱：「您密謀謀殺我，理應被處死。唯有投降，您才可能獲得赦免。」張勝出於恐懼懲罰，選擇了投降。

單于隨後派使者通知蘇武出席虞常的審判，意在利用這個機會迫使蘇武投降。在虞常被斬首後，衛律宣布：「漢朝使者張勝密謀刺殺我這位單于的心腹，應當處以極刑。向單于投降的人將獲赦免。」

衛律對蘇武說：「既然副使有罪，您也應該受牽連。」蘇武堅

定地反駁：「我並未參與任何陰謀，也非他的親屬。我為何要承擔連帶責任？」衛律揚起劍指向蘇武，但蘇武依然處之泰然。衛律說：「我曾背叛漢朝投靠匈奴，幸得單于之恩，被封為王。我擁有無數奴隸、馬匹和牲畜，積累了巨大財富。如果您現在投降，您也能擁有這一切。否則，您默默無聞地死去，誰又會記得您？」但蘇武依舊毫不動搖。

衛律接著說：「如果您願意跟隨我投降，我會視您如兄弟。若您今天不接受我的建議，您將失去再見我面的機會，您要好好考慮。」

蘇武憤怒地質問衛律：「你作為漢朝的臣民，作為你父母的孩子，你怎麼能背叛忠義，背叛皇帝，拋棄家人，投敵呢？我為什麼還要再見你呢？你手持生殺大權，卻充滿惡意，拋棄正義，想要挑起漢匈兩國的衝突，造成兩國災難。南越國殺害漢使，被漢朝征服；大宛國也是如此；朝鮮亦是如此。只有匈奴因為不殺漢使而倖存下來。你明知我不會投降，你若殺了我，便是匈奴滅亡的開始。」

衛律意識到蘇武的堅定不屈和拒絕投降的決心，便向單于報告了這一情況。單于急於讓蘇武屈服，於是將他關在地牢中，不給食物和水。下雪的時候，蘇武只能吃雪和羊毛來填飽肚子，艱難地生存了許多天。匈奴覺得這是個奇蹟，於是把他轉移到北海（今天西伯利亞的貝爾加湖附近）的荒涼之地。他被迫放羊，只有等到公羊生小羊後才能回到漢朝。此時，包括常惠在內的其他部下和追隨者也被囚禁在不同的地方。

蘇武在北海附近獨自生活，沒有任何食物供應，只能靠野菜和田鼠維生。他整天拿著漢朝的節杖放羊。隨著時間的流逝，節杖上的牛尾裝飾慢慢磨損了。

第二年，匈奴以漢朝煽動前年的政變為由，對漢朝發起了攻擊，局勢變得更加緊張。劉徹得知漢使被囚和匈奴即將入侵的消息後，非常憤怒，決定堅決抵抗匈奴的侵略。

劉徹決定要反擊匈奴，於是命令將軍李廣利帶領部隊進行反攻。同時，他召喚了李陵，希望他能從後方提供後勤支援。但是，

李陵卻熱衷地提出要親自參戰。他堅定地表示：「我的士兵都是楚國的勇士，武藝高超。他們能徒手擊殺老虎，箭術也是精準無比。我希望能親自帶領他們，從不同的方向攻擊，分散匈奴的注意力。」

劉徹問道：「您是不想在其他指揮官手下服役吧？但我們動員了如此多的部隊，可能沒有足夠的馬匹供您使用。」

李陵回答：「不用馬匹。僅憑我的步兵就能壓平匈奴汗國。」漢武帝被李陵的勇氣和自信所感動，於是同意了他的請求。

三十五歲的李陵將軍帶領著他的步兵部隊從要塞出發，向北進發。經過三十天的行軍，他們深入了匈奴的核心地帶。單于親自指揮了三萬大軍，將李陵的部隊包圍了。李李陵在營外布陣，挖好防禦壕溝。前線士兵揮舞著盾牌和武器，而弓箭手則隱藏在後方。匈奴士兵低估了李陵的兵力，逼近了他的陣地。李陵指揮他的前線部隊進行了一段短暫的近身戰，隨後撤退到壕溝後面。當匈奴士兵追趕過來時，李陵的弓箭手發動了一輪箭雨，對匈奴造成了重大傷亡，迫使他們急忙撤退。在這場小規模的衝突中，李陵的部隊殺死了數千名匈奴士兵，之後成功撤退。

初戰失敗，單于大為震驚，他迅速調集了八萬大軍，發起了新一輪的進攻。面對這股強大的攻勢，李陵難以抵擋，只得苦戰而退。但現實是殘酷的，即便最強的步兵也無法擊敗連續衝鋒的騎兵。最終，李陵被敵軍包圍。

即便處於包圍之中，李陵幾天後仍發起了反擊，激烈交戰。然而，巨大的傷亡迫使他改變戰術，向南轉移。他的部隊來到了一片鬱鬱蔥蔥的草原。匈奴軍隊用火焰攻擊他們。李陵堅韌不拔，繼續向南撤退，進入森林，並在那裡與匈奴軍隊進行了激烈的戰鬥。在這些林間的戰鬥中，李陵的部隊雖然損失慘重，但也擊殺了數千名敵人。

李陵的軍隊陷入越來越危險的境地。面對數量遠超自己的匈奴軍隊，他被迫持續作戰，每天都進行多次小規模衝突，但每次都只能殺死少數匈奴士兵。不幸的是，形勢進一步惡化，李陵的一名步兵投奔了匈奴，透露了李陵部隊補給減少且箭矢耗盡。

　　單于利用這份情報，加強了他的攻勢。一些匈奴部隊繞到了李陵軍隊的後方，有效地切斷了他們的撤退路線。李陵的部隊被匈奴軍隊前後包圍，發現自己被困在一個山谷中。更令人沮喪的是，匈奴部隊佔據了周圍的山頂，從高處無情地向他們射下箭雨。

　　在一次勇敢卻絕望的抵抗中，李陵和他殘餘的部隊奮力戰鬥，僅僅一天之內就耗盡了五十萬枚箭矢。隨著箭矢用盡，匈奴軍隊進一步收緊了包圍圈。更糟糕的是，其他匈奴士兵開始從山上推下巨石，對已經飽受折磨的李陵部隊造成了重大傷亡。隨著損失的增加和反擊能力的減弱，李陵的軍隊處於崩潰的邊緣。

　　李陵面對絕境和嚴峻現實，深深嘆息，對他的士兵們說道：「我們已經沒有武器和箭矢了。等到敵人黎明時分發起進攻，我們整支軍隊肯定會被徹底消滅。我們最好還是各自分散逃跑，希望能夠避開危險，找到回到中國的路。」他指示士兵們各自攜帶一些食物和冰塊作為飲用水，然後解散團隊。

　　李陵試圖獨自騎馬衝破包圍圈，但最終不幸被俘。

　　當李陵被帶到單于面前時，他堅決拒絕投降。單于對他的勇敢、忠心、戰鬥技能和智謀表示讚賞。為了說服李陵投降，單于選擇了更為溫和的方式，將他囚禁起來，但確保他不會遭受任何體罰。

　　此時，李陵戰敗被俘的消息傳到了劉徹那裡，引起了他的憤怒。當時的許多政府官員紛紛指責李陵。

　　李陵在匈奴的囚禁中度過了大約一年的時間。期間，劉徹皇帝派遣公孫敖將軍發動對匈奴的新一輪戰役。但公孫敖戰敗後，為了推脫責任，誣陷李陵向單于提供戰略建議，導致漢軍失敗，報告稱：「我們捕獲的俘虜表示，李陵指導單于使用策略抵抗漢軍，這是我們失敗的原因。」這一指控令劉徹震怒，他下令處決了李陵的母親、兄弟、妻子和孩子，從此李家昔日的光榮盡毀。

　　李陵被俘後的一年，單于召見了他，嚴肅地說：「請閱讀我們奸細的報告。您的忠誠遭到了您的皇帝的背叛。繼續對他保持忠心已毫無意義。」

　　李陵翻閱文件後，震驚和憤怒讓他難以置信。文件詳細記錄了

他的家人被處決的經過。激動和憤怒使他臉色潮紅，牙齒緊咬，雙拳緊握，舉至空中，他像老虎般怒吼：「為什麼他要殺我的全家？我不理解。我要報仇！」

第二天，李陵宣布向匈奴投降。單于對李陵極為重視，待他甚好。他不僅賜予李陵王的封號，還把自己的女兒嫁給了他。

當時，蘇武已經在北海附近獨居了超過兩年。單于得知李陵是蘇武的摯友後，派他前去勸降蘇武。

在一場猛烈的暴風雪之中，李陵攜帶著美酒佳肴來到蘇武的氈帳。他發現蘇武蜷縮著身體，試圖保持體溫。蘇武對於李陵的突然到訪，感到驚喜，他熱情地伸出手來擁抱李陵，但隨即猶豫，意識到自己衣衫破舊、身上帶有異味。盡管面色蒼白、身體虛弱，蘇武的精神卻仍顯得愉悅。他微笑著邀請李陵坐在骯髒的地板上，問道：「見到您來這裡，我真是太高興了。您怎麼了？為什麼會來這裡？」

就在李陵準備回答之前，一隻老鼠從蘇武外套的口袋裡溜出來。蘇武靈巧地捉住它，然後又將它放回口袋裡。他帶著一絲尷尬的微笑對李陵坦白：「這通常是我的晚飯。不過說實話，它還挺好吃的！」

李陵隨後講述了過去兩年的經歷。在講完他的悲慘故事後，李陵繼續說：「單于聽說了我們的友誼，所以派我來說服您，向您表示尊重和誠意。您最終不能回到漢朝，而且在這荒涼之地受苦受難，一切都是徒勞。在這種情況下，您對漢朝的忠心如何能被認可？以前，您的哥哥蘇嘉曾任車騎將軍，陪同皇帝去雍宮。在幫助皇帝下車時，不小心撞到了柱子，折斷了車軸，被控不敬皇帝。他用劍自殺，但政府只給了兩百文錢的葬禮。您的弟弟蘇賢隨皇帝去東河祭拜地方神靈。一名騎馬的太監和皇帝的女婿為了一條船爭吵，導致女婿被推入河中溺死。太監騎馬逃走。皇帝命令蘇賢抓捕他。蘇賢沒找到太監，擔心懲罰，用毒藥自盡。我離開長安時，您母親已過世，我參加了她的葬禮。我聽說您的小妻子已再嫁。您的兩個姐妹、兩個女兒和一個兒子的命運尚不明朗。他們可能已經死了。人生如朝露，何必折磨自己這麼久？我最初投降時，每天都迷茫，感

到內疚，深深後悔背叛了漢朝。而且，我的整個家族被處決。您猶豫投降的痛苦，又怎能比得上我當時的痛苦？此外，皇帝年老，他的詔令越來越反覆無常。十幾個無辜大臣的家族已被處決。其他大臣的安全無法預測。您還打算忠於誰呢？希望您聽從我的建議！」

蘇武同情地回應道：「得知你和的家人遭遇的災難，我感到悲傷。我對你所遭受的不幸表示同情，你的戰鬥勇氣是值得稱讚的，可悲的是，這並沒有帶來好運，反而招致災難。您還記得老師教過我們的話嗎？真正的勇敢不僅是戰鬥中展現的勇氣，而是意志的堅強，是在逆境中抵禦誘惑、吃苦耐壓、堅持不懈的能力。」

蘇武繼續說道：「我和父親本無非凡才華或顯赫功勳。正是皇帝的恩典培養並提攜了我們。我被晉升為將軍，封為侯爵，我的所有兄弟也都深受皇帝的信任，成為高官。我們一家始終準備為國家獻出一切。現在，我有機會證明我對國家不渝的忠心。即便面臨斬首的嚴厲懲罰，我亦義無反顧。大臣對君主的忠心，猶如兒子對父親的孝道。為父犧牲，並非悲哀之事。另外，我的忠心超越了對皇帝的忠心，它基於對國家的關懷、對正義的執著、以及我內心良知的呼喚。我們就此打住吧，雖然你我因境遇不同而持有不同觀點，但我們依舊是朋友。讓我們為這次重逢舉杯慶祝。」

蘇武和李陵度過了幾天愉快的相聚時光。李陵再次勸說：「你必須聽從我的建議。」蘇武堅定地回答：「我已經接受了自己如同亡人般的命運！如果單于執意要求我投降，那就讓今天成為我們愉快重逢的終章吧，讓我在你眼前死去！」見到蘇武如此堅決，李陵深深嘆息道：「你真是位英雄！而我，不過是個罪人！」李陵感情激動，跪地鞠躬，淚水順著臉頰滑落，濕透了他的衣衫。在這感人至深的時刻之後，他向蘇武告別並離去。

儘管在匈奴政府的職位帶來了物質上的安慰，但李陵卻始終被深沉的罪恥感折磨著。每當想到面對蘇武，他就充滿了恐懼和懊悔。蘇武的身影不斷提醒著他自己的叛國罪行，和同胞們永遠的仇恨。因此，在接下來的兩年裡，李陵刻意避免與蘇武見面。然而，對於這位老友的健康，他仍心存關懷。出於友誼，他安排妻子定期拜訪蘇武，不僅帶去食物，還有數十頭牛羊。最初，蘇武拒絕了這

些禮物。但李陵的妻子說服他，他需要生存下去才能有朝一日重返家園，而接受這些禮物也表達了他對李陵的原諒。蘇武明白這一點後，接受了李陵的慷慨饋贈。

隨後的五六年裡，蘇武在艱苦的環境中繼續求生。後來，單于的弟弟于軒王在北海附近打獵時偶然遇到了蘇武。當時于軒王的弓已經變形，他正尋找能夠修理它的工匠。蘇武精於編織網和調整弓箭，很快就修好了于軒王的弓。除此之外，他拒絕向匈奴投降的堅定態度，給于軒王留下了深刻的印象，蘇武贏得了他的尊重。因此，于軒王慷慨地送給蘇武馬匹、牲畜、裝酒的器皿，以及製作精良的羊皮氈帳篷。

在接下來的三年裡，蘇武在北海的生活逐漸步入順境。然而，不幸的是，這段相對舒適的日子在三年後因軒王去世而突然結束。蘇武失去了他的支持者。那個冬天，他的牲畜被丁零人偷走，令他重陷之前的艱苦困和匱乏中。

隨著時間的推移，李陵的心態發生了變化。內心的動盪讓他迫切需要老朋友的陪伴和支持。他開始渴望得到蘇武的安慰和精神支撐。因此，李陵開始頻繁前往北海，與蘇武共度時光。在那偏僻的角落，兩個看似被世人遺忘的人，在彼此的陪伴中找到了慰藉，他們用美酒和歌聲來取暖。一方是堅定不移的愛國者，另一方卻身負叛國之名。不過，如此鮮明的對比並沒有成為他們友誼的障礙。實際上，他們仍舊是親密無間的朋友。他們的友誼依然純真，他們不同的命運是由外部環境塑造，而不是他們性格的內在缺陷。每當他們相聚，他們會共飲美酒，唱歌，漫步荒野。秋天他們經常觀看候鳥南飛。這一幕讓他們懷念故鄉，感嘆時光的流逝。

幾年後的公元前 87 年，消息傳來劉徹皇帝駕崩。李陵聽聞此訊，急忙趕往北海向蘇武報告。他告訴蘇武：「有一名漢軍士兵在邊境被俘，他透露，從州牧到普通官員乃至平民，人人身著喪服，參加了皇帝的守靈儀式。」

蘇武聞訊後，衝出氈帳，向南方奔去，痛哭流涕。他從未有過如此深沉的哀傷。在蘇武的心中，皇帝不僅是一位居高位的統治者，更象徵著整個國家及其子民。因此，蘇武的悲傷不僅因為皇帝

個人的去世，更是源自於他對祖國的深刻的愛與牽掛。

而李陵卻未流下一滴淚。他的內心在矛盾的情感中掙扎。一方面，他對於敵人的逝去感到了一絲的釋懷；另一方面，他對於自己祖國未來的變遷，又感到無比的憂慮。

在浩瀚的白雪之中，陰鬱的天空下，靜謐的湖畔旁，兩個孤獨的身影矗立著。他們遠眺著天邊，凝視著候鳥飛回故鄉的畫面。其中一人忍受著身體上的疼痛，而另一人則在與心靈深處的痛苦鬥爭。

劉徹死後幾年，他的小兒子繼位，漢朝與匈奴達成了休戰協約定。在約定達成後，漢朝要求匈奴釋放蘇武以及其他被扣押的使節。然而，匈奴虛報蘇武已死。直到後來，另一位漢朝使者訪問匈奴，真相才大白。使者見到常惠，常惠透露蘇武確實還活著。

常惠向漢朝使者提議編造一個故事：「漢帝在御園狩獵時射下一只大天鵝，鵝腳上綁著寫有『蘇武在北海』字樣的絲帛。」漢朝使者聽後激動不已，便將這個虛構的故事轉告給單于。單于面對這一故事，終於承認了真相，並表示：「確實，蘇武還活著。我們將安排釋放他。」

於是，李陵便設宴祝賀蘇武，辭行。兩個朋友喝得半醉。李陵賦詩一首，詩曰：

「陟彼南山隅，送子淇水陽，爾行西南遊，我獨東北翔，轅馬顧悲鳴，五步一彷徨，雙鳧相背飛，相遠日已長，遠望雲中路，想見來圭璋，萬里遙相思，何益心獨傷，隨時愛景曜，原言莫相忘。」

蘇武回應地寫道：

「雙鳧俱北飛，一鳧獨南翔，子當留斯館，我當歸故鄉，一別如秦胡，會見何詎央，愴恨切中懷，不覺淚沾裳，願子長努力，言笑莫相忘。」

在一個充滿真情流露的時刻，李陵終於開口，語氣中帶著一絲

不捨：「今日，您將歸家。您的聲名已在匈奴與漢族間廣為流傳，您的英勇事蹟甚至超越了古代史書與畫作所歌頌的內容！我一直為家族被處決的事感到困擾，無法擺脫被祖國同胞鄙夷的痛苦。但我想向您吐露心聲，我已成為一個異鄉人。隨著您的離去，我們的道別將是永遠的。在這個世界上，只有您真正理解我。您一旦離開，我將不再有知己。」李陵感情激動，含淚歌唱：

「徑萬里兮度沙幕，爲君將兮奮匈奴。路窮絕兮，矢刃摧，士眾滅兮，名已隤，老母已死，雖欲報恩將安歸？」

　　情感澎湃之際，李陵跪倒在地，向蘇武深深一拜，淚水順著臉頰流了下來。他快步離開了宴會廳，心中充滿了淒涼的思緒：「蘇武將作為一位愛國者和英雄，永遠被銘記在歷史的長河中。而我，將不公正地被打上叛徒和懦夫的烙印！」

　　公元前81年，蘇武經過十九年漫長而艱辛的旅程，終於回到了漢朝。最初的一百多人中，有的死去，有的投降，最終僅剩九人歸來。蘇武回國時已五十九歲，容顏早已改變。他的白髮、孱弱的身軀、磨損的權杖，讓皇帝和眾臣感動得落淚。從此，「蘇武牧羊」的故事成為了一則淒美的傳說，經常被人傳誦，以頌揚其忠義。蘇武最終在京城去世，享年八十一歲。而李陵則在匈奴土地上度過餘生，終年六十歲。

第十回：司馬遷

本回人物介紹

李陵	向匈奴投降的漢朝將軍
劉徹	漢朝第七任皇帝，本回主角
司馬遷	漢朝著名的史官

　　李陵被俘後，皇帝怒不可遏，朝官們一致指責李陵。劉徹問司

馬遷的看法。當時司馬遷是天文台長，負責觀星，同時也負責歷史檔案、日曆和農民年鑑的出版、占卜等等。司馬遷說：「李陵孝順父母，對士兵仁慈可信。他忠誠愛國，有著與歷史上名將相匹配的風範。不幸的是，他現在失敗了，一些從未親身經歷戰場、不懂戰爭的艱難和恐怖的官員，在他倒下時指責他，誹謗和散佈謠言。這令人心碎。李陵僅率領五千步兵深入匈奴的心臟地帶，面對成千上萬的敵軍，仍然拼死抵抗。他沒有騎兵和援軍，繼續戰鬥，直到箭盡兵窮，但仍舊堅持到最後一人。他的英勇和忠誠甚至超過了古代著名將領。在我看來，李陵被俘但並未真正投降。他在等待合適的機會再次為國效力。」

聽完司馬遷的意見後，劉徹驚訝並大發雷霆。他認為司馬遷與李陵串通，因此為李陵辯護。於是，劉徹命令對司馬遷施以腐刑(閹割之刑)。

司馬遷受罰後，心懷怨恨卻無端發洩。他暗中寫了一篇文章留給後世。這篇文章描述了他因受刑所遭受的巨大身心創傷。他覺得僅僅因為他說了實話就受到了不公平的對待。文章要點如下：

「我與李陵並不熟識，但從李陵平時的行為和待人態度，我知道李陵是一位君子，孝順父母，對朋友可信，清廉不貪，對國家忠誠。李陵為國家捨命的精神值得敬佩。然而，令我難過的是，他因為一件不幸的事件而成為眾矢之的。

僅憑五千步兵，李陵就能深入敵境，殺敵數萬。這樣的英勇行為應受稱讚。他後來被數萬匈奴士兵包圍，數量上處於絕對劣勢。但他繼續戰鬥到底，直到箭盡路絕，援軍未至仍與敵人肉搏。什麼樣的將軍才能表現出如此勇敢和英雄氣概？

我僅說出了真相，卻被指控為李陵辯護。我的忠誠被誤解為「謗論皇帝」的重罪。我被判處腐刑。

根據法律，如果我能支付贖罪金，就可以獲得赦免。但我是一名清廉的官員，我沒有那麼多錢，我的朋友也無人願意幫助。所以，我不得不忍受這一懲罰。

我對死亡的看法是，有的死重如山，有的死輕如鴻毛。如果判我死刑，我的死無異於螻蟻，沒有人會認為我有節操。我因為害怕

毫無意義的死去而接受了這種極其屈辱、恥辱的酷刑。這是人性。我忍辱負重，因為我的大志尚未完成。我要讓後人知道，我正在撰寫《史記》，一部警示後人的歷史紀錄。如果我現在死去，幾十年的努力將付之東流。」

後來司馬遷終於完成了一部不朽的傑作，一本流傳了兩千多年的史書，對後世的影響重如泰山。

第十一回： 報應之輪

本回人物介紹

劉徹	漢朝第七任皇帝，本回主角
桑弘羊	劉徹的財政大臣
霍光	霍去病的弟弟，廷尉，劉徹的心腹
袁平	霍光的同黨
程昆	袁平的好友，富有的礦場老闆
孔昌	另一位富有的礦場老闆
田歡	濟南縣的法官
杜弘	濟南縣的另一位法官
王陽	山東郡守
唐虎	行刺者

本回地點介紹

濟南縣	山東省
皖城	安徽省

在劉徹登基初年，他的統治因幾次重大自然災害和經濟低迷而受到影響。百姓遭受嚴重飢荒，政府在提供災害救助的同時，還與匈奴戰爭。因此，國家面臨巨大的財政赤字，國庫接近枯竭。這種情況使劉徹強烈希望糾正國家的經濟困境。他向財政謀士桑弘羊尋

求指導，桑弘羊以財經精明而聞名。

劉徹召見桑弘羊時，表達了他的擔憂：「大司農(即財政大臣)揭示了我們嚴重的財政困境。此時，富有的商人和工業家通過採礦、煉鐵和從海水蒸發中生產鹽，積累了數百萬兩的黃金，卻對緩解國家迫切需求毫無貢獻。我們必須制定策略，以補充國庫並抑制這些商人日益增長的影響力。」

桑弘羊回答說：「陛下，我們財政困境的核心在於稅基過窄。幾個朝代以來，我們的過分依賴農民的土地和收入稅，而商人和工匠大多被忽視，但他們在經濟中發揮了重要作用，標誌著我們經濟結構的重大轉變。單純依靠農業來強國已經行不通了。雖然農業是我們的基礎，但真正產生財富的卻是工商業。我們目前的農業稅不足以應對不斷增長的政府開支，特別是在戰爭時期。與商人相比，農民的稅負過重，使得他們的努力收益減少。因此，許多農民發現從事商業比農業更有利可圖，導致他們放棄農業。這種轉變導致農業生產明顯下降。農民轉向工商業，加上富有的商人和地主的出現，加劇了土地的集中。這反過來加劇了社會兩極分化，加深了富人和窮人之間的鴻溝。階級之間的緊張日益增長，引發農民起義。

為了解決這個問題，我們必須全面改革我們的稅收制度，以更好地規範商人和製造商。」

劉徹聚精會神地回應道：「我同意您的分析。您建議採取哪些措施？」

桑弘羊說：「陛下，我建議立即採取三項行動來迅速增強我們的國庫。首先，我們應該引入財富稅。從事工業和商業的人必須自我評估並向政府申報他們的財產。任何擁有超過兩百萬錢的資產者應繳納百分之十的稅。長度超過五十尺的小型馬車或船隻的所有者也繳納稅款。匿、漏報、少報財產者，被流放邊境一年，並沒收財產。如果有人舉報，沒收財產的一半將作為獎賞。

第二項措施可以立即為政府帶來可觀的收入。我們可以允許個人購買爵位。根據這個計劃，我們將設立十一個爵位等級，每個等級的價格增加十七萬錢，使最高等級的價格約為兩百萬錢。任何購買至第七等爵位的人可以在政府中獲得低級官職。這些官員可以通

過額外捐贈獲得晉升。我們需要設立一個專門的官府來管理這個計劃，我建議特別設立賞官，稱之為「武功爵位」。

第三項措施涉及支付贖金以減輕處罰。所有刑事判決都可以通過支付贖金來減輕或改判，贖金的數額根據犯罪的嚴重性而異，可能達到數百萬錢。

我相信這三項行動可以迅速為政府帶來數十億錢的收入，為我們的戰爭提供充足的資金。」

劉徹印象深刻且滿意地說：「這些都是絕妙的策略。我將在明天的朝會上宣布這些法令。您還有其他建議嗎？」

桑弘羊回答：「陛下，我確實還有一些建議供您考慮。另一個建議涉及對關鍵行業的國有化。某些商品和產品對日常生活至關重要。以鹽為例，它是必需品，但它的生產卻被少數寡頭壟斷，他們通過控制和操縱價格獲取暴利，損害窮人的利益。對於農業和日常活動至關重要的採礦和鐵礦石開採、精煉以及鐵工具的生產也是如此。工具也是不可或缺的。這些關鍵產業由少數大戶商家壟斷，他們的財富甚至已遠超過國庫。然而，他們對國家收入的貢獻卻微乎其微。因此，我們必須控制這些產業。

朝廷必須介入並接管這些產業。朝廷應該監督鹽的採購和分配，並完全擁有和經營鐵礦、鐵礦石和鐵製品的行業。這樣做將大大增加政府的財政收入，結束大戶商家對基本材料的壟斷。它還有助於穩定價格，防止地方勢力和商人的增強。並且，生產規模愈大，成本愈少，價格必然會下降。

除了這些建議外，我還提議錢幣體系改革。目前，有些大戶商家擁有鑄幣的權力，而且受歡迎的鄧幣和吳幣與政府發行的錢幣競爭。此外，政府發行的錢幣廣泛被盜鑄。因此，我們的錢幣制度陷入混亂。政府失去了對貨幣政策的控制，不知道在市面上流通的錢幣總量。我們已經看到了一個現象：貨幣供應的增加導致通脹，而縮減則導致經濟衰退。兩年前我們就見證了這一現象。

我們必須使所有非政府發行的錢幣非法化。所有以前鑄造的錢幣也將被廢除。取而代之，我們應推出一種新的錢幣，重五銖（一銖為一兩的二十分之一），作為全國唯一合法錢幣。為此，我們將

設立三個官，負責管理新錢幣的原材料、鑄造和發行。」

劉徹評論道：「您的建議確實合理。然而，它們需要全面和根本性的經濟改革。目前，我對它們持保留態度。我打算明天朝會上提出討論，以收集其他命官的觀點。」

因此，在第二天的會議上，劉徹宣布了桑弘羊提出的徵收財富稅、支付贖金和購買貴族頭銜的法令。這些法令遇到很小阻力。

當劉徹提出貨幣制度改革的話題時，同樣不遭遇到各命官反對。

然而，國有化的提案卻引起了部分命官的強烈反對。已故霍去病的弟弟、皇家衛隊的指揮官，也是劉徹的親信霍光堅決反對國有化的想法。袁平最近被任命為特別設立「武功爵位」的賞官，也是霍光的親密盟友，他也表示了保留意見。他們的論點圍繞四個主要觀點：(1) 國有化阻礙企創業進步，(2) 政府運作的組織效率普遍低於私部門，(3) 國有化違背了自由市場和公平競爭的原則，(4) 政府與私部門競爭是不道德的。這些觀點深植於道家哲學原理。

相比之下，桑弘羊向異議者提出了三個切實的疑問：(1) 政府如何彌補其財政赤字，(2) 國家如何在空虛的國庫下應付戰爭和天災，(3) 朝廷如何阻止富裕封王作反？

當兩派未能達成約定時，劉徹決定休會。他要求桑弘羊和袁平在後續會議中找到共同點。然而，在私下裡，劉徹承認他傾向於桑弘羊的立場，因為對抗匈奴威脅迫切需要一個龐大的戰爭基金。他的信念堅定：不惜一切代價擊敗匈奴。因此，幾個月後，他支持了國有化計劃。

此後幾天，袁平無法提出更強有力的反駁論點，不情願地接受了桑弘羊的立場。結果，劉徹頒布了實施桑弘羊提案的法令。他嚴肅地告誡所有命官，在政府完成所有國有化必要安排之前，必須保密。他強調，任何過早的洩露都可能導致市場上不必要的混亂。

袁平是程昆的好友，程昆是鐵礦開採和精煉行業中最有影響力的人物之一。程昆的財富高達數億錢幣，使他成為全國最富有的人之一。在有關國有化問題的會議結束後不久，袁平前往山東郡的濟南縣，參加程昆奢華的壽宴。宴會結束，客人離去後，袁平請求在

的程昆的書房私人會面他。

程昆見到袁平，熱情地問候：「這麼多年後再見到您真好。您近來怎麼樣？」

袁平帶著感激回答：「我過得很好，多虧了您的支持。十多年前您幫我在政府內找到了一個官位，我非常感激。我特地長途跋涉來這裡，是為了回報您當初的恩情。」

程昆感到好奇，詢問：「有事嗎？您有重要的事要告訴我？」

袁平小心地四處張望，確保沒有人在偷聽他們的談話。他靠近些，輕聲說：「朝廷計劃開採鐵礦、煉鐵及鐵器工業國有化。他們將接管全國所有此類企業，實際上等同於沒收。雖然計劃中包含補償現有業主，但只是象徵性的。」

程昆聽到這消息後失去了鎮定，焦慮地說：「這要什麼時候發生？他們提供什麼樣的補償？」

袁平保持沉穩的語調回答：「主要企業的接管預計將在三個月左右開始。像您這樣的業主將得到的補償僅為您資產估值的十分之一。」

程昆驚呼：「這是一場災難！簡直就是搶劫！」他的痛苦顯而易見。

袁平實在建議：「的確，這是一個極其嚴峻的情況。但您有何辦法反抗他們呢？我建議您立即賣掉您的生意和所有相關資產，趁還來得及。您大概有三個月的時間。任何拖延都可能導致更大的損失。」

感激又困擾的程昆承認道：「謝謝您的重要消息。否則，我就會破產的。」

袁平嚴肅地說，同時靠近程昆一些：「我透露這些消息冒了很大的風險。我相信您重視我們的友誼。」

程昆是一個精明的商人，理解了袁平話中的隱含意義。他回答說：「您的幫助對我來說非常寶貴。我該如何報答您提供的這個關鍵消息？」

袁平帶著一絲朋友間的友誼，提議說：「既然我們是親密的朋友，我就不會要求太多。出售資產所得的十分之一怎麼樣？」

程昆毫不猶豫地答應了：「就當是君子協定，交易完成後，我就付錢給你。我一言九鼎，你可以信任我。」

臨別前，袁平強調：「為了我們的榮譽，讓我們把這次對話僅限於我們之間。」

「絕對如此，我保證，」程昆向他保證。

他們的對話結束後，袁平離開了。

第二天，程昆的妻子與他分享了她那天在鎮上不安的經歷。「我今天去了鎮上，求了一個占卜。神諭令人深感不安，警告我們要極度謹慎，以避免即將到來的災難。」

程昆輕蔑地笑道：「您一定是在開玩笑。我是全國最富有的人之一，人脈網絡延伸到各個角落，其中包括有影響力的官員和王親國戚。誰能傷害我？無法想像災難會降臨在我身上。」

隔天，程昆急忙出發前往皖城（今安徽省），去見另一位著名的礦商孔昌，並提議將自己全部的業務和資產出售給他。

孔昌困惑地詢問：「您的生意顯然比我的大得多，應該也更賺錢。是什麼驅使您想賣給我？」

程昆保持鎮定的態度來隱藏他真正的動機，回答說：「我年紀大了，還患有不治之症。我的兒子們還年輕，沒有能力管理如此龐大的企業。因此，我決定給他們留下錢財而不是一個複雜的生意。」

孔昌問道：「您要價多少？」

程昆回應：「我願意有所彈性。我的生意和資產市值打九折怎麼樣？

「那大概是多少？」孔昌進一步詢問。

程昆回答：「大約六億錢。但如果您能在一個月內安排付款，我準備以五億成交。」

孔昌考慮道：「那是一筆巨款。我確實有興趣收購您的企業，但那個數字超出了我的當前財務能力。」

程昆感受到他的猶豫，提議說：「如果我把價格降到四億五千萬呢？」

孔昌意識到這是一個極有利的交易機會，同意了：「好吧，我

們成交了。但我需要更多時間來籌集資金。」

程昆讓步：「這很公道。我會給您再多半個月的時間。」

於是，約定成立。孔昌從他的生意中籌集了兩億五千萬，並且又貸款了兩億。交易在兩個月內完成，使雙方都感到滿意。孔昌認為他獲得了一生中的大交易，而程昆則因避免了潛在的災難而感到鬆了一口氣。

賣出後一個月，朝廷接管了孔昌新獲得的經營權和資產，僅提供五千萬錢的補償。這使孔昌陷入財政困境，背負著兩億錢的債務，而資產僅略高於五千萬。他怒氣沖沖，感覺自己被狡猾的程昆徹底欺騙了。

孔昌感到迷茫絕望時，他的謀士給安慰他道：「不要完全失去希望。你仍然擁有五千萬錢現金。可以暫時推遲償還債務。此外，您可以用一千萬錢通過新的「武功爵位」計劃買個政府官位。有五千萬，您可能買到重要縣令的官職，比如繁榮地區的縣令。成為縣令，你的債主可能會考慮放棄追債。要知道，縣令真正的財富並不是來自他的俸祿，而是來自於向縣民榨取財富的機會吧？你明白我的建議吧？」

孔昌的精神振奮起來，露出了發自內心的微笑

謀士感受到他重新獲得的樂觀，又補充道：「我有信心，在一年之內，您將能夠收回所有的損失。」

孔昌好奇地問：「但作為一個僅僅的縣令，怎麼可能積累起這麼多的財富呢？」

謀士狡黠地笑著，啟發他：「事實是，一個初級官員往往比京城的朝廷命官有更多機會積累財富。朝廷命官總是受到政府的嚴格監督，但初級官員則不然。想像一下，距離京城千里遠。御史大夫怎麼可能密切關注您？朝廷根本沒有足夠的資源和時間去細查每一個數不清的縣令，而且匈奴戰爭分散了他們的注意力。」

當晚，懷著這個啟示，孔昌安心地睡了一個好覺。

數百里之外，程昆對他在出售生意和資產後財富的減少感到不滿。儘管他成功地避開了政府強制收購他的業務，但由於新政府的法令，他損失了超過五億錢。他在巨大的庫房中堆積著一座錢山，

卻不知道該怎麼處理。這些錢幣中可能有鄧錢，吳錢，甚至可能是盜鑄的。

皇帝宣布廢除所有舊錢，只使用新鑄的錢，使他的處境更加惡化。雖然政府提供一對一的兌換，但這只適用於政府之前發行的合法錢幣。偽造的錢幣將被直接拒絕，而非政府之前發行的錢幣將以較低的比率兌換。這項政策對目前財富不明朗的程昆來說是一個重大挑戰。

程昆對這項詔令深感困擾，擔心它會大幅降低他的淨資產，並給他帶來另一次嚴重打擊。在困惑和煩擾中，他向謀士求助。

「您不必擔心，」謀士安慰他。「鄧錢和吳錢比新政府發行的錢幣重。將您所有的庫存融化，不管是不是盜鑄的，用它們來盜鑄錢幣。我向您保證，您最終會擁有比以前更多的錢幣。」

感到沮喪和焦慮的程昆反駁道：「您瘋了嗎？新法律規定，盜鑄錢幣是死刑！」

謀士不為所動地回答：「全國各地無數人每天都在盜鑄偽幣。政府怎麼可能查出您的行動？此外，您隱藏在偏遠森林深處的秘密工場幾乎無法被發現。」

「但工人們？」程昆抗議道：「他們最終會揭露我的罪行。」

謀士冷靜地解釋：「您知道古代皇帝是如何建造他們的陵墓的嗎？他們在工作完成後封閉了陵墓的入口，並殺死了所有工人。」

程昆恍然大悟。「我明白了，」他低聲說，沉思著謀士的建議。

程昆在他絕望中試圖偽鑄官方錢幣，徵召了一百名奴隸在他隱蔽的工場進行盜鑄操作。他採取了極端的措施來確保他們的關押，用鐵鏈緊鎖工場的門。事實上，這些奴工被囚禁在工場內。當他們迅速意識到自己的絕境時，他們策劃了一場大膽的反叛，試圖逃命。

一個命中注定的夜晚，在黑暗中，奴隸們放火燒毀了工場，強行打開了大門，逃入夜色中。高聳的火焰和滾滾的煙霧很快引起了綉衣使（即公安）和附近居民的注意。當他們抵達時，火災已經揭露了非法操作：鑄幣的工具、融化的銅液和散落在金庫中的大量錢

幣。

證據確鑿。程昆立即被逮捕，在他被捕後，他的所有資產被政府沒收。

程昆被帶到了濟南縣公堂上，面臨偽造數億萬錢幣的嚴重指控。這個罪行不僅帶來死刑，還可能導致他整個家族被處決。審判將由三名法官裁定，命運又帶來了殘酷的轉折。主審法官竟然是孔昌，正是程昆過去欺騙過的那個人。另外兩位法官是田歡和杜弘。

孔昌向國庫捐獻四百萬文錢後，獲得了縣令的職位。當程昆被帶到他面前時，他已經管治濟南近一年了。看著現在跪倒在地、瑟瑟發抖的程昆，孔昌不禁露出了一絲諷刺的微笑。他用充滿輕蔑的語氣對著顫抖的程昆說：「你認得我嗎——那個被你欺騙、差點毀了的人？我還沒死，而現在，我掌握著決定你命運的權力。哈，哈！」

程昆拼命求饒，孔昌冷冷地打斷他：「你知道嗎，你的罪行應誅九族嗎？不過，你還有一線希望。如今朝廷急需銀兩，如果你能捐贈五千萬幣給政府，根據法律，我有權減輕你的刑罰。」

程昆絕望地回應：「我怎麼可能籌集到這麼多錢？我所有的資產已經被沒收了。」

孔昌無動於衷地反駁：「那是您的事，不是我的。記住，即使您設法籌集到捐款，我也不能完全赦免您的罪行。您還將面臨較輕的處罰——打兩百大板。」為了籌集所需的巨款，程昆被臨時保釋出來。

在一連串極端且令人心碎的犧牲中，他不但賣掉了妻子珍貴珠寶，還被迫將妻子、兩個兒子和一個女兒賣為奴隸。即便如此募集到的金額仍然不夠，逼不得已他向高利貸借款一千萬。

在經歷了支付贖金的折磨之後，程昆被釋放。但後果嚴重：他被鞭打兩百下後背痛不已。他曾經宏偉的家園現在被綉衣使(即公安)封閉，只留下後院的一間小屋供他遮蔽。他只找到了屋內一張孤獨的床。僅幾日前，他還是個身價億萬的富翁；現在，他淪為一個墮落、一貧如洗的人，既心碎又身體虛弱。

孔昌收到贖金後，開始腐敗。他狡猾地篡改了程昆的犯罪記

錄，以減輕指控。這種操縱使贖金看起來只是實際支付的一小部分。孔昌私吞差額，貪污四千萬錢。但他並非單獨行動，也沒有把一切都據為己有。為了不暴露腐敗之舉，他將侵吞的資金一半分給了他的同謀，山東郡太守王陽。

在一個寧靜的夜晚，程昆審判中的第二名法官田歡，拜訪了孔昌。

田歡面對孔昌宣稱：「我知道您篡改了程昆的犯罪記錄，並且收取了他贖金的大部分。您似乎忽視了杜弘和我。我們可以輕易地揭露您的罪行，除非你願意收買我們。」

孔昌驚訝地詢問：「你要多少？」

田歡堅定地回答：「你應該給我們每人分侵吞金額的三分之一。」

孔昌憂心忡忡地回應：「我沒有那麼多現款可用。我可以給您更少一些。」

不屈不撓的田歡反駁道：「這個金額不可談判。您要付錢，否則準備面對後果。」說完這些嚴厲的話，田歡便迅速離去，使留下孔昌感到不安。

孔昌驚慌失措，向郡太守王陽求教，王陽深思熟慮後建議說：「我們被這兩個貪婪的傻瓜逼入絕境。這次付錢只會讓我們成為他們永久的勒索目標。最有效的解決辦法是消除他們。」

第二天早上，一件震驚的事件發生了：杜弘在街上被一匹失控的馬踢死。

聽到杜弘不幸去世的消息後，田歡意識到自己可能是下一個目標。他迅速行動，帶走了程昆案件所有罪證和和孔昌貪污的證據。他到京城將事情的經過呈報給御史大夫，御史大夫又將此事上報皇帝。劉徹對此憤怒萬分，下令徹查嚴懲，剷除政府內部的腐敗行為。

調查結束後，孔昌和王陽被判有罪，導致他們全家被處決。然而，田歡因為其揭發者的角色而獲得了恕罪。

在濟南，放高利貸的人不斷地騷擾程昆，要求他還清所欠的債務。為了尋找解決辦法，程昆想到了兩年前他支付了五千萬錢給袁

平。為了緩解自己的財務困境，程昆寫了一封信給袁平，詳細描述了他的困境，並懇求歸還一千萬錢。

袁平收到信後，擔心程昆未來會繼續勒索他，意識到程昆有可能會坦白他洩露機密消息和接受賄賂的事情，可能導致他全家的處決。袁平決心要永遠封住程昆的口。

在一個漆黑的夜晚，一名刺客潛入了程昆簡陋的小屋。在拼命自衛的過程中，程昆與入侵者進行了激烈的搏鬥。混戰中，他設法抓住了襲擊者腰帶上的墜子。當刺客推把他推開並試圖從背後刺他時，連接墜子和腰帶的繩子斷了。程昆在倒下之際，牢牢地抓著墜子。混亂中，兇手怱忙逃離現場，將墜子遺留在現場。

當綉衣使(即公安)開始調查程昆的死亡案件時，他們偶然發現了一個關鍵線索：在死者身上發現的一個銅製老虎形狀的墜子。這個獨特的老虎墜子肚上刻有「虎」字，成為了一個不尋常且重要的線索。

調查人員決心解開謎團，設法追蹤到了製作並雕刻那個虎形小墜子的雕刻匠。他們詢問他：「您還記得是誰買了這件作品嗎？」

雕刻匠回答說：「雖然我不記得他的名字或他住在哪裡，但我記得他的臉。他大約三年前來過我的工作坊。我特別記得他要求我在老虎的肚子上刻上他的名字。因此，我推斷他的名字是虎。」

由於沒有進一步的線索或證據可供追蹤，綉衣使不得不遺憾地結束了這起案件的調查，讓這個謎團依然未解。

程昆神秘死亡數月後，在鄰縣發生了一個有趣的事件。一名叫唐虎的男子走進一家雕刻匠的店鋪，提出了一個特定的要求：他想要一個雕成老虎形狀的墜子。唐虎提供了一張在絲綢上繪製的老虎詳細圖樣，並描述了他想要的墜子尺寸。雕刻匠在接到請求後回答說：「我必須請您耐心等待，因為這項任務超出了我的當前技能水平。我需要將您的圖紙轉交給我的師傅，他更加熟練。他大概需要兩個月的時間來完成這項工作。」

於是，這張圖樣被送到了濟南的雕刻匠那裡。雕刻匠收到後，立刻注意到圖樣上的老虎與程昆身上發現的那個非常相似。意識到可能的聯繫，他迅速通知了綉衣使。

　　绣衣使根據這個新線索行動，逮捕了唐虎。在審訊中，唐虎坦承他是被袁平僱來執行暗殺的。袁平的名字讓新任縣令和郡太守心生恐懼，因為袁平是朝廷命官。對於直接對抗如此有權勢的人物，郡太守猶豫不決，於是悄悄地將證據交給了他的朋友桑弘羊。

　　桑弘羊審閱了證據後，看到了一個絕佳的機會。袁平是他的政敵，也是他政策的絆腳石。這是他排除一個強大敵人的機會。經過慎重考慮，桑弘羊將這個案件提交給了劉徹皇帝。皇帝對這些揭露的事實感到憤怒，下令對此進行徹底調查。

　　在調查袁平的事務過程中，搜查他的住所揭露了大量的罪證。調查人員如預期發現了程昆與袁平之間的通信，這為袁平泄露敏感聖旨的行為提供了確鑿的證據。然而，更加令人震驚的發現在等著他們：數百封信件和文件揭露了那些向袁平支付「介紹」費用以參與武功爵位計劃的官員身份。這些賄賂的總額高達數千萬，暴露了一個腐敗的系統，許多平庸的官員通過偽造的資歷獲得了提拔。

　　調查人員進一步發掘這個醜聞，在袁平家中發現了一個金庫，裡面藏有數以億計的錢。袁平一直在朝廷中保持著高尚君子形象，這些事實揭露了他精心構造的假正義面具。

　　曾經深信袁平的劉徹皇帝，對他的信任轉化為徹底的不信任。在桑弘羊的影響下，皇帝命令處決袁平全家。悲劇的是，這個命令包括了袁平的一位媳婦，也是霍光的女兒。她的處決深深創傷了霍光。他對桑弘羊懷有怨恨，因為桑弘羊發起了這次調查，導致了他的女兒被處決。從那一刻起，霍光與桑弘羊的競爭超越了政治範疇，變成了個人的仇恨。

　　袁平案件的後果波及廣泛，許多官員被牽連，導致數百人被處決或免職。一直被桑弘羊蔭遮的霍光，在劉徹皇帝去世後，命運逆轉。令桑弘羊沮喪的是，霍光被任命為新任年輕皇帝的丞相。由於皇帝年輕，霍光實際上擔任了攝政王的角色。霍光幾年後抓住個報復的機會，便編造了藉口將桑弘羊處決。

等十二回：長生不老藥

本回人物介紹

劉徹	漢朝第七任皇帝，本回主角
少翁	一位巫師術士
王夫人	劉徹的愛妃
太乙	古代傳說中的神仙
欒大	一位巫師術士
公孫卿	一位巫師術士

本回地點介紹

甘泉宮	陝西省
上郡	陝西省
泰山	山東省
緱氏城	陝西省
東萊山	山東省
蓬萊	東海的神仙島

因為劉徹生活在持續不斷壓力中，他在三十九歲時得了一個怪病。它起初的症癥是皮膚刺痛，然後迅速變成疼痛的紅疹，不久之後紅疹變成透明的水泡，而這些水泡蔓延到他的腿，手臂，背部和臉部。伴隨而來的症狀有發燒，頭痛，以及持續數週的疲累。

這些水泡無情地刺痛他的皮膚，每一個都像火焰般折磨他。疼痛緣著他的神經線而走，而且越來越劇烈。所以他很難入睡。他偶爾睡著時，發燒便引發惡夢。

在其中一個惡夢中，劉徹看見自己是一隻草蜢，他緊緊抓住巨大旋轉輪的邊緣。他試圖爬到輪子的頂點，但輪子的旋轉速度超過他瘋狂攀升的速度。就在他被壓碎的那一刻，他看見已故的父親從天堂呼喚他，「放手吧。跳到另一邊去。您抓得越緊，死得越快。」

在另一個惡夢中，劉徹發現自己變成了一條巨龍，野心勃勃地

試圖吞噬天下。儘管他努力，對他的嘴來說天下太大，所以他不斷地張大嘴巴，試圖用嘴巴一口氣吞下整個天下，但都徒勞無功。在這場奮鬥中，地上有一個獵人將他射下。就在醒來之前，他聽到祖父從天堂嚴肅地警告他，「因為你的執著，邪惡勢力就會抓住你的弱點來傷害你。」

第三個惡夢同樣令人不安。很多帶著長矛的木偶圍攻劉徹。它們從四面八方而來，向他攻擊。他奮勇地跟它們戰鬥，一個接一個地擊倒和粉碎每一個木偶，直到他最終從這場惡夢中醒來。

劉徹對這些惡夢的含意無動於中，沒意識到這些是從他心底發出的消息，通常會在人面臨生命威脅和創傷時浮現，而且只在人們平靜和休息的時刻出現。然而，每當這個良知試圖發聲時，它會迅速地被劉徹的根深蒂固自大狂個性掩沒。

劉徹是一位處於統治頂峰的皇帝，對自己的自大狂視而不見，這種性格源自潛在的不安全感和脆弱的自我。他懷抱著無限成功和權力的幻想，和深深渴望被讚賞和認可。現在，當他發現自己飽受疾病的折磨並，被死亡的幽靈所困擾時，他對無法實現宏偉抱負的恐懼演變成沮喪、焦慮，最終變成了對長生不老的渴望。這種執著是出於想永遠保持權力的願望，不受任何挑戰和威脅。

隨著時光流逝和健康衰退，他無止境的野心漸漸失落，在他的心中，他恐懼失去優越性和控制力。這種深刻的不安全感逐漸演變成偏執狂 (即恐懼症)，他恐懼別人不斷地暗中害他，篡奪他台和奪走他的權力。

劉徹並不意識到他的精神病態將打開被惡人利用和攻擊的大門，最終導致他垮台。隨後發生的一系列事件將明顯地展示這點：

一群巫師和御醫被召集去治愈劉徹皇帝的神秘疾病，但他們的努力是徒勞的。一些巫師聲稱劉徹被惡魔附體，需要驅魔，而另一些人則認為他受到了詛咒，只有消除施咒者才能解咒。最終，一位來自上郡的巫婆師被帶到甘泉宮。這位巫師進行了一個怪誕儀式後，她代表神仙說：「天子不必怕，病馬上就痊癒，他應該來甘泉宮與我見面。」

令人驚訝的是，劉徹此後不久就康復了，於是前往甘泉宮，供

俸感恩酒筵。人們並看不到神靈，只聽見祂經巫師口中說話，與人類的聲音無異。劉徹派人記錄神靈所吩咐的話，結果發現這些話都是普通且眾所周知的，沒有什麼特別。儘管如此，劉徹仍然感到一種神秘的喜悅，仿佛他獲得了某種偉大的智慧。他指示朝中人士保密此事，確保外界不知內情。

有趣的是，根據現代醫學知識，劉徹的病癥只是帶狀皰疹，這是一種通常在幾週內自行痊癒的病。

在這件事之後，劉徹皇帝對巫師產生了深厚的敬意，越來越執著請他們的幫助來獲得長生不老藥的想法。

來自齊國的一名男巫師，名為少翁，以召喚鬼神的能力聞名，受到劉徹皇帝的重視。劉徹心愛的妃子王夫人不幸地剛剛去世了。少翁抓住機會，施展法術，先請劉徹坐在帷帳裡，然後王夫人的鬼魂出現了，看起來像往常一樣活著。劉徹欣喜若狂。他不知道的是，這是一個幻覺：一個與王夫人相似的女人被秘密帶進帳篷，而劉徹在催眠狀態下與這個冒牌貨交談。

少翁隨後說服劉徹建造甘泉宮。他的計劃包括在宮殿內建造一個高平台，上面建有一座房子。這座房子將裝飾有鬼神的圖像，如太乙真人，並配備各種儀式用具，為召喚神仙做準備。

經過一年多的時間，少翁的法術未能產生結果，承諾的神仙降臨也未曾發生。絕望的少翁訴諸欺騙。他在一塊絲綢上寫下字符，然後偷偷混入牛飼料中。一頭牛吃下這飼料後，少翁裝出驚訝的樣子，對劉徹說：「這頭牛的肚子裡似乎有些不尋常的東西。」

當他們宰殺這頭牛並取出絲綢後，發現上面寫著奇怪的字符。然而，劉徹立刻認出這是少翁的筆跡，嚴厲地斥責了他。少翁無路可逃，承認了欺騙行為。結果，劉徹處決了少翁，並指示下屬保守這件事的秘密，希望避免外界嘲笑。

又一位巫師欒大出現了自稱與少翁師從同一名師父。這關係使他在劉徹眼中獲得了相當的尊重。欒大既能言善辯又大膽無畏，不怕發表驚人之語。他對劉徹說：「我曾東渡，見過古仙，但因我身分卑微，他們不理我。我師父曾言：『金可以煉丹，黃河口可堵，長生不老丹藥可獲，人可成仙。』」但巫師們怕步少翁後塵，所以都

不敢再談長生不老秘方。」

劉徹回應說：「如果您能獲得長生不老藥，我將不惜一切代價。」對此，欒大說：「我的師傅從不主動尋找他人，只有其他人尋找他。如果陛下想要見他，您必須對他的使者表示極大的敬意，將他納入您的家族。這將使他能夠向神仙傳達陛下的願望。」劉徹誠意請求欒大展示他的法術，欒大於是在庭院中擺放了幾面旗幟。突然間，一陣風起，使旗幟互相撞擊，使在場的人相信欒大擁有所謂的神仙能力。

劉徹將欒大提拔至高位，賜他「天士將軍」和「大通將軍」等封號，賜他采邑二千戶、一座宏偉的豪宅、一千名僕人隨從，以及黃金十萬斤，又把親生女兒嫁給他。皇帝經常造訪欒大家中作客，從他的姑母劉瓢到各位大臣和將軍，都尋求欒大的青睞，不斷地巴結他。欒大常自稱為神仙，暗示他不僅是劉徹的臣子，而是地位平等的賓客。短短幾個月內，欒大的名聲和財富成為家喻戶曉的熱論，被認為是神仙的使者。

欒大向東行去，聲稱要在東海見到師父。然而，他從未敢真正進入大海，只是到泰山進行儀式。劉徹派奸細暗中跟蹤他的行動，但欒大卻向劉徹虛報稱他在海上遇到了他的師傅。經過調查，劉徹看穿了欒大欺騙，意識到他是一個大騙子。於是，下令處死欒大。

另一位巫師公孫卿向劉徹報告說：「在緱氏城的牆上發現了神仙的足跡。」劉徹因過去的經歷而警惕，他質問公孫卿：「您打算走少翁和欒大的老路嗎？」公孫卿回答：「神仙不會尋找凡人；是凡人渴望找神仙。神仙不可能在短時間內降臨。耐心等待他們的降臨是關鍵。」劉徹被公孫卿的話說服，於是在各地興建廟宇，等待神仙降臨。

隨後，劉徹前往緱氏獻祭。途中，有人聲稱遠山傳來「萬歲」的歡呼聲，這讓劉徹很興奮。他接著前往東海，祭祀八仙，甚至派船到東海，載著數千名聲稱見過仙的人，去請蓬萊仙人。公孫卿手持節，並報告看到數十丈高的巨人。然而，當人們靠近時，巨人就會消失，只留下巨大的腳印。一些官員還報告遇到了一個帶狗的巨大老人，聲稱要求與皇帝會面。雖然劉徹親自檢查過這些巨大的腳

印，但他仍然心存疑慮。一時之間，有超過一千人在全國各地尋找神仙的蹤跡。最終，一位巫師發誓，他很快就能成功召喚蓬萊諸神。劉徹非常高興，熱切期待這次會面，前往東海海岸，站在那裡凝視大海，沿著海岸徘徊。他甚至準備親自出海尋找神仙。幸運的是，一位大臣說服了他東海很危險。後來，得知數千出海尋神的人失蹤了，可能已經淹死了，劉徹只好放棄了這個想法。

次年，公孫卿再次聲稱在東萊山遇到了神仙，並宣布他們打算與皇帝會面。劉徹回應公孫卿，重訪緱氏城，熱切尋找那難以捉摸的神仙蹤跡，耐心等待他們的到來。他在那裡逗留了幾天，但所見的只有那些神秘的巨大足跡。隨後，劉徹派出一千多名巫師去探索偏遠的山脈和海域。後來，公孫卿向劉徹提議，神仙偏好居住在高聳的塔樓中，促使劉徹建造了高塔和樓閣，莊嚴地期待著神仙的降臨。

隨著時間的流逝，各地廟宇等候神仙，以及到海上尋求蓬萊神仙的巫師們，都沒有結果。只有公孫卿堅持相信那些巨大的足跡是神仙存在的確切證據。然而，劉徹開始厭倦巫師的一套，他對他們不再怎麼信任。儘管他持懷疑態度，他仍抱有一絲希望，思考著他們的神秘能力是否有一絲真實之處。

劉徹對於長生不老藥的熱切追求逐漸減弱。一位諫臣引用儒家思想，提醒皇帝：「孔子曾勸告他的弟子，對待鬼神要敬而遠之。」劉徹牢記這個建議，不再追求虛擬的長生不老藥。

第十三回：太子謀反

本回人物介紹

劉徹	漢朝第七任皇帝，本回主角
衛子夫	劉徹的皇后
劉據	劉徹和衛夫人的兒子，太子
王夫人	劉徹的愛妃
李夫人	劉徹的愛妃

衛青	衛子夫的同母異父的弟弟，大元帥
江充	邪惡和弄權的大臣，劉徹的心腹
石德	劉據的老師
漢文帝	劉恆，漢朝第五任皇帝
趙高	邪惡和弄權的秦朝太監
田千秋	一位老臣子，負責管理祖廟

本回地點介紹

長安	陝西省
甘泉宮	陝西省
湖縣	河南省

上回描述了劉徹有執著和恐懼症，所以被很多神棍利用他的弱點而欺騙他，使他做出一連串追仙和尋求長生不老藥的荒唐事情。本節將描述劉徹隨著年紀漸老，感到操控天下的能力越薄弱，於是，他的偏執病態(即恐懼症)越厲害。他終日疑神疑鬼，恐怕別人謀害他，於是做出一連串殘酷的事情以保障自身的安全，他的行為不但帶給週邊親信和愛人大災難，還創傷自己的政權而種下禍根。下面介紹的幾個蠱毒案件就說明了這一點。

劉徹二十九歲時，皇后衛子夫生下劉據，因為當時劉徹十分寵愛衛子夫，所以在七年後封劉據為太子。劉據為人善良、真誠、溫和、謹慎，但劉徹卻認為他不夠敏銳、果斷。劉徹六十五歲時，劉據已三十六歲，做了二十九年太子。隨著時間流逝，劉徹對衛夫人的感情逐漸冷淡，開始寵愛其他的妃子，如王夫人，李夫人等。

劉徹每次出遊時，政務由太子劉據代管。等到劉徹回京後，劉據只將重要事務稟報給劉徹。劉據為人寬厚，對很多訴訟判決，都減免罪刑，因此深得民心。劉徹為人刻薄，處理事情方針跟劉據相反。而且劉徹重用寡情薄義的官員，認為他們夠忠誠和廉潔。所以很多當權派的官員不滿劉據，而那些不當權但仁厚的官員都依附太子劉據。於是朝廷中分為兩派，一方當權派依附皇帝，另一方支持

太子劉據。那些殘忍酷吏結成一黨，經常毀譽劉據，而且密謀陷害太子。

後來，衛夫子的弟弟衛青去世，於是劉據便失去重要的支持，因為舅父是當時朝中最有影響力的權臣。於是，那些酷吏派便毫無忌憚在劉徹面前抵毀劉據。

當時，京城長安聚集了許多巫師、巫婆。他們都是邪門妖道的人。而巫婆也常出入宮廷。教皇帝的妃子和宮女如何解難、祈福，甚至以巫術傷害他人。後宮幾乎每個房間都埋有木偶供奉。一旦妒忌或吵架詬罵後，就會將對方的名字寫在木偶身上，然後用針刺，或用刀割木偶肢體，詛咒木偶。如果詛咒生效，對方必會受傷害。巫師還會使用神秘蠱毒傷害被詛咒的人。

在中國古代，有一種巫術叫做巫蠱義式，驅使惡鬼帶著一種神秘的毒蟲進入人體內，破壞所有機能，令人痛楚而死。傳說這種毒蠱是看不見，摸不著，聽不到，和聞不到的。但現在無法考證是否屬實。這些蠱毒事件可能只是用來恐嚇，或政治鬥爭，行使暴力的藉口。更狼毒的手段，就是告發指控對方詛咒皇帝。這種指控能使劉徹瘋狂，大開殺戒。劉徹有恐懼症，心理不平衡，常常在白晝小睡，夢見很多個木偶，手拿武器，向他攻擊，醒來後精神恍惚。他時常提心吊膽，疑神疑鬼別人陷害他，所以，每當他聽到別人詛咒他時，他必失去理智而大肆屠殺。

當劉徹年約六十三歲時，有一個二千石的大夫，叫名江充。他本來是負責水利的總監。他是一位外貌出眾的男子——健壯英俊，舉止莊重，衣著典雅，能談論政治、天文和地理等廣泛的話題。這些特質使他深受劉徹的青睞，再任命他當绣衣使總監（即現今的國家的秘密警察和特務局長）。派他監察皇親國戚和士大夫的不法行為。

江充是個非常弄權、酷嚴、殘忍、冷酷無情的人。他檢舉彈劾時，心狠手辣。因為年老的劉徹有恐懼症病態，他缺乏安全感，要用鐵腕手段控制全國，所以特別喜歡酷吏。各郡守，各國丞相，以及各區都尉，大多數都是殘暴無情的。劉徹反而欣賞他們，認為這就是他們忠心的表現。而且，劉徹經常恐怕權臣和王親國戚謀反，

所以很倚重和鼓勵江充這類官員，嚴格監察權貴的舉動。確保他的統治鐵壁穩固。

有一次，江充陪同劉徹前往甘泉宮，遇到了劉據派出的一名快遞。這名快遞正在皇家大道上奔馳，這條路是專為皇帝使用的，出於安全原因，禁止低級官員通行。江充抓住機會，以這種違規行為逮捕了快遞。劉據得知後，連忙派使者向江充賠罪，懇求道：「請勿向陛下報告，免得陛下認為我未能妥善指導我的部下。」儘管如此，江充還是拒絕了，並將此事報告給皇帝。聽到江充的陳述後，劉徹大讚江充處事公正。由此，劉據跟江充互有介心

江充了解太子對他不友好，已結下怨恨。而且劉徹年老，一旦劉徹駕崩，劉據登基後，江充恐怕會被劉據誅殺。於是，江充決心利用「巫蠱」陰謀陷害劉據。

江充對劉徹說：「陛下的病，可能是巫蠱所作祟。」於是劉徹派江充當欽差大臣，負責調查巫蠱。

於是，江充策劃了一場廣泛的獵巫行動，帶著一大隊巫婆，到處挖掘土地，搜尋木偶，逮捕涉嫌放蠱的人。如果巫婆想嫁禍某人，巫婆便預先把木偶埋在他家園裡的地下，然後帶著隊友到他的家中，挖掘起木偶，作為偽證便逮捕他。於是江充用這手法謀害成千上萬的人。

劉徹一直懷疑自己的親信使用巫術詛咒他。江充看出了這一點，教巫婆聲稱：「宮中有毒煞，若不剷除，皇上就難保。」於是劉徹批准江充帶人入宮到處搜查，挖掘土地。於是宮內人心惶惶。江充首先對宮女下手，然後再到皇后衛子夫的宮，再到太子宮，寸土不留。最後，江充假稱在太子宮內掘到一大堆木偶，而且木偶上寫著詛咒皇帝的文字。

劉據驚慌失措，向老師石德求助。石德擔心被牽連，謹慎地勸告說：「前任丞相，兩位公主都因巫蠱事件而死。如今在您宮中掘出木偶，證據確鑿。誰能證明是他們栽贓於您？您無法解辯。我建議您假傳聖旨，逮捕江充後再揭露奸謀。現在皇上正在遠離京城的甘泉宮養病，生死不得而知。現在奸臣當道，您要先下手為強。」劉據說：「我怎敢假傳聖旨，和擅自誅殺朝臣？我想前往甘泉宮晉

見老爹，希望他能明確判斷。」劉據想出發時，江充的人員已經快馬到了甘泉宮奏報皇帝。劉據無奈，遂採納石德建議。

劉據派人偽裝皇帝使節，抓江充等人。劉據親自動手，處決了江充。斬了江充後，把所有巫婆拖到御花園，活活燒死。隨後，劉據派人通知他的母親，即皇后，然後徵召皇家馬隊，宮廷警衛部隊，打開軍械庫，分發兵器，準備迎戰。霎時，京城一片混亂，「太子謀反」的謠言像野火一樣迅速蔓延。

江充的一個同黨逃過大難，在混亂中離開京城，趕往甘泉宮向劉徹稟告。劉徹起初並不想與太子作對，說道：「太子對江充又懼又怒，所以激動起來。」於是派人召喚劉據。但使者到了長安，卻不敢進去，回來向劉徹稟告：「太子已經開始作反行動，想要殺我，所以我逃了回來。」劉徹大怒，指令當時正留在長安的丞相：「對抗叛逆，格殺勿論。」

劉徹忽忽回到長安下詔長安內一些部隊，交由丞相統領，對抗劉據的叛軍。劉據假傳聖旨，解放京城所有囚犯，令石德率領跟劉徹的軍隊對抗。劉據原想召喚京城外的軍團軍隊加盟，但他們被丞相率領的部隊截下。劉據在沒有支援下，只有號召京城市民，集結數萬人，組成一支臨時軍隊，與丞相率領的軍隊對抗，展開血戰，歷時五天，血流成河。後來劉據軍隊兵力不足，群眾紛紛離開劉據軍隊，於是，他的軍隊瓦解。他帶著幾個隨從慌忙而逃。同時丞相下令全國追緝劉據。

劉徹平定叛亂後，派人到皇后宮取回皇后信印，衛夫子懼罪自殺。她與劉徹在二十年前還是恩愛夫妻，想不到，如今會反目成仇。

有一位在勇敢的下級官員上書皇帝說：「父如天，母如地，子如天地間萬物。天地仁，萬物方興。故父仁母慈，兒方孝。而今，太子是皇位的合法繼承人，將承受祖宗託付的重任，而又是陛下的親生長子。但江充不過一介平民，以前更是個街頭無賴，可幸得到陛下的恩寵而顯貴。但他竟迫害太子，栽贓詐騙，帶領一群惡棍，到處作惡，狐假虎威。太子發現他與父親的溝通途徑被這些惡棍阻隔。他被困住了：無法前進與您會面，也無法退卻而逃避這些壞

人，含冤棲慘。一怒之下，誅殺江充，當然恐懼逃亡。太子動用陛下的軍隊純粹是出於自衛，並無叛亂的意圖，根本沒有邪心想作反。陛下偶爾疏忽，過度責備太子，調動大軍追捕。各個明眼的人都不敢張口說個公道，這真令人痛心。盼望陛下息怒，不要懷恨太子的錯失。他始終也是您的愛子。我一片忠心。我獻出生命，講些公道話，我現在宮門外待罪。」

劉徹看完奏章後恍然大悟，後悔不已。但他們的心中卻有兩股力量在鬥爭。一方面，他不能因為憤怒失控而失去威嚴和面子，承認自己暴怒和失控理智之錯，另一面，他還是愛太子，一個自己裁培了二十九年的承繼人。他躊躇幾天，最後，良知終於呼喚他，讓他伸出慈愛和寬容之手，停止追殺愛子。於是，他立即下旨停止緝捕劉據，並派遣欽差大臣到名地傳旨。

劉據逃到湖縣（在現時的河南省）住在一個貧窮的家庭，戶主人只靠手作，收入低微，無法養活劉據一幫人。劉據想起他以前的一個下屬住在湖縣而且甚為富有。劉據便派人向他借錢。不幸地，風聲走漏，被當地巡捕發現劉據蹤跡。於是，縣令派官兵包圍劉據。他自知無法逃脫，於是自縊而死。

劉據自縊的次日，朝廷欽差才抵達湖縣，當縣令接旨後，回答欽差：「很不幸，您來遲了一天。太子已經在昨天自縊了。」

正是這一日之差，影響了整漢朝整個國運和中國歷史。如果劉據不死，漢朝可能會有一位像漢文帝這樣英明的皇帝，國家或許還能再平安幾十年。但是，現在劉據死去了，漢朝沒有合適的承繼人，於是朝廷將被權臣攝政。漢朝可能重演秦朝時趙高弄權而導致亡國，或呂后亂政的局面。

歷史是無情的，人們不能問「如果」，只能接受現實。它好像一個巨輪，向前邁進，沒有人可以阻擋。它沒有善與惡或仁與不仁之分。老子曾說：「天地不仁，以萬物為芻狗」。

後來，有位負責打理祖廟的勇敢官員，名叫田千秋，冒死呈上奏章給劉徹：「兒子暗中動用父親軍隊，罪不過是鞭打一頓。皇太子消除一惡棍奸人，有何罪？難道要太子抵命嗎？我在夢中，看到一位白髮老人，教我奏上這兩句。」劉徹甚為感動，懷念劉據冤枉

無辜。遂在湖縣建立「思歸台」。

劉徹栽培太子二十九年，原來希望他能繼位，把整個江山交給他。現在，後繼無人，自己行將入木。沒有好的承繼人，江山將會岌岌可危。他恐怕漢朝就在他手中弄翻了。想到這裡，他懊悔萬分。

第十四回： 懺悔

本回人物介紹

李夫人	劉徹的愛妃
劉髆	昌邑王，李夫人的兒子
劉旦	燕王，劉徹的兒子
劉胥	廣陵王，劉徹的兒子
劉弗陵	劉徹的愛子
鉤弋夫人	劉弗陵的母親
李廣利	漢朝的大將軍
商丘成	漢朝的將軍
馬通	漢朝的將軍
劉屈氂	漢朝的丞相
郭穰	漢朝的低級官員
匈奴單于	匈奴王
田千秋	年老的大臣，劉徹的心腹
李陵	向匈奴投降的漢朝將軍

本回地點介紹

酒泉郡	甘肅省
鉅定縣	山東省
輪台	新疆省
張掖郡	甘肅省

劉據冤死事件發生後，劉徹心中掛著另一個大石，就是繼位問題，他有幾個兒子，但全不成才。他寵幸的李夫人生有昌邑王劉髆，另外燕王劉旦，廣陵王劉胥都是行為不良，放縱不羈，經常違反國家法紀。劉徹全不考慮讓他們當繼承人。還有一個幾歲大幼子，名叫劉弗陵，是劉徹的一位愛妃鉤弋夫人所生。劉弗陵身體長得壯健，聰明伶俐，很得劉徹疼愛。劉徹考慮到他年紀太輕，而且娘親年紀也太輕，所以，當劉據還是太子時，劉徹從來沒有考慮劉弗陵會成為繼承人。但現在劉據已經去世，劉弗陵成為最佳人選。可惜年紀太小，劉徹一直猶豫不決，十分煩惱。

但事情卻急轉直下。第二年發生了一件大事，問題有了轉機。匈奴再次襲擊酒泉，斬殺官民。於是，劉徹下命貳師將軍李廣利，率領七萬人，商丘成率領二萬人，和馬通率領一萬人從不同路出發迎戰匈奴，希望一次大舉殲滅匈奴。在出發前，所有籤卜師都說漢軍將會大勝。

李廣利是李夫人的兄長。他的女兒是丞相劉屈氂的媳婦。所以，李廣利是朝廷內一個顯貴的官。李廣利率軍出發時，丞相向他餞行。李廣利對劉屈氂說：「希望你早一點求劉徹封劉髆當太子。如果劉髆能繼任皇帝，你我以後便高枕無憂了。」

後來，李廣利和馬通跟匈奴兵交戰，初時多次報捷。匈奴節節撤退。所以漢軍一時佔上風。

可惜：「巫蠱」恐怖在京城繼續發酵。有一個宮廷的雜務官郭穰密告：「丞相夫人詛咒皇帝，又跟李廣利一起祈禱，望神靈擁立劉髆登上皇位。」劉徹聽後下令追查，果然證據確鑿。於是劉屈氂被定罪「大逆不道」，他和妻子被逮捕後，遊街示眾，隨即被斬首。其他家人都被羈押監獄，聽候處決。

李廣利驚慌失措，不知是否會受到牽連。他的秘書向他建議：「您的家人都在獄裡，顯然您不能回去了。」李廣原本不為所動，仍然希望打勝仗後，將功贖罪。於是繼續跟匈奴軍戰鬥。但是他有些部下懷疑李廣利的動機，把他們的生命來博取李廣利贖罪的本錢。於是策劃兵變，押解李廣利回京受罪。李廣利得到消息後，處死了叛將。但軍隊士氣動搖，無法繼續作戰。於是，李廣利率軍班

師。可惜，匈奴單于發現漢軍疲憊，無心戀戰，於是親領精兵五萬攔擊。漢軍傷亡慘重，兵敗瓦解。李廣利走投無路，向匈奴投降。

劉徹聽到漢軍大敗，死傷無數，而且李廣利投降匈奴，於是大怒，下令屠殺李廣利全族。這件事牽連到劉徹妃子李夫人。她可幸免死，但被打入冷宮，而她的兒子劉髆便失去繼位的希望。

漢軍慘敗後，劉徹更加精神恍惚。田千秋變成了他的心理醫生。因為丞相劉屈氂被誅殺，相位空置，於是劉徹升田千秋為丞相。他是一個通情達理的人，很明白劉徹的心魔，而經常能夠開解他。有一次，劉徹問他：「我經常夢見可怕的木偶，他們手持武器攻擊我，我總是揮之不去這個夢。您知道有何解救。」田千秋說：「陛下，如果您要我說真心話，請免我罪說出令您逆耳的話。」劉徹說：「請直言。」田千秋說：「陛下，您的病是心病。眾所週知，心病還須心藥醫。」劉徹問：「什麼是心藥？」田千秋說：「巫師不能給您心藥。御醫所用的草藥也不是心藥。它就在您心中。」劉徹茫然問：「我不明白，請詳解。」田千秋說：「陛下，在您腦海中，您活在一個虛幻的世界，它不同現實世界。這世界是您的心靈創造的。在這世界裡，您是至高無上的，您可以為所欲為，您有無窮無盡的權力，所有人和物都屬於您。他們的命運都握在您的手上。如果有任何人和物逆您的意思，您會毀滅他。但現實世並不是這樣的，在現實世界裡，您沒有這些權力和自由。當現實世界的事情跟您幻想中的世界相左，您便使用蠻力去干預這些事情，您不想接受現實，您要用幻想中的力量去阻止現實世界發生的事情。當您察覺到事與願違時，您會很苦惱。這種苦惱不停地打擊您的精神。」劉徹再問：「說得真漂亮。能給我舉些例子嗎？」田千秋說：「好的。拿您夢中所見的木偶為例。它們每一個都代表您心目中的一個敵人。而您中心已經隱藏了千千萬萬個敵人的概念。在每日中，如果有任何人和事情，不吻合您心中虛幻世界的規則時，他和它們就成為了您中心的敵人，久而久之，您心中有數之不盡的敵人。當您入睡後，那些意念便浮現為夢中的木偶了。」劉徹說：「我明了。那麼，有何解救方法？」田千秋說：「有。只要您能跳出您心中的虛幻世界。」劉徹問：「用什麼方法？」田千秋答：「只要您改變您的

幻想，回到真實世界。在過往當您年輕時，您也經常微服出巡，體驗外界生活。但當您登基後，您每日被數百名臣子包圍著，每當您出巡時，您被成千上萬個士衛，隨從，妃嬪，和臣子包圍著。您脫離現實生活，您不明白人民生活狀況和民間疾苦。您對現實情況的知認，只是從奏章和臣子轉告而知，您所聽和閱讀到的，只是數字和描述文字，並非真人真物，所以當臣子告訴您某郡餓死一萬人，在您腦海中就是一萬，並非一萬個有血有肉的人。當您的將軍告訴您在戰場上殺敵一萬而自損五千，在您心中，只是這些數字而已。您不會體會到每個士兵的痛苦，他們家離子散的傷感，不下於您對劉據離世的感受。當您處決叛臣整個家族時，您只關心他不再生存在您中心的虛幻世界裡。這些數字，文字和意念是虛幻世界事物，不是真實的。」劉徹說：「我明白了。我可以做什麼？」田千秋答：「第一步是多些走進民間，微服私訪，體驗他們的生活。」

於是，劉徹帶病和田千秋微服私訪，來到京城附近的小鎮。他很久沒有近距離地接觸城鎮人民的生活了。看見滿街門戶都卦著藍色的燈籠，他十分驚訝。在中國古代，當家裡有喜事時，人們會張燈結綵，在門口掛起紅燈籠。家中辦喪事，則必卦藍燈籠。劉徹看到一望無際的藍燈籠時，嚇了一跳，立即體驗到連年戰爭，死傷無數的可怕。每一個藍燈籠都代表著一個悲慘的故事。

隔年春天，劉徹在山東郡鉅定縣田間，親自推犁三日，表示與民一齊生活，重視農業生產。他在途中接見地方官員。他說：「我自從登基以來，所作所為，很多事情都荒謬瘋狂，使全國人民陷於痛苦，我後悔已來不及。從今天起，凡是傷民傷國的事情、法令和工程，一律停止。」

接著，田千秋說：「巫師談論神仙的很多，卻沒有明顯的結果，而且他們的蠱毒害人不淺。請一齊罷黜。」

劉徹說：「田大夫說對。」

於是，所有巫師，術士等全被遣散。後來，劉徹經常向臣僚說：「從前我是個大傻瓜，被巫師和術士欺騙。天下哪有神仙，都是胡扯。」

後來，農部侍郎桑弘羊跟丞相和御史大夫奏報：「輪台之東

（即現今新疆輪台縣）可以灌溉農田，有五千頃以上。朝廷應派軍隊前往屯田開墾。由酒泉和張掖兩郡派出官員，負責這項工作。然後，招募人民前往耕重種同時，他們建造城堡以防禦外族入侵。」

劉徹不批准，而下詔，寫了著名的「輪台罪己詔」，表示他對過往的悔意。這篇詔文很長，它的內容主要有三部份：第一部解釋他不批准輪台屯田計劃的理由，認為這計劃勞民傷財，現在國家需要休養生息。第二部份解釋李廣利兵敗的原因，自己也有疏失的罪過。第三部份只有幾句，但已經代表了他對國家和平的渴望，政府不再擾民，國家需要休養生息。這段詔文意思如下：「當今最重要的任務，是嚴禁各級官員各地官吏對百姓苛刻暴虐，癈止擅自徵收賦稅，鼓勵人民致力農業生產。恢復法令，免除為國家養馬者的賦稅和徭役，用來填補戰馬損失的缺額，不使邊塞缺乏戰爭戒備。各郡和各封國高級官員（俸祿在二千石以上）要開始研究如何繁育馬匹，和補充邊塞物資的計劃。在年終工作報告時，一併提出方案。」

劉徹在正式宣布繼任者之前，先去祖廟祈福。他獨自一人進入寺廟中央，面對祖先的牌位，跪在地上，誠心禱告：「我蒙受祖先鴻恩能夠繼承祖先的基業。我的初心是大展鴻圖，擴大漢朝的版圖，抵抗外敵，以確保漢室長存千秋萬載。可惜我不俏，狂妄自大。所以我在任內犯了很多錯，做了很多荒唐的事。我自問對漢室貢獻不多，但已盡心盡力，為祖先和後代建業。希望祖輩原諒我的過失，繼續保佑我和我的後代。我將立劉弗陵為太子，祈望祖輩確保他平安繼承祖業。」

後來，劉徹回到宮中一病不起。彌留之際，他想：「回想往生，我須然有很大的成就，包括大幅擴張漢朝版圖，但也有數不盡的懷悔。如果我能夠再做，我必定不會窮兵黷武，不會讓幾十萬以上的人無辜而死，不會讓無數的人民受苦受難，不會無情地誅殺臣子和親戚，也不會重用苛嚴官吏，至使失信於民，我也不會誤信巫術之輩。衛夫子曾經是我的愛妃，劉據是我的愛子，因為我一時魯莽，一時衝動，使他們含冤而死，這真是我的罪過，但願他們在九泉下，能原諒我。李陵、李廣利等原是我的愛將，也因我誤信奸

331

人，而使他們投降敵方。我這一生做了太多荒謬和瘋狂的事，現在已經悔之已晚。我以為我居高臨下就能扭轉局面，其實，天大地大，我只是滄海一粟而已。歷史的巨輪不斷轉動、前進，我只是一隻螳螂，我沒有能力抵擋它，卻妄想去操控和改造它，我真是自大。現在我快要離世，我真恐怕，我去世後遺留下無數後患給子孫。我希望漢朝不像秦朝，在我死後幾年便滅亡。如果是真，我便無顏面對列宗列祖。但託他們的鴻福，漢朝得以延續數千年。」

劉徹在公元前 81 年的二月中旬駕崩，享年七十一，在位五十五年。臨死前一天，他急忙下詔封劉弗陵當太子，當時他年僅八歲。次日，劉徹詔見霍光，金日磾，上官桀，桑弘羊到床前。劉徹任命霍光為軍隊最高司令（大司馬）及大將軍，金日磾當車騎將軍（即戰車和騎兵將軍），上官桀當左將軍，三人共同輔佐幼主，又命桑弘羊當御史大夫（即最高監察和法院長）。四人均在床前宣誓就職。

劉徹死後，群臣給他諡號為漢武帝（即以武功為榮的漢朝皇帝。）

人名索引

　　以下列表中每項所關聯的每對數字，第一個數字指的是章節，第二個數字指的是該項目所在的回節。

地點索引

www.ingramcontent.com/pod-product-compliance
Lightning Source LLC
Chambersburg PA
CBHW060937030726
47503CB00003B/632